W0360907

Aussi loin qu'elle se souvienne, **Suzanne Wright** a toujours inventé des personnages et raconté leurs aventures. Lectrice passionnée de récits fantastiques, elle apprécie particulièrement l'œuvre de Christine Feehan, Nalini Singh ou encore Stephen King. Elle vit à Liverpool avec son mari et leurs deux enfants, et ne fait pas mystère de son incapacité totale à cuisiner quoi que ce soit, ni de son allergie à toute forme de ménage. Cela dit, elle a un répertoire sans fin d'histoires drôles et est toujours prête à partager son chocolat.

Du même auteur, chez Milady :

La Meute du Phénix :
1. *Trey Coleman*
2. *Dante Garcea*
3. *Nick Axton*
4. *Marcus Fuller*
5. *Ryan Conner*
6. *Tao Lukas*

La Meute Mercure :
1. *Derren Hudson*
2. *Jesse Dalton*

Noirs démons :
1. *Tout ce qui brûle*
2. *À feu et à sang*
3. *Des cendres en enfer*

CE LIVRE EST ÉGALEMENT DISPONIBLE AU FORMAT NUMÉRIQUE

www.milady.fr

Suzanne Wright

Derren Hudson

La Meute Mercure – 1

Traduit de l'anglais (Grande-Bretagne)
par Jocelyne Bourbonnière

Milady

Milady est un label des éditions Bragelonne

Titre original : *Spiral of Need*
Copyright © 2015 by Suzanne Wright

Originally published in the United States
by Amazon Publishing, 2015.
This edition is made possible under a license arrangement
originating with Amazon Publishing.

© Bragelonne 2017, pour la présente traduction

ISBN : 978-2-8112-2917-7

Bragelonne – Milady
60-62, rue d'Hauteville – 75010 Paris

E-mail : info@milady.fr
Site Internet : www.milady.fr

Pour tous ceux qui comme moi se sentent plus à l'aise
avec des créatures mythologiques qu'avec leurs semblables.
Vous vous reconnaîtrez.

Chapitre premier

Rien de tel qu'une accusation de tentative d'assassinat pour pimenter la soirée d'une pauvre fille.

Confrontée par deux loups-garous, des lieutenants de la meute, Alyssa Marshall, mieux connue sous le nom d'Ally, s'efforçait de conserver une expression parfaitement neutre. Ils l'avaient laissée mijoter au moins une heure toute seule dans une pièce vide de la demeure des Alphas avant de venir l'interroger. Ils semblaient la considérer davantage comme une étrangère que comme une camarade de meute.

Elle devinait pourquoi ils l'avaient laissée là si longtemps seule. En règle générale, les métamorphes n'aimaient pas les espaces confinés. En l'enfermant dans une petite pièce inconfortable meublée uniquement de trois chaises et d'un bureau, ils se doutaient bien que sa louve finirait par souffrir de la solitude et de l'isolement.

C'était effectivement le cas, mais Ally s'efforçait de ne pas le montrer. Surtout, elle déployait d'énormes efforts pour empêcher sa louve déjà nerveuse de péter un câble. Elle faisait aussi son possible pour refouler le souvenir de la dernière fois où elle avait été enfermée.

Puis la guerre des nerfs avait commencé.

Tout d'abord, Greg et Clint avaient tenté de se la jouer bon flic et méchant flic. Nul besoin d'être une lumière pour le deviner. Ally était demeurée parfaitement calme et s'était contentée de décrire les faits pendant que Greg, le bon flic, essayait de la convaincre qu'il était son sauveur, et que Clint, le méchant flic, adoptait une attitude hostile et brutale.

Au lieu d'écouter son point de vue et de prendre en compte son analyse des événements, ils déformaient chacune de ses paroles. Elle avait vite compris qu'elle n'avait pas été enfermée dans cette pièce pour leur donner sa version des faits. Ils étaient persuadés de sa culpabilité et ils attendaient des aveux.

Elle avait alors réclamé la présence de l'Alpha de la meute mais les lieutenants lui avaient expliqué que Matt parlait avec la soi-disant victime d'Ally et ne pourrait par conséquent pas se joindre à eux. La jeune femme n'avait aucune intention de dire quoi que ce soit qu'ils pourraient retourner contre elle.

Elle refusait de craquer, en dépit de toutes ces pressions psychologiques. Elle ne tressaillit pas une seule fois, ne s'énerva jamais et les regarda toujours droit dans les yeux. Elle ne détourna pas le regard quand ils la dévisageaient. Elle était tenace et sa louve ne l'en admirait que plus, même si elle avait très envie de scalper ces enfoirés à grands coups de griffe. Ce n'était peut-être pas une si mauvaise idée après tout.

Greg, le bon flic au départ, était maintenant incroyablement frustré. Il soupirait et grognait sans arrêt. Et Clint, le méchant flic, était sur le point de craquer. Il tapait des poings sur la table et envahissait l'espace personnel d'Ally. Elle était la seule personne calme dans cette pièce, en apparence du moins, ce qui énervait d'autant plus les lieutenants. Génial.

— As-tu une idée d'où va te mener ton attitude, Ally ? lança Greg en se penchant vers l'avant. Matt est salement en rogne. Tu risques l'exécution. On ne pourra t'aider que si tu nous dis la vérité et, dans ce cas, ta peine sera réduite au bannissement.

Ally ricana. Même s'ils pouvaient éventuellement lui venir en aide, ce n'était pas eux qui allaient décider de son sort.

— C'est inutile d'essayer de nous faire croire en ton innocence, signala Clint en se levant. On a des preuves (c'était faux) et on a des témoins.

Ils n'avaient en réalité que la parole d'une bande de jeunes voyous qui s'étaient retrouvés dans cette même salle d'interrogatoire un nombre incalculable de fois.

— Tu nous as raconté que ces jeunes t'avaient abordée, affirma Greg en croisant les bras.

Non, ce n'était pas ce qu'elle leur avait dit. Elle leur avait expliqué qu'une bande de jeunes l'avait encerclée peu après qu'elle fut sortie de chez elle alors qu'elle venait de découvrir que sa maison avait été cambriolée et vandalisée.

— Tu nous as également dit que tu étais sûre que c'était ces jeunes qui avaient mis le bordel chez toi.

Ce n'était pas exactement en ces termes qu'elle aurait décrit l'état dans lequel elle avait trouvé son intérieur : ses meubles brisés, ses vêtements déchiquetés, ses murs tagués d'insultes, sa télé en miettes et le contenu de son frigo éparpillé çà et là.

— Ces jeunes déclarent qu'ils ne faisaient rien quand tu les as apostrophés et accusés d'être entrés chez toi par effraction.

C'était du grand n'importe quoi.

— Ils prétendent t'avoir dit qu'ils n'avaient rien à voir avec cette histoire.

Encore un mensonge. Au contraire, ils l'avaient entourée et avaient pris un malin plaisir à lui narrer leur mauvais coup, lui expliquant qu'ils avaient agi à la demande de Rachelle. Et qui était cette Rachelle ? Le suppôt de Satan en personne. Et la femelle beta de la meute.

— Ils disent que tu n'as pas voulu les écouter, que tu persistais à les accuser d'être entrés chez toi par effraction sur les ordres de Rachelle. Puis que tu aurais hurlé : « Je vais la tuer ! » avant de partir au pas de course.

Est-ce qu'elle avait pensé cela ? Oui, et souvent. L'avait-elle verbalisé ? Non, pas une seule fois. Ally n'était pas du genre à proférer des menaces ou à lancer des avertissements. Elle préférait défier ses adversaires, se battre contre eux et passer ensuite à autre chose. Elle avait pourtant résisté à la tentation de le faire avec Rachelle et ce pour plusieurs raisons. Surtout parce que c'était exactement ce que souhaitait cette dernière et Ally n'avait pas du tout envie de faire ce plaisir à cette salope.

Clint s'approcha d'Ally et posa les mains sur la table.

— Tu dis que tu t'es rendue chez l'Alpha mais que tu n'as trouvé personne chez lui. Mais, moi, je ne te crois pas, ma belle, affirma-t-il en la dévisageant et en retroussant la lèvre supérieure. Tu te doutais que notre Alpha ne te viendrait pas en aide, je pense, et qu'il allait prendre la défense de Rachelle.

Une seule chose était vraie dans cette théorie échafaudée par le lieutenant et c'était que Matt allait sans doute croire la version de Rachelle.

— C'est là que tu as décidé de faire justice toi-même, n'est-ce pas ? lança Clint d'une voix plus forte, plus dure, plus agressive. Tu as fait exactement ce que nous a raconté Rachelle : tu l'as suivie et tu l'as attaquée par-derrière, tu lui as lacéré le dos à coups de griffe et elle n'a pas pu se défendre, lança-t-il en contournant lentement Ally. Mais elle s'est vite retournée et elle s'est jetée sur toi, non ? Et là, tu l'as mise KO avec un coup bas et tu en as profité pour te barrer lâchement, comme une vraie poltronne.

La louve d'Ally poussa un grognement, se sentant insultée par ce qualificatif. Ally avait envie de pouffer. Si elle avait voulu tuer Rachelle, elle ne l'aurait pas attaquée par-derrière. Et elle n'aurait surtout pas arrêté avant d'avoir atteint son but. Depuis son intégration à la meute Collingwood deux années plus tôt, elle avait participé à deux duels et elle les avait gagnés. D'accord, elle se battait sauvagement, et souvent à la déloyale, mais elle n'attaquait pas par-derrière. Et elle ne s'enfuyait jamais, elle n'était pas lâche. Ce n'était pas là un comportement de louve dominante qui se respecte.

— Tu es jalouse parce qu'elle t'a pris Zeke, l'accusa Clint en esquissant un sourire narquois, et tu espérais le récupérer en te débarrassant d'elle.

Même si cela avait été le cas, tuer Rachelle ne lui aurait pas permis de réaliser son objectif. En effet, les métamorphes survivaient rarement au décès de leur âme sœur. Zeke serait probablement mort tout de suite après sa compagne. L'allégation de Clint était donc invraisemblable.

— Waouh ! comme tu as bien résolu cette affaire ! ironisa Ally, qui avait la malencontreuse habitude de verbaliser accidentellement ses pensées.

Le rouge monta rapidement aux joues du lieutenant, qui se contenta de hausser les épaules, l'air indifférent.

— C'est ta parole contre celle de Rachelle, affirma-t-il sur un ton de voix qui indiquait clairement que celle d'Ally ne valait rien, ce qui était malheureusement le cas.

Les derniers mois avaient été particulièrement difficiles pour elle. Surtout depuis que son petit ami avait rencontré son âme sœur. Ally se réjouissait pour Zeke. Elle avait accueilli chaleureusement sa compagne mais cette dernière l'avait détestée au premier regard. La haine qu'éprouvait Rachelle la heurtait physiquement, comme des ondes négatives projetées sur elle. C'était là le fardeau des prophétesses.

Son intuition lui avait permis de deviner que Rachelle Levin deviendrait une grave source d'ennuis pour elle et elle ne s'était pas trompée. Même si Zeke n'avait pas hésité à la revendiquer, cela n'avait pas empêché Rachelle de lancer une campagne de dénigrement contre Ally.

Ally avait été profondément choquée quand Zeke lui avait reproché quelques mois auparavant d'avoir insulté sa compagne. Perplexe, énervée, elle avait affronté Rachelle, entrant ainsi bien involontairement dans son jeu et ne s'en rendant compte que plus tard. Le reste de la meute avait assisté à son échange virulent avec la femelle beta, qui avait calmement remballé Ally, allant jusqu'à lui adresser des regards de commisération pour sa crise de « jalousie ».

Cela avait marqué le début de cette incroyable histoire de jalousie dont Ally se retrouva accusée. La jeune femme avait vite compris qu'elle ne pouvait pas grand-chose contre cette insulte d'adolescente. Si Ally ne réagissait pas, on en conclurait qu'elle était effectivement jalouse. Si elle balançait des piques, elle était jalouse. Si elle s'énervait et envoyait tout le monde balader, on lui reprocherait d'être amère en plus d'être jalouse.

Peu après ce premier incident, Rachelle avait accusé Ally de lui avoir envoyé des SMS injurieux. Zeke avait même engueulé Ally à ce propos. La jeune femme avait donc une nouvelle fois affronté la femelle beta, exigeant qu'elle lui montre les fameux messages. Elle avait été choquée et consternée quand cette dernière s'était exécutée. Ally avait proclamé haut et fort qu'elle n'avait jamais envoyé ces messages, accusant Rachelle de lui avoir subtilisé son téléphone et de se les être envoyés elle-même. C'était pure folie mais il n'y avait pas d'autre explication possible. Personne ne croyait en cette théorie, sauf Ally, bien entendu.

Les autres membres de la meute avaient alors pris leur distance par rapport à elle. Pendant toute la période où elle avait fait partie de la meute Collingwood, Ally avait guéri plusieurs de ses camarades et avait même à deux reprises sauvé la meute avec ses visions. Mais ses interventions avaient été bel et bien oubliées.

À leur décharge, Rachelle était très convaincante. Elle avait réussi, à force de mensonges, à faire d'Ally une étrangère au sein de sa meute. Et, avec ce dernier coup monté contre elle, elle risquait maintenant le bannissement.

— Personne ne va avaler ça, Ally, lui grogna Clint à l'oreille. (La louve d'Ally claqua des dents. Ce mec était vraiment trop con.) Personne ne va te croire. Un témoin t'a vue attaquer Rachelle.

— Ça m'étonnerait.

— Ah oui ? Et pourquoi ça ? demanda-t-il en se redressant.

— Premièrement, je n'ai pas attaqué Rachelle et deuxièmement, si tu avais un témoin, tu n'aurais pas besoin de mes aveux. C'est comme tu viens de le dire : c'est ma parole contre celle de Rachelle. Elle a peut-être la confiance et l'affection des autres, mais cela ne suffit pas pour justifier une exécution. D'autant plus que la petite histoire de Rachelle est truffée de failles.

— Ah oui ?

— Pourquoi est-ce que son éventuel assassin se serait enfui après l'avoir mise KO ? Pourquoi n'aurait-il pas profité du moment où sa victime était sans défense pour lui assener un coup mortel, surtout s'il s'agissait d'une poltronne comme tu dis ?

Clint ne dit rien pendant un bon moment.

— Peut-être as-tu entendu quelqu'un venir ou alors tu as vu qu'il y avait un témoin.

— Ou peut-être que Rachelle a inventé toute cette histoire.

Ce ne serait pas la première fois.

— Tu sais ce que je pense, Ally ? intervint Greg.

— Ça va être passionnant, je le sens, murmura-t-elle sur un ton ironique.

— Je pense que tu ne désirais pas vraiment tuer Rachelle, que tu as juste pété un câble dans un moment de faiblesse. On a tous perdu le contrôle à un moment donné sous le coup de la colère, n'est-ce pas ? poursuivit-il d'un ton agréable, compréhensif. (La guerre des nerfs suivait son cours.) Tu pensais sans doute vraiment que c'était Rachelle qui avait donné l'ordre à ces jeunes de saccager ta maison. Tu lui en voulais énormément de t'avoir pris Zeke. Tu te sentais perdue, seule. Tu as du mal à contrôler tes accès de jalousie ces derniers temps. Qui pourrait te le reprocher ? conclut Greg en lui tapotant la main.

Merde ! était-elle réellement censée gober la comédie de la compassion que lui jouait ce mec ?

— Quand tu es entrée chez toi et que tu as constaté que ta maison avait été vandalisée, cela a été la goutte qui a fait déborder le vase. Tu as fait comme n'importe qui dans ce genre de situation : tu as pété un câble et tu es allée affronter la personne que tu croyais responsable.

Cela expliquerait que tu te sois enfuie après avoir attaqué Rachelle. Quand tu l'as vu inconsciente au sol, ta colère est retombée et tu as regretté de l'avoir attaquée.

— C'est soit ça, renchérit Clint, soit tu voulais tuer Rachelle mais à la dernière minute tu as hésité. Raconte-nous ce qui s'est passé.

— Dis-nous la vérité, c'est ce qu'il y a de mieux à faire, l'encouragea Greg. Ce sera mieux pour toi. Avoue et tout cela sera terminé. Ce serait bien, non ?

Ouais, elle avait bien envie d'en finir avec cette histoire. Cela faisait deux heures que Dupont et Dupond la retenaient prisonnière dans cette petite pièce et sa louve risquait de vraiment s'énerver. Ally n'avait absolument pas envie de faire de faux aveux pour autant.

— Je vous ai déjà dit ce qui s'était passé. Je n'ai rien d'autre à ajouter.

— D'accord, si c'est ça que tu veux. Appelle Matt, demanda-t-il à Greg en se tournant vers lui. Il voudra peut-être procéder à son exécution ici même.

Il avait sans aucun doute dit cela pour l'effrayer et la forcer à avouer. Mais Ally ne réagit pas comme ils s'y attendaient.

— Quoi ! s'exclama-t-elle en inspirant brusquement. Là tout de suite ? Mais c'est trop tôt, les garçons !

— Ally, grogna Clint.

— Sortez les menottes, qu'on rigole un peu.

— Ally !

— Bon d'accord, j'avoue. J'ai saccagé ma maison pour rigoler, accusé à tort un groupe de jeunes bien sous tous rapports, attaqué ma femelle beta et attendu sagement qu'on vienne m'arrêter et m'exécuter. Ça me semblait une bonne idée.

Le rouge monta une nouvelle fois aux joues de Clint. Effectivement, résumée ainsi, la situation semblait assez improbable.

— Ne joue pas au plus fin avec moi, dit-il.

— Es-tu sûr que tu t'en rendrais compte si c'était le cas ? ricana-t-elle.

— Le moment est venu de…, commença Greg, qui s'interrompit quand la porte s'ouvrit derrière lui. Zeke, dit-il quand le Beta entra dans la pièce.

Super.

— Elle refuse d'assumer la responsabilité de…

— Je vais m'en occuper, affirma Zeke.

Les lieutenants quittèrent alors la pièce et refermèrent la porte. Zeke s'assit en face d'Ally, une lueur de fatigue traversant ses yeux bleus. Il avait l'air très malheureux, comme chaque fois qu'il était intervenu entre Ally et Rachelle au cours des derniers mois.

Le fait d'être appelé à choisir entre Ally et Rachelle le faisait énormément souffrir et Ally le sentait. Pour elle, c'était comme si on lui frottait les terminaisons nerveuses avec du papier de verre. Le don d'empathie des prophétesses était un fardeau lourd à porter. Les émotions positives qu'elles captaient leur procuraient de bonnes sensations mais les sentiments négatifs étaient une source d'inconfort qui pouvait aller jusqu'à la douleur insoutenable.

Même si Zeke souffrait, Ally avait du mal à éprouver de la compassion pour lui. Ils avaient passé dix-huit mois ensemble. De tous les membres de la meute, c'était lui qui la connaissait le mieux. Il aurait donc dû voir clair dans le jeu de sa compagne mais il avait suivi le mouvement. Il avait fini par penser comme les autres qu'Ally était quelqu'un dont il fallait se méfier.

Difficile de croire que c'était bien là le mec qui avait parlé qu'ils s'imprègnent. Les loups qui n'avaient pas trouvé leur âme sœur pouvaient s'unir à leur compagne ainsi. Ce n'était d'ailleurs pas rare puisqu'il n'était pas donné à tous les métamorphes de rencontrer leur *alter ego.* Zeke et Ally ne s'étaient pas imprégnés cependant et Ally savait pourquoi. Elle aimait bien Zeke, mais elle n'était pas amoureuse de lui.

De la même façon, sa louve se sentait bien avec lui, elle appréciait sa compagnie, mais elle ne le désirait pas autant que s'ils avaient été âmes sœurs. Les loups ressentaient les choses avec plus de passion, de violence, de colère et de férocité que les humains. Ce qu'elle avait éprouvé pour Zeke n'avait jamais cependant atteint ce degré d'intensité ou d'ardeur.

— Quand serai-je exécutée ?

Ally ne croyait pas vraiment que Matt la condamne à la peine capitale. Il n'avait pas assez de preuves pour prendre une telle décision, même s'il l'avait souhaité.

— Tu ne seras pas exécutée, affirma Zeke, l'air tellement fatigué qu'Ally éprouva presque de la pitié pour lui.

— Vas-y, si tu as décidé de me bannir de la meute.

Rien ne l'empêcherait de quitter cette meute si elle le souhaitait, mais elle refusait d'y être contrainte et forcée par une pouffiasse rancunière, une vraie tarée. Les autres finiraient bien par voir clair dans le jeu de Rachelle, se disait-elle. Après tout, elle était innocente des méfaits dont elle était accusée et la situation se réglerait d'elle-même.

— Tu ne seras pas bannie.

Ça, pour une surprise, c'en était une !

— Est-ce que tu douterais de la véracité des allégations de ta compagne ?

— Cela ne te ressemble pas, répondit-il enfin après avoir cherché ses mots pendant un moment. Mais bon, tu n'es pas exactement dans ton assiette non plus. Je ne crois pas que tu aies eu l'intention de tuer Rachelle, mais je pense que tu l'as vraiment attaquée. Je t'ai passé plein de choses ces derniers temps, Ally, mais, là, je ne peux pas me permettre de ne rien faire. C'est impossible.

— Alors on va se battre en duel, Rachelle et moi ?

Super.

— Non.

Évidemment. Rachelle avait beau être la femelle beta, elle n'était pas plus dominante qu'Ally. Elle ne voudrait pas risquer d'être vaincue par une louve de rang inférieure.

— Vous prétendez tous que je l'ai harcelée et même attaquée. Si c'est le cas, sa louve réclamera vengeance. Cela devrait suffire pour qu'elle me provoque en duel.

— Elle a un peu pitié de toi malgré tout, expliqua Zeke en se frottant le visage d'une main. Elle comprend ta jalousie. Si les rôles étaient inversés, elle serait aussi bouleversée et amère que toi. Elle s'est même prononcée en faveur de ton maintien dans la meute quand Matt a parlé de te bannir.

— Elle a fait quoi ? s'écria Ally en clignant des yeux, choquée par cette information.

— Elle ne souhaite pas te voir devenir solitaire. Elle nous a dit, à Matt et à moi, que si tu lui faisais tes excuses et t'engageais à ne plus montrer de jalousie elle serait d'accord pour que tu ne sois pas punie.

Ally comprit enfin le but visé par Rachelle depuis le début. Elle ne voulait pas éloigner Ally. Elle ne souhaitait ni son bannissement ni son exécution. Elle voulait simplement l'isoler, lui ôter tout ce qui comptait pour elle. Elle voulait qu'Ally soit malheureuse, qu'elle soit marginalisée et elle voulait être aux premières loges pour assister à sa déchéance.

— Tu n'as qu'à lui faire des excuses, répéta Zeke.

— Lui faire des excuses, à elle ? s'exclama Ally en éclatant d'un rire cynique. Je préférerais m'arracher la peau sur un barbelé avant de plonger dans une piscine d'eau de Javel. (Rachelle le savait sûrement.) Et puis je n'ai pas l'habitude de m'excuser pour des crimes que je n'ai pas commis.

— Ally, protesta Zeke en marmonnant un juron à mi-voix, elle essaie juste de t'aider.

— Je ne pensais pas que tu serais si facile à berner, déclara Ally en secouant la tête tristement.

Si son lien d'union avec Rachelle avait été complètement en place, il aurait découvert que sa compagne mentait. Cela étant dit, il aurait dû savoir qu'Ally était innocente mais que, si elle avait effectivement attaqué Rachelle, elle l'aurait reconnu. Ally assumait parfaitement ses faits et gestes.

— Puisque vous avez décidé de ne pas me bannir ni de me laisser défier Rachelle, quelle sera ma punition pour ce crime imaginaire ?

— Si tu ne t'excuses pas auprès de Rachelle, on va être obligés de te déchoir de ton rang.

Ces paroles atteignirent Ally comme un coup de massue en pleine poitrine. Le rang comptait plus que tout pour les métamorphes. Il donnait à leur animal un but dans la vie et avait un effet stabilisateur sur lui. La déchéance était donc quelque chose de très grave, qui blessait profondément tant l'humain que le loup et les marquait à jamais.

— Je vois, se contenta-t-elle de dire sur un ton neutre, sans montrer aucune émotion et, surtout, en ne laissant pas paraître la colère tout à fait justifiée de sa louve.

— Regarde-moi, Ally, répliqua Zeke. (Sur la défensive, le Beta se raidit en voyant l'expression de son ancienne compagne, comme s'il se préparait à une attaque en règle.) Je ne voulais pas que les choses se passent comme cela. Merde ! on pourrait faire autrement il me semble.

— Tu as raison. Mais si les choses se passent comme cela c'est parce que ta compagne est une fieffée menteuse. Écoute, continua-t-elle en le voyant s'apprêter à la contredire, explique-moi pourquoi j'aurais fait ce dont elle m'accuse.

— La jalousie pousse parfois les gens à faire de bien étranges choses, marmonna-t-il en évitant le regard d'Ally.

Il s'était exprimé d'une manière si peu naturelle que la jeune femme supposa qu'il répétait les paroles de sa compagne.

— Mais tu me connais, Zeke, et très bien. Comment peux-tu croire ces conneries ? Comment as-tu pu penser que je t'en voudrais ? On savait à quoi s'en tenir tous les deux quand on était ensemble. On se doutait bien qu'on serait obligés de se séparer le jour où l'un d'entre nous rencontrerait son âme sœur. C'est très fréquent chez les couples de métamorphes, ajouta-t-elle dans un haussement nonchalant des épaules.

— Ne minimise pas l'importance de notre relation, lança-t-il, l'air à la fois vexé et peiné. On a failli s'imprégner tous les deux. Ne le nie pas, dit-il en passant une main dans ses cheveux. Tu sais, je comprends que notre séparation brutale et la présence de Rachelle parmi nous te fassent souffrir. Si les rôles avaient été inversés, j'aurais souffert mais j'aurais respecté ton choix.

— Je respecte tout à fait ton union.

— Alors pourquoi as-tu attaqué Rachelle ?

— Merde, Zeke ! *Je ne l'ai pas touchée !*

— Alors comment expliques-tu ses blessures ?

— Elle se les est sans doute infligées elle-même, supposa Ally, qui comprenait bien comment ses propos pouvaient être perçus, à savoir que plus elle niait, plus elle aurait l'air coupable. Vous êtes âmes sœurs, je le sais. En revanche, je pensais qu'on était amis, toi et moi.

Mais tu ne m'écoutes même pas et tu ne m'accordes pas le bénéfice du doute.

— Parce que les preuves sont là ! Le dos de Rachelle est lacéré de coups de griffe, elle a la mâchoire endolorie et gonflée et les jeunes disent que tu es partie comme une furie pour la retrouver. Et puis il y a tes SMS, la fois où tu l'as engueulée, et le fait que tu sois constamment en colère…

— Tu ne serais pas fâché, toi, si on t'accusait à tort et que personne ne croyait un mot de ce que tu disais ?

— Pourquoi lancerait-elle toutes ces fausses accusations contre toi ? s'enquit Zeke en se pinçant l'arête du nez.

— D'après moi, elle cherche à me faire haïr par la meute, à m'isoler et à me rendre malheureuse. Ou alors c'est qu'elle a bouffé trop d'éclats de peinture ou sniffer de la colle quand elle était petite.

— Je ne te haïrai jamais, déclara-t-il dans un long soupir. Tu comptes beaucoup pour moi, Ally, et ce sera toujours le cas, mais je ne peux pas te laisser attaquer Rachelle comme ça. C'est ma compagne après tout. Quoi que tu penses, je n'ai vraiment pas envie de te déchoir de ton rang. Le problème, c'est que notre meute n'a plus confiance en toi.

Et donc ses camarades ne la croyaient pas et ne se fieraient plus à ses visions. Elle n'avait plus sa place au sein de cette meute.

— Trouve-moi une nouvelle meute.

— Une nouvelle meute ? répéta-t-il, l'air vraiment choqué par la demande d'Ally. Pourquoi ?

— J’insiste. Je veux changer de meute.

Son orgueil en prendrait un coup si elle faisait cela, elle aurait l’impression de fuir mais mieux valait cela que de rester là à amuser Rachelle avec sa déchéance. Elle pouvait toujours réintégrer la meute où elle avait grandi. Ses oncles adoptifs seraient heureux de la reprendre, mais elle ne serait pas en sécurité chez eux, ce qui rendrait sa vie encore plus compliquée et dangereuse qu’elle ne l’était actuellement.

— Ce n’est pas nécessaire, déclara Zeke après avoir un peu cherché ses mots. Tout le monde t’en veut en ce moment, mais ça va passer. La situation devrait se calmer et revenir à la normale d’ici un mois.

— Ce n’est pas vrai et on le sait tous les deux. Je veux changer de meute.

— Non, lui assena-t-il en serrant les mâchoires.

— Et pourquoi pas, merde ?

— Je te l’ai dit : ce n’est pas nécessaire, conclut-il, l’air un peu moins sûr de lui.

— C’est nécessaire pour moi. Je veux partir d’ici.

— Ce ne sera pas facile, dit-il, semblant presque content de lui. Les autres meutes hésiteront à accepter une louve accusée de tentative d’assassinat sur sa Beta.

Il avait raison, ce qui voulait dire qu’elle était coincée là à moins de devenir solitaire, ce qui ferait d’elle une cible facile pour les extrémistes anti-métamorphes, sans parler des autres métamorphes. De plus, Zeke n’avait pas l’air très motivé pour lui venir en aide.

Rachelle était son âme sœur et, à ce titre, il lui devait la priorité et son entière loyauté. Ça, Ally le comprenait parfaitement. Elle ne s'attendait à rien d'autre de sa part. Par contre, Zeke était le Beta de la meute et il avait fait le serment de protéger ses Alphas et tous ses camarades de meute. Il violait donc ce serment en ce qui la concernait.

— Tu viens de perdre le peu de respect qu'il me restait pour toi.

Ally n'avait plus le choix, elle devait quitter cette meute.

— Ne pars pas en colère comme ça.

— Si tu pensais vraiment que j'ai attaqué ta compagne, affirma-t-elle en se retournant une fois à la porte, tu m'aurais étranglée des deux mains et secouée comme une poupée de chiffon. Tu ne l'as pas fait cependant, sans doute parce que tu sais, au fond de toi, et ton loup aussi, que je n'ai pas attaqué Rachelle. Et puis, ajouta-t-elle en ouvrant la porte, je n'ai aucune raison d'envier Rachelle. Moi, mes trucs usés, je les refile aux pauvres et aux handicapés.

Sur ce, Ally sortit et claqua la porte derrière elle. Puis elle lança une volée de jurons, quitta précipitamment la maison des Alphas et se retrouva dehors par une nuit sombre et humide. Quelle journée merdique elle avait passée. La pire de toute son existence. Le seul point positif était que la situation ne pouvait pas se détériorer davantage, pas vrai ?

En entrant dans sa demeure saccagée, elle comprit qu'elle s'était trompée parce qu'elle y trouva la femelle beta à l'origine de tous ses ennuis allongée sur son canapé de cuir éventré, sirotant un de ses Coca. Elle désirait plus que tout se jeter sur elle et lui infliger des souffrances inimaginables… Justement la réaction que Rachelle attendait d'elle, ce qui aurait donné à la salope une raison de plus de se plaindre du comportement de la guérisseuse.

— Tiens, salut ! lança-t-elle en esquissant un mauvais sourire arrogant. (La haine qui se dégageait d'elle donnait à Ally l'impression de recevoir des éclats de glace en pleine poitrine.) J'ai trouvé ça dans ton frigo. J'espère que tu ne m'en voudras pas de m'être servie.

Il ne restait plus qu'à souhaiter qu'elle s'étrangle. Ou bien qu'elle retourne à l'hôpital psychiatrique, dont elle s'était manifestement évadée.

— Bel hématome. Qui t'a fait ça ? demanda Ally.

— Un des jeunes voyous qui a saccagé ta maison, lui expliqua-t-elle en frottant sa mâchoire meurtrie et gonflée. Comment s'est passée ta rencontre avec Zeke ?

Ally comprit d'après le sourire de Rachelle qu'elle était déjà au courant.

— Avant qu'on baise comme des bêtes ou après ?

Rachelle cessa immédiatement de sourire et ses joues rougirent au point d'être assorties aux mèches de sa chevelure.

— C'est dur, je suppose, de perdre son rang dans la meute. Gênant aussi. Et puis ça doit faire bien mal de savoir que tes camarades de meute ne te font plus confiance.

C'était effectivement le cas, Ally souffrait énormément. Elle n'avait aucunement l'intention cependant de le montrer à la Beta. Pourquoi cette salope ne la laissait-elle pas tranquille ? Elle avait Zeke, son âme sœur, la meute lui était tout acquise et elle avait réussi à faire déchoir Ally de son rang. Il ne lui restait plus rien à lui prendre, à part la vie bien entendu, mais Ally doutait qu'elle souhaite sa mort, pas encore à tout le moins.

— Tu veux voir ce que j'ai ? lui demanda alors Rachelle en se levant et en s'approchant d'elle.

— Pas si c'est contagieux, rétorqua la prophétesse.

Les muscles de son ventre se nouèrent quand la Beta passa la main sous le col de son tee-shirt et sortit une chaîne en or avec un pendentif en forme de loup.

— Je n'arrive pas à croire qu'il me l'ait offert.

Ally non plus. C'était elle qui l'avait donné à Zeke à Noël. Elle avait longtemps cherché le cadeau idéal pour lui. Et voilà que cette pouffiasse l'arborait fièrement.

— Pourquoi tiens-tu tant à porter un de mes cadeaux à Zeke ? Je ne comprends pas ta logique, si tant est qu'il y en a une.

— En m'offrant ce pendentif, il m'a donné la preuve que tu ne comptes plus pour lui. Si ce bijou n'a plus d'importance pour lui, cela signifie qu'il m'est entièrement dévoué.

Ally ne comprenait toujours pas. L'antenne de cette fille ne devait pas capter toutes les fréquences.

— Je me demande si tu n'as pas été privée d'oxygène à la naissance ? C'est juste une idée comme ça...

— Tu es jalouse, c'est tout. Reconnais-le.

Cela devenait rasoir à la longue.

— Fais attention à ne pas confondre haine et jalousie.

— Mais tu l'es, tu es jalouse ! trépigna-t-elle.

— De quoi exactement ? De ton côté manipulateur ? De ton déséquilibre mental ? Des voix dans ta tête qui te disent que tu es belle ? lança-t-elle en secouant la tête, lasse de discuter avec cette cinglée. Je n'ai vraiment pas envie de parler avec toi, alors dégage, grogna-t-elle en ouvrant la porte et en lui indiquant la sortie d'un geste de la main.

— Tu ne peux pas me rembarrer comme ça ! Je suis la Beta de cette meute et ta supérieure hiérarchique !

— Et tu es névrosée et tu souffres d'un cancer à l'âme. J'ai mieux à faire que d'écouter tes conneries.

— Très bien, dit-elle en se dirigeant vers la porte d'un pas ferme en faisant la moue. Je dois aller retrouver Zeke de toute manière.

— Avant de partir, cria Ally à la blondasse en furie, qui était déjà dans la rue, dis-moi juste une chose : est-ce que tu trouves que j'ai bon goût ?

— Salope ! hurla Rachelle, les yeux exorbités, les joues rouges comme une pivoine.

Ally s'esclaffa et rit plus fort qu'elle ne l'avait fait depuis un très long moment. Puis elle claqua la porte derrière elle.

Chapitre 2

« Je réclame mon dû. »

Le message se limitait à cela.

Derren Hudson se sentirait nettement plus à l'aise quand il saurait exactement ce que son ami allait lui demander. Assis derrière la vitre blindée du côté des visiteurs, Derren n'en demeurait pas moins impatient de quitter ce lieu. L'omniprésence des gardiens, les murs nus, l'ambiance lugubre, les odeurs de peur, d'oppression et de découragement faisaient remonter en lui tout un tas de vieux souvenirs qu'il préférait oublier. Son loup commençait à s'angoisser.

Bien loin de l'autre côté, une porte s'ouvrit et laissa passer un à un des métamorphes en combinaison orange, chacun se dirigeant vers la chaise située en face de son visiteur. Derren se redressa sur son siège quand un loup qu'il n'avait pas vu depuis cinq ans s'approcha de lui avec un sourire en coin.

Ce n'était jamais une bonne chose d'avoir une dette envers un sociopathe, ce que Cain Holt était manifestement devenu. Après les abus dont il avait été victime en maison de redressement de la part des gardiens humains, il n'était pas étonnant qu'il refoule complètement ses émotions. Ils s'étaient protégés mutuellement dans cet enfer où ils s'étaient connus et c'était la raison pour laquelle Derren lui vouait une amitié éternelle, même si le gars était dépourvu de tout sens moral.

Cain éprouvait une telle haine et un tel dégoût envers les humains pleins de préjugés qu'il avait adhéré au Mouvement, un groupe qui protégeait leur espèce contre les extrémistes anti-métamorphes qui militaient pour l'adoption de lois comme l'assignation au territoire, l'interdiction des mariages mixtes entre métamorphes et humains, la création d'un registre de l'espèce et la limitation à un enfant par couple de métamorphes.

Ces extrémistes prétendaient que les métamorphes étaient trop dangereux, violents et bestiaux pour se mélanger aux humains. Certaines de ces lois auraient même été adoptées s'il n'avait pas été découvert que des extrémistes avaient créé une réserve de chasse où des humains s'amusaient à traquer et tuer des métamorphes et leurs petits. La brutalité et la cruauté de cette activité avaient profondément choqué le pays tout entier et jeté le discrédit sur la position des extrémistes.

Cela ne les avait pas empêchés pour autant de continuer à militer en faveur de lois restrictives et à commettre des actes de violence gratuite. Quelques métamorphes s'étaient donc regroupés pour fonder le Mouvement, qui gagnait en puissance de jour en jour. Son approche n'était pas exactement subtile. Ses membres privilégiaient les actions publiques annonçant clairement qu'ils ne toléreraient aucune manifestation de préjugé ou de violence envers leur espèce.

En d'autres termes, les métamorphes réagissaient comme n'importe quel prédateur agressé : en se défendant. Si les extrémistes s'attendaient à ce qu'ils soient des victimes consentantes, ils se trompaient.

Les forces de l'ordre des humains croyaient avoir identifié les leaders du Mouvement, mais ils faisaient fausse route. Quelques métamorphes, dont Cain, assumaient publiquement un rôle de leader et faisaient l'objet d'une surveillance étroite de la part des autorités, ce qui permettait aux membres actifs de continuer à agir dans l'ombre.

Même si Cain et ses collègues étaient devenus des ambassadeurs du Mouvement, ils se gardaient bien de faire quoi que ce soit qui donne aux autorités une raison de porter des accusations sérieuses contre eux. Les forces de l'ordre des humains n'avaient pas eu d'autres recours que de les accuser d'infractions mineures pour les incarcérer pendant un moment. Derren se demandait bien comment son ami supportait de se retrouver derrière des barreaux, même pour un bref séjour. Mais bon, Cain était un coriace.

Cain s'assit en face de Derren et plaça le combiné sur son oreille. Le gardien qui l'accompagnait recula, une lueur de crainte dans le regard. Ouais, la réputation de Cain semait encore la terreur.

— Cain, se contenta de dire Derren en prenant le combiné de son côté.

— Ça fait longtemps, répondit Cain en le saluant d'un signe de tête. On peut se parler librement, expliqua-t-il à son ami. (Ils n'avaient pas perdu le contact malgré les cinq années passées en taule.) Mon gardien a eu l'amabilité de retirer le micro espion de mon téléphone.

Sans doute à cause de la terreur que lui inspirait Cain, songea Derren.

— Cet endroit te rappelle sûrement plein de souvenirs, non ? demanda Cain en balayant les lieux du regard.

Trop de souvenirs même.

— J'ai appris que tu étais devenu Beta de la meute Mercure. Je te féliciterais bien mais je pense que ce poste ne doit pas te plaire plus que ça.

Cain avait raison. Derren n'aimait pas les responsabilités. Pourquoi ? Parce que responsabilité rimait avec engagement et donc perte de liberté et de choix. Après toutes ses années en maison de redressement, Derren supportait très mal de se sentir enfermé, restreint dans ses mouvements. Et le poste de Beta lui donnait justement cette impression.

Le Beta assumait énormément de responsabilités. Il conseillait son Alpha sur les questions importantes et servait de négociateur avec les autres meutes. Ses journées étaient bien remplies. Il commençait par faire le tour du périmètre du territoire, puis il veillait à la formation des lieutenants qu'il dirigeait, avant de passer un peu de temps à son bureau pour s'occuper de la paperasserie. Il gérait également les plaintes de ses camarades de meute. En résumé, son travail consistait à assurer le bien-être émotionnel et physique de ses douze camarades de meute.

C'était une énorme charge pour un mec comme lui qui détestait les responsabilités. Il aurait refusé ce poste si son Alpha, Nick, n'avait pas fait partie des vieux amis qui l'avaient protégé à la maison de redressement. Et puis il avait beaucoup de chance : il était le Beta d'une petite meute. Plusieurs de ses camarades avaient remarqué à quel point ce poste lui convenait étant donné sa personnalité et de son caractère.

« *Il faut quelqu'un de très spécial pour être un bon Beta*, avait déclaré Shaya, la femelle alpha de la meute Mercure. *Il faut avoir un bon sens de l'observation, savoir conseiller les autres et se faire obéir, être capable d'affronter les problèmes directement, être protecteur de nature et bien s'entendre avec son Alpha. Tu es le mec idéal pour ce poste, avait-elle conclu.* »

Même si c'était le cas, cela ne signifiait pas pour autant qu'il était heureux de faire ce travail. Comment un homme était-il censé gagner la confiance des autres quand il était lui-même incapable d'accorder la sienne en retour ?

Derren avait perdu toute capacité à se fier aux autres il y avait de cela très longtemps. Il ne s'en plaignait pas cependant, ne considérant pas cela comme une faiblesse. Le meilleur moyen selon lui d'éviter d'être pris au dépourvu était de se méfier des autres et de ne jamais oublier que même les plus proches amis s'avèrent parfois capables de trahison. Nick était la seule personne en qui il avait un peu confiance parce qu'il l'avait mérité.

— J'ai reçu ton message, se contenta-t-il de dire à Cain.

Cain l'avait fait prévenir par un ami commun qu'il souhaitait le voir. Il avait beau être en taule, il n'avait aucun mal à communiquer avec l'extérieur.

— Tu paies toujours tes dettes. Alors je me suis dit que cela valait la peine de te faire venir ici, expliqua-t-il en s'accoudant à la table. Tu te souviens que je t'ai raconté que ma meute avait été exterminée quand j'avais huit ans ? Il y a eu deux seuls survivants, poursuivit-il quand Derren eut acquiescé d'un signe de tête, moi et une gamine de six ans. On a été recueillis par mes oncles de la meute Brookwell. Tu l'as peut-être croisée quand elle me rendait visite à la maison de redressement. Elle a les cheveux châtains et des yeux immenses.

Derren se souvenait des yeux vert émeraude de la fille en question, et de la curiosité de son loup, très désireux de faire sa connaissance.

— Toujours est-il, continua Cain, que ma chère Ally change souvent de meute. Elle ne reste jamais bien longtemps au même endroit. On est encore en contact tous les deux et, même si je suis derrière les barreaux, j'ai des potes qui gardent un œil sur elle. J'ai appris que sa meute actuelle lui mène la vie dure.

— La vie dure ?

— En fait, elle sortait avec le Beta de la meute, commença-t-il, l'air pas très heureux de la situation. Puis le type a subitement rencontré son âme sœur il y a quelques mois. C'est cette fille qui lui complique la vie. Il y a deux jours, elle a même accusé Ally de l'avoir attaquée en traître avec l'intention de la tuer.

— Est-ce que c'était le cas ?

Derren s'attendait à ce que Cain se hérisse, mais il se contenta de sourire. C'était souvent étonnant de découvrir ce qui énervait Cain et ce qui l'amusait.

— Tu sais, ma petite Ally est une vraie guerrière. Je suis bien placé pour le savoir puisque c'est moi qui lui ai appris à se battre. Elle n'est vraiment pas du genre à attaquer qui que ce soit par-derrière.

— Son Alpha l'a bannie ?

— Non. Soit il ne croit pas la version de la femelle beta, soit il a une autre raison. Je l'ignore.

— Qui est son Alpha ?

— Matt Ward, de la meute Collingwood.

Derren le connaissait assez bien. Son territoire jouxtait en effet celui de son ancienne meute, celle dont Nick avait été l'Alpha avant de partir pour créer la meute Mercure. Même s'il ne connaissait pas le Beta aussi bien que Matt, il l'avait toujours trouvé compétent.

— Si tu as raison et qu'Ally est innocente de ce dont on l'accuse, c'est moche. Je ne vois pas cependant en quoi ça me concerne.

— Ça ne te concernait pas avant, mais maintenant oui, déclara Cain gravement. Je veux que tu l'aides.

— Pourquoi moi ? Je pense que les loups de Brookwell seraient d'accord pour la secourir même si elle a quitté leur meute.

— Bien sûr. Mes oncles ont élevé Ally, ils l'adorent, ils la considèrent comme un membre de leur famille. Le hic c'est que ma meute attire l'attention des extrémistes et des autorités humaines depuis que j'ai intégré le Mouvement. Je n'ai jamais rendu publics mes liens avec Ally de crainte qu'on ne s'en prenne à elle pour m'atteindre.

Sage décision.

— Et si tu envoies un membre de ta meute ou un collègue du Mouvement lui donner un coup de main, les humains risquent de s'intéresser un peu trop à elle, conclut Derren. Mais bon, tu connais beaucoup de gens (des gens effrayants, dangereux, d'autres sociopathes), alors pourquoi est-ce que tu me demandes cela à moi ?

— Je pourrais tout à fait charger des collègues de s'occuper de cette affaire, mais cela risquerait de se terminer en bain de sang. Ally et moi, on a perdu toute notre meute d'origine aux mains de deux enculés. Je refuse de les imiter et Ally ne me le pardonnerait jamais si je faisais cela. Et puis il y a très peu de gens en qui j'ai confiance et tu es l'un d'eux.

— Ce n'est pas tant que tu as confiance en moi mais que tu sais que je vais tenir parole.

— C'est pareil, rétorqua Cain en haussant les épaules. Mais bon, je sais que je peux compter sur toi pour veiller sur la sécurité d'Ally.

C'était étrange pour Derren de voir son ami s'intéresser à autre chose qu'au Mouvement. Cain avait beaucoup changé au fil des années passées en maison de redressement. Il s'était endurci, était devenu insensible. Il ne considérait plus les autres que comme des associés ou des complices susceptibles de lui servir à quelque chose. Cette fille par contre comptait manifestement beaucoup pour lui. Elle devait donc être son âme sœur, mais Cain avait probablement ses raisons de ne pas la revendiquer, sinon elle ne serait pas sortie avec ce Zeke.

— Que veux-tu que je fasse au juste ?

— Je voudrais que tu l'invites à passer quelque temps avec toi au territoire de la meute Mercure. Je sors d'ici dans quatre mois et je prendrai le relais à ce moment-là.

Derren se carra dans son siège en soupirant. Ce ne serait pas facile d'obtempérer à la demande de Cain. Nick détestait recevoir des étrangers chez lui.

— Tu aurais dû t'adresser directement à Nick. C'est lui l'Alpha.

— Ouais, mais il ne me doit rien. Ally n'est pas en sécurité avec ces connards, Derren, insista-t-il, manifestement en colère.

— Peut-être ne sera-t-elle pas plus en sécurité chez nous en ce moment.

En effet, Jesse était tombé malade une semaine plus tôt après avoir chassé sur leur territoire un animal qui s'était avéré avoir été empoisonné, avaient-ils découvert ultérieurement. Une enquête avait relevé d'autres animaux dans le même état.

— On a également été victimes d'une autre petite attaque.

Cain ne demanda pas de détails à son ami. Il n'était pas d'usage de parler d'affaires internes avec les étrangers.

— Si tu as besoin d'aide pour régler tes soucis, je peux t'en procurer.

— On ne sait même pas d'où ça vient. Ce pourrait être un incident isolé, supposa Derren, qui n'en demeurait pas moins dubitatif.

— Ouais, peut-être, concéda Cain, qui ne semblait pas plus convaincu que Derren. Mais ça ne change strictement rien. Ally ne sera peut-être pas parfaitement en sécurité avec ta meute, mais elle encourt plus de dangers là où elle est. Même si ce n'était pas le cas, je ne tolère pas qu'on porte de fausses accusations contre elle.

— C'est pour cela que tu t'es adressé à moi, comprit Derren. C'est un peu sournois de ta part.

Cela ne l'étonnait pas outre mesure. Cain avait toujours été manipulateur et égocentrique.

— Je veux qu'Ally soit en sécurité, déclara Cain sans s'en excuser, en haussant les épaules. Si je dois titiller la conscience morale de mes amis pour y parvenir, eh bien tant pis, je n'hésiterai pas à le faire.

— Tu oublies que je suis justement assez dénué de conscience morale.

— Alors fais-le parce que tu as une dette envers moi.

C'était effectivement le cas. Sans Cain, Derren n'aurait jamais retrouvé l'affreux mythomane qui avait scellé son destin et l'avait expédié en maison de redressement à l'âge de quatorze ans.

— D'accord.

— Je m'occuperai de cette meute dès que je sortirai d'ici, affirma Cain en le remerciant d'un signe de tête. D'ici là, j'ai besoin de savoir qu'elle reste loin de ces connards. Vu ?

Derren n'avait pas tellement le choix de toutes les manières.

—Ouais. Je vais avoir besoin d'en savoir un peu plus sur elle. Qu'est-ce que tu peux me dire ?

—Elle s'appelle Alyssa Marshall, elle a vingt-six ans et c'est une prophétesse.

—Une prophétesse ? s'exclama Derren en poussant un grognement et en se raidissant.

—Je sais ce que tu penses des prophétesses en général, Derren et je te comprends. Vraiment. Mais Ally est une fille bien. Rien à voir avec ton expérience passée.

—Trouve quelqu'un d'autre pour l'aider, Cain, déclara Derren en posant une main sur la table, prêt à repousser sa chaise pour déguerpir. Crois-moi, je ne suis pas la personne idéale pour veiller sur elle.

Il éprouvait beaucoup trop d'antipathie envers les prophétesses.

—Moi qui pensais que tu étais un homme de parole, affirma Cain en se calant dans sa chaise sans montrer aucune colère.

C'était le cas. La plus grande qualité de Derren était sa loyauté sans faille quand celle-ci était méritée.

—Je ne reviens pas sur ma parole…

—Oh que si ! Derren, dit Cain à mi-voix en se penchant vers l'avant. J'ai trouvé ce connard pour toi. Je vous l'ai remis, à toi et à Nick, sur un plateau d'argent. Je vous ai même aidés à l'enterrer. Je n'ai jamais rien dit. Je t'ai simplement demandé de me rendre un seul service en échange. Est-ce que je te demande de retrouver quelqu'un et de le buter pour moi ? de l'enterrer ? Non. Je te demande de protéger une personne qui m'est très chère. Une personne qui est accusée de crimes qu'elle n'a pas commis, merde ! Comme toi !

Si Derren avait été quelqu'un d'autre, un type bien, ces paroles auraient chatouillé sa conscience, si limitée soit-elle. Ce n'était pas le sentiment de culpabilité qui le faisait hésiter à refuser la requête de Cain mais bien le rappel de tout ce que son ami avait fait pour lui, tous les dangers qu'il avait courus pour lui, sans jamais rien lui demander en échange. Il y avait un dernier problème très important à régler cependant.

— Nick ne voudra jamais. Il déteste les prophétesses.

— Tu devras le convaincre.

Ce ne serait pas évident. Et puis la meute partageait son avis…

— Putain ! s'exclama Derren.

Derren avait beaucoup de respect pour sa femelle alpha, surtout parce qu'elle était capable de convaincre Nick de revenir sur une décision. Bien sûr, il l'écoutait aussi, appréciait ses conseils, avait confiance en son jugement. Mais seule l'opinion de Shaya comptait vraiment pour Nick.

Au début, quand ils s'étaient rencontrés, elle ne lui avait pas tout de suite plu. Elle avait rejeté Nick à plusieurs reprises. Elle avait ses raisons de le faire, d'autant plus qu'il ne l'avait pas revendiquée quand il en aurait eu l'occasion. Nick en avait souffert et cela avait déplu à Derren. Nick avait même fini par quitter sa meute pour retrouver Shaya, et Derren estimait qu'elle devait lui accorder au moins une occasion de s'expliquer. Elle avait fini par le faire et Derren avait découvert que Shaya Critchley était forte, sage et pourvue d'un très grand cœur.

Ils avaient créé leur propre meute, grâce à l'intervention de Derren, et Nick avait acheté un grand terrain parsemé de petits pavillons de chasse. La demeure principale avait été entièrement rénovée au goût de Shaya. En dépit de la réticence de Nick de redevenir alpha, tout s'était très bien passé, sauf quand il avait décidé de se passer de Derren comme garde du corps et de le nommer Beta de la meute.

S'il avait refusé, Derren aurait fait preuve d'un manque de loyauté envers Nick. Mais bon, cela dit, ça ne réglait pas la question d'Ally Marshall et il ne pouvait pas se permettre de simplement laisser tomber.

Comme prévu, Nick s'était rebiffé à l'idée d'accueillir une prophétesse, même provisoirement. Shaya, pour sa part, rechignait à l'idée d'héberger une étrangère jusqu'à ce que Derren lui décrive sa difficile situation, qui toucha profondément la femelle alpha au naturel compatissant. Elle faisait tout ce qui était en son pouvoir pour aider les autres et réussissait en général à convaincre Nick de la suivre.

Elle tâcha donc de persuader son compagnon d'accueillir la jeune femme. Même si Nick paraissait déterminé à refuser, Derren le sentait commencer à hésiter, réticent à l'idée de contrarier Shaya.

— On ne devrait pas s'en mêler. Cette affaire ne nous regarde pas, déclara Nick, assis sur le canapé, occupé à câliner sa fille et à démêler ses bouclettes blondes.

Willow avait les traits de fée de sa mère, mais les yeux verts de son père. Derren était son parrain.

— Cette affaire te regarde, Cain est ton ami, déclara Shaya, les bras croisés et les sourcils froncés, tout en dévisageant Nick.

— Je n'ai pas d'amis.

— Au temps pour moi. Tu n'as que des connaissances, pas d'amis, je sais, rétorqua-t-elle sèchement. Mais tu aimes bien Cain, pas vrai ?

— Je ne le déteste pas.

— Ce qui revient à dire que ce mec est ton meilleur ami, s'esclaffa Eli, le plus jeune frère de Nick et premier lieutenant de la meute.

Nick était très asocial. Il gardait les autres à distance le plus possible. Il était né pour être alpha, pour diriger une meute, mais il n'aimait pas être toujours en groupe. C'était d'autant plus compliqué que l'Alpha d'une meute était rarement seul.

— C'est de l'âme sœur de ton ami dont il est question ici, Nick, insista Shaya, même s'il ne s'unit jamais à elle. Cela ne te touche pas ?

Derren se demanda si la grande compassion de Shaya ne tenait pas au fait qu'elle avait vécu exactement cela : le refus de son âme sœur de la revendiquer.

— Je me demande pourquoi Cain ne l'a pas revendiquée ? s'enquit Caleb, l'air curieux.

Ce soumis avait grandi avec Shaya et ils étaient restés très amis. Caleb avait de grandes qualités. Sincère et intelligent, il s'était uni il y avait peu à un autre soumis de la meute, Kent.

— Pour la protéger, sans doute, supposa Shaya. Tu nous as dit, continua-t-elle en se tournant vers Derren, que Cain t'a expliqué qu'il gardait leur relation secrète afin de la protéger.

— Il a aussi dit qu'il la connaissait depuis qu'elle avait six ans et lui huit. Il aurait pu la revendiquer en sortant de la maison de redressement à dix-huit ans, au lieu de quoi il l'a laissée errer de meute en meute.

Derren ignorait pourquoi Cain ne s'était pas uni à elle. Il se demandait comment il pouvait ne pas tenir compte de son désir d'union. C'était assez douloureux, semblait-il. Mais bon, Cain ne ressentait pas les choses comme tout le monde. Plus maintenant, en tout cas. Ceci expliquait peut-être cela.

— Peu importe, avança Nick. Cela ne nous regarde pas. Et puis la situation pourrait se régler assez rapidement. C'est normal pour la Beta d'être possessive, jalouse de l'ex de son compagnon.

— Ouais, convint Shaya, mais si la Beta est jalouse au point d'être amère, mesquine et agressive envers Ally, cela complique les choses. J'ai du mal à croire que le Beta n'interviendra pas.

— Je suis d'accord, dit Kathy, la mère de Nick.

Elle voulut prendre Willow, qui gazouillait dans les bras de son père, mais l'Alpha refusa. Il se sentait aussi possessif et protecteur envers sa fille qu'avec sa compagne.

— Le problème, c'est que cette Ally est une prophétesse, déclara-t-elle, l'air dégoûtée.

— Je n'aime pas les prophétesses, décréta Nick. Je ne leur fais pas confiance et je ne veux pas de sa présence ici, affirma-t-il catégoriquement.

— Pourquoi ? voulut savoir Shaya, perplexe. Qu'est-ce que tu leur reproches ?

Derren se demanda pendant un moment si Nick allait parler d'événements qui s'étaient produits il y avait de cela très longtemps et dont peu de gens étaient au courant. Nick n'eut pas besoin cependant de faire allusion au passé de Derren pour expliquer sa position.

— As-tu déjà oublié ce qui est arrivé à Roni et à Marcus ? demanda l'Alpha à sa compagne en arquant un sourcil.

Roni, la jeune sœur de Nick et lieutenant de la meute Mercure, s'était unie à son homologue de la meute du Phénix. Plutôt que de demander à l'un ou à l'autre de changer de meute, Nick et Trey, l'Alpha de la meute du Phénix, étaient devenus frères de sang, permettant ainsi au couple que formait Roni et Marcus d'appartenir aux deux meutes. Celles-ci s'étaient unies sur un plan métaphysique sans pour autant fusionner, et étaient devenues très proches.

— Ils ont failli ne pas s'unir parce qu'une prophétesse avait essayé de les en empêcher en leur faisant croire que Roni n'étaient pas l'âme sœur de Marcus.

C'était un exemple de plus d'une prophétesse faisant un mauvais usage de ses dons. Derren considérait Roni comme une bonne amie et cette histoire avait exacerbé sa haine envers les prophétesses en général.

— Kerrie est une vraie salope, décréta Shaya en esquissant un geste méprisant de la main, mais cela ne signifie pas pour autant qu'Ally en soit une aussi.

— Serais-tu d'accord pour qu'Ally vienne séjourner ici, ma chérie ? demanda Marcus à Roni en inclinant la tête pour manifester son accord avec Shaya.

Le jeune homme était bien calé dans le canapé au côté de sa compagne, le bras posé sur son épaule. Au premier abord, ils ne semblaient pas former un couple bien assorti. Marcus était un dominant, charmeur, très sociable, un mec décontracté, tandis que Roni était un garçon manqué, une véritable tueuse, mal à l'aise en société et dotée d'une intelligence supérieure.

— Tant qu'elle n'est pas comme Kerrie, sa présence ne me pose pas de problème, répondit Roni. Je doute fort qu'il existe sur terre un esprit plus maléfique que cette salope.

— Je ne suis pas sûr que tu sois la mieux placée pour lancer la première pierre, déclara Eli en se tournant vers sa sœur et en plissant les yeux.

Il passa la langue sur ses dents encore roses à la suite du dernier mauvais tour que lui avait joué Roni. Le frère et la sœur se faisaient tout le temps des farces, pour le plaisir de se faire enrager l'un l'autre.

— Tu n'as pas encore tourné la page ? s'enquit Roni en levant les yeux au ciel.

— Tu as mis du colorant alimentaire rouge sur ma brosse à dents ! J'avais l'air d'un vampire ce matin !

— Si tu n'avais pas mis de l'huile d'amandes dans mon flacon de shampoing, je n'aurais pas eu besoin de me venger, n'est-ce pas ?

— Donc, intervint Marcus pour interrompre les chamailleries de Roni et d'Eli, tu es d'accord pour que l'on héberge Ally ici temporairement ?

— Je vais me ranger à l'avis de Shaya, déclara la jeune femme en haussant les épaules.

— La présence d'Ally ne me pose pas de problème, déclara Marcus après avoir réfléchi quelques instants, dans la mesure où elle ne me communiquera pas ses visions. Je préfère ne pas connaître l'avenir si cela ne fait que compliquer le présent.

Derren n'aurait pas pu mieux l'exprimer.

— Si tu fais allusion à ce qui est arrivé à Trey, lança Shaya, cela n'avait rien à voir avec la vision de la prophétesse. La faute en revient à son père.

Trey Coleman était l'Alpha de la meute du Phénix.

— Qu'est-il arrivé à Trey ? s'enquit Kent en se tournant vers Marcus.

— C'est à Trey qu'il faut poser la question, répondit Marcus. Tout ce que je peux te dire, c'est que la prophétesse de sa meute avait dit à son père, quand Trey était encore un enfant, qu'il prendrait sa place un jour.

Comme tout le monde connaissait la réputation de feu Rick Coleman, un vrai barjot, un homme violent, il était facile d'en déduire que le salaud avait puni

Trey toute sa vie pour quelque chose qu'il n'avait pas encore fait.

La porte d'entrée s'ouvrit alors dans un grand fracas, interrompant Nick qui s'apprêtait à dire autre chose, et une cacophonie de voix se fit entendre. Trois lieutenants de la meute Mercure entrèrent en discutant âprement. Ou plutôt, Jesse et Zander arrivèrent en rabrouant vertement Bracken, qui avait l'air excédé.

Derren devina aussitôt de quoi il retournait et regarda Bracken en poussant un long soupir.

— Vous avez encore fait des conneries, Dominic et toi ?

Dominic était un des lieutenants de la meute du Phénix. Parfait hédoniste, il était capable de baiser avec la première venue. Amateur de chasse au gros gibier, Bracken était quant à lui aussi dragueur et porté sur le sexe que n'importe quel autre métamorphe, mais il préférait la technologie au contact avec les autres. Tout le monde s'était donc étonné de voir des liens d'amitié se tisser entre deux êtres aussi dissemblables. Ensemble, ils avaient l'art de se mettre dans des pétrins pas possibles.

— Oh ! presque rien, ironisa Jesse. Juste un petit plan à trois avec la compagne d'un Alpha.

— Sa promise, rectifia Bracken, pas encore sa compagne. Une union organisée par son père avec un type qui n'était pas son âme sœur. Elle avait envie de s'amuser une dernière fois avant la cérémonie. Tu l'as vue, toi ? demanda-t-il à Jesse. Comment aurais-je pu refuser ?

— Pourtant, c'est exactement ce que tu aurais dû faire, déclara Jesse en hochant la tête.

— Tu as de la chance, dit Zander à Bracken. Si l'Alpha n'avait pas eu une peur bleue de Nick et de notre meute, il t'aurait provoqué en duel.

Nick avait une sacrée réputation.

— On en reparlera plus tard, affirma Shaya en les invitant à s'asseoir d'un geste de la main. Il y a des choses plus importantes à discuter pour l'instant.

— Il n'y a plus rien à discuter, la reprit Nick. Tout a été dit.

Shaya fit comme si Nick n'avait rien dit et mit Jesse, Zander et Bracken au courant du cas Ally Marshall. Derren et Nick avaient rencontré les trois lieutenants en Arizona, où ils avaient retrouvé la trace de Shaya, que Nick avait décidé de revendiquer. Les trois loups avaient quitté leur meute d'origine et suivi Nick comme son ombre jusqu'à ce qu'il accepte de fonder une nouvelle meute et les y intègre.

Derren les aimait bien. Calme et réfléchi, Jesse était le plus pratique des trois. Il était tellement sérieux que Derren avait l'air d'un rigolo à côté. Bracken était un farceur que personne ne qualifierait de profond. Les insultes le touchaient autant qu'une tache sur sa chemise. Zander n'était ni sensible ni sympathique, mais il était doté d'un esprit incisif et tellement téméraire que Derren se demandait si son rythme cardiaque s'accélérait parfois.

— J'ai déjà entendu parler d'un cas semblable, déclara Bracken en expirant longuement quand Shaya eut fini de raconter l'histoire d'Ally. Un gars déjà en couple quand il avait rencontré son âme sœur. L'ex n'a pas supporté et s'est suicidée.

—Ally souffre sans doute énormément, convint Shaya, l'air triste.

—À ta place, je m'inquiéterais plus de la sécurité de la Beta que de celle d'Ally, déclara Kathy, énervée. Il faut à tout prix éviter de contrarier une prophétesse. Vraiment. Il vaut mieux ne pas attiser leur animosité.

—J'ai l'impression que tu as déjà eu maille à partir avec l'une d'entre elles, dit Shaya. Je me trompe ?

—En as-tu déjà rencontré une ? demanda la mère de Nick en évitant de répondre à la question de sa belle-fille.

—Pas que je me souvienne, répondit Shaya après réflexion.

—Alors, tu n'en as jamais rencontré, parce que, si c'était le cas, tu n'aurais pas oublié, expliqua Kathy avec un sourire méprisant. Elles sont toutes les mêmes : excentriques, capricieuses, folles… Tout est une quête spirituelle pour elles et elles cherchent à vivre en harmonie avec la nature. (Pitoyable, semblait-elle penser.) Complètement imbues d'elles-mêmes, elles croient que leur meute serait moins en sécurité sans leurs visions et que tout le monde leur doit respect et obéissance.

—Tu en parles comme d'une espèce à part, soupira Shaya. Les prophétesses sont simplement des métamorphes qui ont des visions. C'est tout.

— C'est plus que ça. Elles ressentent les émotions des autres. Elles ont aussi des talents de guérisseuses.

— C'est plutôt une bonne chose, ça, non ? demanda Kent, l'air songeur.

— Tout cela pour dire que ce n'est pas naturel, continua Kathy en faisant comme si elle ne l'avait pas entendu. Ce ne sont pas des métamorphes comme les autres. Leur don est apparu dans nos lignées il y a quelques siècles quand un loup s'est imprégné avec une prêtresse vaudoue.

— Je pensais que c'était une sorcière blanche, affirma Eli, perplexe.

— Une sorcière noire, plutôt, non ? intervint Bracken.

— Moi, j'avais entendu dire qu'une louve s'était imprégnée avec un chaman, ajouta Caleb en haussant les épaules.

— Comme personne n'est sûr, conclut Shaya impatiemment, il se peut aussi que ce don ait une tout autre origine.

— Pensez ce que vous voulez, mais ce n'est pas une bonne idée d'accueillir cette fille chez nous, rouspéta Kathy.

— Tu refuserais de venir en aide à cette fille uniquement en raison de son don ? insista Shaya en balayant la pièce des yeux, l'air profondément déçue.

— Oublions un peu cette histoire de prophétesse, intervint Jesse en passant la main sur ses cheveux coupés ras. Il ne faut pas écarter la possibilité que la Beta, même si elle est très jalouse d'Ally, dise peut-être la vérité.

— Es-tu sûr, demanda Eli à Derren en plissant ses grands yeux bruns au regard analytique, qu'elle est accusée à tort ?

— Je crois que Cain est persuadé de son innocence, répondit Derren, voyant que tout le monde attendait impatiemment sa réponse.

— Ce gars est capable de mentir sans broncher, lui rappela Nick en reposant par terre Willow qui ne cessait de gigoter et en la regardant se diriger à quatre pattes vers sa maman.

Shaya avait l'air d'avoir envie de frapper son compagnon.

— Cela ne signifie pas pour autant qu'il a menti à son pote. Derren nous a dit que Cain lui avait expliqué que, s'il envoyait ses amis massacrer la meute Collingwood, Ally ne le lui pardonnerait jamais. Cela nous donne une bonne idée du tempérament de cette fille.

— Ouais, mais bon, elle est aussi l'âme sœur d'un loup complètement déjanté, affirma Kathy en croisant les jambes. Elle lui ressemble peut-être un peu.

— Les contraires s'attirent aussi et c'est fréquemment le cas entre âmes sœurs, signala Shaya. Comme Nick et moi ou Roni et Marcus.

— Avec leur lien d'union, s'enquit Zander en tambourinant du bout des doigts sur l'accoudoir du canapé, le Beta de la meute devrait savoir si sa compagne ment, non ?

— Pas si leur lien d'union n'est que partiellement en place, expliqua Marcus en bécotant tendrement Roni dans le cou.

— Si cette Beta a vraiment une dent contre Ally, elle ne va pas s'arrêter là, ajouta Shaya en prenant Willow dans ses bras. On doit l'aider. On doit l'éloigner de cette meute avant que cette fille réussisse à la faire bannir ou pire encore.

— Je ne veux pas d'une prophétesse ici, décréta Nick en croisant le regard sévère de Shaya.

— Ne sois pas ridicule, soupira-t-elle, excédée.

— Je veille sur la sécurité de la meute, c'est tout.

Shaya renifla bruyamment, l'air hautain, avant d'embrasser sa fille sur la joue.

— D'accord. Si tu ne le fais pas pour cette fille, fais-le pour Derren. Cain n'apprécierait pas s'il ne respectait pas sa parole.

— Ouais, acquiesça Zander. J'ai beaucoup entendu parler de Cain Holt et pas en bien, à part le fait qu'il a intégré le Mouvement.

— C'est un détraqué, cracha Nick.

— Alors vous devez bien vous entendre tous les deux, déclara Shaya en arquant les sourcils.

— Je ne veux pas d'une prophétesse chez moi, décréta Nick en battant l'air de la main et en faisant comme s'il n'avait pas entendu Eli s'esclaffer.

— Avec le Mouvement, Cain doit connaître plein de mecs dangereux capables de régler ce problème de manière expéditive, supposa Jesse.

— C'est effectivement le cas, confirma Derren. Mais on connaît tous les méthodes qu'emploie le Mouvement pour « régler » les problèmes avec à la clé des effusions de sang et des morts. Cain préfère ne pas faire appel à ses contacts. Ils risqueraient de mener les humains jusqu'à Ally.

Ni d'une ni deux, ils se pointeraient à la meute Collingwood, buteraient tout le monde et iraient ensuite au resto bouffer des pancakes.

— Dans combien de temps est-ce que Cain sort de prison ? s'informa Zander.

— Dans quatre mois, répondit Derren.

— Moi, je ne voudrais pas être à la place des Betas de Collingwood quand il va être libéré, déclara Eli.

— Pourquoi ? voulut savoir Kent.

— Comment pensez-vous qu'un sociopathe vengera son âme sœur ? demanda-t-il en arquant un sourcil. Qu'il l'ait revendiquée ou non ne change pas la donne.

— Il va punir ceux qui l'ont fait souffrir, conclut Bracken.

— Oui, et comment pensez-vous que ce même sociopathe réagira, ajouta Shaya, si Derren ne respecte pas sa parole de veiller sur la sécurité de son âme sœur, surtout si quelque chose lui arrivait dans l'intervalle ?

— Il va s'en prendre à toi, déclara Bracken en se tournant vers Derren, et à toute la meute peut-être si on refuse de l'aider.

— Et tout cela parce qu'une salope jalouse, poursuivit Shaya en hochant la tête, a décidé de mener la vie dure à l'ex de son compagnon. Si cela arrivait à Willow, dit-elle en s'approchant de Nick, une expression plus tendre sur le visage, si elle avait besoin d'aide, tu ne voudrais pas qu'on lui prête main-forte ?

— Personne ne fera jamais de mal à ma fille, grogna Nick.

— Oui, on sait tous que si quelqu'un avait ne serait-ce qu'une pensée négative envers ta petite fille, tu l'étriperais avant même qu'il ait eu le temps de cligner des yeux. Qu'adviendrait-il cependant si on n'était pas là pour veiller sur Willow, si elle était seule au monde ? Ne voudrais-tu pas que quelqu'un d'autre la protège ?

— C'est un coup bas de comparer Willow à cette fille, affirma Nick en plissant les yeux.

— C'est seulement pour quatre mois. Ce n'est pas bien long. Et tu n'as pas trop le choix à moins d'avoir envie de créer de sérieux ennuis pour Derren avec Cain.

— T'es bien sûr que c'est ce que tu veux, Derren ? demanda alors Nick à son Beta.

Ce qu'il voulait dire, c'était : « Es-tu bien sûr que tu as envie de passer tout ce temps avec une prophétesse, toi qui ne les apprécies guère ? »

— J'en suis sûr.

Pas toujours facile d'être un homme de parole.

— D'accord, soupira Nick, on va l'aider. Par contre, Derren, elle sera sous ta responsabilité pendant toute la durée de son séjour parmi nous.

Même s'il était soulagé de s'éviter des ennuis avec Cain, Derren n'appréciait pas pour autant cette nouvelle responsabilité. Ses réticences envers les prophètes mises à part, il ne se réjouissait pas trop à la perspective de veiller sur une fille indépendante, égocentrique et écervelée.

Après dîner, Derren et Eli se rendirent sur le territoire de la meute Collingwood où Matt Ward les accueillit chaleureusement dans son bureau, s'informant de la santé de Nick et des autres membres de la meute Mercure.

— Que puis-je faire pour vous ? leur demanda-t-il après les formalités d'usage.

— C'est assez simple en fait, déclara Derren, assis en face de l'Alpha, en haussant les épaules. On a un problème, toi et moi, et je pense qu'on peut le résoudre à la satisfaction de tous.

— Ah ? Et de quoi veux-tu parler ? s'enquit Matt, l'air interrogateur.

— D'Alyssa Marshall.

L'Alpha se raidit mais garda le silence, regardant d'abord Derren puis se tournant vers Eli.

— Elle fait partie de ta meute, pas vrai ? insista Derren.

— Oui, répondit-il avec une certaine hésitation.

— J'ai appris de source sûre qu'elle passe un mauvais moment ici. Elle a des problèmes avec le couple de Betas.

— Qui t'a dit ça ? demanda Matt en plissant les yeux. Il était manifestement vexé à l'idée que des personnes extérieures à la meute soient au courant de leurs affaires.

— La bonne nouvelle, déclara Derren préférant esquiver la question, c'est que je suis en mesure de t'aider.

— Et comment ?

— Je suis venue chercher Ally.

— Et pourquoi ferais-tu cela ? s'enquit Matt, sur ses gardes, comme s'il s'attendait à ce que Derren lui demande quelque chose en échange.

— Tout ce que je peux te dire c'est que le bonheur et la sécurité d'Ally sont extrêmement importants pour une personne qu'il vaut mieux ne pas contrarier. Et ici elle n'est ni heureuse, ni en sécurité. Et quand Ally a des soucis cette personne est mécontente, ce qui crée un problème pour toi, par ricochet.

— Et qui est cette personne ? voulut savoir Matt, l'air de commencer à paniquer.

— Cela n'a pas d'importance.

— Je veille sur tous mes loups, insista Matt, sur la défensive, y compris Ally. Pourquoi es-tu venu la chercher ?

— Le protecteur d'Ally a confiance en moi pour veiller sur sa sécurité, affirma Derren en dévisageant Matt avec une expression déterminée dans le regard. Confie-la-moi et tu seras débarrassé d'un problème qui pèse sur toute ta meute.

— Qui est son protecteur ?

— Je te l'ai déjà dit : cela n'a aucune importance.

— Je ne peux pas te confier un de mes loups sans savoir où il va.

— Elle va m'accompagner chez moi, dans ma meute.

— Qu'est-ce qu'on t'a dit ?

En d'autres termes, que savait exactement le protecteur d'Ally ?

— On m'a dit que ta Beta faisait des ennuis à Ally, qu'elle l'avait même accusée de tentative d'assassinat sur sa personne.

— Je n'ai pas banni Ally. Je ne suis pas convaincu de sa culpabilité.

Matt lançait cela maintenant, voulant sans doute éviter d'offenser une personne susceptible de chercher à se venger. Il avait toutes les raisons de s'inquiéter.

— Bien sûr. Mon ami sera heureux de l'entendre. Tout comme il sera heureux d'apprendre que tu n'as pas essayé de m'empêcher de partir avec elle. Confie-la-moi, dit-il alors en se penchant légèrement vers l'avant.

— Je vais envoyer quelqu'un la chercher, déclara Matt après avoir avalé bruyamment sa salive.

Chapitre 3

Ally se sentit observée tout au long du trajet vers la maison des Alphas. Certains regards étaient chargés de haine et d'accusations mais d'autres de pitié et de regrets. Avec toutes ces émotions qui l'assaillaient, elle avait l'impression d'avancer dans un brouillard glacial. Comme d'habitude, personne ne lui adressa la parole. Ses camarades lui faisaient clairement comprendre que, même si elle n'avait pas été bannie, elle demeurait une marginale à leurs yeux.

Ally se demanda si Matt l'avait convoquée parce que Rachelle l'avait accusée d'autres crimes. Ou s'il avait décidé d'alourdir sa peine. D'après Zeke, Matt ne souhaitait pas la bannir mais rien ne l'empêchait de changer d'avis. De toute manière, elle en aurait bientôt le cœur net.

Dès son arrivée, elle frappa à la porte du bureau de son Alpha.

—Entre, dit immédiatement Matt.

Elle redressa les épaules et obtempéra. Elle ne laissa passer aucune émotion sur ses traits. Elle n'avait pas l'intention de dévoiler ses sentiments. Elle entra donc et s'arrêta net en apercevant deux inconnus. Elle scruta longuement un loup baraqué aux cheveux brun doré et à l'air invincible, impitoyable même, lui souffla son intuition. Ouais, Ally allait devoir s'en méfier. Il dégageait un mélange d'impatience, de méfiance et de suspicion qui lui provoqua des picotements et des démangeaisons sur le cuir chevelu.

Elle se tourna ensuite vers le deuxième loup, qui n'était en fait pas un inconnu. Un brun balèze, très viril, qu'elle avait aperçu à la maison de redressement il y avait de cela fort longtemps. Il avait changé depuis. Les épaules larges, il était costaud, bien charpenté. Tendu, immobile, il avait l'œil vigilant. Ses grands yeux au regard ténébreux ne devaient rien rater. Il serrait les lèvres et sa bouche sensuelle dessinait un rictus sévère. Elle y lit une cruauté qui ne s'y trouvait pas à l'époque.

Déjà à l'adolescence il avait attisé sa curiosité. Il déclenchait maintenant en elle un appétit charnel qui lui brûlait la peau, lui faisait bouillir le sang et la frappait en plein ventre. Cette réaction primaire s'était produite à la vitesse de l'éclair et elle n'y comprenait rien.

Elle ne percevait aucune émotion en lui, contrairement à son ami. Il était tellement fermé que le calme plat qu'il dégageait n'était que rarement perturbé par de brèves étincelles de suspicion, de rancœur, de mépris et de confusion qui lui donnaient des frissons. Ces fluctuations étaient tempérées par les relents d'un appétit sensuel qui lui donnait chaud à des endroits qu'elle n'aurait jamais soupçonnés.

Il cherchait à étouffer ce désir qu'il sentait monter en lui, elle le voyait bien.

Il la trouvait attirante, mais bien malgré lui, ce qui énerva la louve d'Ally, qui l'avait reconnu et s'était redressée, séduite par son caractère dominant et son assurance.

Ses yeux sombres la scrutèrent, s'arrêtant un peu trop longuement sur sa bouche. Elle ne rougit cependant pas devant cette inspection.

— C'est lui qui t'envoie, devina-t-elle.

Cain. Elle se doutait que la présence d'un ami de Cain de l'époque de la maison de redressement ne pouvait pas être une simple coïncidence.

Elle ne reçut pour toute réponse qu'un bref hochement de tête. Le mec n'avait pas l'air heureux. Pas plus qu'elle, en fait. Ally avait espéré que Cain ne soit pas mis au courant de sa situation, vu sa manière radicale de régler les problèmes. Il devait la faire surveiller plus étroitement qu'elle ne le pensait.

— Je m'appelle Derren Hudson, déclara-t-il d'une voix douce comme du velours qui lui caressa les sens. Et voici Eli Axton. Nous sommes membres de la meute Mercure.

Ally avait un peu entendu parler de cette meute et surtout de ses Alphas apparemment très puissants et très dangereux.

— Notre ami commun est-il au courant de tout ?

— De tout, oui.

Merde ! pensa-t-elle.

— C'est lui qui t'a informé ?

Derren hocha la tête.

— Je suis venu te chercher, expliqua-t-il.

Elle l'avait deviné.

— Où vas-tu m'emmener ?

— Chez moi, provisoirement.

Cain allait sans doute prendre la relève à sa sortie de prison.

— Ally, commença Matt en se raclant la gorge, je tenais à te dire que je t'ai toujours crue innocente. Et je suis sûr que tu n'as pas attaqué Rachelle hier soir.

— C'est vrai ? demanda-t-elle lentement, sceptique.

Matt semblait effrayé, ce qui lui déclencha des sensations désagréables sur les bras.

— Oui, affirma-t-il, mais je n'ai aucune preuve. Rachelle a porté des accusations très graves contre toi. Son rôle, en tant que Beta de la meute, est de veiller sur la sécurité de tous ses membres. S'il s'avère qu'elle t'a réellement accusée à tort, cela voudrait dire qu'elle a violé son serment et t'a mise en danger. Elle mérite d'être punie sévèrement et il me faudra la remplacer dans son poste. Zeke sera obligé de démissionner. Je ne peux pas prendre une décision aussi importante sans avoir de preuves concrètes de sa culpabilité. Et c'est pareil pour toi. Je ne peux pas t'exécuter ou te bannir pour la même raison. Je veux que tu saches que je ne te bannis pas, déclara-t-il d'une voix ferme et rassurante. Tu n'as pas besoin de t'en aller. Je peux veiller sur ta sécurité ici.

— C'est faux, déclara Derren.

Le Beta avait raison. Matt ne pouvait pas la protéger. Rachelle n'arrêterait jamais et Ally le savait. En outre, la meute était persuadée de sa culpabilité. Elle ne comptait plus aucun ami parmi ses camarades, plus personne pour la défendre contre de nouvelles accusations, ou pour veiller à ce qu'on ne puisse pas impunément vandaliser de nouveau sa maison.

En revanche, elle n'avait pas très envie non plus de partir avec deux inconnus qui ne semblaient pas vraiment souhaiter sa compagnie. Il valait peut-être mieux pour elle ne pas tenter le diable.

Derren la regarda en plissant les yeux, comme s'il avait deviné son hésitation.

— Matt, peux-tu nous laisser seuls quelques instants ?

Ally fut très étonnée qu'il demande à l'Alpha de sortir de son bureau. Et encore plus de voir Matt obtempérer.

— Je ne peux pas te laisser ici. Cain insiste pour que tu quittes cette meute.

Et elle comprenait parfaitement que Cain en voudrait à Derren s'il ne l'emmenait pas avec lui.

— Je vais trouver le moyen de communiquer avec lui et je lui expliquerai que c'est moi qui ai décidé de ne pas partir.

— Pourquoi veux-tu rester ? D'après ce qu'on m'a dit, ils ne veulent plus de toi ici.

— Tu ne veux pas de moi chez toi non plus.

— Je ne vais pas le nier, déclara-t-il en hochant la tête. Par contre, il y a ici des gens qui veulent ta peau. Ce n'est pas le cas de la meute Mercure. Cain ne m'aurait pas envoyé te chercher, poursuivit-il comme la jeune femme gardait le silence, s'il n'était pas sûr que tu serais en sécurité avec moi.

C'était vrai. Le fait qu'il ait expliqué à Derren les liens qui les unissait, elle et lui, montrait à quel point il lui faisait confiance. Ou, du moins, qu'il lui faisait confiance de ne pas révéler ce lien. Et elle se fiait au bon jugement de Cain. Mais bon…

— Tu dis que tu ne me feras pas de mal, mais je vois des lueurs d'amertume et d'hostilité dans tes yeux quand tu me regardes. Pourquoi ?

Elle en avait même l'estomac tout chamboulé.

— Je n'aime pas les prophétesses, répondit-il en grinçant des dents.

Ally n'aimait pas les gens bourrés de préjugés mais bon, les déceptions étaient monnaie courante dans la vie.

— Je pense que « n'aime pas » est un euphémisme, non ? Et je suis censée me fier à toi ? poursuivit-elle quand il ne répondit pas.

— Non, je ne te demande pas de te fier à moi. Je ne suis loyal qu'envers les personnes qui l'ont mérité. Mais je te jure que je vais faire ce que Cain m'a demandé.

— Pourquoi ?

— J'ai une dette envers lui.

— Que c'est noble de ta part ! Mais je crains que la batterie de mon téléphone portable dure plus longtemps que ta capacité à m'endurer. (Elle aurait parié qu'il n'était pas très tolérant, mais sa bouche esquissa une amorce de sourire qui l'étonna.) Peux-tu me dire pourquoi Cain t'a choisi pour m'aider ? Toi, un mec qui déteste si ouvertement les prophétesses ?

— Il sait que je veillerai sur ta sécurité.

Ah oui ? Ally n'en était pas vraiment convaincue. Elle n'avait pas besoin de Derren pour la protéger. Elle devait simplement quitter la meute Collingwood le plus vite possible. Elle était une dominante, pourvue d'une grande force, mais elle ne pouvait pas se défendre seule contre toute une meute. Derren était disposé à l'aider à partir et la meute Mercure représentait le moindre de deux maux.

— Je vais aller chercher mes affaires, soupira-t-elle, résignée.

— Je t'accompagne, déclara Derren, ses larges épaules se détendant visiblement.

— Ce n'est pas nécessaire.

— Cain m'a demandé de veiller sur ta sécurité et c'est ce que je vais faire.

Les conséquences seraient terribles s'il échouait, elle s'en doutait.

— Très bien, dit-elle.

Il s'approcha d'elle et elle se rendit compte que, non, ce n'était pas « très bien » au bout du compte. Elle huma alors en effet son délicieux parfum composé de notes de café brésilien, d'écorce de chêne et de virilité animale et l'intérêt de sa louve se transforma en désir brûlant. La dernière chose que souhaitait Ally.

Il était assez rare que Derren et son loup s'entendent parfaitement sur quelque chose. Ce n'était pas qu'ils soient si différents de nature. Au contraire, ils étaient très semblables : durs, exigeants, têtus, et presque toujours sérieux. Ils avaient des personnalités si fortes qu'ils étaient fréquemment en conflit. Il y avait une grande différence entre eux deux cependant : leurs goûts en matière de femmes.

Derren était attiré par les filles déterminées et pleines d'assurance qui prenaient la vie très au sérieux, comme lui. Son loup, au contraire, s'ennuyait vite et préférait les filles joueuses, un peu rebelles, qui présentaient un défi.

Cela posait parfois un problème. L'animal n'intervenait pas dans les choix de l'humain, mais il ne s'investissait pas dans ses relations, ce que les filles sentaient et n'appréciaient pas. Et il arrivait souvent à Derren de grincer des dents quand son loup l'incitait à draguer une fille qui ne l'intéressait absolument pas.

Pour la première fois, le loup et l'homme étaient entièrement d'accord : ils trouvaient tous les deux Ally Marshall terriblement fascinante.

Ses yeux verts en amande ourlés de grands cils noirs étaient aussi captivants que dans son souvenir. Dès qu'ils s'étaient posés sur lui, c'était comme si tout son sang avait reflué vers son sexe. Un violent désir était monté en lui, l'assaillant avec une telle force qu'il en était resté abasourdi. Il voulait lécher la peau mate de la jeune femme, désirait sentir ses beaux petits seins frémir dans ses mains, empoigner sa chevelure sombre et l'embrasser goulûment. Et son loup partageait tout à fait son avis.

Derren n'avait jamais réagi aussi viscéralement à une fille. Il ne s'était pas attendu à cela et se méfiait d'autant plus. Son loup d'habitude si inconstant était très épris d'elle. Usait-elle de ses étranges dons de prophétesse pour les attirer, lui et son animal ?

Cela importait peu de toute manière parce qu'il n'avait aucune intention de s'enticher d'une prophétesse. Jamais. D'autant plus qu'elle était l'âme sœur de son ami, et donc intouchable. Que Cain ait ou non l'intention de la revendiquer, il n'apprécierait certes pas que son ami tourne autour d'elle. Son loup s'en fichait cependant, et ne prêtait aucune attention à la méfiance de Derren envers les prophétesses. L'animal la désirait, tout simplement.

Derren regarda la fille qui marchait à son côté et eut du mal à croire qu'elle était vraiment une prophétesse. Il se serait attendu à une femme un peu plus exotique, plus agressive, avec une longue chevelure hirsute, trop de noir sur les yeux et privilégiant les tenues provocantes. Au contraire, Ally était mince, calme, habillée sobrement et peu maquillée.

Même ainsi, alors qu'elle était en jean et en tee-shirt à manches longues avec une écharpe autour du cou, Derren n'avait qu'une envie : l'adosser à un arbre, la déshabiller et explorer chaque petit centimètre carré de sa peau affriolante. Par contre, il lui laisserait sans doute ses bottines noires.

Il se morigéna intérieurement et secoua la tête pour chasser cette image de son esprit.

Trop blasé sans doute, Derren n'était pas facilement désarçonné. Sauf qu'Ally Marshall ne ressemblait en rien à l'idée qu'il s'était faite d'elle. Elle n'en demeurait pas moins une prophétesse, qu'elle agisse ou non comme telle, qu'elle ressemble ou non à une de ces diseuses de bonne aventure qu'il abhorrait. Il ne devait surtout pas l'oublier, lui qui était bien placé pour savoir que la plupart d'entre elles étaient des hypocrites, des êtres corrompues qui se servaient de leurs dons pour faire le mal.

Ils se dirigèrent à travers les bois vers la maison d'Ally et croisèrent çà et là sur le chemin des membres de la meute. La majorité fit mine de ne pas les voir et Ally les imita. Un ou deux cependant la dévisagèrent mais elle tourna la tête.

— Es-tu… un collègue de Cain ? demanda-t-elle.

Derren fit signe que « non », ayant deviné que la jeune femme désirait savoir s'il appartenait également au Mouvement.

— Je suis un vieil ami, c'est tout. Tu te souviens de moi, je pense, ajouta-t-il, ayant aperçu un éclair de reconnaissance dans son regard dans le bureau de Matt.

— Et toi de moi, non ?

Un homme pouvait difficilement oublier des yeux pareils.

— C'est là, dit-elle en désignant une maisonnette non loin.

Derren fit la grimace quand il aperçut l'amoncellement de sacs-poubelles et de meubles brisés sur la terrasse, la peinture projetée sur la façade et l'une des fenêtres fêlée sur toute la surface.

— Que s'est-il passé ? grogna-t-il, son loup émettant un grognement et sortant les griffes.

— Des gamins, répondit-elle en haussant les épaules.

Des gamins n'auraient jamais fait cela à moins d'avoir une dent contre elle ou alors…

— C'est l'œuvre de la Beta ?

— Tu me crois donc ?

Ally eut l'air abasourdie de constater que c'était vraisemblablement le cas. Pas étonnant, vu qu'il était le seul. Derren doutait de sa culpabilité sans être tout à fait convaincu de son innocence. Il ne répondit pas tout de suite, et cette petite hésitation permit à Ally de comprendre ce qu'il en était. Déçue malgré tout, elle poussa un long soupir, comme si elle s'était attendue à quelque chose de mieux de sa part, à autre chose. Derren ne put s'empêcher de se le reprocher, ce qui était étrange en soi. Cela le mit sur la défensive et l'énerva profondément.

Ally préféra taire sa déception. Elle arbora donc une expression neutre et se referma comme une huître. Elle se dirigea vers la porte d'entrée en dandinant son joli petit cul sexy de manière involontairement aguichante.

— Donne-moi dix minutes, dit-elle.

En mettant le pied chez elle, Derren sut tout de suite qu'il venait de commettre une grave erreur. Humer son parfum affriolant en marchant à son côté avait déjà été difficile à supporter, mais dans cet espace clos l'odeur était encore plus puissante. Merde ! elle sentait les fruits sauvages, le pamplemousse et le péché. Une combinaison létale.

Il eut envie de ressortir mais il y avait toujours le risque que quelqu'un pénètre chez elle par la porte arrière. Il lui fallait absolument surveiller toutes les issues. Après tout, si la Beta en avait vraiment après elle, elle n'apprécierait sans doute pas le départ de la jeune femme.

En attendant, il jeta un œil autour de lui. Le petit pavillon n'était pas du tout décoré comme il s'y serait attendu pour une prophétesse. Il n'y avait rien d'excentrique ou de fantaisiste, aucune touche personnelle. Tout était simple et fonctionnel, comme dans un meublé.

Elle revint vite avec une valise et un sac de voyage. Le loup de Derren avait envie de la plaquer contre lui, d'absorber son odeur sur son pelage. Cela risquait de devenir vraiment très énervant.

— Comment se fait-il que tu n'aies pas pu prédire le comportement de la Beta ?

Partant du principe qu'Ally disait vrai, bien entendu.

— Les prophétesses ne prédisent pas leur propre avenir, expliqua-t-elle. Tout comme les guérisseurs ne peuvent pas se soigner eux-mêmes. Ce don existe pour venir en aide aux autres et non à soi-même.

— Mais les autres prophétesses ne sont pas toutes comme toi.

— C'est vrai.

Derren cligna des yeux, surpris par tant d'honnêteté. Il s'était attendu à ce qu'elle s'énerve, cherche à défendre ses congénères. Il dévisagea alors la jeune femme et vit une expression d'impatience se dessiner sur ses traits.

— Prête à partir ? demanda-t-il en interrompant le cours de ses pensées et en empoignant la valise.

— Oui, dit-elle en inspirant profondément.

Ils sortirent de la maison et traversèrent une seconde fois le bois. Ils croisèrent quelques métamorphes qui ricanèrent en voyant Ally avec sa valise, l'air de dire « Bon débarras ! ». Ils pensaient sans doute qu'elle avait été bannie et que Derren l'escortait à l'extérieur du territoire de la meute. Ally avait beau arborer un air indifférent, Derren n'y croyait pas beaucoup. La prophétesse tenait sans doute à ne pas leur donner la satisfaction de voir à quel point elle souffrait.

Ils retrouvèrent Eli à côté du SUV de la meute Mercure. Il bavardait avec Matt en les attendant. L'Alpha avait l'air encore un peu nerveux.

— Je n'aime pas te voir partir comme cela, Ally, lui dit-il en lui adressant un sourire hésitant. Reste avec nous.

— Elle n'est pas en sécurité ici, déclara sèchement Derren.

Cain avait raison. Derren avait vu comment cette meute la snobait et cela lui déplaisait, lui rappelant l'époque où il avait lui-même été ostracisé, marginalisé et trahi par les personnes à qui il aurait dû pouvoir se fier.

Prophétesse ou non, coupable ou non, Ally était maintenant sous sa protection. Cela ne lui faisait pas spécialement plaisir et il n'avait pas envie d'une responsabilité de plus. Mais il veillerait sur elle avec le même sérieux que pour toutes ses autres tâches de Beta. Il ne faisait jamais les choses à moitié.

Derren perçut un mouvement dans son champ de vision périphérique et se retourna soudainement.

Un homme de haute taille s'approchait rapidement, visiblement très tendu. C'était Zeke. Toute une gamme d'émotions traversa ses traits en voyant Ally avec ses bagages, mais la colère dominait.

— Que se passe-t-il ? s'enquit-il.

— Ally quitte la meute, répondit Matt en s'approchant du Beta.

— Quoi ? Mais pourquoi ?

Le Beta et l'Alpha se lancèrent alors dans une âpre discussion.

— Si tu es prête, on peut y aller, dit Eli à Ally.

Il prit sa valise et son sac et les rangea dans le coffre du SUV.

— Attends, Ally ! s'écria Zeke quand Derren guida la jeune femme vers le siège arrière du véhicule.

— N'y pense même pas, gronda ce dernier, qui s'était instinctivement interposé entre la prophétesse et le Beta.

Son loup avait retroussé la lèvre supérieure et montrait les crocs. Il avait adopté une posture de combat, prêt à se jeter sur l'ennemi. L'animal de Derren avait très mauvais caractère. Il n'avait qu'une envie, lacérer le ventre de Zeke de toutes ses griffes pour lui faire bien comprendre qu'il devait se tenir loin d'Ally.

— Je veux parler à Ally, insista le Beta, les mâchoires serrées.

Derren se hérissa en entendant son ton de voix, qui indiquait qu'il s'attendait à être obéi.

— Tu peux lui parler à cette distance, mais je te conseille de faire vite.

— Ne t'en va pas, Ally. Tu n'es pas obligée.

— Si tu penses que j'ai attaqué ta compagne, déclara-t-elle, tu devrais plutôt être soulagé de savoir qu'elle sera hors de la portée de mes vilaines griffes.

Un muscle tressaillit dans la joue de Zeke. Il tenta une nouvelle fois de s'approcher de la jeune femme et Derren s'interposa.

— C'est quoi ton problème, Derren ? éructa le Beta.

C'était très simple. Derren ne souhaitait pas plus que son loup que Zeke s'approche d'Ally.

— Je suis responsable de sa protection.

— C'est moi son Beta, c'est moi qui veille sur elle, affirma Zeke, furieux.

Derren perçut la possessivité de Zeke dans cette déclaration et il comprit qu'il n'avait pas été très loin de s'imprégner avec la jeune femme. Son union avec son âme sœur avait sans doute émoussé ses sentiments pour la prophétesse, mais il tenait manifestement encore beaucoup à elle.

— Plus maintenant, affirma Derren sur un ton légèrement railleur.

— Zeke ? dit une blonde en s'approchant du Beta, la voix incertaine, l'air perplexe.

— Ils veulent emmener Ally, lui expliqua son compagnon.

Les yeux exorbités, la blonde se tourna vers Derren et lui lança un regard assassin.

— Vous ne pouvez pas faire ça ! Elle est membre de notre meute, elle nous appartient ! Ally, je t'interdis de monter dans ce SUV !

— Désolée, je n'obéis aux ordres que quand je suis nue, répondit Ally, pince-sans-rire.

Derren dut se faire violence pour ne pas se laisser perturber par les images que les propos de la jeune femme lui faisaient miroiter.

— Viens ici, tout de suite ! hurla Rachelle. Tu devrais y réfléchir à deux fois avant de me défier !

Mais Ally regarda la Beta en clignant des yeux sans réagir à ses éructations.

— Oui, oui, et ce serait cool aussi si les mecs arrêtaient de se gratter les couilles en public. On peut toujours rêver, déclara-t-elle en secouant la tête.

Si Derren n'avait pas été aussi occupé à empêcher Zeke d'approcher Ally, il aurait pu intercepter sa compagne avant qu'elle ne se jette sur la jeune femme. Il réagit un instant trop tard. Mais Ally avait propulsé la Beta la face contre le capot du véhicule à côté du SUV, et l'y maintenait d'une main sur la nuque tout en projetant des vibrations de dominante. Le loup de Derren ne put s'empêcher de la désirer ardemment.

— C'est pour cela que tu ne m'as jamais provoquée en duel, Rachelle. Tu savais que tu n'aurais jamais le dessus sur moi, que tu serais humiliée devant toute la meute et que tes camarades risquaient de mettre en cause tes compétences de femelle beta. Tu dois avoir on ne peut plus honte à présent.

— Ally…, supplia alors Zeke, l'exhortant à relâcher sa compagne.

— Je te la laisse, Zeke, dit enfin la jeune femme en s'éloignant de la Beta. Je ne peux que te plaindre.

Derren écarta alors d'un geste le couple de Betas et ouvrit la portière arrière du SUV tandis qu'Eli s'installait à l'avant à la place du mort.

— Monte, Ally, dit-il.

Son loup se calma un peu dès que la jeune femme fut assise dans la voiture. Derren se mit ensuite au volant et fit démarrer le véhicule sans plus un regard pour cette bande de métamorphes tout ce qu'il y avait de plus minables.

Sans faire attention à Zeke qui continuait à crier son nom, Ally se cala dans le siège arrière, rassurée par la présence des loups de la meute Mercure à l'avant. Elle se détendit rapidement alors qu'ils franchissaient la frontière du territoire de la meute Collingwood. Elle s'éloignait enfin de cette Beta, de ses dangereuses accusations mensongères et des loups qui l'avaient trahie. Elle espérait ne plus jamais revoir Zeke, Rachelle et Matt.

Ally alluma son iPod et mit ses écouteurs, souriant intérieurement de satisfaction en se rappelant la réaction de ses anciens camarades de meute quand ils avaient compris qu'ils ne pourraient pas la retenir, qu'elle n'était pas seule au monde en dépit des nombreux efforts qu'avait faits Rachelle pour l'isoler et qu'elle avait un protecteur. Si Matt avait parlé aux Betas de son mystérieux ami, ils risquaient de s'inquiéter autant que l'Alpha ! Super.

Leur angoisse la ravissait, mais elle craignait tout de même un peu la réaction de Cain. Elle en voulait à la meute Collingwood, mais elle ne souhaitait pas pour autant les voir souffrir. Cain était terriblement imprévisible et, quoi qu'il fasse, ce ne serait pas beau à voir, elle s'en doutait. Il n'avait pas toujours été aussi colérique, insensible, et violent. Mais au fil des années passées à la maison de redressement elle avait remarqué des changements importants en lui à chacune de ses visites.

Et la réaction de Cain n'était pas la seule chose qui l'inquiétait. Derren était venu la chercher avec Eli, mais elle avait remarqué que le jeune homme se méfiait tout autant d'elle. Le reste de la meute Mercure risquait de réagir de la même manière. Les préjugés envers les prophétesses étaient malheureusement très répandus, surtout à cause des méfaits de certaines d'entre elles.

De toute manière, aucune meute ne verrait d'un très bon œil l'arrivée d'une étrangère. Surtout une étrangère qui « voyait » plus que les autres.

Ouais, son séjour avec la meute Mercure promettait de n'être ni simple ni tranquille. D'autant plus que sa louve était très attirée par Derren, même si ce sentiment ne paraissait pas réciproque. Son animal était attiré par sa force, son odeur, son assurance et sa confiance en lui-même. Ally ne pouvait pas le lui reprocher, même si elle ne se sentait pas tellement à l'aise avec lui. Peu de femmes auraient été capables de lui résister.

Mais bon, elle n'avait pas à s'en inquiéter puisque sa présence semblait l'énerver au plus haut point. C'était mieux ainsi ; elle avait toujours eu énormément de mal à résister à la tentation. Elle ne voulait surtout pas commencer une nouvelle histoire avec un autre Beta après son expérience désastreuse avec Zeke.

Le ciel commençait à s'assombrir quand ils parvinrent à la frontière du territoire de la meute Mercure. Nyctalope comme tous les loups-garous, elle put néanmoins examiner les alentours. Le petit groupe suivait une piste jonchée de feuilles mortes à travers une forêt de grands arbres majestueux dont plusieurs portaient des marques territoriales.

Elle aperçut au loin un grand pavillon de chasse dont la base était faite de pierres surmontées de murs de bois. Les arbres tout autour étaient décorés de guirlandes lumineuses qui égayaient l'endroit et lui donnaient un petit air féerique.

Derren gara le SUV au milieu d'une rangée de véhicules tout-terrain où elle aperçut également un grand camping-car et une Mercedes. Ces gens-là avaient des goûts variés. Ally rangea son iPod et ses écouteurs dans sa poche et sortit du véhicule avant que Derren n'ait pu lui ouvrir la portière, ce qui sembla le contrarier. Sa louve apprécia les odeurs du sol réchauffé par le soleil, de la mousse et des grands pins ainsi que la paix et la tranquillité qui se dégageaient de cet environnement assez sauvage.

Derren s'empara de sa valise et il lui adressa un geste de la tête, lui indiquant qu'elle devait suivre Eli à l'intérieur. Dans le séjour, trois loups attendaient, installés sur des canapés luxueux, pendant qu'une adorable petite fille s'amusait sur un tapis ovale. Le pavillon était spacieux, agréable et très confortable, surtout avec sa grande cheminée.

Deux des loups se levèrent prestement. Un couple, devina Ally.

La superbe rousse à la beauté quasi surnaturelle lui adressa un sourire de bienvenue tout à fait sincère, à la grande surprise d'Ally. Le blond balèze à son côté lui lança un regard soupçonneux et ne chercha même pas à s'en cacher. On l'avait souvent regardée ainsi. Ally avait vu juste, certains membres de cette meute se méfiaient manifestement des prophétesses. Super.

— Ally, dit Derren, je te présente mes Alphas, Nick et Shaya.

Ally sentait que, même si c'était important pour elle de leur témoigner du respect puisqu'elle était tout juste tolérée sur leur territoire, elle ne pouvait pas pour autant se permettre d'avoir l'air faible. Elle devait donc éviter de trembler devant l'évidente désapprobation et la contrariété de cet homme, même si cela lui donnait l'impression d'être attaquée par un essaim de guêpes.

— Ally Marshall, dit-elle, la tête haute, la voix forte et claire. Je vous remercie d'avoir accepté de m'accueillir chez vous.

— Je suis ravie de te rencontrer, Ally, affirma Shaya.

Ally et sa louve sentirent que cette Alpha avait beau être une soumise, elle n'en demeurait pas moins très forte à sa manière.

— Ne sois pas vexée si Nick ne te salue pas, fit Shaya en levant les yeux au ciel. Il est un des êtres les plus asociaux que je connaisse. Et voici Kathy, sa mère.

La petite brune la dévisagea, ne cachant pas son antipathie envers elle, ce que la prophétesse ressentit comme un coup de rasoir lui lacérant la peau.

— Et voici ma petite Willow, dit Shaya en soulevant l'enfant qui jouait sur le tapis.

— Comme tu es mignonne ! s'exclama Ally en souriant à la gamine.

Willow regarda Ally un bref instant, comme pour la jauger. Puis elle lui adressa un grand sourire et tendit la main pour la lui poser sur la joue.

— Et tu connais déjà Derren, notre Beta, et Eli, notre premier lieutenant, poursuivit Shaya. Comment préfères-tu que je t'appelle, Alyssa ou Ally ?

— Tu peux m'appeler Ally.

— As-tu mangé ?

— Oui, ça va, merci.

— Si tu as un petit creux, il y a de la nourriture dans la maison d'invités qu'on t'a réservée.

Ils avaient prévu une maison d'invités ? Ally s'était attendu à devoir cohabiter avec Derren, tant elle se sentait accueillie à contrecœur. Le soulagement l'envahit. Elle avait besoin de place et d'intimité et elle n'avait pas trop envie de passer tout son temps avec le Beta.

— Tu rencontreras les autres membres de la meute ici demain matin au petit déjeuner. Je te ferai visiter le territoire après. Il est un peu tard pour faire cela maintenant. Ally va occuper le pavillon d'invités le plus proche de chez toi, dit-elle à Derren en se tournant vers lui. Peux-tu l'y conduire ?

Il adressa un signe de tête à Shaya avant de faire signe à Ally de le suivre. Elle souhaita brièvement bonne nuit aux membres de la meute Mercure et suivit Derren à travers la salle à manger et la cuisine. L'absence de murs pour séparer les différents espaces de vie la ravit. Dehors, un labrador se mit à remuer énergiquement la queue en les apercevant.

— C'est Bruce, expliqua Derren.

Il regarda le chien frotter tout son corps contre les jambes d'Ally et lui réclamer des caresses à grands coups de museau. Son loup était jaloux, il aurait aimé recevoir les mêmes attentions, ce qui était parfaitement minable.

— On y va.

Bruce suivit Ally et Derren jusqu'à une maison, ce qui énerva le loup du Beta et suscita sa jalousie. C'était lamentable.

Toutes ces émotions négatives firent à Ally l'effet d'une gifle. Elle se demanda comme elle pouvait être attirée par quelqu'un qui ne l'appréciait pas du tout et qui en plus lui causait un réel désagrément physique. Le désir persistait cependant, la narguant et l'irritant tout à la fois. L'attirance qu'éprouvait sa louve ne lui facilitait pas la tâche. Ni d'ailleurs les éclairs de besoin primal qui émanaient de Derren et qu'elle percevait comme des doigts lui chatouillant l'échine.

À l'aide !

Ally s'arrêta de surprise en apercevant le petit pavillon. Elle ne l'avait pas du tout imaginé comme cela. Il était tout simplement… magnifique. C'était une maison en forme de « L », avec une immense terrasse qui donnait sans doute sur le lac, devina-t-elle dans l'obscurité. La façade était entièrement vitrée et devait laisser entrer un maximum de lumière du jour. La maison était située sur le haut d'une colline et lui permettrait de voir approcher ses éventuels visiteurs.

— C'est... waouh ! Vraiment !

— Si l'extérieur te plaît, attends un peu de voir l'intérieur, dit Derren en esquissant un petit sourire.

Il avait raison. Le séjour au plafond cathédrale était somptueux avec sa cheminée de pierre, un coffre en guise de table basse et un énorme écran de télé au mur. On apercevait la chambre en mezzanine au-dessus de la petite salle à manger et de la cuisine.

Les planchers étaient de chêne, assortis à la cuisine. Au fond se trouvait l'escalier qui menait à la chambre et à la salle de bains. Le mur de droite de la chambre était entièrement vitré. La pièce devait être très claire le jour.

— C'est du verre réfléchissant ? demanda-t-elle à Derren, qui disposait ses bagages au pied du lit.

— Oui, personne ne peut voir à l'intérieur, la rassura-t-il, amusé. Moi, j'habite de l'autre côté du lac. (Il désigna une autre maison, un peu plus grande et de conception plus simple.) Pourquoi ta meute d'origine a-t-elle été massacrée ? ne put-il s'empêcher de lui demander subitement. Ne fais pas cela, ajouta-t-il en la voyant se fermer, suscitant en lui un étrange sentiment d'indignation.

Ally sentit un paquet de souvenirs remonter à la surface. Des cris. Des hurlements. Ses ongles qui se cassaient tandis qu'elle cherchait à se dégager de...

La prophétesse se replia sur elle-même et claqua la porte sur ses souvenirs.

— Je n'en parle pas. Jamais, dit-elle enfin sur un ton neutre.

La jeune femme se tourna alors vers l'escalier et Derren comprit qu'elle venait de le congédier. Il n'était pas content. Si elle croyait qu'elle pouvait aussi facilement se débarrasser de lui, elle se trompait. Il la suivit à la cuisine, où elle s'arrêta le temps d'allumer la cafetière.

— Je ne vais pas insister. (Pour l'heure.) Mais il y a autre chose que j'ai besoin de savoir.

Ally chercha les tasses et en prit une seule, histoire de montrer à ce trouduc qu'il n'était pas le bienvenu, ce qui sembla l'amuser. L'enfoiré.

— C'est quoi ?

Il s'appuya au comptoir de la cuisine, intensément conscient du fait que cette fille l'énervait.

Ses yeux se posèrent sur sa bouche pulpeuse et des images de ce qu'elle pourrait faire avec se mirent à danser dans sa tête.

— Qu'est-ce qui s'est réellement passé avec la meute Collingwood ? Cain m'en a glissé quelques mots et j'ai eu la version de Matt. J'aimerais bien avoir la tienne maintenant.

Il avait vu Ally maîtriser Rachelle et il lui était apparu assez évident que la prophétesse n'aurait pas eu besoin d'attaquer la Beta par-derrière. Alors peut-être Ally avait-elle été accusée à tort.

— Tu sais tout ce que tu as besoin de savoir. Elle m'a accusée d'avoir tenté de la tuer. C'est faux.

— Il y a autre chose. (Cain lui avait dit que cette meute la maltraitait.) J'ai été chargée de te protéger. Je ne peux pas faire mon travail si je ne sais pas tout.

Bon, d'accord, il était un peu curieux aussi. Il sourit encore davantage en la voyant verser plus de lait que de café dans sa tasse.

— J'ai quitté la meute Collingwood, déclara-t-elle en se dirigeant vers l'extérieur. Cela n'a plus aucune importance.

Dehors, Ally aperçut un hamac sur la terrasse et sut qu'elle y passerait beaucoup de temps.

Elle s'assit sur une marche et Derren la suivit mais resta debout devant elle au pied de l'escalier. Bruce s'installa à côté de la jeune femme, sa queue battant la mesure.

— Tu penses vraiment qu'ils vont t'oublier ? Alors tu n'as pas remarqué l'expression de possessivité de Zeke quand il te regarde. (Le loup de Derren poussa un grognement en se la remémorant.) Il te voit encore comme sienne, et ni lui ni son loup ne vont apprécier que tu sois partie avec quelqu'un d'autre.

Ally croyait que Zeke avait encore des sentiments pour elle, mais doutait qu'il ait eu du mal à la laisser partir, d'autant plus qu'il avait gobé les mensonges de Rachelle et refusé de lui accorder le changement de meute qu'elle avait réclamé.

— Si c'était vrai, il ne m'aurait pas tourné le dos comme il l'a fait.

— Crois-moi, il n'est pas prêt à t'oublier. Et sa compagne est furieuse de ton départ. Allez, dis-moi tout.

Il s'approcha alors d'elle, désirant ardemment la toucher, une envie à laquelle il avait du mal à résister. Le fait de humer son délicieux parfum à chaque inspiration compliquait encore davantage les choses pour lui.

Captivée par la puissance de son regard, Ally s'exécuta. Elle lui raconta tout, depuis le moment où Zeke avait rencontré Rachelle jusqu'aux propos qu'il lui avait tenus dans la salle d'interrogatoire.

— Elle cherchait à me faire exécuter, je pense. Mais pas tout de suite. Ses actions n'étaient pas très différentes de celles d'un bourreau qui torture sa victime avant de l'achever. Bon, il se fait tard, bonne nuit, conclut-elle en soupirant et en se levant.

C'était la deuxième fois qu'elle le congédiait. Derren voulut lui saisir le poignet mais elle recula prestement, fuyant son contact comme s'il était un serpent venimeux. Cela n'aurait pas dû le vexer, pas du tout. Mais il ne put retenir un grognement quand son loup se manifesta, piqué au vif, furieux d'avoir été rejeté.

— Il y a un problème ? s'enquit-il.

— Non, pas tant que tu ne me touches pas.

Il s'approcha encore plus près d'elle, pénétrant dans son espace personnel. Quelques centimètres seulement les séparaient.

— Ah ? Et pourquoi cela ?

Et pourquoi avait-il envie de le savoir ?

— Ça me fait mal.

Derren et son loup se raidirent.

— Je te fais mal ?

— Oui. Les émotions fortes m'affectent, surtout quand il y a un contact physique. Tu es très remonté contre moi, très amer, et ta seule présence me met mal à l'aise. Si tu me touches quand tu éprouves ces sentiments-là, cela me fait mal.

Et si elle était traversée par son désir, exacerbant le sien, elle serait tellement excitée qu'elle en tremblerait. Mais ça, il n'avait pas besoin de le savoir.

Derren avait entendu dire que les prophétesses ressentaient les émotions des autres, mais il ne savait pas que cela pouvait leur faire mal.

— D'accord, je ne chercherai plus à te toucher. (Il ne comprit pas pourquoi la perspective de devoir s'en priver lui déplaisait autant. Son loup était furieux même, lui assenant de grands coups de griffe en plein ventre.) Une dernière chose : n'essaie pas de t'enfuir.

— Pourquoi est-ce que je le ferais ? demanda-t-elle, étonnée qu'il l'en croit capable.

— Tu as sans doute deviné que tous les membres de la meute ne vont pas t'accueillir aussi bien que Shaya. Je ne voudrais pas que tu te sauves.

— Je ne fuirai pas, lâcha-t-elle sèchement. J'ai beau ne pas te faire confiance et ne pas être persuadée que ma sécurité te tienne vraiment à cœur, j'ai confiance en Cain et en son jugement.

La conviction et l'affection qu'il sentait dans ses paroles amplifièrent la jalousie qu'éprouvait déjà son loup. Derren partageait ses sentiments. Cette fille le perturbait, tant sur le plan intellectuel que sur le plan sensuel.

— Si vous tenez autant l'un à l'autre, pourquoi ne t'a-t-il pas revendiquée ? Pourquoi te laisse-t-il sortir avec d'autres mecs ? Et pourquoi en as-tu envie ?

Une émotion fugace traversa les traits de la jeune femme, mais Derren n'eut pas le temps de l'identifier.

— Pourquoi éprouves-tu tellement de douleur et de colère tout au fond de toi ? Assez pour te rendre fou ? lui lança-t-elle.

Derren se referma et ne lui répondit pas. Elle s'en était doutée. Elle éclata d'un rire faux.

— Ne me pose pas de questions personnelles si tu n'es pas disposé à répondre aux miennes.

C'était paradoxal sans doute, mais le côté provocateur d'Ally l'amusait tout autant que son loup. La prophétesse savait se défendre et ne laissait personne lui marcher sur les pieds. Derren ne l'en respectait que davantage même s'il n'avait pas obtenu les réponses qu'il souhaitait.

— Surtout n'oublie pas : ne pense même pas à t'enfuir. Tu n'irais pas loin de toute manière. J'ai mémorisé ton odeur.

Une odeur qui semblait faite pour les titiller, lui, son sexe et son loup.

— Laisse-moi simplement te dire, déclara-t-elle sur un ton très ferme, que si jamais je décide de partir d'ici je le ferai. Je ne m'enfuirai pas, non. Je partirai en passant devant toi la tête haute.

— Je t'arrêterais avant même que tu n'aies atteint la frontière du territoire.

— Tu pourrais toujours essayer, rétorqua la jeune femme avec un sourire qu'elle savait féroce.

— Tu devrais savoir qu'il ne faut pas défier un Beta, affirma Derren en incurvant un tant soit peu la bouche.

Puis il se retourna et partit d'un pas vif, Bruce sur les talons.

Dès qu'il se fut éloigné, Ally poussa un long soupir de soulagement. C'était difficile pour elle de conserver son calme quand elle était près de lui. Pas uniquement parce qu'elle se sentait assaillie par ses émotions mais aussi parce qu'il déclenchait en elle des pulsions sexuelles qui l'effrayaient.

Elle n'avait pas deviné qu'il pensait que Cain était son âme sœur. C'était normal pourtant qu'il arrive à cette conclusion car Cain était très protecteur envers elle. Elle avait eu envie un court instant de le détromper, mais son instinct lui avait dicté de ne pas le faire. Tant que les membres de la meute croyaient que Cain était son âme sœur, ils la laisseraient tranquille. Après tout, ils savaient les métamorphes capables de prendre les armes pour des histoires de cœur.

Elle n'aimait pas trop mentir, mais là c'était un petit, très petit mensonge par omission qui ne ferait de mal à personne et garantirait sa sécurité parmi ces gens qui n'aimaient pas les étrangers et encore moins les prophétesses et qui ne voulaient vraiment pas d'elle.

Bien sûr, cela revenait à se cacher derrière Cain. Son orgueil, très marqué, comme chez toutes les dominantes, se révoltait un peu. Mais il avait également regimbé quand elle avait envisagé de quitter la meute

Collingwood quelques mois auparavant, et voilà où tout cela l'avait menée. Si la réputation de Cain pouvait lui servir de rempart pour la protéger, elle en profiterait sans état d'âme.

Chapitre 4

Le lendemain matin, Ally se dirigea vers la maison des Alphas la tête haute. En temps normal, elle aurait préféré prendre son petit déjeuner seule chez elle. Surtout parce qu'elle n'était vraiment pas du matin et puis, si les autres étaient aussi peu accueillants que le lui avait prédit Derren, elle allait en subir le contrecoup physique. Mais bon, si elle ne se rendait pas à l'invitation de Shaya, les membres de la meute Mercure risquaient de la trouver impolie ou alors de penser qu'elle avait peur de les rencontrer. Ally ne cherchait pas nécessairement leur approbation ou leur respect. Une chose était sûre cependant, c'était qu'il valait mieux qu'ils ne la croient pas lâche, les métamorphes ayant la fâcheuse habitude d'abuser des faiblesses de leurs congénères.

La prophétesse entra dans la grande cuisine et trouva Shaya, Eli et deux autres mecs assis à l'immense table. Kathy officiait à la cuisinière.

— Bonjour ! lança Shaya avec un grand sourire. Viens t'asseoir ici, continua-t-elle en lui indiquant une chaise libre à côté d'elle. Les gars, je vous présente Ally.

La jeune femme devina tout de suite que les deux hommes, des soumis, étaient en couple.

— Ravie de faire votre connaissance, dit-elle en se reprochant ensuite intérieurement son timbre de voix un peu brusque. Je serai plus sociable après le café, je vous le promets.

Puis elle attrapa la carafe posée au milieu de la table et remplit la tasse placée devant elle.

— Je m'appelle Caleb, se présenta un des soumis, un brun, en relevant la tête et en lui adressant un petit sourire. Et voici Kent.

Ils ne dégageaient aucune vibration négative et semblaient même plutôt neutres quant à sa présence parmi eux.

— J'adore tes cheveux, ils sont tellement longs et si soyeux, déclara le loup à la coiffure en pics, la prenant complètement par surprise tant elle ne s'attendait pas à recevoir un compliment.

— Euh… merci, dit-elle.

Sentant quelque chose lui effleurer les jambes, la jeune femme jeta un œil sous la table et aperçut Bruce, qui s'était installé à ses pieds pour manger une tranche de bacon.

— Kent a été coiffeur, comme moi. C'est un bonheur pour nous de voir des beaux cheveux bien sains. Comment trouves-tu ta maison ?

— Je l'adore, répondit-elle après avoir bu une gorgée de café avec un enthousiasme parfaitement sincère.

La veille au soir, après avoir rangé ses affaires, elle s'était transformée pour aller explorer les environs, et rassurer et calmer sa louve, excitée par toutes ces nouvelles odeurs. Elle avait bien besoin de cette sortie et, en rentrant, elles s'étaient toutes deux senties beaucoup mieux. Ally sut que cette maison serait son havre de paix pour aussi longtemps qu'elle y demeurerait.

— Ça va avec Derren ? lui demanda alors Shaya à mi-voix.

Mis à part le fait qu'il lui inspirait l'envie de lui faire plein de choses coquines ?

— Ouais. Pourquoi ?

— La première impression n'est pas toujours excellente avec lui.

— C'est vrai, acquiesça-t-elle, repensant à son insistance et à sa curiosité.

— C'est quelqu'un de bien, affirma Shaya en gloussant. Il est parfois dur mais c'est un des gars les plus honnêtes qu'il m'a été donné de rencontrer dans ma vie. Nick ne l'aurait jamais choisi comme parrain pour Willow autrement. Derren l'adore et elle le lui rend bien. Il veille aussi parfaitement sur ses camarades de meute, et remplit admirablement son rôle, qu'il ne souhaitait vraiment pas assumer au départ. Le hic, c'est qu'il a toujours éprouvé une grande animosité envers les prophétesses. Il n'est absolument pas objectif en ce qui les concerne. Ce n'est pas ta faute, n'y vois rien de personnel.

Mais bon, Ally ne pouvait pas se dissocier de son don. Si Derren rejetait sa nature profonde, cela devenait obligatoirement personnel.

— Merci d'avoir accepté de m'héberger, dit-elle, préférant garder ses pensées pour elle.

Kathy posa brusquement une assiette vide devant elle pour attirer son attention.

— Donc, tu es une prophétesse ? lança-t-elle en prononçant ce mot comme si elle avait dit « tueuse en série ».

L'antipathie manifeste de cette femme atteignit Ally comme un nouveau coup de rasoir.

Nous y voilà !

— C'est vrai.

— Il n'y a pas beaucoup de prophétesses dominantes, déclara Kathy sur un ton hautain. On voit surtout des soumises.

— Est-ce que les prophétesses dominantes sont plus puissantes que les soumises ? s'enquit Eli avant d'enfourner une énorme bouchée de céréales.

Il était toujours aussi suspicieux et dubitatif, et des picotements parcoururent le cuir chevelu d'Ally.

— Pas que je sache, répondit-elle en se servant. Cela dépend de la personne, je suppose.

Elle n'avait jamais fréquenté d'autres prophétesses et ne pouvait donc pas répondre à cette question. En fait, il n'y avait jamais deux prophétesses dans la même meute, à moins que l'une d'entre elles ne soit encore une enfant. Les prophétesses adultes avaient tendance à se disputer la place, comme deux Alphas pour prendre la tête d'une meute.

— Tu n'agis pas comme une prophétesse et tu ne ressembles en rien à l'idée qu'on s'en fait, tu n'es pas d'accord ? lança Caleb en donnant un coup de coude à son compagnon.

— Je n'aurais jamais deviné à la voir comme ça, répondit Kent en secouant la tête.

Trois hommes entrèrent alors dans la pièce en riant et en discutant entre eux.

— Ally, dit Shaya, je te présente Bracken, Jesse et Zander. Trois de nos lieutenants.

Ils étaient vraiment très canon mais une telle méfiance se dégageait d'eux qu'Ally en eut des démangeaisons qui l'empêchèrent de s'extasier sur leur superbe physique. Ils répondirent à ses salutations d'un bref signe de tête.

— Nous avons deux autres lieutenants, poursuivit Shaya, Roni et Marcus, mais ils ne sont pas ici ce matin. Tu les rencontreras dans quelques jours.

— J'ai l'habitude d'aller droit au but, intervint Kathy, qui n'avait pas fini de vider son sac, en mettant une main sur sa hanche. Alors voilà, je ne suis pas convaincue que tu n'as pas essayé de tuer ta Beta.

— Si c'est ce que tu penses..., déclara Ally en haussant les épaules. Mais moi, je ne suis pas convaincue que ton avis m'intéresse.

Elle était bien décidée à montrer à ces gens que ses griffes étaient acérées et qu'elle ne tolérerait aucune sottise.

— Tu as du caractère mais ne va pas croire que cela suffira pour te mériter notre respect. Surtout vu ce que tu es !

— Ce que je suis, c'est surtout écœurée de toutes ces conneries !

La louve d'Ally montra les crocs à cette femme qui osait l'insulter mais sa colère s'estompa vite quand son odorat fut chatouillé quelques instants plus tard par les notes de café brésilien mêlées à de l'écorce de chêne et à une grande virilité animale précédant l'entrée de Derren dans la cuisine. Il y avait tellement de détermination dans son pas que la louve d'Ally poussa un grognement de désir. La prophétesse partageait son trouble et elle fut bien obligée de le reconnaître.

Derren projetait quelques éclairs d'émotions négatives qui la heurtèrent. En revanche, le besoin qu'elle percevait en lui atténuait cette charge émotionnelle et provoquait comme une caresse sur le haut des cuisses. Elle eut du mal à s'empêcher de se tortiller sur sa chaise. Il s'assit à côté d'elle et salua tous ses camarades avant de poser sur la jeune femme son regard sombre et velouté.

— Je suis allé chez toi pour t'accompagner ici, dit-il posément.

Merde ! il la réprimandait… comme si elle était censée l'attendre sagement comme une bonne petite fille !

— Hum… je ne comprends pas que tu penses que j'ai besoin qu'on me protège tout le temps.

Cette remarque aurait dû énerver Derren mais la susceptibilité de la jeune femme lui donna plutôt envie de sourire.

— Il y a un problème ? demanda-t-il en arquant un sourcil devant l'air mécontent de Kathy.

— J'allais dire à Ally que je préférerais qu'elle ne nous dévoile pas les visions qu'elle pourrait avoir pendant son séjour chez nous.

— Je veux m'assurer d'avoir bien compris, lança Ally en se calant dans son siège et en croisant les bras. Vous voulez dire que, si j'ai une vision me prévenant d'un danger pour l'un d'entre vous, vous préférez ne pas le savoir ? Que je garde cela pour moi ?

Kathy ne dit rien et les autres se mirent à gigoter sur leur chaise. Pas étonnant. Ils avaient beau ne pas aimer les prophétesses, s'ils en ressentaient le besoin ils n'hésiteraient pas une seconde à se servir de ses talents. Au moins, elle était prévenue.

— Notre meute est forte. On n'a pas besoin d'aide extérieure.

— Tu es bien intentionnée, Kathy, je le sais, affirma Shaya en soupirant, l'air lasse. Tu penses d'abord à notre sécurité mais tu sembles oublier qui est la femelle alpha de cette meute, poursuivit-elle, formulant son reproche avec beaucoup de gentillesse mais sans hésiter à montrer sa force.

— Je ne l'ai pas oublié, clama Kathy en se redressant de toute sa taille et en repoussant vers l'arrière ses courtes mèches brunes. Je n'ai pas oublié non plus, ajouta-t-elle en se tournant vers Ally, que ma fille a failli perdre son âme sœur à cause d'une prophétesse. La salope avait menti à son compagnon, elle lui avait fait croire qu'il s'agissait d'une autre fille. Elle lui avait même donné une fausse description. Tout ça dans l'espoir de garder

Marcus pour elle. Heureusement pour Roni, son stratagème a échoué. Est-ce que tu m'écoutes ?

— Ouais, ouais, d'une oreille. J'ai été distraite par les poils sur ton menton.

Ally se retourna pour voir qui s'étouffait et crachait derrière elle, et aperçut Kent qui assenait de grandes tapes dans le dos d'Eli.

— Ne va pas croire que tu peux m'insulter tant que tu veux parce que tu es sous la protection de Derren, éructa Kathy en agitant le doigt à son encontre. Ma fille, Roni, ne le supportera pas et elle est plus forte que toi.

Derren n'en était pas persuadé. Roni était une guerrière létale, c'était vrai, mais il avait vu Ally à l'œuvre et elle était très rapide. Elle avait d'excellents réflexes et serait tout à fait capable de tenir tête à Roni. Il pensait qu'Ally se serait énervée de s'être fait ainsi insulter et menacer, même indirectement par Kathy. Or elle avait l'air plutôt indifférente et même un peu amusée. Il découvrait rapidement qu'il ne saurait jamais à quoi s'attendre avec elle. Elle se comportait de manière tout à fait imprévisible.

— Ça suffit, Kathy, lança-t-il sévèrement.

— J'explique simplement que je me méfie des prophétesses, ajouta-t-elle sans tenir compte de son avertissement.

— La prise de conscience du problème constitue la première étape vers la guérison, déclara Ally en esquissant un sourire compatissant.

Kathy ne répondit pas, laissée apparemment bouche bée par les propos d'Ally. C'était la première fois que cela se produisait, Derren était bien placé pour le savoir. Puis la mère de Nick prit place à table en ronchonnant.

— Tu as gagné cette manche, dit Derren en se tournant vers Ally.

Elle se contenta de hausser les épaules, préférant garder ses frustrations pour elle. Elle aurait dû avoir l'habitude de tels préjugés, mais elle ne pouvait s'empêcher de s'énerver chaque fois qu'elle y était confrontée. Les membres de la meute Mercure bavardèrent entre eux durant le reste du repas et exclurent volontairement Ally de la conversation. Tous à part Shaya. Leur attitude négative donnait la migraine à la prophétesse.

Elle venait à peine de finir de manger quand Nick entra sans la pièce en portant Willow. Il hésita un bref instant en voyant Ally, à qui il n'adressa qu'un petit signe de tête qui n'était pas vraiment une salutation. Ally l'imita, ne désirant pas insulter l'Alpha pour éviter surtout de froisser Shaya qu'elle aimait bien.

— Ça va mieux, mon ange ? demanda celle-ci à sa fille en la prenant dans ses bras.

Ally remarqua que la gamine, qui mordillait un jouet, était toute pâle et avait l'air fatiguée.

— Qu'est-ce qu'elle a ? s'enquit la prophétesse.

— Rien de grave, elle fait ses dents. C'est toujours difficile pour les petits.

— Laisse-moi l'aider, dit Ally.

Elle plaça les deux mains sur les joues de Willow et lui transmit son énergie, et la douleur de l'enfant emprunta le chemin qu'elle venait d'ouvrir entre elles.

Ally lui sourit en reculant et Willow lui tira les cheveux en riant.

— Voilà.

— Qu'est-ce que tu as fait ? demanda Shaya.

La femelle alpha était entièrement décontractée, contrairement aux autres membres de la meute qui s'étaient raidis dès qu'Ally avait posé les mains sur la petite fille. Comme si elle était capable de faire du mal à une enfant.

— J'ai soulagé sa douleur, expliqua-t-elle en portant la main à sa propre joue. Ça fait vraiment mal, vous pouvez me croire.

— Quand tu guéris quelqu'un, tu t'appropries ses douleurs ? demanda Derren.

Son loup ne supportait pas l'idée qu'elle souffre.

— Ouais, mais ça passe vite. Je ne sens déjà plus rien.

— Bon, je craque, dit Bracken. Il faut que je te pose une question. C'est comment d'être maquée avec un sociopathe ?

— Et maintenant qu'on a fini de manger, l'interrompit Shaya en se levant, si on allait faire la visite du territoire ? proposa-t-elle à Ally en lançant un regard assassin à Bracken.

— J'ai lui juste posé une question, c'est tout, lança Bracken en haussant les épaules.

— Est-ce que tu peux remettre cette visite à plus tard ? Après le déjeuner ? demanda Derren à Shaya. J'ai des choses à faire ce matin.

— Tu n'es pas obligé de nous accompagner, fit remarquer Shaya en confiant Willow à Nick.

— Je suis responsable de la protection d'Ally pendant son séjour chez nous, affirma Derren.

— Elle ne risque rien avec moi et puis je la crois parfaitement capable de se défendre toute seule.

— C'est quand tu veux, dit Ally en se levant, adressant à Shaya un sourire reconnaissant pour cette manifestation de confiance.

Derren semblait prêt à formuler une nouvelle objection, incitant la prophétesse à lever les yeux au ciel, mais cela lui valut un grognement de réprimande. Super !

— Attends, dit-il. Donne-moi ton portable.

— Pourquoi ? voulut savoir Ally, contrariée.

— Je vais y enregistrer mon numéro de téléphone.

Il était responsable de la sécurité de la jeune femme et il serait là pour elle au besoin. Ally lui remit donc son portable en haussant les épaules. Il y inscrivit son numéro avant de composer le sien pour enregistrer celui de la jeune femme sur son propre téléphone.

— Voilà. Si tu as un problème, appelle-moi.

Ally fit très attention à ne pas même l'effleurer en reprenant son téléphone et cela fit réagir le loup de Derren. Excédé, il montra les dents.

— D'accord, dit-elle pour clore la discussion.

Mais si elle avait un problème elle le réglerait toute seule. Comme n'importe quelle dominante.

Shaya commença par la visite de la maison des Alphas. Elle montra à Ally les chambres, la salle de jeux et le sous-sol avec sa piscine intérieure et son bar.

— La piscine n'est plus utilisée depuis que Roni a failli s'y noyer, expliqua Shaya. C'est une longue histoire. Mais, en deux mots, on a eu des problèmes avec une meute de chacals. Ils ont envahi notre territoire et Roni s'est battue contre leur Alpha. Il a essayé de la noyer. Marcus n'est toujours pas complètement remis de cette histoire.

— Je vais les rencontrer bientôt ?

— Oui. Ils se partagent entre notre meute et celle de ma meilleure amie dont Marcus est originaire, la meute du Phénix. Tu en as entendu parler ?

— Oui, surtout des Alphas. La femelle alpha a été latente une grande partie de sa vie, non ?

C'était du jamais-vu.

— C'est vrai. La louve de Taryn a émergé très tardivement. (Elle semblait très fière de cette prouesse.) Penses-tu que les Betas de la meute Collingwood vont te donner encore du fil à retordre ?

— Non, dit-elle.

Malheureusement, elle n'avait pas l'air tout à fait convaincue et Shaya le perçut.

— Mais encore ?

— Derren pense le contraire.

— Espérons qu'il se trompe. Mais bon, c'est rare que ce soit le cas. C'est énervant même. Allons-y, il reste plein de choses à voir.

Shaya fit visiter tout le territoire à Ally, les bois, les frontières, les maisons et la magnifique cascade. Elle lui expliqua les débuts de la meute, l'origine de ses membres et comment Nick était devenu le frère de sang de l'Alpha de la meute du Phénix.

Juste avant le déjeuner, elles virent Derren en pleine séance de formation avec les lieutenants. En jeans et torse nu, les cinq hommes exhibaient leurs magnifiques tablettes de chocolat.

— Ce n'est pas trop désagréable pour les yeux, dit Ally en soupirant.

— C'est vrai, répondit Shaya en souriant. Je suis heureuse avec Nick et je ne suis pas du tout attirée par les autres hommes, mais je ne suis pas aveugle pour autant.

Curieuse, impressionnée, la louve d'Ally regarda Derren se battre contre Zander. Même s'il était incroyablement rapide, il ne parvenait pas à esquiver les attaques de Derren. La victoire ne fut pas nécessairement facile pour le Beta cependant. Puis il fit une pause pour se désaltérer. Il se pencha pour prendre une bouteille d'eau par terre, et son regard, sombre, torride, ténébreux se porta sur Ally et lui brûla la peau. Elle sentit monter en elle un désir impérieux qui lui noua le ventre et lui assécha la bouche.

Au secours ! Ce n'était vraiment pas juste.

— Putain ! s'exclama une voix nasillarde.

C'était Bracken, constata Ally, et elle fut soulagée par cette diversion.

— Tu lui as encore cassé le nez ? demanda Shaya à Eli en riant.

— Ouais, mais bon, il m'énervait, expliqua Eli, qui n'avait pas du tout l'air contrit.

— Laisse-moi t'aider, offrit Ally en s'approchant.

Bracken la regarda, l'air méfiant comme si Ally était une bombe à retardement susceptible d'exploser à tout instant. Elle arqua les sourcils, l'air de le braver, titillant son orgueil, le défiant d'accepter son offre.

Le lieutenant roula des épaules, déterminé à relever le défi.

— Très bien, dit-il.

La prophétesse saisit son nez entre ses doigts et le lui remit rapidement en place.

— Putain ! s'exclama Bracken en reculant d'un pas sous le choc et en lançant un regard noir à Ally.

— Je t'ai offert mon aide, je n'ai jamais dit que j'allais te guérir, lança Ally en haussant une épaule.

— Elle t'a bien eu, là, Bracken, s'esclaffa Eli.

Bracken le reconnut et lui adressa un sourire. Un sourire ? Vraiment ? Étrange. Mais bon, les dominants étaient comme ça.

— Allez, viens, gloussa Shaya en donnant un petit coup de coude à Ally.

Le contact de Shaya ne la faisait pas souffrir. Au contraire, la présence de la femelle beta était plutôt réconfortante, apaisante. Ally sentait cependant que cela ne l'empêchait pas d'être létale au besoin.

Résistant à la tentation de mater une dernière fois Derren, Ally suivit son guide.

— La visite est terminée ? lui demanda-t-elle.

— Oui, répondit la femelle alpha. Je dois retourner m'occuper de Willow. C'est presque l'heure du déjeuner. Tu viens ?

— Je vais être honnête avec toi, Shaya, répondit Ally en lui adressant un petit sourire un peu triste. Je ne pense pas que je vais passer beaucoup de temps chez vous.

— Mais pourquoi ? s'exclama la femelle alpha en faisant presque la moue. Est-ce parce que les autres se sont si mal comportés avec toi ce matin ? Je serais bien intervenue, mais je pensais que tu ne l'apprécierais pas trop, que cela risquait de te faire paraître faible.

— C'est vrai. Je suis contente que tu m'aies laissée gérer cela moi-même. Ce n'est pas leur comportement qui me gêne. Ils sont chez eux ici, c'est leur territoire et ils ont droit à leurs émotions. (Même au risque de la vexer ou de lui occasionner des frustrations.) Mais les prophétesses sont hypersensibles et toutes ces émotions négatives me font souffrir et énervent ma louve.

— Je suis désolée, déclara Shaya en baissant les épaules.

— Tu n'as pas à t'excuser. Tu as été formidable et tu as droit à toute ma gratitude pour ton accueil chaleureux. Mais je ne peux pas passer beaucoup de temps avec les autres parce que c'est trop douloureux pour moi. Et puis ce n'est pas juste pour eux qu'ils soient obligés de supporter ma présence si je les gêne à ce point. Je ne veux pas qu'ils soient mal à l'aise chez eux.

— Ils vont finir par t'accepter.

Ally en doutait fort.

— En attendant, je préfère passer plus de temps chez moi. Je m'y sens très bien. J'adore cette maison.

— D'accord. Je vais passer te voir tous les jours. Pour remplir ton frigo, à tout le moins.

— Et n'oublie pas Willow !

— Pas de souci.

— Allez, retourne à ta jolie petite fille.

Elles partirent alors chacune de son côté et Ally rentra chez elle. Cette maison avait beau n'être qu'un pavillon pour les invités, rien n'empêchait la prophétesse de s'y sentir chez elle, surtout en son for intérieur. Elle pouvait se permettre d'être aussi possessive vis-à-vis du lieu qu'elle le souhaitait.

Une fois arrivée, elle s'adonna à son activité préférée quand les soucis se bousculaient dans son cerveau : elle fit la cuisine. Cette occupation créative la réconfortait, la détendait totalement et lui changeait agréablement les idées.

C'était Sam, le plus jeune oncle de Cain, qui lui avait appris les bases de la cuisine, mais aussi comment faire démarrer une voiture en court-circuitant le Neiman et comment se libérer les mains de liens en nylon. Les oncles de Cain, tous encore célibataires, ne savaient pas trop comment élever une petite fille. Ils lui avaient donc appris tout ce qu'ils estimaient important de savoir dans la vie.

À onze ans, elle savait conduire, dépecer un animal, crocheter une serrure, et fabriquer de la bière. Elle connaissait aussi l'alphabet militaire et avait appris le russe, l'espagnol, l'italien, l'allemand et le mandarin. Le plus étonnant était que ces connaissances lui avaient bien servi au fil des ans.

Une fois sa poêlée de bœuf prête, Ally alla manger dehors sur la terrasse qui donnait sur le lac. L'atmosphère était tout le contraire du petit déjeuner : le calme régnait, interrompu seulement par les bruits de la forêt.

Au bout de quelques instants, elle perçut des bruissements dans les fourrés. Elle ne put s'empêcher de froncer les sourcils en apercevant un grand loup gris approcher prudemment, les narines dilatées. Quand il fut assez près pour qu'elle distingue son odeur, Ally reconnut Bracken. Il garda ses distances tout en regardant fixement son assiette et en se léchant les babines.

— Ah les mecs, tous les mêmes ! s'exclama Ally en levant les yeux au ciel et en lui lançant un morceau de viande. Allez ouste ! lui dit-elle alors.

Puis un autre loup gris fit son apparition, un peu plus large d'épaules celui-là. Ally reconnut Jesse.

— Vraiment tous les mêmes !

Elle lui donna aussi un peu de viande, qu'il attrapa dans un claquement de mâchoires avant de disparaître. Puis un troisième loup fit son apparition, au pelage marron et gris celui-là. Zander, devina-t-elle.

— Vous n'avez pas honte ? cria-t-elle en lui jetant aussi un bout de viande. Allez, va-t'en, il ne reste plus rien.

Son repas terminé, elle rentra chercher des cookies qu'elle avait faits. Elle était à peine retournée sur la terrasse que les trois loups réapparurent.

— Vous vous moquez de moi ?

Quand Derren arriva à la maison des Alphas pour le déjeuner, il fut étonné de ne pas y trouver Ally. Il était persuadé qu'elle serait rentrée avec Shaya après la visite du territoire. Au milieu du repas, ne la voyant toujours pas, il se résolut à l'appeler sur son portable.

— Ally ne se joindra pas à nous, l'informa alors Shaya.

— Ah bon ? réagit Derren, perplexe.

— Elle m'a expliqué qu'elle ne passerait pas beaucoup de temps ici.

— Pourquoi ? s'enquit Bracken en reposant son verre.

— Parce que vous n'êtes pas sympas avec elle. Vous êtes tellement désagréables que cela lui cause des douleurs physiques, expliqua-t-elle en laissant passer sa déception dans son regard.

— Cela lui fait mal ? voulut savoir Bracken en déglutissant, l'air un peu coupable.

— Les prophétesses sont très sensibles et les émotions négatives leur occasionnent des douleurs physiques, expliqua Shaya.

— Eh ben, dis donc, souffla Jesse. Je l'ignorais.

— Il est préférable qu'elle reste chez elle, affirma Kathy en remplissant le verre de Zander. Vous n'aimez pas ? demanda-t-elle à Bracken et Zander. Vous ne mangez pas beaucoup.

— On a peut-être un peu forcé sur le bœuf et les gâteaux avant le déjeuner, reconnut Bracken en se grattant la nuque.

— Ally fait des grands cookies aux pépites de chocolat tellement délicieux qu'on en pleurerait, admit Jesse en poussant un grognement presque orgasmique.

— Ils sont fameux, ajouta Zander, d'un air songeur, en hochant la tête et en esquissant un grand sourire.

— Le bœuf était cuit à la perfection, ajouta Bracken, l'air ailleurs.

— Si j'ai bien compris, elle est bonne cuisinière, c'est ça ? s'enquit sèchement Kathy.

— Pas aussi bonne que toi, c'est sûr, bafouilla Bracken en écarquillant les yeux.

Kathy poussa un soupir excédé. Dès qu'elle eut le dos tourné, Bracken articula en silence : « Ally est bien meilleure ! »

— Je t'ai entendu, Bracken ! s'exclama Kathy sans se retourner.

— Mais je n'ai rien dit ! protesta Bracken.

— Maman a des yeux tout autour de la tête ! s'esclaffa Eli.

Shaya jeta un œil du côté de Nick, occupé à donner une purée immonde à Willow mais la gamine avait l'air de se régaler. C'était à n'y rien comprendre.

— Cela t'est égal que ton attitude la fasse souffrir ? lui lança-t-elle.

— Je ne savais pas que cela lui ferait un tel effet, répondit Nick en lui lançant un regard de côté. Mais bon, je ne peux pas contrôler mes sentiments.

— Elle a soigné notre fille, tout de même. C'est quelque chose, non ?

— Oui, c'est vrai. Et je lui suis reconnaissant, Shaya. Mais une seule petite bonne action ne suffit pas pour me faire changer d'avis au sujet des prophétesses.

Derren termina son repas sans participer à la discussion entre les Alphas et les autres membres de la meute. Puis il se dirigea vers la maison d'Ally dans l'intention d'aller prendre de ses nouvelles, se dit-il. Cela n'avait strictement rien à voir avec le fait que son loup le harcelait pour la voir. Ni que lui-même en avait aussi très envie, comme ça, sans raison.

Il frappa à sa porte mais personne ne vint. Il contourna alors la maison et l'aperçut allongée dans le hamac. Elle écoutait de la musique sur son iPod. Sa manière à elle de se couper du monde ? Il fut immédiatement envahi par son odeur, qui fit réagir son sexe.

— Tout va bien ? demanda-t-elle en coupant le son.

Non, tout n'allait vraiment pas bien. Le tee-shirt de la jeune femme s'était un peu relevé et il aperçut un tatouage sur son nombril. Il éprouva l'envie féroce de le suivre de la langue.

— Shaya m'a dit que tu préférais t'isoler ici.

— C'est plus facile pour tout le monde.

Ce n'était pas vraiment le cas et Derren s'en doutait. Le contact physique était extrêmement important pour les métamorphes. Les relations sociales aussi, et le sexe. Leur absence pouvait affecter leur moral, et surtout celui de leur animal.

— Ce sera dur pour toi, et tu le sais, déclara Derren.

— Oui, la vie risque d'être pénible et déprimante sans toi…, lança-t-elle sérieusement avec un joli sourire, mais guère plus qu'avec toi, en fait. (Il plissa les yeux dangereusement, mais ses lèvres esquissèrent un sourire.) Ce n'est pas comme si je risquais d'être seule tout le temps. Shaya va venir me voir. Sa présence ne me fait pas souffrir.

Derren se sentit coupable. Il ne voulait pas lui faire de mal. Cette idée lui répugnait. Le fait d'apprendre que son contact lui occasionnait des douleurs physiques… eh bien, il avait l'impression d'être un beau salaud tout d'un coup.

— Dis-moi pourquoi tu me détestes à ce point, Derren.

Ses paroles le choquèrent. Mais il aimait l'entendre prononcer son nom. C'était vraiment insensé.

— Je ne te déteste pas.

Il aurait aimé pourtant que ce soit le cas, parce que cela l'aurait aidé à la trouver moins attirante…

— Laisse-moi reformuler ma question : pourquoi détestes-tu autant les prophétesses ?

— En deux mots ? (Il n'avait pas trop envie de se raconter mais décida de le faire malgré tout.) Je n'aurais jamais été condamné à la maison de redressement si le prophète de ma meute n'avait pas menti au sujet d'une de ses visions. Il a retourné toute la meute contre moi et est même allé jusqu'à témoigner en ma défaveur devant le tribunal des humains.

Tant de douleur ! Tant de hargne ! Pour Ally, c'était comme de recevoir des coups de pic à glace en pleine poitrine. Sa louve gémissait de le voir ainsi. Elle ignorait tout des mensonges du prophète de l'ancienne meute de Derren, mais cela ne l'empêchait pas de mesurer l'étendue de sa rancœur. Cain lui avait bien décrit la vie en maison de redressement.

« *Tu n'as aucun droit là-bas*, lui avait-il expliqué. *Tu ne décides de rien. Tu n'as aucune intimité, tu ne peux jamais t'évader sous ta forme lupine. Que tu vives ou que tu meures, tout le monde s'en fout. Si tu es incapable de te défendre, de te battre, tu ne survivras pas. Quand ce ne sont pas les gardiens complètement déjantés qui abusent de toi, profitent de toi, ce sont les autres détenus qui le font, surtout si tu violes leur prétendu code. Personne n'en sort intact, Ally, personne.* »

Il était impossible de survivre à cela sans en éprouver une profonde colère, sans perdre son innocence d'enfant. D'autant plus que Derren avait été enfermé dans un endroit où il était sous surveillance constante, et où il subissait des abus aux mains des matons chargés de maintenir l'ordre. Il n'avait rien mérité de tout cela, ayant été condamné à tort. Ce n'était donc pas étonnant qu'il y ait tant de douleur, de colère et d'obscurité en lui.

Ally n'était pas vraiment en mesure d'appréhender son expérience en maison de redressement, mais ayant été elle-même accusée à tort et ayant vu tous ses amis lui tourner le dos, elle comprenait un peu ce qu'il avait vécu. Dans des circonstances semblables, c'est-à-dire que si elle rencontrait une fille qui lui rappelait Rachelle et qui ferait remonter des mauvais souvenirs en elle, elle n'aurait sans doute pas trop envie de passer du temps avec elle. Et si en plus on lui confiait la responsabilité de protéger cette fille, il était clair qu'elle ne l'apprécierait pas beaucoup. Alors, oui, elle comprenait Derren.

— Je suis désolée pour ce qui t'est arrivé…, commença-t-elle en se redressant dans le hamac, tout en faisant attention de ne pas le renverser.

— Je ne veux pas de ta pitié, éructa-t-il.

— Tant mieux, parce que je n'en ai pas à donner.

Tous ceux qui survivaient à la maison de redressement méritaient le respect et l'admiration, pas la pitié.

— Il est vrai que le pouvoir corrompt et qu'il y a des prophètes et des prophétesses qui abusent du leur. Mais on peut dire la même chose des Alphas. On a tous entendu parler de certains d'entre eux qui abusent de leur poste et de leurs pouvoirs, non ? ou de loups dominants qui utilisent leurs capacités pour contrôler ceux qui sont plus faibles qu'eux et les obliger à se soumettre à leur volonté. Tu ne peux pas me dire que tu n'as jamais connu de mauvais Alphas.

Derren aurait voulu la contredire, mais elle avait raison, il devait le reconnaître. Il n'y avait simplement jamais réfléchi ainsi.

— Les gens font des conneries parce qu'ils sont cons, Derren, poursuivit-elle. Pas parce qu'ils sont prophètes ou alphas ou dominants. Tout dépend de la personne.

Il voulut la contredire, se cramponner à sa colère de toutes ses forces, mais il n'y arrivait pas. Elle avait encore une fois raison.

— On pourrait s'entendre tous les deux, garder nos distances, je veux dire, lui proposa-t-elle sur un ton très raisonnable, tout en sachant que ce ne serait pas facile et que sa louve ne serait pas d'accord.

Ce serait pour le mieux, mais Derren savait qu'il ne tiendrait pas longtemps. Cette fille l'attirait beaucoup trop. Elle était comme une sorte d'aimant pour son loup. Il avait encore rêvé d'elle la nuit précédente, rêvé qu'il s'enfouissait profondément en elle, qu'il la mordait au cou et lui pétrissait les seins à pleines mains. Son sexe se raidit à cette évocation. Ally inspira brusquement et le rouge lui monta au cou, aux joues. Il devina qu'elle sentait son excitation.

— Il vaudrait mieux que tu t'en ailles, dit-elle après s'être raclé la gorge.

Elle avait encore une fois raison. Il vaudrait mieux qu'il parte en effet. Mais Derren avait toujours été du genre à faire ce qu'il voulait plutôt que ce qu'il aurait dû faire.

— Qu'est-ce que cela te fait ? s'enquit-il.

— Quoi ? demanda-t-elle, perplexe.

— Les émotions te causent des sensations physiques, non ? Et là, tu sens mon désir pour toi. Alors qu'est-ce que cela te fait ? insista-t-il en s'approchant d'elle.

Il savait ce qu'il ressentait, lui. Son désir pour elle n'était ni tendre, ni docile, ni romantique. Il était plutôt sauvage, aigu, dévorant. Une sorte de désespoir armé de griffes et de crocs qui s'était emparé de lui et ne le lâchait pas.

— Qu'est-ce que cela te fait ? répéta-t-il.

« Comme des dents me mordant les tétons », aurait-elle aimé lui dire. Mais elle n'allait pas le faire.

— J'ai dit ça à voix haute, c'est ça ? s'enquit-elle en voyant le sourire satisfait et un peu tordu qu'esquissait Derren.

Le Beta éclata de rire et cela lui suffit comme réponse.

— Au revoir, Derren.

Elle s'attendait à ce qu'il se moque un peu d'elle mais il se retourna sans un mot et disparut entre les arbres.

Sa louve poussa un gémissement. Elle risquait de bouder un moment après son départ. Elle comprenait par contre qu'il y avait trop d'obscurité en Derren pour qu'il finisse par l'accepter un jour. Le Beta était un homme bien même s'il pensait le contraire. Il était parfois maladroit, il y avait quelque chose de cassé en lui. Il aurait eu du mal à lui faire confiance même si elle n'avait pas été une prophétesse, et la confiance et l'acceptation étaient très importantes pour Ally.

Mais Derren en était incapable.

Chapitre 5

L'obscurité était totale. Elle ne voyait rien du tout et elle avait toujours détesté cela.

Elle tremblait de froid et de peur, et elle essayait de repousser les gros blocs de pierre qui avaient roulé jusqu'à ses pieds, mais en vain. Ils ne bougeaient pas d'un seul centimètre. Elle était prise au piège.

—Ne t'inquiète pas, Ally. Ça va aller.

Non, c'était faux. Il ne comprenait pas. Il ne savait pas ce qu'elle avait vu.

—Il faut qu'on sorte de là.

Elle poussa de toutes ses forces sur les blocs de pierre mais ils lui résistèrent. Elle paniqua, sortit les griffes et frissonna, si fort qu'elle en claqua des dents.

—Ally, arrête, tu vas te blesser, intervint son ami en lui posant une main sur le dos.

—Il faut qu'on sorte, qu'on aille les prévenir ! Sinon ils vont tous mourir.

Ally sentit quelque chose d'humide et de rugueux lui toucher la joue. Elle se réveilla en sursaut et aperçut un grand loup noir qui lui donnait des coups de museau. Elle n'eut pas le temps de le repousser qu'il avait déjà reculé. Ce n'était pas la première fois qu'elle s'éveillait en sursaut d'un cauchemar dans le hamac pour voir ce gros animal à son côté. La surveillait-il ? ou était-il simplement curieux ? Elle l'ignorait.

Il s'éloigna prestement, comme s'il avait senti qu'elle avait retrouvé ses esprits. Elle avait beau être reconnaissante envers le loup de Derren de l'avoir tirée de ce mauvais rêve, elle n'appréciait pas tellement qu'il sache à quel point elle souffrait, qu'il la voit aussi vulnérable.

Ally parvenait habituellement à se rendormir après un cauchemar, mais pas ce matin-là, malheureusement. Elle se leva, poussa un long soupir, fit le plein de caféine et mangea un morceau.

Elle s'était installée dans une routine au cours de la semaine. Elle courait un peu sous sa forme lupine après le petit déjeuner. Puis Shaya et Willow venaient passer quelques heures avec elle. À l'heure du déjeuner, les loups de Bracken, Jesse et Zander faisaient leur apparition pour quémander les restes de sa table. L'après-midi, elle lisait, faisait la cuisine ou regardait la télé. Puis elle dînait et allait se reposer dans son hamac en écoutant de la musique sur son iPod et elle s'endormait là.

Elle apercevait souvent Derren quand il rentrait chez lui ou sortait, mais il ne lui adressait jamais la parole. La solitude ne la gênait pas. Au contraire, puisqu'elle n'était pas sans cesse bombardée par les émotions des autres. Elle se sentait même presque normale. Les prophétesses souffraient parfois de surcharge sensorielle et elles finissaient par trouver un moyen de se couper du monde. Pour Ally, écouter de la musique lui procurait cette distance bien nécessaire.

Elle avait pris l'habitude de ne plus fréquenter que Shaya et Willow, et fut donc très étonnée ce matin-là de les voir arriver accompagnées de Kent et Caleb. Ils se montrèrent tous deux attentionnés et agréables. Peut-être parce qu'Ally soulageait tous les jours Willow de ses problèmes de dents ? ou alors Shaya les y avait contraints. Ally n'en avait aucune idée.

Ils l'invitèrent même chez eux pour lui montrer leur magnifique intérieur, l'œuvre de Kent. Ce dernier avait été horrifié de constater l'absence de touches personnelles chez Ally. Le fait qu'elle n'était qu'une invitée ne changeait rien aux yeux de Kent. Il était important selon lui qu'elle marque son territoire. Shaya était d'accord, ce qui étonna fort Ally. Mais quand celle-ci expliqua qu'elle n'avait aucun talent en matière de décoration d'intérieur, Kent la supplia de le laisser s'en charger. Après avoir déposé Willow à la maison pour sa sieste de l'après-midi, Shaya partit avec Ally, Kent et Caleb pour lui montrer leur déco. Dans une clairière sur la route, le petit groupe aperçut Derren qui s'entraînait avec les lieutenants. Ils s'arrêtèrent un instant pour les regarder et Ally fut bien obligée de reconnaître qu'ils étaient très doués. Ils grimacèrent tous en voyant Jesse plaquer Bracken sur le dos au sol.

Ally se demanda cependant pourquoi Bracken avait laissé Jesse gagner.

— Je l'ai dit à haute voix, c'est ça ? s'enquit-elle en voyant tous les regards braqués sur elle.

— Il ne m'a pas laissé gagner ! rouspéta Jesse en roulant des épaules.

— Pourquoi penses-tu cela ? voulut savoir Derren, l'air plus curieux que dubitatif.

— Jesse a des tics révélateurs, expliqua Ally. Bracken le surveillait de près pour les détecter. Il n'a pas esquivé tous les coups de Jesse même s'il est assez rapide pour le faire.

Shaya lui avait dit que Jesse récupérait encore d'avoir chassé un animal empoisonné, se rappela-t-elle. Bracken le ménageait-il exprès ?

— Très bien, la félicita Derren, l'air vraiment impressionné.

— J'ai gagné cette manche en bonne et due forme. Tu ne m'as regardé combattre qu'une ou deux fois, protesta Jesse en se tournant vers Ally, et tu estimes me connaître suffisamment bien pour savoir que j'ai des tics révélateurs ?

— Oui, répondit succinctement Ally.

— Alors, si je suis si facile à deviner…

— Ce n'est pas ce que j'ai dit, l'interrompit Ally en poussant un soupir las.

— Tu n'as qu'à t'approcher et on pourrait se battre un peu tous les deux.

— Arrête, Jesse, gronda Derren.

— Juste comme ça pour le plaisir, entre amis, insista le lieutenant, l'air tout à fait sincère.

— Je ne me bats jamais pour le plaisir, déclara Ally. Je me bats, un point c'est tout, sans règles, sans limites, sans jamais me retenir.

— Je sens qu'on va bien s'amuser, s'esclaffa Jesse.

— Laisse tomber, exigea Derren en mettant la main sur le torse du mâle pour l'arrêter.

Il avait prononcé ces paroles sur un ton guttural, son loup luttant pour prendre le contrôle et protéger Ally. Si le lieutenant la blessait, il se sentirait obligé de la venger. Depuis la nuit où la prophétesse lui avait assené ses quatre vérités, il avait réfléchi à tout ce qu'elle lui avait dit et il devait reconnaître qu'il n'avait pas été juste envers elle, qu'il s'était comporté comme un mufle. Il avait certes une dent contre les prophétesses mais cela ne lui donnait pour autant le droit de maltraiter la jeune femme. Elle avait raison : le pouvoir corrompait mais tout dépendait de la personne et non pas de ses dons.

— Ne t'inquiète pas, je ne vais pas trop l'amocher, déclara Jesse en souriant de toutes ses dents. Je ne maltraite pas les femmes. Cette fille est très forte, je le vois bien et j'ai envie de savoir ce qu'elle a dans le ventre.

— Es-tu sûre, Ally ? lui demanda Shaya en se tournant vers elle.

— Il ne va pas laisser tomber, et moi non plus, alors allons-y, affirma Ally en remplaçant Bracken devant Jesse, les jambes écartées, plantées solidement sur le sol. D'habitude, je ne préviens pas, mais là, je préfère te le dire, Jesse, tu ne devrais pas te battre contre moi.

— Et pourquoi ?

— Parce que je vais gagner. Et cela me fera plaisir. Ton orgueil va prendre un coup de plus !

— Vas-y, petite prophétesse, dit-il en esquissant un large sourire et en adoptant une position de combat, une lueur d'excitation dans le regard.

— Tu ne vas pas intervenir ? demanda Derren à Shaya en s'approchant d'elle et en faisant de gros efforts pour empêcher son loup d'émerger.

La femelle alpha avait l'air aussi stressée que son Beta.

— Si je m'interpose, je montre à Ally que je ne crois pas qu'elle peut se défendre toute seule. Sa situation est déjà très compliquée ici. Les autres la respecteront plus si elle relève ce défi et perd que si elle renonce.

Derren savait que Shaya avait raison et que toute intervention de leur part saperait la réputation d'Ally et l'énerverait énormément. Son loup aussi en convenait, même s'il était trop énervé pour réussir à se calmer.

Derren regarda Ally retirer ses chaussures et s'immobiliser, tous les sens en alerte, le regard braqué sur Jesse. Puis le lieutenant balança un coup de poing en direction de la mâchoire de la jeune femme, espérant la mettre KO tout de suite. Le coup était rapide et envoyé avec une grande force mais la prophétesse l'esquiva en tournant le haut du corps et elle lacéra les côtes du lieutenant de toutes ses griffes au passage. Elle ne donnait pas de coups sophistiqués ou bien ajustés mais elle était féroce, impitoyable. Elle ne lacérait pas son adversaire à proprement parler, préférant se servir de ses griffes plutôt comme des couteaux, pour trancher, frapper et découper sans pitié.

En sang, Jesse ne cessa pas de lui balancer des uppercuts et des grands coups de pied impressionnants, mais elle les évita presque tous. Elle laissa Jesse se fatiguer et s'affaiblir à force de perdre du sang.

Derren était épaté. Son loup, un peu moins. Il en voulait à mort à Jesse, surtout quand il le vit porter un grand coup de pied dans les côtes d'Ally. C'était...

— Nom de Dieu de tout ce qui est bleu ! Comment elle a fait ça ? s'exclama Bracken.

Derren n'y comprenait rien non plus mais voilà qu'elle recommençait... Le Beta n'aurait jamais cru cela possible s'il ne l'avait pas vu de ses propres yeux. En moins d'une seconde, Ally s'était transformée, sa louve avait mordu Jesse à l'épaule et elle avait repris forme humaine tout aussi rapidement. Cela s'était fait tellement vite que ses vêtements en avaient à peine souffert, mis à part quelques petits accrocs à son short et à son tee-shirt.

Entre coups de griffe et coups de poing, elle se transforma ainsi à plusieurs reprises et put utiliser la force et la rapidité de sa louve. C'était si impressionnant et si perturbant que Jesse commit plusieurs erreurs. Avec ses attaques brutales et ses excellents réflexes, Ally dominait le combat.

Ce ne fut plus qu'une question de temps avant que Jesse se retrouve dos au sol, dominé par une louve blanche lui mordant l'épaule. Un instant plus tard, Ally le maintenait à terre.

— Tu aurais dû m'écouter, lui dit-elle en se relevant.

— Comment est-ce que tu fais ça ? s'enquit Jesse, trop choqué pour que son orgueil déjà malmené se sente ébranlé.

— Cain m'a dit qu'il t'avait appris à te battre, lança Derren, alors que tous les autres s'étaient attroupés autour de la prophétesse. Mais il n'est pas capable de se transformer aussi vite que toi.

D'ailleurs, personne d'autre ne savait le faire. Comment la louve d'Ally pouvait-elle accepter de se retirer aussi vite du combat ? Elle aurait dû lutter pour prendre le contrôle. D'habitude, l'animal d'un métamorphe tenait à affronter les difficultés et les dangers. Mais Ally et sa louve étaient en parfaite harmonie et elle parvenait donc à se transformer à la vitesse de l'éclair.

— Ça marche pour nous parce que nous sommes complètement en harmonie l'une avec l'autre, expliqua Ally. On se fait mutuellement confiance, on fait équipe.

— Et ta louve l'accepte. En outre, elle se sent suffisamment respectée pour se retirer quand tu le lui demandes parce qu'elle sait que tu ne vas pas l'écarter du combat, déduisit Zander.

Ally manifesta son accord d'un hochement de tête.

— Nick s'accorde très bien avec son loup, affirma Eli, visiblement impressionné, mais pas aussi bien que ça.

— Je ne pensais pas que c'était possible, ajouta Shaya en souriant à Ally. Roni aurait bien aimé voir ça.

— Laisse-moi te guérir, proposa Ally à Jesse en le voyant grimacer de douleur.

— Non, je l'ai bien mérité, répondit-il en secouant la tête. J'ai été arrogant, je t'ai asticotée. Mais merci quand même. Tu t'es bien battue.

Les autres lieutenants acquiescèrent de la tête.

Ally ressentit leur respect comme un véritable baume au cœur.

— Si tu changes d'idée, Jesse, je serai chez moi.

Elle se retourna alors vers Shaya, mais son regard fut arrêté net par un grand corps baraqué, musclé et beaucoup trop appétissant.

— Laisse-moi voir, tu as peut-être une vilaine coupure au cuir chevelu, dit Derren en remarquant du sang dans les cheveux de la jeune femme.

— Ça va aller, dit-elle en reculant d'un pas.

— Laisse-moi vérifier, insista Derren sans élever la voix. Je vais juste regarder ta blessure, d'accord ? Je ne vais pas te toucher.

Même s'il avait vraiment très envie de sentir sa peau sous ses mains.

— Que mes cheveux alors, dit-elle en déglutissant bruyamment.

Tant qu'il ne la touchait pas elle ne percevrait pas ses émotions. Mais bon, elle constatait que les éclairs qui lui parvenaient n'étaient plus aussi piquants ni dérangeants. Il devait être de meilleure humeur.

Les doigts de Derren écartèrent alors doucement ses mèches et la jeune femme sentit son ventre se contracter tandis qu'un désir brutal montait en elle. Peu importait qu'il ne touche que ses cheveux. Le fait de le voir entrer dans son espace personnel, de percevoir son haleine chaude sur son front, et son regard ténébreux sur elle... L'intensité et l'intimité de ce moment la prirent par surprise.

Derren laissa retomber les cheveux d'Ally mais ne recula pas. Il huma le parfum enivrant de la jeune femme, s'en laissant pénétrer jusqu'au fond de lui-même.

— Ta blessure ne saigne plus, mais elle est profonde. Tu vas devoir la nettoyer.

Ce ne serait pas très agréable.

— Je vais rentrer chez moi me doucher.

— Je t'accompagne.

— Non, ça va, dit-elle, prête à s'en aller. Je..., commença-t-elle avant de s'interrompre en entendant un drôle de bruit menaçant. Qu'est-ce...

Une explosion assourdissante lui coupa le souffle et l'entoura d'une chaleur suffocante. Des flammes lui léchèrent la peau et elle fut propulsée dans les airs avant d'atterrir sur le sol dur. Elle entendit un craquement sourd et sut qu'il provenait de son crâne.

Une poussée d'adrénaline lui permit de ne pas tenir compte du bourdonnement dans ses oreilles et de la confusion dans laquelle ses sens furent plongés. Elle avait l'impression d'agoniser mais ses instincts la poussèrent à se relever et à s'enfuir.

Elle s'éloigna en rampant de la vague de chaleur qui lui brûlait le dos et des arbres qui menaçaient de lui tomber dessus. Une main l'empoigna brusquement pour l'aider à aller plus vite. Quand cette main la relâcha, elle retomba face contre terre. Un visage se pencha au-dessus d'elle et elle le reconnut. Derren.

Il regarda le dos de la jeune femme et fut pris d'un violent haut-le-cœur. Ally se demanda ce qu'il avait vu.

— Attends un peu, je reviens.

Attendre là ? Tous ses instincts lui dictaient que ce n'était pas une bonne idée. Elle devait plutôt continuer à avancer, à s'éloigner du danger le plus vite possible. Elle l'aurait fait si Caleb ne s'était pas penché pour lui poser des questions qu'elle ne comprenait pas. Elle avait si mal au dos qu'elle ne parvenait même plus à penser.

Elle perçut alors une cacophonie de jurons et de gémissements de douleur avant de voir débouler tout un groupe d'éclopés transportant deux blessés, dont Eli, drôlement amoché et qui toussait. Ally cligna des yeux de surprise quand un corps inerte fut allongé près d'elle.

—Fais quelque chose, réclama une voix d'homme qu'elle reconnut : Jesse. Tu dois la sauver.

Mais elle ne pouvait plus rien pour Shaya. Elle ne bougeait plus. Les yeux grands ouverts, la peau brûlée, rouge et couverte de cloques, elle n'était plus.

—Aide-la !

—Je ne peux rien pour elle ! Elle est morte !

C'était trop tard. Ally ferma les yeux dans le vain espoir de se protéger contre ces attaques émotionnelles et physiques. Elle sentit alors des mains la soulever par les bras, geste qu'elle perçut comme des piqûres glacées sur sa peau nue. Puis elle inspira brusquement, ouvrit les yeux et vit Derren debout devant elle, l'air très préoccupé.

—Ally ! Ally, réponds-moi. Ça va ?

Tous ses instincts l'incitèrent à se libérer, à fuir l'hostilité et la faim qui se dégageaient de lui. Elle balaya les alentours des yeux et ne vit pas de feu, ni d'arbres arrachés par une explosion, ni aucun autre dégât. Les hommes qui l'entouraient la regardaient, l'air perplexe.

—Ça va ?

Ally se retourna en entendant une voix familière et vit son amie Shaya à côté d'elle. Bien vivante. Ni morte, ni même blessée. Puis elle comprit ce qui se passait et fut secouée par un terrible sentiment d'horreur.

— Courez, tout de suite ! hurla-t-elle.

Elle tira Shaya par la main et se mit à courir.

— Où allez-vous ? demanda Zander.

— Courez si vous ne voulez pas tous cramer ! hurla-t-elle sans ralentir ni se retourner.

Elle entendit les bruits de pas des hommes qui la suivaient, et…

Le souffle d'une explosion. Un grondement dans le sol. La chaleur sur son dos. Des arbres déracinés.

Elle ne sut pas vraiment comment ni pourquoi elle se retrouva allongée sur le sol. La déflagration ? Les vibrations produites par le choc se propageant dans le sol ? Son propre instinct qui l'avait poussée à se jeter à terre pour éviter le danger ? Elle s'en fichait un peu, se réjouissant de deux choses : tout d'abord, elle n'éprouvait pas les douleurs qu'elle avait senties dans sa vision et puis Shaya était bien vivante, même si elle était un peu choquée et effrayée.

— Putain !

Ally se retourna pour voir qui avait crié et vit Eli et Caleb qui portaient Derren. Ils l'allongèrent doucement sur le ventre à côté d'elle. Elle sentit la bile monter dans sa gorge quand elle aperçut ses jambes et le tissu de son jean déchiré qui adhérait à sa peau brûlée.

— Il m'a protégé de son corps, expliqua Kent pendant que son compagnon téléphonait à Nick pour le mettre au courant des événements. Il m'a projeté au sol et s'est allongé sur moi.

Il avait été blessé en sauvant Kent.

— Tu peux le guérir, non ? demanda Bracken à Ally.

— Non ! haleta Derren.

Ally essayait de se lever quand elle l'entendit protester énergiquement et en fut très surprise.

— Non, répéta-t-il, au bord de l'évanouissement, en plongeant son regard dans celui de la prophétesse. Cela va te faire souffrir. Tu ne peux même pas me toucher sans avoir mal.

Oui, et ses souffrances exacerberaient sa douleur, mais…

— C'est mon rôle, Derren. Ferme-la maintenant et ne bouge plus.

Ally posa alors les mains sur le jean calciné de Derren. Elle se sentit envahie par un mélange de froid, de chaleur et de douleur qui lui titilla les terminaisons nerveuses. Puis elle lui transmit son énergie et des ondes positives pour le guérir. Quand le contact s'établit entre eux, sa douleur pénétra en elle. Plus elle lui transmettait d'énergie, plus elle avait l'impression que sa peau brûlait, se tendait, se dévorait elle-même.

— Tu peux arrêter, Ally, lui dit une voix douce en posant une main sur son épaule.

Ouf! pensa-t-elle avant de s'évanouir.

Derren fit comme s'il n'avait pas entendu les coups à la porte de la chambre d'invités. Ni ceux-là ni les autres d'ailleurs. Il se cala dans le fauteuil à côté du lit où il avait allongé Ally trois heures plus tôt. Elle était toujours inconsciente. La vue de son visage pâle et de ses yeux cernés rendait son loup fou d'inquiétude. Elle n'avait pas bougé d'un millimètre. Elle était demeurée parfaitement immobile, tellement que, s'il n'avait pas vu sa poitrine se soulever faiblement à chacune de ses inspirations, il aurait craint qu'elle ne soit morte.

De nouveaux coups furent frappés à la porte, plus impatients, plus forts.

— Ouvre, Derren, exigea Shaya.

Même s'ils étaient dans la maison des Alphas, le Beta n'avait laissé personne entrer dans cette chambre, estimant Ally encore trop fragile. La voir là, inconsciente, sous le toit de personnes qui ne lui voulaient pas que du bien, l'énervait autant que son loup. Son animal était très anxieux, très énervé, attendant impatiemment le réveil d'Ally.

— C'est mon amie, Derren. Je veux la voir. Je m'inquiète pour elle.

S'il avait eu une conscience, il aurait eu pitié de Shaya. Mais seule Ally comptait pour lui. Il ne croyait pas ses camarades de meute capables de lui faire du mal, mais ses instincts protecteurs refusaient de lui laisser courir ce risque. Il allait donc la protéger tout le temps où elle serait vulnérable.

— Taryn est arrivée, dit Shaya, qui s'impatientait de l'autre côté de la porte. Si elle pense qu'Ally a besoin de ses talents de guérisseuse, personne ne pourra l'empêcher d'entrer. À moins bien entendu que je puisse la rassurer, lui dire que j'ai vu Ally et qu'elle va bien.

Derren proféra un juron et alla ouvrir la porte, apercevant la moitié de la meute derrière Shaya, l'air très satisfaite de son bon coup. Il avait été eu, mais elle avait raison. Taryn était une grande guérisseuse et elle exigerait de voir Ally à moins que Shaya puisse lui confirmer que tout allait bien.

— Que toi alors, éructa-t-il en s'écartant pour laisser passer la femelle alpha.

Puis, ne tenant aucun compte des protestations de ses camarades, il referma aussitôt la porte.

— Est-ce qu'elle a ouvert les yeux ? voulut savoir la jolie rousse, l'air très inquiète, en s'approchant du lit.

— Non, elle n'a pas bougé d'un centimètre.

Au moins sa blessure à la tête, souvenir de son combat avec Jesse, était-elle guérie.

— Son pouls est normal, dit Shaya en lui prenant le poignet. Je pense que son système s'est mis en veille le temps qu'elle récupère. Elle a dépensé énormément d'énergie.

Derren était d'accord avec son diagnostic.

— Pourquoi Taryn vient-elle ici ?

— On a appelé Roni pour la mettre au courant des événements. Quand Taryn a su ce qui s'était passé, elle a tenu à accompagner Roni et Marcus.

— Trey est avec elle ?

Cela pourrait être un problème. Marcus leur avait dit que l'Alpha de la meute du Phénix détestait les prophétesses et Derren avait pris la ferme résolution de protéger Ally dorénavant contre ce genre de préjugés.

— Je l'ignore. Roni ne me l'a pas dit.

D'autres coups se firent entendre à la porte et Derren poussa un long soupir.

— Allez-vous-en ! gronda le Beta.

— Laisse-nous entrer. On veut juste la voir, rouspéta Kent.

— J'aurais dû l'emmener chez elle, grommela Derren en se tournant vers Shaya.

Ou bien chez lui. N'importe où pourvu qu'elle ait un peu d'intimité.

— Quoi ? dit-il en voyant un sourire se dessiner sur les traits de sa femelle alpha.

— Je constate que ton attitude envers elle a changé du tout au tout. Il était grand temps !

— Elle m'a guérie, expliqua-t-il simplement en s'approchant du chevet d'Ally et en lissant une mèche de ses cheveux du bout des doigts.

— Tu sembles étonné.

— Vu mon attitude envers elle, j'aurais tout à fait compris qu'elle me laisse me tordre de douleur tout en se délectant du spectacle.

— Ally a beau être susceptible et détester les conneries, elle n'en demeure pas moins dotée d'un grand sens moral en plus d'être très juste.

— Elle a eu une vision de l'explosion.

— Je pense, oui. Tout allait bien et, l'instant d'après, elle avait les yeux dans le vague et les pupilles blanches.

— Tu as remarqué comment elle t'a regardée quand elle a émergé et t'a vue à côté d'elle ?

— Comme si elle voyait un fantôme, répondit-elle en déglutissant.

Cela en disait beaucoup sur la vision de la prophétesse. Ils devinaient parfaitement tout ce qu'ils lui devaient.

— Shaya ! cria Caleb à travers la porte. Roni et Marcus sont arrivés avec d'autres membres de la meute du Phénix.

— J'arrive ! répondit Shaya en adressant un petit sourire à Derren. Fais-moi prévenir si elle se réveille.

La femelle alpha sortit de la chambre et Derren regagna sa place au chevet d'Ally. Elle avait repris un peu de couleurs mais pas assez à son goût. Il s'inquiétait surtout de la voir aussi parfaitement immobile. Il l'avait souvent vue dormir dans son hamac et il avait remarqué qu'elle avait le sommeil très agité, surtout pendant un cauchemar.

Il ignorait ce qui se passait dans ses mauvais rêves et il n'estimait pas avoir le droit de le lui demander, même s'il aurait aimé le savoir parce qu'elle semblait beaucoup souffrir. Ce n'était certes pas ses affaires, mais ni ses instincts ni son loup ne le voyaient ainsi. Et lui-même de moins en moins également, devait-il reconnaître.

Le fil de ses pensées fut interrompu quand il la vit cligner un tout petit peu des paupières et bouger une jambe. Puis les magnifiques yeux verts en amande de la jeune femme se posèrent sur lui. Il y lut un mélange de confusion, de méfiance et d'étonnement tandis qu'elle examinait les alentours.

— Tout va bien, la rassura-t-il. Tu es chez Nick et Shaya.

Elle le regarda de nouveau en se léchant les lèvres, semblant plus éveillée.

— Comment te sens-tu ? ajouta-t-il.

— Ça va, finit-elle par répondre au bout d'un moment.

— Te souviens-tu de ce qui s'est passé ? de l'explosion ?

Elle réfléchit quelques instants avant d'acquiescer de la tête.

— C'était quoi ?

— On pense que c'était une sorte de lance-grenades, expliqua-t-il. (Il ne savait rien de plus. Il n'avait pas participé à l'enquête, préférant rester au chevet de la jeune femme.) Tu m'as guéri. Tu as souffert, je l'ai bien vu, bien senti. Mais tu as persisté, tu as absorbé mes souffrances et elles se sont ajoutées aux tiennes. Pourquoi as-tu fait cela ?

Il n'avait pas apprécié son geste. En tant que dominant, c'était dans sa nature de protéger les femmes et les enfants, tous ceux dont il avait la responsabilité. Et là il l'avait fait souffrir, même sans le vouloir. Et elle n'avait pas hésité à prendre ses douleurs.

— Parce que c'était la meilleure chose à faire, répondit-elle après avoir avalé sa salive.

— Je ne méritais pas ton aide.

— C'est vrai.

— Je te remercie de m'avoir guéri, dit Derren après avoir esquissé un petit sourire.

— Tu n'as pas à me remercier. C'est mon boulot.

Les expressions de gratitude semblaient la mettre mal à l'aise.

— Tu as quand même droit à mes remerciements.

— Combien de temps ai-je été inconsciente ? s'enquit-elle en s'asseyant dans le lit et en se passant une main dans les cheveux.

— Un peu plus de trois heures. Tu n'as pas l'air trop surprise. C'est normal ?

— Oui, pour des blessures assez graves.

Les brûlures au troisième degré faisaient sans aucun doute partie de cette catégorie.

— Est-ce que tes pupilles blanchissent chaque fois que tu as une vision ?

Derren avait rencontré plusieurs prophétesses mais il n'en avait jamais vu une avoir une vision.

— Pour autant que je sache, oui.

— Je n'ai pas aimé te voir comme cela. Tu avais l'air d'être ailleurs. (Comme si son âme avait quitté son corps, comme si elle n'était plus là. Son loup avait paniqué.) Dans ta vision, Shaya est morte, non ? Tu lui as sauvé la vie.

Ally ouvrit la bouche, s'apprêtant à parler quand des coups se firent entendre à la porte. Derren en reconnut le rythme.

— C'est Nick. Es-tu assez remise pour le recevoir ?

— Bien sûr, répondit Ally en haussant les épaules.

Plus que tout, elle souhaitait rentrer chez elle. Elle était sonnée, impatiente. Elle ne serait pas de bonne compagnie pour qui que ce soit. Elle regarda Derren ouvrir la porte et laisser passer Nick puis la refermer sur tous les autres massés derrière. Elle avait aperçu Kent,

Caleb et Bracken, qui adressèrent tous un regard noir à Derren.

Ally s'assit sur le bord du lit pour mieux se redresser. Derren regagna son chevet, se sentant étrangement protecteur.

Nick leva un sourcil en le voyant faire avant de se tourner vers Ally.

— Comment te sens-tu ? lui demanda-t-il.

Il n'avait plus du tout l'air contrarié ou remonté contre la jeune femme. Il semblait même beaucoup l'apprécier à présent, ce que la prophétesse ressentit comme une caresse.

— Ça va.

— D'après ce que m'ont décrit les autres, tu as eu une vision, non ?

Ally hocha la tête. Elle eut du mal à réprimer un frisson d'horreur en repensant au cadavre de Shaya qu'elle avait vu dans sa vision.

— Peux-tu me décrire ta vision ?

— J'ai vu exactement ce qui s'est passé. J'ai vu l'explosion.

— Vous étiez tous bien amochés dans ta vision, c'est ça ?

— Elle a sauvé la vie de Shaya, déclara Derren, souhaitant que son Alpha comprenne et reconnaisse ce qui aurait pu se passer sans l'intervention d'Ally.

— Je te dois beaucoup, Ally, dit Nick après avoir lancé un bref regard à Derren. Je ne l'oublierai jamais.

Elle aurait voulu lui dire qu'il n'avait aucune dette envers elle, qu'elle lui devait beaucoup pour son accueil.

Mais il partit avant qu'elle ait eu le temps de parler et elle le vit refouler tous les loups qui attendaient à sa porte.

— Prête à rentrer chez toi ? demanda Derren dès qu'ils furent de nouveau seuls.

— Arrête ! dit Ally en fermant les yeux et en levant la main.

— Quoi ?

— Arrête d'être sympa, c'est trop bizarre.

Derren ne put s'empêcher d'esquisser un sourire en réaction à l'injonction de la jeune femme.

— Tu veux dire que tu préfères que je sois désagréable avec toi ?

— Je suis une prophétesse, Derren, affirma-t-elle en plongeant son regard dans le sien. Et, oui, je t'ai guéri. Et, oui, j'ai sauvé la vie de Shaya. Mais je suis la même personne que j'étais avant ces incidents.

— Je sais, soupira Derren. Tout ce que tu m'as dit quand nous avons parlé la dernière fois... Tu avais raison. Je me suis mal comporté envers toi et je voulais te dire que je vais arrêter.

— Alors, tout d'un coup, juste comme ça, tu ne me détestes plus ? lança-t-elle, l'air dubitative.

— Je ne t'ai jamais détestée, déclara-t-il en s'accroupissant devant elle. Tu ne sens pas une différence ?

— Tu es difficile à cerner.

Il était vrai cependant que les émotions fugaces qu'elle percevait en lui étaient plutôt positives. Il l'appréciait beaucoup, il désirait ardemment la protéger mais il éprouvait en même temps du regret. Ally ressentait cela comme la caresse d'une très douce fourrure sur sa peau.

— Alors laisse-moi te le prouver. Ne recule pas, insista-t-il en effleurant d'un doigt les cernes sombres qui ornaient les yeux de la jeune femme. Ça te fait mal ? s'enquit-il.

— Non, répondit-elle, très étonnée.

Même pas un tout petit peu. Bien au contraire. Il l'avait seulement effleurée du bout du doigt sans chercher à la séduire. La chaleur qui se dégageait de son corps lui avait caressé la peau, faisant jaillir en elle un désir qui montait de son ventre. Elle voulait partir avant qu'il s'en aperçoive. Elle se leva… et rougit en constatant que son entrejambe était au niveau de ses yeux. Craignant qu'il ne la taquine au sujet de l'odeur qu'elle dégageait et qu'il avait sans doute remarquée, elle le devança.

— Ne dis rien, lui ordonna-t-elle.

— Je n'en avais pas l'intention, déclara-t-il en se redressant et en levant les deux mains.

— Tu n'avais pas besoin de dire quoi que ce soit.

Il faisait manifestement un effort pour s'empêcher de sourire. En silence, mais amusé par la tournure des événements, il la guida hors de la chambre et s'arrêta sur le palier. Une multitude de voix parvint à Ally du rez-de-chaussée mais elle ne les reconnut pas toutes. Il y avait foule. Vraiment pas super.

— Tu dois avoir envie de rentrer directement chez toi, dit Derren. Mais ces gens sont vraiment très curieux et ils souhaitent voir celle qui a sauvé la vie de Shaya. Viens les saluer et je te raccompagne chez toi tout de suite après.

À sa grande surprise, Derren resta un peu devant elle comme pour la protéger quand ils entrèrent dans la cuisine. Le silence se fit immédiatement et la jeune femme perçut toute une gamme d'émotions fortes, dominées par la curiosité.

— Tu es réveillée ! s'exclama Shaya, l'air infiniment soulagée.

Elle s'approcha rapidement de la prophétesse et l'embrassa chaleureusement, lui communiquant toute son amitié et sa gratitude.

— Tu as l'air mieux, ajouta-t-elle. Les amis, je vous présente Shaya, dit-elle ensuite en se tournant vers les autres, qui étaient assis à la grande table pour la plupart. Ally, je te présente Roni et Marcus.

La mince jeune femme lui adressa un petit hochement de tête tandis que son compagnon, un mec vraiment canon, la saluait brièvement. Ally répondit d'un geste de la main.

— Et les autres sont des membres de la meute du Phénix, poursuivit Shaya. (Elle désigna deux mecs ; le plus costaud des deux avait l'air très grognon tandis que l'autre, à la carrure d'athlète, la dévisageait d'un air méfiant.) Voici Ryan, un des lieutenants, et Tao, le premier lieutenant. Et le mec à l'air renfrogné, l'armoire à glace adossée au mur là-bas, c'est Trey, leur Alpha.

Les lieutenants arboraient une expression neutre contrairement à l'Alpha, dont l'aversion à l'endroit des prophétesses était évidente et occasionna des démangeaisons à Ally.

La porte arrière de la maison s'ouvrit alors et deux autres personnes pénétrèrent dans la cuisine.

— Cette superbe femme est leur femelle beta, commença Shaya avant d'être brutalement interrompue.

— Non ! Ce n'est pas vrai ! Mais c'est Ally ! s'exclama la femme à la longue chevelure sombre, les yeux écarquillés en la reconnaissant. Comment vas-tu ?

— Super, et toi ? répondit Ally en la serrant dans ses bras.

— Ils parlaient tous de la prophétesse, dit-elle en reculant d'un pas, mais je n'imaginais pas que c'était toi !

— Alors, les interrompit la montagne de muscles qui s'approcha de Jaime, vous vous connaissez ?

— Ally a passé un an et demi avec mon ancienne meute, répondit Jaime. C'était il y a six ans environ, non ? demanda-t-elle à Ally en se tournant vers elle.

— Tu fais partie de la meute du Phénix, maintenant, c'est ça ? s'enquit Ally après avoir acquiescé d'un signe de tête.

— Oui, et voici Dante, mon compagnon, expliqua Jaime en esquissant un sourire fier et en s'appuyant contre le grand brun musclé.

Ally aurait aimé lui demander si c'était bien le mec dont elle l'avait longuement entretenu à l'époque. Même si Dante avait quitté sa meute d'origine alors que Jaime n'était encore qu'une adolescente, cette dernière ne s'était jamais remise de son béguin pour lui. La prophétesse devina en les voyant ensemble qu'ils étaient âmes sœurs mais qu'ils l'avaient longtemps ignoré.

— Ally a eu une vision une fois que mon frère Gabe allait se faire attaquer par des métamorphes faucons, raconta Jaime à Dante. Elle lui a sauvé la vie.

— Vraiment ? demanda Dante, dont l'air méfiant fut vite remplacé par un sourire. Ravi de faire ta connaissance, Ally.

Shaya poussa un soupir de soulagement mais se raidit immédiatement en voyant une petite blonde aux yeux gris sombre s'approcher d'Ally et se planter devant elle.

— Ally, je te présente Taryn, la femelle alpha de la meute du Phénix.

De son regard malicieux, Taryn scruta Ally des pieds à la tête et de la tête aux pieds.

— Taryn, la salua simplement Derren.

Il la soupçonnait d'avoir autant de préjugés à l'endroit des prophétesses que son compagnon, vu toutes les souffrances qu'une d'entre elles leur avait fait subir.

— Du calme, Hudson, répondit-elle en faisant un geste de la main. Je ne vais pas l'engueuler. Elle vient de sauver la vie de ma meilleure amie et a guéri ma filleule. En ce qui me concerne, cette fille est une sainte ! déclara-t-elle en adressant un signe de tête respectueux à l'intéressée.

Les autres attendaient sans doute sa réaction parce que Tao et Ryan la saluèrent alors d'un signe de tête, de même que le blond super canon, qui esquissa un sourire taquin.

— Et voici Dominic, dit alors Shaya, qui semblait un peu plus réticente à l'idée de le présenter. Il est également lieutenant de la meute du Phénix.

— Salut. J'ai des grands pieds, annonça-t-il en souriant de toutes ses dents.

Tout le monde gémit, à part Jaime qui s'esclaffa et Derren qui grogna.

— Dominic, ce n'est peut-être pas une très bonne idée de draguer Ally, lui conseilla Shaya. Derren est plutôt… protecteur en ce qui la concerne.

— Ce n'est pas ma faute, elle ressemble trop à… ma future copine, déclara Dominic, l'air parfaitement innocent.

— À ta place, je suivrais le conseil de Shaya et je laisserais Ally tranquille, grogna Derren.

Dominic lui adressa un grand sourire avant de se retourner et de faire un clin d'œil à Ally. Visiblement, il n'aimait rien tant que jouer les trouble-fêtes.

— Maintenant que vous l'avez tous vue, faites de l'air, ordonna Derren, elle rentre chez elle.

— Oui, lança Ally. J'ai besoin d'une douche, déclara-t-elle en indiquant le sang séché dans ses cheveux.

— En tout cas, tu peux t'attendre à ce que je vienne souvent te voir pendant ton séjour ici, lui dit Jaime en la prenant dans ses bras.

Ally lui adressa un sourire chaleureux. Elle avait toujours apprécié la compagnie de Jaime.

— Je viendrai te voir quand tout le monde sera parti, ajouta Shaya.

Ally suivit Derren et ils sortirent de la cuisine. Les loups de la meute Mercure saluèrent Ally sur son passage d'un mot ou la remercièrent d'un petit signe de tête. Il n'y avait rien de forcé dans leur expression, toute leur méfiance s'était évaporée. La louve d'Ally s'en réjouit. Elle avait toujours trouvé dur de passer du temps avec une meute qui ne l'acceptait pas complètement, même si ce n'était que pour un court séjour

Ally se sentit immensément soulagée en apercevant sa maison. Tout ce qu'il lui fallait maintenant, c'était se débarrasser de ce mec persévérant, indomptable et trop canon pour son bien. Mais elle avait plutôt l'impression qu'il n'avait pas l'intention de s'en aller et qu'il faisait rarement attention aux désirs des autres. Elle soupçonnait que ce ne serait pas évident.

Chapitre 6

Ally entra chez elle, lança sa veste sur le canapé et se dirigea vers l'escalier.

— Tu peux y aller, jeta-t-elle à Derren sans se retourner, persuadée qu'il l'avait suivie à l'intérieur.

— Pas avant de m'être assuré que tu vas parfaitement bien, rétorqua-t-il.

Derren désirait la suivre à l'étage, l'aider à faire sa toilette, prendre soin d'elle. C'était une sensation nouvelle pour lui, exacerbée par le désir identique qu'éprouvait son loup. Il n'en était pas encore là avec elle cependant ; ils n'avaient pas atteint ce degré d'intimité. Il valait mieux oublier.

Ally devait reconnaître qu'elle se sentait encore un peu faible mais elle aurait préféré mourir que de l'avouer.

— Je n'ai pas besoin d'une nounou.

— Tant mieux. Je l'aurais congédiée de toute manière.

La jeune femme leva les yeux au ciel, sachant pertinemment qu'il avait fait exprès de se méprendre sur ses propos. N'ayant aucune envie de gaspiller le peu d'énergie qu'il lui restait à discuter avec lui, elle le planta là dans la cuisine et monta prendre une douche. Sa blessure à la tête guérie, elle put sans problème se laver les cheveux. Elle aurait aimé traîner un peu sous l'eau chaude pour évacuer la tension qui l'habitait mais elle était trop fatiguée.

Elle enfila un jogging et un sweat et redescendit au rez-de-chaussée. Derren était encore dans la cuisine. Il avait fait un sandwich.

— Fais comme chez toi, lança-t-elle.

Son ton sarcastique le fit sourire.

— Assieds-toi et mange, dit-il sèchement en posant le sandwich sur la table.

— Je réagis mal aux ordres, affirma-t-elle, hérissée par sa brusquerie alors même que son estomac criait famine.

— Ouais, je commence à m'en apercevoir, dit-il en s'approchant d'elle, humant son délicieux parfum mélangé à l'odeur de noix de coco de son savon. Il faut que tu manges un morceau. Tu as sauté le déjeuner et tu as dépensé beaucoup d'énergie. Alors mange.

Il était franchement énervant en mode beta, mais elle n'était pas du genre à se tirer dans le pied. Elle s'assit en faisant la moue et entama le sandwich, plutôt bon au demeurant. Elle se concentra dessus et n'accorda plus la moindre attention à Derren. Pas facile pourtant d'oublier ce mec canon d'un mètre quatre-vingts, à la carrure d'athlète et à la virilité animale. Surtout quand il souhaitait attirer son attention.

— Est-ce que c'est toujours comme ça ? voulut savoir Derren. Tes visions, je veux dire, expliqua-t-il en remarquant son regard inquisiteur. Elles te semblent toujours réelles ?

— Oui.

Même quand ses visions lui venaient dans son sommeil, elles n'étaient jamais indéchiffrables et ne ressemblaient pas à un rêve.

— Ce doit être dur, effrayant même, de voir des gens que tu connais, que tu aimes même parfois, se faire blesser ou tuer, conclut-il en lui frôlant délibérément le pied du sien sous la table, hasardant presque un sourire devant les yeux plissés de la jeune femme. Mais bon, le revers de la médaille, c'est que tu peux les sauver.

— Pas toujours, rétorqua-t-elle.

Puis elle lança un juron en voyant son regard scrutateur. Elle n'avait pas eu l'intention de dire cela à voix haute, mais la remarque lui avait échappé.

— Qui est-ce que tu n'as pas réussi à sauver ?

Il était hors de question pour elle d'aborder ce sujet. Elle se leva, son sandwich terminé.

— Tu sais quoi ? Je vais aller me reposer dans le hamac. Je suis fatiguée.

— Tu ne te débarrasseras pas aussi facilement de moi, Ally. Tu dois sûrement l'avoir deviné.

Effectivement. Elle ne pouvait faire autrement que d'admirer sa persévérance, sa plus grande qualité.

— Écoute, je te remercie d'avoir veillé sur moi pendant que j'étais dans les vapes. Mais là je vais bien. Tu n'as pas besoin de rester.

— Je sais.

Mais il n'avait aucune intention de bouger, elle le vit dans ses yeux.

— D'accord. Tu fais comme tu veux.

— Tout à fait.

Il faisait toujours à sa tête de toute manière. Ses parents avaient eu énormément de mal à l'élever quand il était petit, puisqu'ils…

Derren chassa immédiatement de son esprit toute pensée d'eux et de leur trahison avant que son humeur n'en soit affectée.

Il sortit sur la terrasse et sourit en voyant Ally allongée dans son hamac, les yeux fermés, les écouteurs de son iPod enfoncés dans les oreilles. Sa manière à elle de le congédier encore une fois. Ally était têtue, susceptible, déterminée à garder le monde à distance. Très peu de choses attisaient la curiosité de Derren mais cette fille l'intriguait, l'attirait avec son odeur et son physique affriolants.

Il était capable de le reconnaître maintenant qu'il ne l'observait plus à travers le prisme de ses ressentiments et de sa méfiance. Il n'était plus aussi partial en ce qui la concernait, n'éprouvait plus cette hargne déraisonnable tant envers elle qu'envers lui-même parce qu'il la désirait si ardemment. Il était mieux en mesure de l'apprécier pour ce qu'elle était : intelligente, téméraire, mais abîmée aussi, une vraie guerrière capable de loyauté et de générosité envers une meute qui ne lui avait pas rendu la pareille.

En le guérissant, elle s'était assuré son respect et sa loyauté, et peut-être même un peu de sa confiance. Son loup en était heureux et même soulagé.

Entendant des bruits de pas, il se retourna et aperçut Shaya et Nick qui se dirigeaient vers eux. Derren effleura les cheveux d'Ally pour attirer son attention. Elle lui fit la tronche jusqu'à ce qu'elle aperçoive ses visiteurs.

Elle éteignit son iPod et retira ses écouteurs.

— Salut ! Que me vaut cet honneur ? dit-elle en se redressant et en apercevant l'assiette recouverte de papier d'alu que Shaya tenait dans ses mains.

— Kathy se rappelait que tu n'avais pas déjeuné et elle a pensé que tu n'aurais peut-être pas envie de faire la cuisine, expliqua Shaya en souriant.

— C'est un geste diplomatique ? s'enquit Ally, étonnée.

— Non. C'est ce que fait une meute. On prend soin les uns des autres.

— Elle a déjà mangé, affirma Derren, froissé que d'autres que lui s'occupent de la jeune femme, tout en reconnaissant que son comportement était parfaitement déraisonnable. Je lui ai fait un sandwich.

— Qu'il m'a obligée à manger, grommela Ally en prenant précautionneusement l'assiette des mains de Shaya.

Elle souleva un petit coin de papier d'alu, aperçut des pâtes et de la salade, et huma longuement.

— Qu'est-ce que tu fais ? demanda Nick en fronçant les sourcils.

— Je vérifie s'il y a du poison.

— Je mets ça dans ton frigo, dit Shaya en levant les yeux au ciel et en reprenant l'assiette. Pour quand tu auras faim.

Ally trouva assez ironique que la meute l'accepte enfin parce qu'elle avait sauvé la vie de Shaya grâce à une vision tandis qu'on l'avait rejetée au début justement en raison de son don. Kathy ne devait pas être contente, surtout après avoir tellement insisté à son arrivée pour qu'elle ne partage pas ses visions avec eux. À sa décharge, il fallait reconnaître que ce plat témoignait clairement du fait qu'elle était revenue sur sa position, qu'elle reconnaissait son erreur et qu'elle était prête à l'accepter au sein de la meute. Ally ne l'en respectait que plus.

— Kathy n'aimera jamais beaucoup les prophétesses, déclara Shaya en revenant sur la terrasse, mais tu es l'exception qui confirme la règle pour elle. Je veux que tu saches que, en ce qui me concerne, je t'aimerai toujours. Juste de penser que j'aurais pu ne pas voir ma fille grandir, que Nick aurait pu mourir aussi…

Elle en frissonna, les yeux brillants de larmes contenues.

— On n'oubliera jamais ce que tu as fait pour nous, affirma Nick en attirant sa compagne à lui et en l'embrassant sur la tempe.

— Sais-tu ce qui a causé cette explosion ? lui demanda Ally.

— Eli et les autres lieutenants ont bien examiné l'endroit d'où ils calculent que la grenade a été tirée, répondit Nick. Ils ont trouvé une zone imprégnée d'une odeur de renard, mais n'ont trouvé aucune piste.

— Des renards ? répéta Derren, manifestement perplexe.

C'était la première fois qu'il en entendait parler puisqu'il avait préféré veiller Ally que d'enquêter avec les lieutenants.

— Ouais, expliqua Nick. Ils ont perdu la piste au bout de trente mètres. J'ai eu du mal à m'empêcher d'aller les massacrer dare-dare.

— Et pourquoi ne l'as-tu pas fait ? voulut savoir Ally, curieuse.

— La dernière fois qu'un intrus a pénétré dans notre territoire, c'était un leurre pour éloigner les hommes de la maison des Alphas et attaquer les femmes. C'était la nuit où Roni a failli y rester. Je ne ferai pas la même erreur deux fois, ajouta Nick, dont un petit muscle tressaillit sur la mâchoire. Je ne me laisserai pas avoir par ma soif de vengeance. Surtout quand tous mes instincts me dictent de rester auprès de ma compagne et de ma fille.

— Il existe forcément un lien entre les animaux empoisonnés et ce tir de grenade, affirma Shaya en se frottant la tempe. J'ai du mal à croire que ces deux attaques successives puissent ne pas être reliées.

— Mais choisir des modes opératoires aussi différents n'a aucun sens, déclara Derren après avoir acquiescé d'un signe de tête. C'est complètement absurde d'utiliser une arme humaine.

En règle générale, les métamorphes préféraient se battre à coups de croc et de griffe, même les renards pourtant si sournois et tricheurs.

— À moins que ce ne soit l'œuvre des extrémistes, supposa Shaya en haussant les épaules.

Le chef d'un groupe d'extrémistes avait été gardien à la maison de redressement où Nick et Derren avaient été détenus. À l'époque, il en avait voulu à Nick de l'avoir blessé grièvement en se défendant contre ses tentatives d'abus, et son groupe s'en était pris à lui. Mais tous ces salauds avaient payé de leur vie.

Pour le reste du monde, ces extrémistes avaient mystérieusement « disparu ». Bien entendu, tous les autres groupes d'extrémistes anti-métamorphes soupçonnaient Nick d'être responsable de ces disparitions mais il leur inspirait une telle frayeur qu'ils n'osaient pas riposter. Peut-être n'était-ce plus le cas.

— Je ne suis pas convaincu que ce soit un coup des extrémistes, déclara Nick. Je pense que c'est plus subtil que ça. Quelqu'un veut nous duper quant à l'identité de nos agresseurs.

— Si c'est le cas, c'est réussi, déclara Shaya en serrant les lèvres.

— Sur quelle frontière Eli et les lieutenants ont-ils repéré l'odeur de renard ? demanda Derren à Nick.

— Dans la zone qui jouxte le territoire de Miranda, expliqua Nick en caressant le bras de Shaya. Elle aussi voudra retrouver ces intrus.

— Miranda Whitney est l'Alpha de la meute Sutherland, expliqua Shaya à Ally.

— J'ai déjà entendu parler d'elle, dit Ally en chassant un moustique. C'est une Alpha solitaire, non ?

C'était assez rare qu'une femme célibataire se retrouve à la tête d'une meute.

— Ouais, répondit Shaya en esquissant une moue de dégoût. Je ne l'aime pas du tout. Mais on est en termes courtois avec elle cependant parce qu'elle est notre plus proche voisine.

Ally pouvait le comprendre. Les voisins veillaient les uns sur les autres, chassaient les intrus et s'informaient mutuellement d'activités suspectes dans leurs régions frontalières. Entendant sonner son portable, elle s'excusa et entra dans la maison pour prendre l'appel. Elle se raidit quand elle vit sur son écran l'identité de son interlocuteur. Zeke. Ce n'était pas la première fois qu'il l'appelait depuis son départ de la meute Collingwood. Malheureusement, il ne se lassait pas. Elle avait beau ne pas répondre, il ne se décourageait jamais. Le téléphone finit par cesser de sonner et Ally poussa un soupir de soulagement.

— Qui était-ce ?

Ally se retourna d'un bloc et vit Derren qui la dévisageait.

— En quoi ça te regarde ?

En deux pas vifs, il avait franchi l'espace qui les séparait.

— Qui était-ce ? répéta-t-il.

Comme elle ne lui répondait pas, il lui arracha le téléphone des mains et ne fut pas trop étonné de constater qu'il indiquait un appel manqué de Zeke. Ally ne s'en était sans doute pas rendu compte, mais elle arborait toujours la même expression quand il était question du Beta de la meute Collingwood, un mélange de chagrin, de douleur et de méfiance qui titillait les instincts protecteurs de Derren et de son loup.

— Rends-le-moi, dit Ally en tendant la main.

Derren l'aurait sans doute fait si le téléphone n'avait pas bipé pile à ce moment-là, annonçant un nouveau message.

— « Ally, pourquoi refuses-tu de me parler ? Je veux juste savoir si tu vas bien. » lut Derren à haute voix avant qu'Ally n'ait le temps de récupérer son téléphone.

Il la dévisagea et lui rendit son regard noir tandis qu'elle s'emparait de son téléphone.

— Tu ne réponds pas à ses appels, c'est bien, reprit-il. Continue comme ça.

— C'est moi qui décide à qui je parle, déclara-t-elle en se raidissant. Mes affaires ne te regardent pas. Que dois-je faire pour t'en convaincre ?

— Je ne veux pas qu'il t'appelle.

Derren ne voulait pas qu'elle gaspille une seule seconde de son temps avec ce connard.

— Et tu penses que j'en ai envie ?

Non, il ne le pensait pas, mais cette histoire l'énervait plus qu'elle. Le temps était peut-être venu pour lui de s'expliquer avec le Beta. Son loup ne demandait pas mieux. Ally devait suivre le cheminement de ses pensées, car elle secoua la tête.

— Non, Derren. Ne fais pas ça. Si je réagis, il ne va jamais arrêter.

Le loup de Derren poussa un grognement.

— Tu voudrais que je fasse comme si de rien n'était même s'il te harcèle ?

— Tout à fait. Je ne suis rien pour toi, renifla-t-elle, un peu perplexe qu'il semble penser qu'elle lui demandait quelque chose de déraisonnable.

— C'est faux, affirma-t-il en lui saisissant le poignet d'un geste possessif.

Il ignorait au juste ce qu'elle était pour lui, mais une chose était sûre : elle n'était pas « rien ».

Ally se tendit en voyant l'expression de Derren se durcir et en percevant toute sa possessivité, qui se transmit de sa peau à la sienne. C'était comme si, débordant de désir pour elle, il la caressait de ses mains exigeantes et avides. Il regarda la jeune femme dans les yeux et elle se sentit envahie par son besoin, titillée, excitée dans sa zone la plus sensible. Ses jambes flanchèrent. Au secours !

— Mollo ! lâcha-t-elle.

Derren sentit l'excitation d'Ally et sourit intérieurement.

— Nous voilà quittes. Je repasserai prendre de tes nouvelles plus tard.

Ce qu'il fit, pour le plus grand bonheur de sa louve. Il ne réussit pas à convaincre Ally de l'accompagner à la maison des Alphas pour dîner et resta donc avec elle. Puis l'enfoiré mangea la moitié du repas qu'elle s'était préparé.

— Viens avec moi, dit-il en se levant et en lui tendant la main après avoir dîné sur la terrasse.

— Où ça ? demanda Ally, curieuse.

— Je veux te montrer quelque chose.

— Quoi ? insista-t-elle, méfiante.

— Fais-moi un peu confiance et viens avec moi, répéta-t-il.

Elle se raidit en lisant du défi dans son regard, mais il était hors de question pour elle de lui montrer la moindre faiblesse.

— D'accord, finit-elle par dire.

Elle mit sa main dans la sienne et déglutit bruyamment en sentant son désir et la satisfaction qu'il éprouvait pénétrer par ses pores lorsqu'il l'aida à se relever.

— Je vais juste ranger ça à l'intérieur. On va où ? demanda-t-elle en retournant sur la terrasse après avoir mis les assiettes sales dans l'évier.

Elle avait envie qu'il la croie contrariée mais elle était surtout curieuse. Et il l'avait deviné, elle le vit dans son sourire.

— Tu verras.

Il la guida à travers la forêt. Ils se dirigèrent vers la maison des Alphas, constata Ally, mais n'y entrèrent pas et poursuivirent leur route vers l'intérieur du territoire de la meute Mercure. Une fois qu'ils furent arrivés au milieu d'une petite clairière, il l'invita à s'accroupir à son côté.

— Regarde, dit-il.

— Qu'est-ce que je suis censée voir ? s'enquit-elle.

Ally ne voyait rien du tout. Elle percevait l'odeur de plusieurs animaux, mais ne distinguait rien dans l'obscurité.

— Tu vois le petit rocher en surplomb là-bas ? Regarde bien.

— Mais il n'y a rien, gémit-elle quelques instants plus tard.

— Chut ! Donne-leur un peu de temps.

Mais à qui ? Elle perçut un léger mouvement juste au moment où elle allait lui poser une nouvelle question. Quelque chose émergeait de sous le rocher, un animal au pelage noir. Il réussit à s'extraire au prix de quelques efforts. Puis il fut rejoint par deux autres petits camarades.

— Ils sont trop chou ! murmura-t-elle, émerveillée.

Les trois louveteaux étaient âgés d'un mois tout au plus.

Quelques instants plus tard, une louve adulte émergea à son tour. Merde ! c'était une tanière.

— Derren, on ne devrait pas rester là.

La présence de métamorphes ne gênait pas trop les loups en règle générale, sauf s'ils s'approchaient de leurs petits.

— Ça va aller, la rassura-t-il.

Ça n'irait pas, d'autant plus que quatre autres adultes s'étaient approchés de la tanière.

— On devrait s'en aller, insista Ally, soulagée de voir Derren se lever.

Mais l'idiot s'approchait des loups, il devait être suicidaire !

— Qu'est-ce que tu fais ? s'écria-t-elle en lui prenant la main pour l'arrêter.

— Viens, insista-t-il.

— Quoi ? lança-t-elle d'une toute petite voix étranglée.

— Tu ne veux pas les voir de plus près ?

— Non, les adultes ne vont pas apprécier.

Elle ne voulait pas leur faire peur ou risquer de les énerver et se faire attaquer. Derren lui adressa un de ses petits sourires mielleux.

— Je ne te savais pas si poltronne, lança-t-il.

— Mais je ne le suis pas.

— Alors viens avec moi, dit-il, la mettant au défi de le suivre.

Derren avait appris à connaître Ally, à savoir qu'elle l'étonnerait toujours mais aussi qu'elle était incapable de résister à la tentation de relever un défi. Elle se leva donc, comme il s'y était attendu, et redressa les épaules.

— Si je me fais attaquer par une meute de loups et que je suis obligée de leur faire mal pour me défendre, je t'égorge.

— Allez, essaie un peu, dit-il en souriant de toutes ses dents.

Faisant fi de tous ses instincts, Ally suivit Derren qui se dirigeait vers la meute. Les loups relevèrent la tête et, les narines dilatées, ils humèrent l'odeur des deux métamorphes. Puis un gros mâle noir s'approcha lentement de Derren et, sans émettre le moindre grognement d'avertissement, alla se frotter contre ses jambes.

— Tu es déjà venu ici, comprit enfin Ally.

— Ils viennent boire à la rivière non loin de chez moi, expliqua Derren en hochant la tête. Donne-leur tes doigts à sentir.

Sans lui laisser le temps d'hésiter, le Beta lui attrapa la main et la présenta au mâle alpha. Le loup inspira longuement avant de renâcler doucement.

— Tu as mon odeur sur toi, alors il t'accepte.

Ally résista cependant quand il voulut l'attirer vers les petits.

— Ce sera trop pour les adultes.

Mais Derren ne l'écouta pas et l'obligea à le suivre. La prophétesse fut abasourdie de voir qu'aucun des loups ne protesta quand Derren s'accroupit à côté des louveteaux. Elle le dévisagea avec stupeur.

— Ils te laissent approcher des petits ?

— Ils me considèrent comme un membre de leur meute. La preuve : ils viennent pisser sur ma terrasse.

Un des louveteaux huma l'air, s'approcha de Derren et vint même lui donner des petits coups de tête sur la main pour quémander des caresses. Les deux autres suivirent leur compagnon et Derren fut entouré de petites boules de poil qui lui mordillaient les doigts et lui griffaient les cuisses.

Incapable de résister plus longtemps à la tentation de caresser ces adorables petites peluches, Ally vint s'accroupir à côté de Derren. Au début, les petits étaient un peu réticents, intimidés par cette nouvelle présence. Mais ils finirent par s'habituer à elle et firent comme avec Derren, relevant vers elle leurs magnifiques yeux bleus. Ils jouèrent même avec elle, lui donnant des petits coups de patte.

— J'en veux un ! s'exclama-t-elle.

Derren rit doucement, heureux de voir Ally sourire.

— Merci de m'avoir invitée ici.

Elle comprenait pourquoi il l'avait fait. C'était sa manière à lui de s'excuser. Il lui adressa un bref signe de tête en guise de réponse.

En dépit des protestations de la jeune femme, le Beta la raccompagna chez elle. Il aurait menti s'il avait prétendu que c'était pour la protéger. En réalité, il voulait simplement profiter de sa compagnie un peu plus longtemps. Il aurait passé plus de temps avec elle mais…

— Tu as l'air fatiguée, remarqua-t-il en apercevant les cernes sous les yeux de la prophétesse et l'absence d'éclat lumineux sur son beau teint mat.

— La journée a été bien longue. Ça ira mieux demain.

— D'accord, dit-il.

Elle se retourna pour entrer chez elle. Mais Derren fut incapable de la laisser partir sans l'avoir goûtée au moins une fois. Il tendit la main, l'attrapa par l'épaule et l'obligea à faire demi-tour. Puis il l'étreignit ardemment. Il l'agrippa par les cheveux et l'embrassa goulûment. Il inséra sa langue dans sa bouche et la goûta. Sa saveur était aussi délicieuse que son odeur, exotique, douce. Il n'avait jamais rien goûté de meilleur.

Choquée, Ally se raidit contre lui. À cause de sa mauvaise expérience avec Zeke, elle voulait le repousser, garder ses distances avec lui. Mais elle avait également envie de passer les mains dans sa chevelure sombre et de lui rendre son baiser.

Son désir l'emporta et Ally sentit son corps pulser de toute sa vigueur. Derren poussa un grognement satisfait qu'elle sentit vibrer dans son torse contre ses tétons tandis qu'il lui empoignait la gorge d'une main. Cette marque de possessivité la hérissa et elle lui lacéra le cuir chevelu de toutes ses griffes. Il gronda et resserra son éteinte quand…

Ils se séparèrent en entendant un long cri déchirer le silence de la nuit. Ally eut du mal à retrouver ses esprits et il lui fallut un moment avant de reconnaître le hurlement d'un loup. Ce n'était pas un cri d'alarme. Elle s'obligea à relâcher les cheveux de Derren et laissa retomber ses deux mains. Elle ne recula pas, cependant. Elle n'en avait pas la force.

Derren désirait entrer avec elle dans la maison et explorer chaque petit centimètre de son corps avant de s'enfouir profondément en elle. Il en rêvait depuis qu'il l'avait amenée ici. Mais elle était fatiguée, elle avait besoin de repos et elle n'en aurait pas s'il la suivait à l'intérieur. Et puis, même si elle le désirait, il voyait bien qu'elle se méfiait encore de lui. Il ne voulait lire que du désir dans ses yeux le jour où il la prendrait enfin.

— Je n'ai jamais rien goûté de meilleur que ta saveur, dit-il en lui caressant la bouche du pouce. Allez, repose-toi.

Il désirait la posséder tout entière et il le ferait, mais pas tout de suite. Il réussit enfin à s'éloigner, faisant preuve d'une retenue dont il ne se savait pas capable.

Chapitre 7

Derren travaillait dans son bureau quand il reçut vers 20 heures un SMS de Nick l'invitant à passer le voir. Ravi d'avoir cette excuse pour faire autre chose, le Beta se hâta de se rendre chez son Alpha, qu'il trouva en compagnie de Shaya, d'Eli et des autres lieutenants. L'énergie sombre qui se dégageait de Nick lui fit craindre le pire.

— Il est arrivé autre chose ? s'enquit-il.

Debout derrière son bureau à côté de Shaya, Nick soupira.

— Le lendemain du tir à la grenade, j'ai demandé à Donovan de vérifier si d'autres meutes avaient eu des soucis semblables aux nôtres. J'ai pensé que notre agresseur avait peut-être déjà sévi ailleurs vu son mode opératoire si particulier (deux attaques différentes mais très rapprochées). C'est juste une théorie. Donovan m'a rappelé il y a dix minutes et il s'avère que notre cas est unique. Il a découvert autre chose cependant, poursuivit-il après une courte pause, apparemment encouragé par Shaya qui lui caressait le bras. On a été mis sur liste noire.

Cette annonce fut accueillie par un silence abasourdi. Derren avait envisagé plusieurs possibilités, mais pas celle-là.

— Tu peux répéter ? demanda Roni.

— Tu as bien entendu. On est sur une liste noire, redit Nick sèchement. Nos têtes ont été mises à prix. Et pas que nous. La meute du Phénix est également visée.

Une volée de jurons explosa dans le bureau de l'Alpha.

— Trey est au courant ? demanda Marcus.

— Pas encore, répondit Nick en secouant la tête. Je l'appellerai dès qu'on aura terminé ici.

— Ça explique tout, déclara Eli comme s'il se parlait à lui-même. On n'était pas la cible d'un seul agresseur ayant recours à diverses stratégies d'attaque, mais bien de plusieurs chasseurs de primes différents. Cela explique que des hyènes ont empoisonné des animaux sauvages sur notre territoire et que des renards nous ont attaqués au lance-grenades.

— Et le recours à cette arme, intervint Zander, est classique pour les personnes sur liste noire.

— Il y a aussi de grandes chances pour que les hyènes et les renards qui nous ont attaqués aient été des solitaires, ajouta Marcus en lissant, pour se calmer, les mèches blondes et bouclées de Roni, sa compagne. On trouve beaucoup de tueurs à gages parmi eux.

— Mais qui nous a mis sur liste noire ? grogna Derren, furieux et choqué à la fois.

— C'est là le problème, répondit Nick en serrant la mâchoire. On ne sait pas.

— Comment ça ? réagit Derren, incrédule.

— Il existe un site web qui affiche des listes de gens ou de meutes dont la tête a été mise à prix, expliqua Nick. Les chasseurs de primes n'ont qu'à rapporter une preuve de leur réussite pour être payés. Le problème c'est que les administrateurs du site garantissent l'anonymat des commanditaires qui demandent l'ajout d'un nom à la liste. Leur identité n'est connue que des administrateurs.

— Il suffirait de remonter jusqu'à eux, dit Bracken.

— Donovan a essayé, expliqua Nick en s'appuyant à son bureau. Il y a déjà un groupe de métamorphes qui s'y attelle. Mais le site utilise un réseau super sophistiqué et avancé qui protège l'identité du créateur. Et, pour compliquer davantage les choses, le site utilise des systèmes de pièges informatiques pour détecter toute tentative de piratage et transmettre un supervirus aux ordinateurs qui tenteraient d'y entrer sans autorisation.

— Merde ! lâcha Eli. Ce ne sera pas aussi facile que la fois où on cherchait les chacals. On ne pourra pas retracer les serveurs ou les adresses IP. Alors on fait quoi ? demanda-t-il en voyant son frère acquiescer de la tête.

— Donovan a dit qu'il continuerait à essayer, mais qu'il lui faudrait plusieurs années pour contourner ces pièges parce qu'ils changent tout le temps. Il n'a jamais rien vu de semblable. C'est un vrai labyrinthe, d'après lui. Il se peut que ce soit un seul et même métamorphe qui nous ait tous mis sur liste noire. Mais ce pourrait aussi être une meute ou une quelconque organisation. Tout ce qu'il sait, c'est que sont les mêmes commanditaires qui ont mis la meute du Phénix sur la liste noire.

— Ils veulent la mort de tous les membres des deux meutes ?

— Oui, tous sans exception, déclara Nick.

Jesse émit un long sifflement.

— Alors c'est forcément quelque chose de très personnel.

— La question qu'il faut se poser à ce moment-là, avança Eli, c'est qui en veut assez aux deux meutes pour faire cela ?

— Quelqu'un que les deux meutes ont agacé profondément, affirma Marcus. On ne devrait pas avoir trop de mal à découvrir de qui il s'agit.

— C'est peut-être encore les hyènes ? supposa Bracken. On en a buté plusieurs quand elles sont venues nous attaquer avec les chacals. Les membres de la meute du Phénix nous ont prêté main-forte et ils en ont tué également plusieurs.

Roni hocha la tête en signe d'assentiment mais elle ne semblait pas convaincue pour autant.

— Qui d'autre pourrait être derrière cela ?

— Les extrémistes, avança Jesse. Réfléchissez-y bien, ajouta-t-il devant le scepticisme évident des autres. Qui est mieux placé pour buter des métamorphes que d'autres métamorphes ? Surtout quand personne ne s'attend à ce que des extrémistes s'en chargent.

— Les extrémistes sont de grands amateurs de violence, le contredit Shaya en secouant la tête et en fronçant les sourcils. Ils veulent nous voir souffrir, alors ils ne sont pas du genre à déléguer cette tâche à d'autres.

— Il ne faut pas oublier le Conseil, dit Derren. On sait trop de choses. Comme le fait qu'un des membres considérait les chacals comme sa meute personnelle de chiens d'attaque.

— Le Conseil n'aime pas se salir les mains, acquiesça Shaya. Cela lui ressemblerait tout à fait de nous placer sur liste noire.

— Jusqu'à ce qu'on découvre qui a mis nos têtes à prix et qu'on les élimine, on devra faire beaucoup plus attention à notre sécurité et à la défense de notre territoire et, surtout, éviter de se disperser et de partir à la chasse aux coupables.

— Il ne faut pas se disperser, convint Shaya, dont le timbre de voix trahissait l'inquiétude. Notre meute est si petite.

— Il faudra éviter d'aller chasser à l'extérieur du territoire, on s'exposerait beaucoup trop. On est plus forts chez nous, ajouta Nick en passant le bras autour des épaules de Shaya. En se séparant, on facilite la tâche aux chasseurs de primes. Le mieux, c'est de les faire venir chez nous et de buter tous nos éventuels assaillants. Ça ne sera pas long avant que tout le monde apprenne que les chasseurs de primes qui nous attaquent disparaissent sans laisser de trace.

— La meute du Phénix fera sans doute la même chose, dit Marcus.

— Je vais informer Trey de la situation, déclara Nick. Et puis je mettrai les autres au courant de ce qui se passe. On devra tous être extrêmement vigilants.

Nick convoqua tous les membres de la meute à une réunion dans la grande cuisine de la maison des Alphas. Kathy, Kent et Caleb semblaient très inquiets. Derren trouvait qu'Ally avait surtout l'air furieuse. Quand il la vit se pincer l'arête du nez et froncer les sourcils de douleur, il se reprocha de ne pas avoir pensé que la présence d'une meute de métamorphes enragés lui serait difficile à supporter.

— Est-ce que tu veux t'en aller ? lui demanda-t-il à mi-voix en se penchant vers elle.

— Non, non, ça va, répondit-elle.

Elle lissa ses traits dans l'espoir de lui cacher sa douleur mais n'y réussit pas tout à fait.

— Allez, insista-t-il en la prenant par le coude pour l'aider à se relever. Je raccompagne Ally chez elle, dit-il à Shaya.

Une expression de compréhension soudaine traversa les traits de la femelle alpha.

— Va-t'en avant que ta tête n'éclate, dit-elle à Ally en lui adressant un sourire compatissant.

— Je gérais très bien, tempêta la prophétesse en se tournant vers Derren, contrariée à l'idée d'être obligée de quitter la maison des Alphas contre son gré. Je n'ai besoin de personne pour me raccompagner, ajouta-t-elle quand il se contenta de soupirer d'un air exaspéré.

Elle avait eu beau le lui répéter souvent, cela ne l'avait jamais empêché de le faire. Il ne tenait aucun compte de ses remontrances. Elle aurait voulu pouvoir lui dire qu'elle n'aimait pas qu'il la raccompagne ainsi, mais elle avait fini par apprécier sa présence. Ouais, c'était vrai qu'au début il s'était comporté en crétin ignorant. Mais elle avait appris à mieux le connaître et il avait gagné son respect et son admiration, surtout pour sa loyauté, qui s'avérait sans faille une fois qu'il avait décidé de l'accorder. Elle appréciait d'autant plus cette qualité qu'elle avait beaucoup souffert de la trahison de la meute Collingwood et plus particulièrement de celle de Zeke.

Comme si elle tentait le sort en pensant à lui, elle reçut un SMS de lui à ce moment même. Il lui resservait encore la même rengaine que dans la plupart de ses autres messages et Ally commençait à le trouver très ennuyeux.

Derren remarqua que les traits de la jeune femme revêtaient une expression qu'il ne lui avait plus vue depuis un certain temps et en devina la cause.

— Zeke ? demanda-t-il.

— Comment le sais-tu ? lança-t-elle, curieuse, en relevant la tête.

— Parce que tu as toujours la même expression sur le visage quand tu reçois un message de lui.

— OK… Bonne nuit, dit-elle alors.

Elle n'avait aucune envie de parler de Zeke. Mais, fidèle à lui-même, Derren la suivit dans la maison et jusque dans la cuisine. L'enfoiré était très persévérant.

Elle ne tint aucun compte de la magnifique masse de muscles appuyée à son comptoir qui la regardait se préparer une seule tasse de café pour bien lui faire comprendre qu'il n'était pas le bienvenu. Elle ne s'attendait pas vraiment à ce qu'il lui en tienne rigueur. En fait, plus elle essayait de se débarrasser de lui, plus il était déterminé à s'incruster. Derren ne se laissait pas contrôler.

Il envahit son espace personnel et Ally ne peut s'empêcher de se raidir. Non qu'elle n'avait pas envie de l'avoir tout près d'elle, plutôt le contraire. C'était bien là le problème. Avec Derren, elle n'était plus que désir. Chaque fois que sa peau entrait en contact avec la sienne, même un tout petit peu, son désir exacerbait le sien.

— Laisse-moi deviner, énonça-t-il lentement, ayant du mal à s'empêcher de grogner à l'idée que Zeke ne la laissait pas tranquille. Il te demande de réintégrer la meute, il te jure que tout sera différent à l'avenir et qu'il écoutera ce que tu as à lui dire.

— Waouh ! s'exclama-t-elle en clignant des yeux. Tu es trop fort ! Vas-y, continue. À quoi je pense là tout de suite ?

— Tu m'imagines à poil.

Incapable de se contrôler plus longtemps, Derren s'approcha d'Ally, se pencha et mit le nez dans le creux de son cou comme il avait eu envie de le faire toute la journée.

— Ton odeur me donne envie de te mordre.

Une petite voix lui dit de reculer, lui rappelant qu'elle était l'âme sœur de son ami. Son loup poussa un grognement, mécontent à l'idée qu'un autre que lui la possède. Mais bon, cet autre c'était Cain et… *Tant pis*, pensa-t-il. *Je peux toujours me faire d'autres amis.*

Ally fut complètement abasourdie quand Derren plaqua sa bouche sur la sienne, que sa langue se fraya un chemin entre ses lèvres et caressa la sienne. Il l'agrippa d'une main par les cheveux et plaqua l'autre sur ses hanches pour bien la retenir contre le comptoir. Il ne voyait, ne touchait, ne goûtait et ne sentait rien d'autre qu'elle. Le corps de la jeune femme réagit au sien, elle lui rendit son baiser passionné et se cramponna à ses cheveux puis elle se mit à se frotter contre son érection.

Leur baiser fut sauvage, féroce, désespéré. Elle n'avait jamais rien ressenti de tel. Elle en fut effrayée au point de le repousser, ce qui ne fonctionna que parce qu'elle le surprit. Elle réussit à mettre un peu de distance entre eux.

— Viens, Ally, j'ai envie de toi.

— Ah ouais ? rétorqua-t-elle, ses paroles lui ayant noué le ventre. Mais tu sais, après ce qui m'est arrivé avec Zeke, je n'ai vraiment pas envie de recommencer avec un autre.

Elle refusait surtout de risquer de souffrir de nouveau.

— Et si on décidait d'avoir une relation purement sexuelle ?

Mais Derren n'y croyait pas vraiment. Il savait qu'il ne pourrait pas simplement coucher avec Ally. Il la respectait trop. Elle avait mérité sa loyauté et même sa confiance. Tout cela comptait beaucoup pour lui.

— C'est ce que Zeke m'a proposé au début, ricana-t-elle.

— Ne prononce pas son nom, lui interdit Derren en mettant le doigt sur les lèvres de la jeune femme après avoir franchi en un seul pas l'espace qui les séparait.

Il se pencha pour l'embrasser une nouvelle fois mais elle le repoussa d'une main sur son torse.

— N'oublie pas que tu détestes les prophétesses.

— J'ai changé d'avis, dit-il en mettant les mains sur ses mâchoires.

Ally lui avait fait voir les choses différemment.

Elle le crut. Comment ne pas le croire en effet ? Son évidente sincérité la caressait comme une étoffe des plus soyeuses. Elle avait repéré dans ses yeux sombres et veloutés l'étincelle d'un désir sauvage, féroce, qu'elle partageait. Elle ferma les yeux pour éloigner cette tentation bien dangereuse parce qu'elle aurait beaucoup de mal à résister, elle le savait.

Derren lui lécha le cou et caressa son pouls du bout de la langue.

— Je veux voir mon sexe s'enfouir en toi, glisser en toi, te prendre.

Enfin, il le disait.

Ally voulait, non, souhaitait ardemment la même chose. Et là était le problème. Elle le désirait avec une intensité qu'elle n'avait jamais ressentie auparavant. Cela la perturbait, d'autant plus que sa louve était parfaitement en accord avec elle. Elle n'oubliait pas non plus que Cain péterait un câble quand il apprendrait que son ami avait « abusé » de celle qu'il considérait comme sa petite sœur…

— Ce n'est pas une bonne idée, chuchota Ally, les yeux fermés.

— C'est une excellente idée au contraire, déclara Derren en lui mordillant la base du cou, là où battait son pouls.

— Mais Cain…

— Cela ne concerne que toi et moi, déclara-t-il après lui avoir mordu fortement la lèvre inférieure. Personne d'autre. Regarde-moi, insista-t-il. Que nous deux, d'accord ? lui dit-il quand elle ouvrit enfin les yeux.

Elle se sentit captivée par l'intensité de son regard brûlant, exigeant. Était-elle capable d'oublier les autres, toutes les raisons pour lesquelles elle se devait de résister à la tentation ? Peut-être ou peut-être pas, mais elle en avait très envie.

— Une seule nuit, lui répondit-elle alors.

— D'accord, accepta Derren. Ne va pas croire cependant que je ne te prendrai qu'une seule fois cette nuit, la prévint-il en lui agrippant le menton.

Puis il se pencha et l'embrassa goulûment. Il avait besoin de la goûter, besoin de la sentir répondre à sa passion.

Ally gémit quand elle sentit la pointe de ses griffes sur ses hanches à travers son short. Ils retirèrent rapidement tous leurs vêtements sans cesser de s'embrasser, se léchant les lèvres, se mordillant sans répit. Il l'étreignit tellement fortement qu'elle eut presque du mal à respirer. Ses mains étaient solides, déterminées, possessives. Elle les sentait explorer son corps, la serrer tellement qu'elle en conserverait certainement des bleus.

Dévorée par l'envie de caresser les courbes et les creux de ses abdominaux de la langue, elle les lui griffa. Elle avait chaud, elle était excitée et elle se sentait vide. Des flammes de désir lui léchaient le corps, exacerbant la tension qui les enveloppait. Il lui agrippa les cheveux d'une main et lui fit cambrer la taille de manière à aspirer un de ses tétons. Chaque succion lui fit mal, tous les gestes de Derren étant empreints d'une grande urgence comme s'il avait attendu beaucoup trop longtemps avant d'en arriver là avec elle. Ils ne se contrôlaient plus ni l'un ni l'autre, elle le sentait bien.

— Attends, dit-elle en reculant un peu pour essayer de retrouver ses esprits.

Derren ne l'écouta pas. Il l'embrassa de nouveau, plus fort, plus profondément et avec plus d'insistance. D'un geste, il l'allongea rapidement sur le plancher de chêne, la recouvrant de son long corps musclé, et inséra sans aucune délicatesse un doigt en elle.

— Merde ! s'exclama-t-il. Tu es déjà toute mouillée.

Puis il poussa un grognement. Elle était très étroite et il aurait du mal à s'enfouir en elle. Il inséra un autre doigt et les fit glisser en elle, l'étirant, la préparant à le recevoir. Il sentit alors la féminité de la jeune femme se resserrer et sut qu'elle allait exploser.

— Vas-y, ma belle, jouis. Fais-le pour moi.

Il lui caressa le téton de la langue et le suça fermement, et la jeune femme jouit en poussant un long cri.

Merde ! il voulait la goûter mais il était incapable de se contrôler plus longtemps.

— J'ai besoin d'être en toi, lança-t-il.

Et ce besoin était si impérieux qu'il en tremblait presque. Il attrapa alors Ally par les poignets et les lui maintint au-dessus de la tête.

Leurs regards se croisèrent et il la pénétra brusquement. Il gémit en sentant sa féminité se refermer sur lui. Elle était si étroite, si chaude, si mouillée. Parfaite pour lui. Il baissa les yeux pour voir leurs corps s'unir. Il regarda son membre glisser en elle profondément et en ressortir.

— J'aime voir mon sexe s'enfouir en toi.

Ally se débattit, tentant de se libérer de son emprise tandis qu'il la pénétrait frénétiquement. La prophétesse et sa louve n'appréciaient pas beaucoup d'être contrôlées de la sorte mais cela n'empêcha pas la jeune femme d'enrouler ses jambes autour des hanches de Derren et d'arquer son dos pour mieux recevoir chacun de ses coups de boutoir.

— Relâche-moi les mains, grogna-t-elle.

Derren retroussa la lèvre supérieure et il resserra son étreinte sur ses poignets.

— Non, gronda-t-il.

— Relâche-moi, Derren. Tout de suite, insista-t-elle en claquant des dents et en lui raclant le menton. Allez, relâche-moi, répéta-t-elle.

Il n'en fit rien.

Ally lui donna alors des coups de pied, lança quelques jurons et grogna. Derren apprécia qu'elle se débatte ainsi, qu'elle n'accepte pas d'être dominée par lui.

— Non. Tu aimes bien que je te domine.

Il la défiait, elle le sentait, et elle poussa un grognement.

— Et puis, ajouta-t-il, tu aimes que je te baise sauvagement, n'est-ce pas ? Tu aimes me sentir en toi, non, chérie ?

— Ne me marque pas, grogna-t-elle quand elle le sentit poser la bouche sur son pouls et sucer fortement.

Mais l'enfoiré ne l'écouta pas. Il la mordit et ne la relâcha pas, tout en continuant à la pénétrer à grands coups de reins. Ally perdit tout désir de se débattre quand elle jouit tellement violemment qu'elle crut tomber dans les vapes.

Elle cria et sa féminité se resserra autour du membre de Derren. Il lança un juron et plongea en elle le plus profondément possible et explosa. Il se répandit en elle et il éprouva un sentiment de satisfaction toute masculine qui les combla tous deux, lui et son loup.

Ils restèrent sans mot dire pendant un long moment.

— Tu m'as mordue, se plaignit Ally, la première à rompre le silence.

Et sa louve, cette traîtresse, avait apprécié.

— Et oui, dit-il en commençant à se retirer.

Mais il n'était pas encore prêt à se séparer d'elle et il replongea doucement en elle.

— Encore, grogna-t-il.

Derren n'aurait pas dû s'étonner de se retrouver seul au réveil. Après avoir recommencé sur le plancher de la cuisine, ils avaient migré vers la chambre où il avait fait jouir Ally avec sa langue. Puis ils avaient dormi. Derren s'était réveillé peu après et l'avait reprise, avant de sombrer de nouveau dans le sommeil. Il la désirait encore mais elle n'était plus là.

Il faisait encore nuit quand il se dirigea vers la cuisine et enfila son jean avant de partir à sa recherche. Il la trouva exactement là où il avait pensé qu'elle serait : dans le hamac, les traits déformés par la douleur, dans un sommeil agité. Ce n'était pas la première fois qu'il la voyait ainsi.

Il éprouvait une immense envie de la protéger et, inquiet, son loup gémit. Derren s'accroupit à côté d'elle et l'embrassa tendrement. Elle ouvrit lentement les yeux mais son regard était lointain. Il eut l'impression qu'elle n'était pas tout à fait réveillée, qu'elle ne le voyait pas vraiment.

— Tout va bien, ma chérie, tu es en sécurité, chuchota-t-il.

Il ne savait pas où elle allait dans ses rêves, mais elle ne s'y sentait manifestement pas en sécurité.

— Je n'arrivais pas à sortir, dit-elle d'une si petite voix qu'il eut du mal à l'entendre. Je ne pouvais pas aller les prévenir.

Puis elle referma les yeux.

Il ne savait pas ce que cela signifiait, mais il était hors de question pour lui de la laisser seule dans le hamac. Il la souleva, s'allongea et l'étreignit contre lui. Il passa une main dans sa chevelure et lui caressa le dos de l'autre, heureux de pouvoir enfin la toucher. Son contact avait sur lui un effet calmant, apaisant.

Il avait beaucoup souffert pendant toute la période où il s'était contrôlé, où il avait résisté à la tentation de la toucher. C'était insensé. Il avait été tellement tendu, mentalement et physiquement. Comme s'il avait souffert pendant des années d'un grand manque de contacts physiques. Seul celui d'Ally lui manquait cependant et il l'avait senti intensément.

S'il n'avait pas été intimement persuadé qu'elle appartenait à un autre, il se serait demandé si elle n'était pas son âme sœur. Cela expliquerait pourquoi il s'était senti si possessif envers elle depuis leur première rencontre, pourquoi son loup était obsédé par elle et pourquoi il la désirait aussi intensément.

Il n'avait jamais eu autant envie d'une femme, n'avait jamais rien convoité de cette façon et n'avait jamais auparavant eu cette impression qu'il en deviendrait fou s'il ne pouvait pas l'avoir.

Maintenant qu'il l'avait possédée, maintenant qu'il savait comment c'était que de s'enfouir en elle, son désir aurait dû commencer à s'estomper. Mais ce n'était pas le cas. Au contraire, il s'était exacerbé, était devenu encore plus aigu qu'avant. Une seule nuit avec elle n'allait pas suffire.

Derren baissa les yeux et aperçut sa marque, la cicatrice de la morsure qu'il lui avait faite au cou. Son loup poussa un grognement de satisfaction. Cette marque était un symbole de possession, l'équivalent pour un métamorphe d'une revendication temporaire. Dès le départ, Derren avait senti qu'il aurait besoin de plus d'une nuit avec elle. Ally l'avait également marqué et peut-être cela signifiait-il qu'elle voudrait aussi recommencer. Les métamorphes marquaient cependant aussi parfois leur partenaire quand le rapport était féroce, et il ne pouvait nier que ce qui s'était passé entre eux était empreint d'une qualité sauvage, primale.

Quelle que soit la motivation d'Ally, il n'allait pas la laisser s'éloigner de lui. Il avait besoin de plus de temps avec elle. Elle s'y opposerait sans doute, qu'elle partage ou non son désir. La jeune femme était très méfiante, il le savait. Mais il serait bien incapable de garder ses distances. Il était évident qu'il pourrait facilement devenir accro à cette fille.

Chapitre 8

Ally fut réveillée par l'odeur du café. Étrange. Elle se rappelait pourtant avoir éteint la cafetière.

La bouche de Derren posée sur ses lèvres. Ses doigts dans ses cheveux. Son sexe enfoui en elle. Ses dents lui raclant la peau, la mordant.

Assaillie subitement par le souvenir des événements de la veille, elle poussa un grognement. Elle avait beau n'avoir aucun regret, elle s'en voulut d'avoir craqué, de lui avoir cédé. Ou, plutôt, de ne pas avoir été capable de résister à la tentation. Sa louve était très satisfaite par contre.

Il était encore là et Ally s'en étonna. Elle aurait pensé qu'il préférerait déguerpir avant qu'elle se réveille pour éviter la gêne du lendemain. Elle aurait dû se douter pourtant que Derren n'était pas du genre à s'enfuir, quelles que soient les circonstances. Il préférait affronter les difficultés en face et même mettre le monde entier au défi de s'en prendre à lui.

Ally pour sa part aurait souhaité éviter de le revoir après leur nuit torride. Les métamorphes étaient très à l'aise par rapport au sexe, là n'était pas le problème. Il était important après tout de satisfaire ses besoins. Le souci, c'était qu'elle n'avait jamais encore vécu ce genre de situation et ne savait pas trop comment se comporter.

Devait-elle le remercier avant de le congédier discrètement ?

Était-elle censée lui préparer son petit déjeuner ?

S'attendrait-il à discuter de ce qui s'était passé ? Elle n'en voyait pas trop l'utilité.

Elle devait absolument prendre la bonne décision parce qu'elle allait passer beaucoup de temps avec le mâle au cours des prochains mois. Il était donc important que leur relation ne prenne pas une tournure étrange ou gênante.

Elle espéra qu'il ne la trouverait pas trop idiote d'être aussi mal à l'aise et entra dans la maison. Elle le trouva à la cuisine, habillé et l'air étonnamment présentable pour un mec qui avait passé une grande partie de la nuit à la baiser jusqu'à l'extase. Il plongea son regard dans le sien et elle détecta dans ses yeux des lueurs chaleureuses. Puis il lui offrit une tasse de café.

— Bonjour, dit-il en entortillant une mèche des cheveux de la jeune femme autour de son doigt. Je suis nul en cuisine alors je n'ai même pas essayé de te préparer quoi que ce soit.

Ally ne perçut aucune vibration de gêne, ni aucun silence embarrassé. Surprise, elle accepta le café. L'intensité de son regard lui fit monter le rouge aux joues sans qu'elle s'y attende. Elle se sentait vulnérable sans savoir pourquoi.

— Je pensais que tu serais parti.

— Ah oui ? demanda-t-il en plissant les yeux.

— Je t'avais demandé de ne pas me marquer, dit-elle en sentant son regard se poser sur la cicatrice de la morsure qu'il lui avait faite au cou.

— Tu m'as marqué aussi, dit-il en roulant l'épaule pour lui rappeler qu'elle avait planté ses griffes si profondément dans sa chair qu'il avait saigné.

— C'est ma louve qui t'a fait ça, expliqua-t-elle en rougissant encore davantage.

Sa louve s'était en effet jetée sur lui, désirant le marquer autant que lui l'avait fait.

— Tu n'as pas honte de rejeter le blâme sur ta pauvre louve ? Ce n'est pas digne de toi, vraiment, dit-il en souriant.

C'était une bien piètre excuse, elle devait le reconnaître. Et c'était vrai qu'elle n'avait pas cherché à empêcher sa louve de le marquer. Tout cela l'énervait vraiment beaucoup.

— Je ne suis pas possessive, merde !

— Moi non plus, dit-il en lui caressant la base du cou. Mais avec toi… c'est différent.

— On s'est mis d'accord sur une seule nuit, Derren, déclara-t-elle en détectant une lueur de détermination dans son regard et en déglutissant bruyamment.

— C'est vrai, mais j'ai changé d'avis. Je veux plus.

— Écoute, dit-elle. Ce n'est pas que la nuit dernière n'était pas agréable. C'était…

— Absolument merveilleux. Et on va le refaire.

— Il vaut mieux oublier tout cela. Cain va péter un câble s'il…

— Qu'est-ce que je t'ai dit ? Cela ne nous regarde que toi et moi, et personne d'autre, insista-t-il en l'attrapant par le menton.

Derren ne voulait pas qu'elle pense à un autre que lui. Cela valait également pour son loup. Surtout s'il s'agissait de son âme sœur. Le Beta était assailli par une énorme vague de jalousie chaque fois qu'elle prononçait le nom de son ami.

— Je n'ai rien à cirer de ce qu'il peut en penser.

— Tu as tort, dit-elle en se détachant de lui. Cain est ton ami et tu ne devrais pas te le mettre à dos.

Il serait mécontent d'apprendre que Derren avait « abusé » de sa petite sœur. C'était comme cela qu'il verrait les choses.

— Oui mais bon… comme ça, tu vois à quel point je te désire.

Elle ferma les yeux et passa une main dans ses cheveux. Ce type était tellement têtu qu'il allait la rendre folle.

— Regarde-moi, Ally, et sois honnête. Cela n'a rien à voir avec Cain. Tu hésites parce que tu ne veux pas revivre une autre histoire comme avec Zeke. Je comprends. Mais je ne suis pas comme lui. Jamais je ne te traiterai comme il l'a fait.

— C'est vrai, convint-elle.

Il était beaucoup trop loyal. Dans une situation comme celle qu'elle avait vécue avec Zeke, Derren aurait revendiqué son âme sœur mais ne l'aurait jamais traité, elle, comme une étrangère, elle en était persuadée. Il aurait continué à lui donner son soutien et à la défendre si elle avait eu besoin de lui.

— Je ne veux pas perdre encore un petit ami parce qu'il a rencontré son âme sœur. Je ne veux pas subir cela une nouvelle fois.

— La possibilité que je rencontre et reconnaisse mon âme sœur est presque nulle, dit Derren en éclatant d'un rire un peu amer.

Il avait entendu dire que le lien d'union ressemblait à une fréquence radio. Dans certains cas, le doute, la peur ou l'imprégnation pouvaient empêcher les métamorphes de percevoir ce lien. Derren était convaincu qu'il était beaucoup trop perturbé pour reconnaître son âme sœur.

— Tu as un problème de confiance, dit Ally, qui n'avait pas besoin de lui demander pourquoi il pensait cela.

En outre, il était tellement pris par ses activités au service de Nick qu'il n'avait pas le temps de s'occuper de sa propre vie. Elle ne prit pas la peine de lui demander pourquoi il se sentait tellement redevable envers son Alpha. En effet, Derren ne dévoilait que ce qu'il avait envie de révéler et elle ne l'en respectait que plus, d'autant qu'elle n'aimait pas non plus se livrer.

— Je ne veux pas que tu revives une situation comme avec Zeke, déclara Derren dans un grognement.

Peut-être, mais il ne semblait pas comprendre que le problème était qu'elle avait non seulement perdu Zeke quand il avait revendiqué son âme sœur, mais aussi son mode de vie. Elle s'était retrouvée seule et s'était attiré plus de pitié que de respect de la part de ses camarades de meute. Elle avait tout perdu, jusqu'à son rang.

— Tu penses trop, Ally, arrête. Ne complique pas les choses. On ne parle pas d'une relation permanente ni d'une relation superficielle, d'ailleurs. Je t'aime bien et j'ai beaucoup de respect pour toi.

En d'autres termes, il lui proposait une relation temporaire qui ne serait pas nécessairement fondée uniquement sur le sexe. Cette idée fit hésiter Ally à le repousser encore une fois. Elle n'était pas capable d'une aventure sans sentiments. Elle ne faisait pas partie de ces gens habitués à dissocier le sexe de leurs émotions. Si elle n'avait pas appris à apprécier Derren, elle n'aurait jamais couché avec lui. Elle ne pouvait accepter sa proposition que si leur relation temporaire n'était ni superficielle ni impersonnelle.

Derren eut l'air d'avoir envie d'ajouter quelque chose, mais il fut interrompu par son téléphone. D'après la sonnerie, il sut que l'appel provenait de Nick.

— Ouais, répondit-il après avoir sorti son téléphone de sa poche de jean tout en continuant à regarder Ally.

— Viens chez moi.

Derren comprit d'après son ton de voix qu'il y avait urgence. Il se raidit et son loup se mit en état d'alerte.

— Il y a un problème ? s'enquit-il.

— Possible, dit Nick avant de raccrocher.

— Il faut que j'y aille, expliqua-t-il à Ally en rangeant son téléphone. Laisse-moi te dire une chose, ajouta-t-il en lui enserrant la nuque d'une main et en la dévisageant. Quand je veux quelque chose, je l'obtiens, rien ne m'arrête. Et quand je désire quelque chose autant que je te désire, je ne laisse rien ni personne m'empêcher de l'obtenir. Je t'ai marquée, Ally, et cela compte pour moi. Et toi ? Tu as marqué beaucoup de mecs ?

— Non, reconnut-elle après un long silence.

Exactement ce qu'il avait pensé.

— On veut la même chose tous les deux, Ally, non ?

Il avait besoin de l'entendre le reconnaître, pour lui mais pour elle aussi.

Du regard, il la mit au défi de nier, mais elle ne le fit pas.

— Oui, concéda-t-elle enfin.

— Très bien, lança-t-il, satisfait.

Puis il l'embrassa ardemment, faisant passer dans son baiser tout son désir pour elle, toute sa détermination. Puis il recula et caressa du pouce la marque qu'il lui avait faite au cou.

— Ne la recouvre pas, exigea-t-il.

Quelques minutes plus tard à peine, Derren se retrouva assis dans le séjour de la maison des Alphas, où la majorité des membres de la meute s'était réunie.

— Qu'est-ce qu'il y a ? demanda-t-il à Nick en fronçant les sourcils.

— Il y a un quart d'heure, une voiture s'est avancée au bas de la route qui mène à cette maison, expliqua l'Alpha. Elle s'est immobilisée avant de pénétrer dans notre territoire. Eli et Bracken sont allés voir sans trop s'approcher. Ils ont vu un gars amoché et inconscient à l'intérieur.

— Il est à la place du passager, ajouta Eli, ce qui veut dire que quelqu'un l'a conduit là avant de se barrer.

— Tu es sûr qu'il n'est pas mort ? demanda Derren à Eli.

— Sa poitrine se soulève et s'abaisse un tout petit peu, expliqua Bracken à la place d'Eli. Pas beaucoup, mais il respire.

— Le fait de savoir qu'il y a là-bas un homme blessé, commenta Shaya en serrant Willow dans ses bras, me perturbe énormément. Je n'aime pas l'idée de le laisser là. Mais cela me semble bizarre quand même.

— On dirait un piège, convint Zander.

— Ou une distraction, supposa Derren, ses instincts en alerte. Comme pour essayer de détourner notre attention pour nous attaquer d'une autre manière.

— Putain ! s'exclama Nick.

Pas besoin de se compliquer la vie.

Derren avait raison, pensa Ally en se versant encore du café. Quand elle l'avait rencontré au début, elle ne s'était pas attendue à ce qu'ils deviennent amis un jour. Ils n'étaient pas assez proches pour partager leurs secrets ou leurs souvenirs, comme elle le faisait avec Cain ou Derren avec Nick ou Roni. Mais ils avaient tissé les liens d'une amitié où dominaient le respect mutuel et la considération.

Une aventure sans lendemain fondée sur une belle amitié était possible pour elle. Ils n'auraient pas trop d'exigences ni d'attentes l'un envers l'autre et ils n'auraient pas besoin de se confier leurs émotions, leurs craintes, leurs idées ou leurs espoirs. Oui, ça pourrait marcher. Elle était une fille sérieuse, plutôt du genre à s'engager à fond dans une relation, mais elle ne se sentait pas émotionnellement disponible.

Elle devait pourtant aussi reconnaître qu'il y avait plein de raisons pour garder ses distances avec Derren. Tout d'abord, Cain risquait vraiment de péter un câble. Il était très protecteur avec elle, la considérant comme sa petite sœur. Il désirait la voir s'unir et fonder une famille. Il savait qu'elle n'était pas portée sur les aventures d'un soir et il risquait de croire que son ami abusait d'elle. Mais impossible d'expliquer cela à Derren tant qu'il refusait de l'écouter.

Sa louve était une autre des raisons pour lesquelles elle ferait mieux de résister au Beta. Elle n'avait pas réussi à l'empêcher de le marquer. Et puis elle partageait son désir de montrer clairement, à lui, à son loup et à toutes les autres filles, qu'il était chasse gardée.

Elle soupira en entendant biper son téléphone. Ce devait être Zeke encore une fois. Et c'était là une raison de plus d'éviter Derren : ça pourrait aussi mal se terminer avec lui. Sans même regarder son téléphone, elle prit sa tasse et alla s'asseoir sur la terrasse. Après le départ de Derren, elle avait reçu un autre SMS de Zeke vers minuit dans lequel il lui disait qu'elle lui manquait. Elle commençait à se demander si Derren n'avait pas raison, à savoir que Zeke avait du mal à la laisser partir.

Les métamorphes étaient très possessifs. Les dominants encore plus que les autres. Zeke avait été aussi jaloux avec elle que Derren était en passe de le devenir.

Zeke avait une nette préférence pour sa compagne, mais lui et son loup semblaient avoir du mal à accepter de décrocher d'Ally.

C'était sans doute la raison pour laquelle il n'avait pas voulu l'aider à changer de meute quand elle le lui avait demandé. Si c'était effectivement le cas, la meilleure chose à faire pour elle était de continuer à ne pas répondre à ses messages et à ses coups de fil. Cette attitude par contre risquait de l'inciter à venir la voir, pensa-t-elle.

Elle fut interrompue dans ses rêveries par un cri aigu. Elle se releva prestement. Il lui avait semblé entendre des pleurs de bébé et elle crut même reconnaître Willow. Sans réfléchir ni hésiter, elle s'enfonça au pas de course dans la forêt à la recherche de la petite fille. Elle pensait à Willow mais cela ne l'empêcha pas de constater qu'elle s'approchait de la maison de Kent et de Caleb. Elle parvint à une clairière où elle distingua les pleurs de plus en plus nettement. Puis…

—Non, Ally, l'avertit Caleb dans un cri étranglé.

Il était allongé par terre à côté de Kent, tous deux grièvement blessés, en sang.

Que se passait-il, bordel?

Ally tourna vivement la tête en entendant Willow crier de nouveau et… vit que la petite fille n'était pas là et qu'un putain de métamorphe couguar sautait d'une branche d'arbre en braquant son regard de félin sur elle et…

Ally tressaillit en sentant une brûlure sur ses doigts et laissa retomber la cafetière sur le comptoir. Elle saisit tout de suite la situation.

— Merde ! s'exclama-t-elle.

Elle se jeta sur son téléphone portable posé à l'autre bout du comptoir et composa le numéro de Caleb.

Il répondit après seulement deux coups de sonnerie.

— Hé ! Ally, comment…

— Ne sortez pas de la maison ! Quoi qu'il arrive, quoi que vous entendiez, ne sortez pas de chez vous. Ce n'est pas Willow, c'est un piège.

Puis elle raccrocha et appela Derren. Le téléphone sonna mais le Beta ne répondit pas. Elle lâcha un juron.

— Allez, décroche…

— Ma chérie, dit-il enfin, je ne peux pas te parler là tout de suite…

— Il y a des couguars.

— Quoi ?

— Des métamorphes couguars ont envahi notre territoire. (Les cris des couguars ressemblaient à des pleurs de bébé ou à des hurlements de femmes.) J'ai eu une vision. Ils sont près de la maison de Kent et de Caleb !

Son sang de prédatrice ne fit qu'un tour. Elle avait très envie de trouver ces félins et de leur faire payer leur intrusion sur le territoire de la meute Mercure en vue d'en éliminer les membres.

— Ally, surtout ne bouge pas, n'y va pas toute seule.

Elle n'allait pas le faire, n'avait pas envie de tomber dans leur piège. Mais il était hors de question pour elle de rester à l'abri dans sa maison.

— Je suis sérieux, Ally. On emmène Shaya et Willow chez toi.

— Quoi ? Mais pourquoi ? lança-t-elle, mais il avait déjà raccroché.

Elle n'eut que le temps de faire sa toilette, d'ôter le long tee-shirt qu'elle avait porté pour dormir, d'en revêtir un blanc à manches longues et d'enfiler un jean bleu délavé que toute la meute arrivait chez elle. Seuls Derren, Bracken, Kathy, Shaya et Willow entrèrent.

— Qu'est-ce qui se passe ? s'enquit-elle.

— On ne voulait laisser personne dans la maison des Alphas avec ce qui est garé devant, juste de l'autre côté de la frontière, expliqua Derren.

Ally n'y comprit goutte.

— Verrouille les portes, décréta Derren en braquant sur elle un regard très déterminé, et restez à l'intérieur. Ne vous séparez pour aucune raison.

Son loup ne voulait pas la laisser là, mais même son animal avait compris que la sécurité de la meute passait avant tout. Derren résista donc à la tentation de l'embrasser, préférant garder son esprit axé fermement sur la sécurité du territoire et s'obligeant à ne penser qu'à cela.

Ally regarda Derren aller rejoindre les autres à l'extérieur où ils se transformèrent tous en même temps avant de s'égailler dans la forêt.

— De quoi parlait-il ? demanda Ally à Shaya.

Elle n'avait rien compris aux propos de Derren, mais alla tout de même s'assurer que toutes les issues étaient bien verrouillées.

— Une voiture est garée sur la route menant à notre maison, expliqua Shaya en marchant de long en large, sa fille en équilibre sur une hanche. Et dedans il y a un blessé inconscient sur le siège du passager.

— Un leurre, supposa Ally.

— J'ai appelé une ambulance, intervint Kathy depuis le canapé où elle s'était installée. Les urgentistes le prenaient en charge quand on est partis.

— Je pense que c'était une idée des couguars pour détourner notre attention, dit Bracken en examinant les alentours par la fenêtre. Ils devaient bien se douter que Nick allait convoquer son Beta et ses lieutenants pour leur dire ce qui se passait.

— Les couguars ont donc pu pénétrer dans notre territoire sans se faire remarquer, convint Shaya. Les autres membres de la meute éparpillés dans leurs maisons toutes aussi isolées les unes que les autres étaient donc très vulnérables.

— Ils imitaient les pleurs de Willow dans ma vision, précisa Ally.

— Ils sont rusés, ces couguars. Ils utilisent souvent ce subterfuge parce qu'aucun métamorphe, soumis ou dominant, ne peut rester sans réagir aux pleurs d'un enfant. Ils accourent tout de suite pour leur venir en aide.

Exactement ce qu'avait fait Ally.

— Dans ma vision, je ne pensais même pas à demander de l'aide. J'étais incapable de faire quoi que ce soit d'autre que de me porter au secours de Willow.

— C'est là-dessus qu'ils comptent, affirma Bracken, qui n'avait pas l'air très étonné. Ils ont imité les pleurs de Willow sans doute pour attirer tous les membres de la meute qui n'étaient pas dans la maison des Alphas.

— Une manière de se débarrasser de nous un à un. (Les métamorphes couguars étaient vraiment fourbes.) Dans ma vision, j'ai vu Kent et Caleb mourir. J'étais la suivante sur la liste.

— Pour une petite meute, la perte de trois membres peut faire toute la différence dans une bataille, dit Bracken.

Un petit muscle tressaillit dans sa mâchoire.

— Et l'impact émotionnel peut faire perdre le contrôle aux combattants. Ils sont moins efficaces quand ils sont en colère, déclara Shaya.

— Combien de couguars as-tu vus ? demanda Bracken à Ally quand elle s'approcha de lui pour surveiller l'extérieur.

— Il n'y en avait qu'un seul dans ma vision, répondit Ally en haussant les épaules.

Mais elle doutait fort qu'un seul félin ait pénétré sur le territoire vu l'étendue des blessures de Caleb et de Kent. Ils auraient été parfaitement capables de se défendre contre un intrus.

— Alors, commença Bracken, l'air curieux, vas-tu enfin me dire pourquoi je perçois dans cette maison ton odeur mêlée à celle de Derren et à de forts effluves de sexe ? demanda-t-il à mi-voix.

Pour toute réponse, elle se contenta de le regarder en fronçant les sourcils.

— C'était juste une question, dit-il en prenant un air parfaitement innocent.

Le mâle alpha s'arrêta à bonne distance de la clairière et le loup noir l'imita. La meute n'avait pas eu de mal à trouver la trace des couguars. Ses membres n'avaient eu qu'à suivre les faux pleurs de bébé. L'Alpha se retourna vers le loup noir et lui indiqua sa gauche d'un geste de la tête tout en s'éloignant dans la direction opposée. Le loup noir comprit et mena une moitié de la meute dans cette direction tandis que les autres suivaient leur Alpha. En silence, les loups encerclèrent la clairière sans être vus. Ce n'était pas la première fois qu'ils utilisaient cette stratégie pour cerner et piéger leurs ennemis.

Le loup noir sentit la présence de cinq métamorphes couguars, tous planqués dans des arbres.

L'Alpha se transforma ainsi que le loup gris et blanc, Eli, à son côté. Le loup noir comprit que Derren voulait reprendre le contrôle et il fit de même.

— L'un d'entre nous devra les attirer pour les faire descendre de ces arbres, chuchota Nick à Derren et à Eli après qu'ils eurent tous trois repris forme humaine. Sinon, ils grimperont le plus haut possible et se déplaceront comme ça d'arbre en arbre.

— Eli et moi allons revenir sur nos pas, convint Derren en parlant à mi-voix. Puis on va entrer dans la clairière en courant, comme si on paniquait.

— J'en ai compté cinq, dit Eli. On est huit. On a la supériorité numérique.

Les couguars étaient beaucoup plus forts que les loups et étaient donc avantagés dans les combats à un contre un. Mais une meute de huit loups pouvait gagner contre cinq couguars. Ils ne s'en tireraient par contre peut-être pas indemnes.

— Vous allez vous mettre par deux, sauf moi, décréta Nick. Deux loups contre un couguar, ça devrait le faire.

Derren se transforma, ne souhaitant pas perdre de temps, et Eli l'imita.

Le loup noir et le gris et blanc s'éloignèrent en courant avant de retourner vers la clairière et d'y pénétrer bruyamment comme s'ils avaient le diable aux trousses. Ils se mirent immédiatement dos à dos, se méfiant d'un éventuel guet-apens, la spécialité des couguars.

Les faux pleurs cessèrent immédiatement. Cinq couguars sautèrent des branches, en feulant et en rugissant. Des mâles, tous dominants. Le loup noir retroussa la lèvre supérieure, montra les crocs et les gencives, et grogna un avertissement à ces intrus qui venaient s'en prendre à sa meute. Le couguar qui lui faisait face, plus costaud que les autres, avança d'un seul pas. Le loup se hérissa, rabattit ses oreilles et montra les crocs en grognant. Les couguars rugirent.

Un long hurlement se fit entendre et les félins s'immobilisèrent. Les autres membres de la meute qui s'étaient cachés derrière les arbres firent irruption à leur tour dans la clairière et attaquèrent sans attendre. Quatre couguars se retournèrent pour se défendre mais le cinquième se concentra sur le loup noir.

Le loup gris et blanc vint le rejoindre et, à deux, ils encerclèrent l'intrus qui rugissait. Puis les deux loups se ruèrent sur le couguar, chacun de son côté. Une lourde patte s'abattit sur le museau du loup noir, lui assenant un grand coup de griffe. L'odeur du sang se répandit dans l'air. Le loup noir tressaillit et secoua la tête.

Le couguar se retourna et se jeta sur l'autre loup en claquant les mâchoires. Le premier lieutenant poussa un jappement et son sang se répandit sur le sol. Ivre de colère, le loup noir sauta sur le dos du couguar. Le félin rugit quand il sentit les dents et les griffes du loup s'enfoncer dans sa chair. Impitoyable, le loup gris et blanc arracha l'oreille de son adversaire, qui poussa un nouveau rugissement.

Un corps massif s'abattit alors sur le loup noir, le déséquilibrant et le faisant chuter lourdement. Puis un second couguar le chevaucha en hurlant. Il s'apprêtait à lui ouvrir le ventre quand un animal au pelage gris sombre s'interposa, se jetant sur le couguar et le faisant tomber.

Le loup noir se redressa rapidement et voulut prêter main-forte à la femelle, Roni, qui l'avait sauvé. Mais son compagnon était déjà à son côté. Constatant qu'elle n'avait pas besoin de lui, le loup noir retourna à son adversaire. Le couguar essayait de refermer les mâchoires sur la tête du loup gris et blanc. Cela risquait de lui être fatal et le loup noir le savait. Pile au bon moment, le premier lieutenant donna un coup de tête et évita la gueule de son ennemi. Puis les deux loups se jetèrent de nouveau sur le félin.

L'intrus rugit en sentant les crocs et les griffes des deux loups se planter dans son corps. Il se retourna juste assez pour lacérer les flancs du loup noir, lui arrachant des lambeaux de peau et de fourrure. Mais les loups ne lâchèrent pas prise. À deux, ils réussirent à faire tomber le couguar au sol sur le dos. Chevauchant son adversaire, le loup noir lui arracha la gorge tout en lui ouvrant le ventre à coups de griffe. Les deux loups poussèrent un hurlement de victoire.

Le loup noir se retourna et vit ses camarades de meute qui haletaient. Blessés, ils perdaient du sang, tout comme lui. Il était épuisé et il souffrait.

Quatre couguars ensanglantés gisaient au sol. Le cinquième avait repris forme humaine ainsi que l'Alpha du loup noir. Sentant que Derren voulait émerger, son loup lui céda le contrôle.

Les mâchoires serrées, Derren souffla en se relevant. Il perdait du sang et il avait mal. Il souffrait surtout des entailles sur son visage et ses côtes, mais il se ferma à la douleur. Il s'approcha de Nick et constata que le cinquième couguar était à l'article de la mort. Ses blessures saignaient abondamment et du sang s'écoulait même de sa bouche.

— Qui a mis nos têtes à prix ? s'enquit Nick en s'accroupissant à côté de lui.

— Je ne te le dirais pas même si je le savais, déclara-t-il, furieux et haletant, en montrant les crocs.

— Cela te déplaît de savoir que tes potes vont mourir ? Tu n'aurais pas dû t'en prendre à moi et à ma meute. Tu aurais dû faire preuve d'un peu plus de discernement.

— Il ne sait pas qui nous a mis sur liste noire ? demanda Derren.

— C'est ce qu'il prétend.

— Tu crois qu'il dit la vérité ? haleta Jesse.

C'était lui qui avait souffert le plus dans la bataille. Il avait des marques profondes de morsure sur une oreille et des lacérations sur le torse et le dos.

— Je pense que les commanditaires de ces attaques préfèrent rester anonymes, affirma Nick en hochant la tête. Sinon, on saurait déjà qui est à l'origine de ces attaques. Mais Donovan n'a rien pu découvrir. Et, d'habitude, il trouve toujours.

— Ce n'est pas fini, haleta le couguar. D'autres viendront vous attaquer, ajouta-t-il avec un horrible sourire suffisant sur son visage en sueur. Ils ont cent mille raisons de le faire.

— Tu sais maintenant que le jeu n'en valait pas chandelle, n'est-ce pas ? affirma Nick en le dévisageant. Et tous ceux que la prime pourrait intéresser le sauront aussi bientôt. Allons-y, ajouta-t-il en se retournant vers ses camarades. Ma compagne est morte d'inquiétude.

Nick ressentait l'anxiété de Shaya grâce à leur lien d'union.

Quand le petit groupe s'approcha de la maison d'Ally, Shaya en émergea en courant et se jeta sur son compagnon. Il l'étreignit fermement et lui chuchota des paroles réconfortantes à l'oreille. Derren enfila les vêtements qu'il avait laissés sur la terrasse. Le frottement du tissu sur ses blessures le fit atrocement souffrir. Puis il entra et trouva Ally, qui écarquilla les yeux en le voyant. Ouais, bon, il se doutait bien que son visage était passablement abîmé. Elle s'approcha de lui et il comprit qu'elle voulait le guérir.

— Non, dit-il fermement.

L'air vexée, elle s'arrêta net. Comme s'il l'avait rejetée.

— Ce n'est pas moi qui ai le plus besoin de ton aide, déclara-t-il.

Zander fit son apparition en trébuchant à ce moment-là, portant Jesse, bien amoché.

— Merde ! Jesse, dit Bracken en clignant des yeux quand il vit dans quel état était son collègue et ami.

Ally esquissa une grimace de douleur en constatant la profondeur des blessures du jeune homme.

— Installe-le sur une chaise, Zander.

— Attends, dit Derren en voyant Ally s'asseoir en face de Jesse, qui était encore nu.

Il arracha son tee-shirt et le lança au lieutenant. Jesse comprit et esquissa un petit sourire narquois en se recouvrant les parties. Ally leva les yeux au ciel, s'agenouilla devant le blessé et posa les mains sur son torse. Derren se raidit. Il n'aimait pas la voir toucher un autre que lui, surtout un mec à poil. Mais bon, Derren n'allait tout de même pas faire une crise de jalousie à un camarade de meute pour une séance de guérison. Enfin, il ferait son possible.

Le Beta vit la prophétesse grimacer quand elle absorba la douleur de Jesse. Il mit les mains sur ses épaules pour la réconforter et la soutenir. Son loup détestait la voir souffrir et désirait émerger pour lui apporter son aide.

— Allez, il faut manger, décréta Kathy en posant devant eux des boissons et des sandwichs. Vous en avez besoin pour récupérer vos forces. Roni, mange, dit-elle en se tournant vers sa fille, et toi, Marcus, laisses-en aux autres.

Le jeune homme adressa un sourire charmeur à sa belle-mère et s'empara de trois sandwichs pendant que sa compagne partait appeler Caleb et Kent pour les inviter à les rejoindre chez Ally, ce qu'ils firent en moins d'une minute.

— Alors, qu'est-ce qui s'est passé ? demanda Bracken à Nick.

Occupée à guérir les blessures de Jesse, Ally n'écouta qu'à moitié la réponse de l'Alpha. Elle ne parvenait pas à s'expliquer comment le lieutenant pouvait continuer à sourire malgré la souffrance. Quand elle eut terminé, elle se tourna vers Zander pour lui offrir son aide. Mais Derren intervint et l'en empêcha.

— Ils vont tous bien, Ally, insista-t-il. Leurs blessures sont déjà presque guéries, conclut-il, sachant qu'elle souffrait encore de son intervention sur Jesse.

— Ouais, et je peux accélérer le processus. Les blessures de Jesse étaient profondes mais très localisées. J'ai encore assez d'énergie pour aider les autres.

Très déterminée, et au risque de rendre Derren complètement dingue, la jeune femme soigna ensuite Zander, Roni et Eli. Marcus et Nick refusèrent poliment son aide, étant déjà presque guéris. Ally se tourna alors vers Derren, une expression têtue sur ses traits tirés. Très fatiguée par ses interventions précédentes, elle était néanmoins bien décidée à s'occuper du jeune homme.

— Ne te fatigue pas davantage, Ally. Je vais bien.

— Non, c'est faux, dit-elle en examinant les lacérations qu'il avait au visage et surtout aux lèvres.

Il garderait de vilaines cicatrices si elle n'agissait pas. Et il avait aussi les côtes profondément entaillées.

— C'est superficiel, les apparences sont trompeuses.

— Si c'est réellement le cas, je n'aurai pas besoin de beaucoup d'énergie pour te guérir, n'est-ce pas ?

Ally fronça les sourcils quand elle sentit qu'on lui mettait de force un sandwich dans la main.

— Il faut que tu manges, déclara Kathy avant de lui tourner le dos.

— J'ai réfléchi à un truc, dit Shaya, ce qui attira l'attention de tous. Il vaudrait mieux qu'on ne soit pas trop éparpillés. Caleb, Kent, Roni et Marcus pourraient venir s'installer provisoirement chez nous. Leurs maisons sont très isolées et cela les rend vulnérables.

Roni eut l'air d'avoir envie de s'opposer à cette idée, mais elle se ravisa en soupirant.

— Et si on était attaqués, convint-elle, la meute n'aurait pas d'autre choix que de se séparer pour nous protéger.

— Exactement. On a assez de chambres d'amis ici pour tout le monde, affirma Shaya en serrant les lèvres. Ce serait une bonne idée que vous veniez tous vous installer ici ou que vous partagiez au moins les maisons les plus proches de la nôtre. Pour protéger Willow surtout. Je veux qu'elle soit bien entourée, en sécurité.

— Zander peut venir chez moi, déclara Eli, et Bracken peut aller chez Jesse.

— Pourquoi moi ? demanda Jesse à Eli en lui lançant un regard noir.

Bracken eut l'air de s'amuser de la frustration évidente de Jesse.

— Parce que tu es le seul capable de le supporter, déclara Eli en haussant les épaules.

— Je vais m'installer chez Ally pour qu'elle ne soit pas seule, proposa Derren.

— Je n'ai pas…, commença Ally en se raidissant à son côté.

— À moins que tu préfères t'installer ici, poursuivit Derren en l'interrompant, avec tous ces gens, tout ce bruit et toutes ces émotions qui vont te bombarder sans relâche. Tu adoreras la vie en collectivité, je pense, et partager ton intimité, alors…

— C'est bon, cracha Ally à contrecœur, Derren peut rester avec moi…

— Super ! s'exclama Shaya en souriant, comme cela personne ne restera seul.

— Tu pourras prendre mon lit puisque je n'y dors pas, chuchota Ally à Derren à voix très basse pour que personne d'autre ne l'entende.

— T'inquiète, on l'utilisera bien tous les deux, répondit-il, hilare.

— Je n'aime pas dormir à l'intérieur.

— Qui te parle de dormir ?

— Quel enfoiré tu es ! s'exclama-t-elle en secouant la tête.

— Derren, dit Nick, je peux te parler un instant ?

Ce n'était pas vraiment une question.

Derren suivit son Alpha à l'extérieur, sur la terrasse. Il connaissait bien Nick et se doutait de ce qu'il allait lui demander. Il était donc hors de question pour lui de faire l'idiot.

— Tu as couché avec Ally.

— Oui.

Il n'aurait pas pu le nier même s'il l'avait voulu. En effet, la maison était imprégnée de son odeur et d'effluves de sexe. Son loup en était ravi, il avait bien marqué son territoire.

— Et ça t'a paru une bonne idée de baiser l'âme sœur de Cain ?

— Il ne l'a pas revendiquée, déclara-t-il sèchement, sans hésiter un instant. Alors elle est libre.

— Ce n'est pas aussi simple que cela, Derren, affirma Nick en se passant une main sur le visage. (Il avait raison.) Cain va se sentir trahi, d'autant plus qu'il t'a demandé de veiller sur elle. Il va penser que tu as profité de la situation.

— Est-ce que tu vas m'interdire de la toucher ?

— Cela ne servirait à rien, affirma Nick. Personne ne pourra jamais t'obliger à faire quoi que ce soit, surtout si tu n'es pas d'accord. Mais pense aux risques que tu encours. Cain te considère comme un ami, dans la mesure où un sociopathe peut avoir des amis, bien entendu. Peux-tu te permettre de compromettre cette relation ? As-tu envie qu'il se mette en colère contre toi ?

— Notre histoire ne le concerne pas. Elle ne regarde qu'Ally et moi.

— Ouais, toi et la compagne de Cain.

— Elle n'est pas sa compagne.

— Dans une autre vie, si Cain était normal, je veux dire, elle aurait pu l'être. Ce n'est pas rien.

— Elle ne se prive pas de sortir avec d'autres mecs depuis des années.

— Peut-être. Mais toi tu ne sors pas avec elle, tu couches avec elle, nuance. Et ça, peut-être que Cain ne l'appréciera pas. Réfléchis-y un peu, demande-toi si ces instants de plaisir valent la peine compte tenu du prix que tu risques de devoir payer si tu n'arrêtes pas.

Les membres de la meute passèrent encore une vingtaine de minutes chez Ally avant de partir. Derren en profita pour ressasser ce que lui avait dit Nick. Cain se considérerait trahi, cela ne faisait aucun doute. Derren s'enorgueillissait de sa loyauté, surtout envers ceux qui l'avaient méritée. Et Cain faisait partie de cette catégorie.

Ally s'approcha de lui en plissant les yeux.

— Tu es perdu dans tes pensées. Je te sens tourmenté par tout un tas d'émotions.

Elle posa les mains sur son visage et elle utilisa ce contact pour lui transmettre de l'énergie.

— Ally, la morigéna-t-il.

— La ferme ! dit-elle sans aucune sévérité. Je ne peux pas t'embrasser si tu as mal.

Derren passa les bras autour de la jeune femme et l'attira fermement à lui. Sa relation avec Ally valait tous les désagréments que cela pouvait lui attirer, il le sentait. Il avait besoin d'elle à un niveau qu'il ne comprenait pas, qu'il était incapable même de s'expliquer. Tellement qu'il préférait ne pas y penser.

Il ressentit des picotements quand ses blessures guérirent, une sorte de vibration apaisante qui lui traversait les os. Puis elle lui nettoya doucement le visage à l'aide d'un gant de toilette.

— Merci, chérie, dit-il.

Puis il l'embrassa passionnément, la lécha, la mordilla et lui suça la lèvre inférieure. Il passa les mains sous ses cuisses et la souleva. Elle enroula les jambes autour de sa taille.

— À la douche, dit-il.

— Tous les prétextes sont bons pour m'obliger à me déshabiller ! s'exclama-t-elle.

Ally souriait et Derren vit qu'elle avait une jolie fossette qu'il n'avait pas encore remarquée.

— Tu as tout compris, répondit-il en lui rendant son sourire.

Après l'avoir prise sous la douche, il partit rejoindre Nick et les autres pour discuter des mesures à prendre pour resserrer leur sécurité. Ally ne le revit donc que beaucoup plus tard, quand elle se rendit à la maison des Alphas pour regarder un match de football dans la salle de jeux.

Elle n'avait pas fait trois pas dans la maison qu'il apparaissait devant elle, les traits tirés. Elle s'apprêtait à lui demander ce qui n'allait pas, parce qu'il avait mis les mains sur ses hanches et qu'il la repoussait vers la sortie.

— Tu devrais peut-être rentrer chez toi, dit-il avec un sourire forcé.

— Pourquoi ? Qu'est-ce qui se passe ? demanda-t-elle.

Elle inspira longuement et détecta les odeurs de Roni, Marcus, Jaime, Dante, Dominic, Tao et… celle de quelqu'un d'autre, un inconnu.

— C'est elle ? s'enquit alors une forte voix grinçante.

— Prépare-toi au pire, soupira Derren avant de l'embrasser sur la bouche.

Ally ne comprit pas pourquoi il se plaça devant elle comme pour la protéger. Elle leva les yeux au ciel, le contourna… et vit une vieille dame sortir du séjour, une expression rageuse déformant ses traits. Six autres loups lui avaient emboîté le pas : Roni et Jaime, l'air frustrées, et Marcus, Dante, Tao et Dominic, carrément hilares.

— Je suppose que c'est la tristement célèbre Ally, lança la vieille bique, l'air moqueuse et dégageant de l'hostilité, de l'amertume et de l'indignation, ce qui laissa un mauvais goût dans la bouche d'Ally.

— Je te présente Greta, annonça Jaime en esquissant un petit sourire comme pour s'excuser. La grand-mère de Trey.

Jaime lui avait déjà parlé d'elle dans une de leurs conversations par Skype. Elle avait la réputation d'être asociale, psychotique, très prude et extrêmement possessive de ses « garçons » comme elle disait en parlant de Trey, de Dante et des autres lieutenants de la meute du Phénix. En outre, elle ne supportait pas les prophétesses, parce que Trey avait beaucoup souffert des prétendues visions d'une d'entre elles pendant son enfance.

— Je devrais sans doute te remercier d'avoir guéri ma chère Roni, mais je connais les prophétesses, dit-elle en retroussant la lèvre supérieure, elles n'agissent jamais sans arrière-pensée.

— Arrière-pensée ? répéta Ally, perplexe.

— Les prophétesses n'agissent jamais sans arrière-pensée, répéta la vieille dame.

— Vraiment ?

— On ne doit pas leur faire confiance, tout le monde le sait.

— Greta, les visions d'Ally et ses dons de guérisseuse nous ont rendu de grands services, protesta Derren en émettant un grognement d'avertissement.

— Mais oui, bien sûr, rétorqua-t-elle en le dévisageant. Elle vous aide mais c'est pour vous amadouer, pour que vous l'hébergiez. Elle vous manipule. L'aviez-vous seulement remarqué ?

— C'est faux, déclara Roni, l'air fatiguée. Elle agit sans arrière-pensée. Il n'y a ni manipulation ni complot.

— Tu te trompes, ma chérie, affirma catégoriquement Greta. Tu n'as pas encore vu clair dans son jeu, c'est tout. J'ai prévenu Shaya et Nick. M'ont-ils écoutée ? Non. Elle est toujours là. Vous avez suffisamment de problèmes à régler. Cette pétasse va vous compliquer l'existence.

— Pétasse ? s'exclama Ally.

Devait-elle en rire ? Elle aurait sans doute dû s'en offusquer mais les accusations de la vieille dame lui donnaient plutôt envie de s'esclaffer.

— Moi, je vous trouve tous irresponsables, poursuivit Greta, de l'accepter parmi vous. Vous ne lui devez rien pour ses visions et ses guérisons. Je parie qu'elle n'a rien contribué d'autre à la meute.

— C'est faux, intervint Roni. Elle fait de fabuleux gâteaux au chocolat.

— Mais c'est une prophétesse ! éructa Greta, les joues et le cou tout rouges d'exaspération.

— Oui, mais une prophétesse qui fait d'excellents gâteaux au chocolat, répéta Roni. Tu ne sembles pas avoir compris le plus important ici.

Marcus et Dominic éclatèrent de rire.

— Tu ne m'avais même pas prévenue que vous en hébergiez une chez vous, rouspéta la vieille dame. Comment as-tu pu me cacher cela, Roni ?

— Roni devait craindre, déclara Dante pince-sans-rire, que tu dramatises, ce qui n'est manifestement pas le cas.

Tao ne put contenir un gloussement.

— Elle ne devrait pas être ici ! affirma Greta en s'approchant de Derren après avoir lancé un regard noir à Ally. Je ne veux pas qu'elle parle à Roni.

— Et moi, je m'en fous, Greta, déclara fermement Derren mais sans animosité. Ally reste ici. C'est tout. Arrête un peu avec ces bêtises. Elle ne le mérite pas.

— Il a raison, convint Jaime, mais Greta ne lui prêta pas attention.

— Je ne suis pas étonnée que tu prennes sa défense, dit la vieille dame à Derren. Je sens son odeur sur toi. Je te pensais trop intelligent pour fricoter avec une prophétesse !

— Quand un homme a goûté à une prophétesse, affirma Ally en se collant contre le Beta, il ne peut pas revenir en arrière.

Un ricanement amusé fusa. Venant sans doute de Dominic.

— Je comprends que Taryn t'aime bien, grinça Greta en toisant Ally de pied en cap. Vous êtes pareilles toutes les deux : vulgaires, impolies et dévergondées.

— Mes plus grandes qualités, dit Ally.

La prophétesse avait beaucoup de mal à s'empêcher de rire tant le vieux dragon était désopilant.

— Taryn, Jaime et ma chère Roni semblent bien t'apprécier, mais moi, non, bougonna Greta.

— Et je suis censée m'effondrer, c'est ça ?

— Tu vois, elle ne respecte même pas ses aînées, maugréa Greta en s'adressant à Derren.

— Le respect, ça se mérite, rétorqua Derren sèchement. Et toi, tu ne la respectes pas, pas vrai ?

— Et pourquoi je la respecterais ? C'est une prophétesse !

— Et elle va rester ici. Arrête avec tes conneries, ordonna Derren.

— Tant pis pour vous, si vous tenez tant à la garder, gronda Greta en se raidissant et en poussant un grand soupir. Mais vous ne pourrez pas dire que je ne vous ai pas prévenus, poursuivit-elle, l'air renfrognée. Tu as peut-être réussi à les duper, ma belle, mais moi je vois clair dans ton jeu. Je tenais à te le dire.

— Tellement contente d'avoir pu vider l'abcès, dit Ally en souriant.

Greta poussa un nouveau soupir d'impatience et sortit de la maison en claquant la porte.

— Eh ben dis donc, déclara Ally en regardant Jaime.

— Comme tu dis, soupira la femelle beta.

— Je suis étonné que vous ayez quitté votre territoire, dit Derren à Dante.

— On l'a surprise essayant de partir en douce pour venir s'assurer que Roni allait bien, expliqua Dante en secouant la tête, exaspéré. Alors soit on l'emmenait, soit on la laissait tenter de repartir toute seule, auquel cas elle risquait d'être blessée ou même kidnappée.

— Ses ravisseurs l'auraient ramenée en moins d'une heure, marmonna Jaime. Elle les aurait rendus fous.

Dominic s'approcha d'Ally avec un sourire coquin mais Tao s'interposa et Derren émit un grognement d'avertissement.

— Quoi ? demanda le charmeur blond, en toute innocence.

— Non, Dom, le prévint Dante.

— J'allais juste…

— Non.

— Il allait te draguer, expliqua Tao à Ally, car il avait remarqué son air perplexe.

— Mais non, insista Dominic, l'air honnêtement vexé. J'allais juste…

— Non ! l'arrêta vertement encore une fois Dante.

— Bon d'accord, soupira le charmeur. Je vais te poser ma question à toi alors, Jaime.

— Pas si tu tiens à la vie, putain ! s'écria Dante.

Dominic s'esclaffa, content d'avoir réussi à énerver son Beta.

— En fait, il cherche à faire tourner ses amis en bourrique, devina Ally.

Jaime sourit et acquiesça de la tête.

— Patrick, un autre de nos lieutenants, est très fort aussi dans ce domaine. Dominic, lui, aime surtout asticoter les mecs en draguant leur compagne. Soit il a un QI de moule, soit il est suicidaire. On n'est pas encore sûrs !

— On va y aller. Il vaut mieux ne pas passer trop de temps loin de notre territoire, dit Jaime en embrassant Ally. Prends bien soin de toi, ma chérie.

— Toi aussi, répondit la prophétesse en tapotant son amie dans le dos.

Ally craignit que Derren se rue sur Dominic quand le charmeur blond s'approcha d'elle pour lui faire la bise.

— Ne fais pas attention à lui, conseilla-t-elle à Derren en gloussant.

— Tu as intérêt à ne pas me chercher, blondinet, éructa le mâle en lui lançant un regard assassin.

Dominic n'eut pas l'air vraiment impressionné.

Derren et Ally raccompagnèrent leurs amis de la meute du Phénix jusqu'au parking.

— Ally, tu connais la différence entre un hamburger et une pipe ? cria Dominic avant de monter dans le SUV. Non ? poursuivit-il devant son air perplexe. Veux-tu déjeuner avec moi ?

— Fais chier, putain ! déclara Dante en le poussant dans la voiture avant de se retourner vers Ally, morte de rire, et Derren, prêt à tuer, l'air de se confondre en excuses. J'aimerais pouvoir expliquer son comportement pour le moins étrange, mais j'en suis bien incapable.

Derren les regarda s'éloigner et poussa un grognement en voyant Dominic se retourner pour les saluer de la main par la vitre arrière.

— Tu sais, déclara Derren à Ally, je finirai par le tuer un de ces jours.

Ally éclata de rire une nouvelle fois.

Chapitre 9

— Arrête de lancer mon bébé en l'air !

En entrant dans le séjour, Ally vit Shaya réprimander Derren qui tenait Willow bien haut dans les airs, avec Bruce à ses pieds qui remuait la queue d'excitation.

— Mais elle adore ça ! protesta Derren.

Et pour le prouver il refit voler la petite fille et la rattrapa sans mal. Elle rit aux éclats en agitant ses petites jambes. Bruce aboya joyeusement.

— Ouais, dit Shaya en se mettant les mains sur les hanches. Ma fille est très téméraire, je sais. Mais moi, non. Tu me fiches les jetons quand tu fais ça.

— Salut, dit Derren à Ally en l'entendant entrer dans le séjour. Tu es venue dîner ?

— Oui, répondit-elle.

Elle passait de plus en plus de temps chez les Alphas avec les autres depuis qu'ils avaient commencé à l'accepter. Elle demeurait tout de même chez elle une bonne partie de la journée mais elle prenait au moins un repas par jour avec la meute.

— Ally, parle-lui, soupira Shaya en passant une main dans ses boucles rousses. Toi au moins il t'écoute.

Malheureusement, Derren n'écoutait personne et cela exaspérait énormément la jeune femme. Mais elle savait que ce n'était pas vraiment ce qui irritait Shaya.

— Ce n'est pas facile pour toi d'être confinée au territoire, c'est ça ?

Six semaines venaient de s'écouler sans nouvel incident mais personne ne croyait que tout danger était dorénavant écarté. Donovan avait envoyé une équipe installer de l'équipement de sécurité à la fine pointe de la technologie, dont plusieurs caméras de surveillance discrètes mais très puissantes éparpillées çà et là tout autour du périmètre du territoire de la meute Mercure. De plus, les téléphones de tous les membres de la meute avaient été munis d'une appli de géolocalisation. Et, à la demande de Nick, Trey avait pris les mêmes précautions pour la meute du Phénix.

Même si ces mesures étaient utiles, elles ne suffiraient pas, ils en étaient conscients. Et le fait d'être confinés chez eux les rendait fous.

— Non, reconnut Shaya, c'est trop dur. J'ai tellement envie de voir Taryn. C'est beaucoup moins bien de se parler par Skype.

— Tu sais pourquoi tu ne peux pas y aller, dit Eli d'une voix douce mais ferme depuis le canapé où il s'était affalé. La meute du Phénix est autant en danger que nous. Tu ne serais pas plus en sécurité chez eux que chez nous.

Jusque-là, il y avait eu deux tentatives d'attaques contre la meute du Phénix et elles avaient, fort heureusement, étaient déjouées avec succès. La première consistait en une panne du système informatique qui aurait permis à des intrus de s'infiltrer sur leur territoire si Rhett, le geek de la meute, n'avait pas réussi à tout remettre en route très rapidement. Par contre, il n'était pas parvenu à découvrir l'identité du responsable, pas plus que Donovan.

— As-tu oublié ce qui t'est arrivé la dernière fois que tu es sortie du territoire sans prévenir Nick ? demanda Eli à Shaya.

Il faisait sans doute allusion à l'attaque de chacals contre la jeune femme.

— Je ne vais pas essayer de m'éclipser en douce, je ne suis pas bête, lança sèchement la femelle alpha.

— Je comprends ce que tu ressens, déclara Bracken, aussi morose que la jeune femme.

— C'est juste parce que tu as envie de baiser. Tu es en manque, affirma Roni, très réaliste.

— Je n'avais jamais imaginé mourir de congestion testiculaire, affirma Bracken en secouant tristement la tête.

La petite Willow tira les cheveux de Derren et il grimaça, ce qui fit sourire Ally. Le Beta passait beaucoup de temps au travail et la cohabitation s'était donc avérée plus facile que l'avait appréhendé la prophétesse. Elle passait beaucoup de temps seule et n'était pas obligée de partager constamment son intimité. Et puis le sexe à volonté était un avantage certain et non des moindres.

Il ne rouspétait pas qu'elle migre régulièrement vers le hamac pendant la nuit. Il acceptait facilement qu'elle préfère dormir dehors. Souvent, elle découvrait le matin au réveil qu'il l'avait rejointe.

Sa louve adorait passer du temps en sa compagnie et retrouver son odeur partout dans la maison. Elle s'attachait d'ailleurs beaucoup trop à Derren, ce qui mettait Ally mal à l'aise. Sa louve le considérait comme sien et grognait chaque fois que la jeune femme envisageait la nécessité de se séparer de lui. Honnêtement, la perspective de quitter la meute Mercure et Derren ne la réjouissait pas tellement. Elle faisait très attention à ne jamais s'installer nulle part.

— C'est pas vrai ! hurla Eli en regardant l'écran de son téléphone portable avant de se tourner vers sa sœur. Tu exagères, là, bordel !

Roni lui avait manifestement joué un tour.

— Qu'est-ce qu'elle a fait ? gloussa Marcus.

Roni examinait minutieusement ses ongles, l'air faussement innocente.

— Elle a encore piraté mon compte Twitter, expliqua Eli à Marcus en adressant un regard assassin à sa sœur. Regarde ce qu'elle a mis : « Plus de bâillon boule pour moi, ça fait trop mal ! » Je vais me venger un jour, Roni, tu ne perds rien pour attendre.

Les rires étouffés de ses camarades de meute le firent rougir de colère.

— Tu dis toujours ça ! rétorqua-t-elle, imperturbable.

Après le dîner, quand la plupart des membres de la meute se détendaient dans le séjour, Zander téléphona à Nick pour lui annoncer l'arrivée de visiteurs dont l'identité fit gémir tout le monde de mécontentement.

— Pourquoi pensez-vous que Miranda vient nous voir ? s'enquit Caleb.

— On le saura bien assez tôt, déclara Shaya en haussant les épaules.

— Comment une louve solitaire comme elle a-t-elle pu devenir l'Alpha d'une meute ? demanda Ally à Shaya.

— Elle est devenue femelle alpha quand son copain de l'époque a accédé au poste d'Alpha, même s'ils ne s'étaient pas encore imprégnés. Puis le mec est mort dans des circonstances étranges. Plusieurs loups ont essayé depuis de prendre sa place, mais aucun d'entre eux n'est resté assez longtemps pour cela. C'est une cougar, vous savez, expliqua Shaya en esquissant un sourire. Elle préfère les hommes qui ont au moins dix ans de moins qu'elle et elle apprécie particulièrement Derren.

— Elle aime les Betas, la corrigea l'intéressé. Ils ne risquent pas d'avoir envie de devenir alphas et ne constituent pas une menace pour son poste de chef solitaire d'une meute mais ils sont assez forts pour l'attirer.

Ni Ally ni sa louve n'aimaient l'idée qu'une autre femme puisse être attirée par Derren.

— Pourrais-tu au moins une fois essayer de ne pas l'asticoter ? demanda Kathy à Roni. Elle est notre plus proche voisine après tout.

— Seulement à condition qu'elle lâche un peu Derren, rétorqua Roni, qui s'était blottie contre Marcus. C'est trop bizarre de voir cette nana qui doit bien avoir dix ans de plus que lui le mater comme si elle le trouvait appétissant. C'est une chose de voir une fille attirée par un homme plus jeune qu'elle, je peux l'accepter sans aucun souci. Mais c'est tout autre chose quand une séductrice prédatrice drague tellement un jeune homme que cela devient du harcèlement.

Ouais, Ally ne risquait pas d'apprécier cette Miranda.

— Et puis c'est toujours elle qui commence, ajouta Roni.

— Ça, c'est parce qu'elle se sent menacée par ta puissance, déclara Marcus en caressant la main de sa compagne.

Roni était très dominante. Tellement qu'elle aurait pu devenir l'Alpha de sa propre meute si elle l'avait souhaité. Pareil pour Marcus. Un vrai charmeur, l'air décontracté, il avait néanmoins un côté dangereux et des zones d'ombre que percevait aisément Ally.

— Il ne reste plus qu'à espérer que Miranda ne nous enquiquine pas trop longtemps, soupira Shaya.

Derren eut du mal à ne pas se raidir en voyant quelques instants plus tard Miranda entrer dans le séjour, accompagnée de deux de ses lieutenants. Il était très tendu et il n'en comprenait pas la raison. Ce n'était pourtant pas la première fois que leur voisine passait les voir. Sa présence l'avait toujours agacé mais il ne s'était jamais senti aussi… menacé.

— Miranda ! quelle surprise, dit lentement Shaya, esquissant un faux sourire de bienvenue.

D'un geste de la main, elle invita sa voisine à prendre place sur le canapé en face d'elle. Les lieutenants de Miranda restèrent debout derrière elle, sur leurs gardes.

Shaya devait reconnaître, bien malgré elle, que Miranda était très séduisante avec son teint de porcelaine et ses courbes affriolantes. Par contre elle se maquillait beaucoup trop les yeux, ce qui lui donnait un air de panda.

— Bonsoir, Shaya, c'est toujours un tel plaisir de te voir, répondit la jolie brune.

Elle balaya ensuite le séjour des yeux et adressa un sourire à tout le monde, sauf à Roni.

— Toujours aussi garçon manqué, je vois, lui lança-t-elle.

— Des études scientifiques démontrent que soixante-neuf pour cent de tous les mascaras contiennent des staphylocoques, le savais-tu ? Tu devrais te méfier et faire attention aux symptômes comme l'impétigo, les intoxications alimentaires, les furoncles ou la cellulite.

— Roni, la réprimanda Marcus, l'air plus amusé que sévère.

— Quoi ? Qu'est-ce que j'ai dit ? demanda-t-elle en clignant des yeux, l'air parfaitement innocente.

Roni adorait énoncer des faits absolument inutiles pour repousser ou irriter les autres. Elle parvenait toujours à ses fins. Ses interlocuteurs la regardaient alors comme Miranda, qui semblait justement la trouver bizarre ou énervante et penser qu'elle ne valait pas la peine qu'on perde son temps à lui répondre.

Tournant le dos à Roni, Miranda porta son attention sur Derren. Elle lui adressa son habituel sourire séducteur, une invitation à laquelle il n'avait jamais répondu.

— Derren, je suis ravie de te voir ! s'exclama-t-elle sur un ton enjôleur.

Le jeune homme était prêt à parier qu'elle s'intéresserait moins à lui s'il n'était pas beta. Elle savait l'effet qu'elle avait sur les hommes. Elle en jouait beaucoup, croyant que cela lui donnait un ascendant sur eux. Mais Derren n'était pas facile à séduire. Elle ne l'attirait pas du tout malgré sa grande beauté. Elle était sournoise, manipulatrice, égocentrique et menait les hommes à la baguette, une manière pour elle d'affirmer son autorité. Il n'avait aucune intention de faire le toutou avec elle. Il ne tint pas compte de l'invite qu'il lisait dans son sourire, mais, poli malgré tout, il releva le menton pour saluer d'un signe de tête l'Alpha de la meute voisine et ses lieutenants.

— Que nous vaut cet honneur ? lui demanda alors sèchement Nick, fidèle à ses habitudes, tournant court à toute velléité de bavardage.

— J'ai toujours apprécié ton approche directe, Nick, gloussa Miranda. Pour ce qui est de la raison de ma venue… je voulais savoir si tu avais réussi à trouver les renards qui ont tiré une grenade chez toi. J'ai demandé à mes hommes de chercher de leur côté parce que je n'apprécie vraiment pas les intrusions sur mon territoire, surtout quand c'est pour attaquer mes voisins. Mais ils n'ont rien découvert.

— Pareil pour nous, affirma Shaya.

— C'est si étrange. Il me semble que, si des renards avaient une dent contre vous, ils vous auraient déjà lancé un défi, non ?

Ce n'était pas un problème de rancœur ou de mésentente mais plutôt de cupidité chez les chasseurs de primes. Derren préférait garder ses idées pour lui, tout compte fait.

— Y a-t-il eu d'autres attaques ?

— Aucune, dit Shaya en secouant la tête, ne souhaitant pas satisfaire le désir évident de Miranda d'obtenir plus de renseignements.

— C'était peut-être des SDF, lança Miranda en haussant les épaules.

— Oui, peut-être, convint Shaya.

— Je suis soulagée d'apprendre qu'il n'y a pas eu d'autres attentats, soupira Miranda.

Le regard de la voisine se tournant de nouveau vers lui, Derren suivit les instincts de son loup et s'approcha un peu plus d'Ally comme pour la protéger. Ce fut alors qu'il comprit pourquoi il était aussi tendu. Ce n'était pas qu'il se sentait directement menacé par Miranda mais plutôt qu'il la voyait comme un danger pour Ally. Peut-être était-il devenu un peu paranoïaque, comme Nick quand un étranger s'approchait trop de Shaya. Son Alpha devait déteindre sur lui.

— Et qui est cette jeune femme, Derren ? demanda Miranda.

Elle avait reconnu le geste du Beta pour ce qu'il était, à savoir le désir de protéger Ally, qu'elle toisa de son regard bleu azuréen.

Son attitude hérissa la prophétesse ainsi que sa louve. Miranda l'avait insultée en ne s'adressant pas à elle personnellement.

— Je m'appelle Ally, dit-elle en devançant Derren.

Miranda la dévisagea, comme si elle attendait un peu plus d'informations. Mais Ally n'ajouta rien.

— Une amie à toi ? s'enquit Miranda en se tournant vers Derren.

— Une très bonne amie, répondit Roni, à la grande surprise d'Ally.

Le ton de voix de Roni laissait entendre sans ambiguïté aucune l'existence d'une relation sexuelle entre eux. Ce qui fit réagir Miranda, qui n'avait pas encore laissé filtrer d'émotions fortes. Tout d'un coup, elle se mit à dégager des ondes maléfiques et malveillantes qui causèrent des démangeaisons violentes à Ally. Le désir qu'éprouvait la femme pour Derren était empreint d'une grande cupidité. Elle voulait le contrôler, le dominer complètement. Sa louve grogna, rabattant les oreilles.

— Ah bon ? dit-elle.

Ally envisagea un moment de ne pas répondre. Ce n'était peut-être pas une bonne idée après tout d'entrer dans le jeu de Roni, qui consistait à faire sortir Miranda de ses gonds. Les conflits entre voisins se terminaient souvent mal et elle ne voulait pas envenimer la situation de la meute Mercure.

— Oui, c'est vrai, finit-elle par répondre.

Roni parut ravie.

Ces paroles étonnèrent Derren mais son loup ne put réprimer un grognement de satisfaction. Le fait qu'Ally reconnaisse publiquement l'existence d'une relation entre eux était une sorte de revendication. Derren se demanda si la prophétesse comprenait ce qu'elle avait fait. Depuis leur première nuit d'amour, elle avait soigneusement évité de le marquer, ce qui irritait son loup. Et l'agaçait aussi, bien honnêtement. D'autant plus qu'il ressentait souvent et très fortement l'envie fébrile et difficilement contrôlable de la marquer.

Curieux de voir jusqu'où Ally était disposée à aller pour montrer qu'ils étaient ensemble, Derren passa la main dans la chevelure de la jeune femme dans un geste possessif pendant que Shaya distrayait Miranda en lui parlant chaussures.

Derren pensait qu'elle ferait marche arrière en se sentant ainsi provoquée, se dit Ally. Alors elle posa la main sur sa cuisse. Elle ne reculait jamais devant un défi, elle l'avait dit à Shaya. Derren lui mordilla le lobe de l'oreille. Elle se frotta la joue contre sa mâchoire et esquissa un sourire quand elle entendit un grognement sourd monter dans son torse, attirant l'attention de Miranda, qui les dévisagea. Ally se sentit encore une fois assaillie par des ondes négatives.

— Je suis tellement soulagée d'apprendre que tout va bien, déclara Miranda en regardant Nick et Shaya droit dans les yeux. Je ne m'attends pas à ce que vous me disiez tout, mais je tenais à vous réitérer mon offre de soutien contre vos ennemis.

Sauf que cela risquait de leur coûter leur âme, songea Derren.

— Je vais te demander de nous escorter, mes lieutenants et moi, jusqu'à la frontière de ton territoire, dit alors Miranda en se levant et en adressant un sourire enjôleur au Beta.

— Nick et moi allons nous en charger, déclara Shaya. Derren a trop à faire.

La louve d'Ally se calma peu après le départ de Miranda. Ally n'aimait pas beaucoup qu'une autre femme s'intéresse à Derren mais elle ne pouvait pas s'empêcher d'être amusée par le malaise que Miranda suscitait en lui.

— Eh ben dis donc, cette Miranda, elle est un peu vieille pour toi, non ? dit-elle pour le taquiner, pour le plus grand bonheur des autres, qui s'esclaffèrent.

Les narines de Derren se dilatèrent. Il en avait vraiment marre de se faire asticoter à propos de cette femme.

— Parce que tu trouves cela drôle ?

— Allez, dit-elle en éclatant de rire, tu rirais aussi si les rôles étaient inversés.

Faux. Il en serait très irrité. Il refusait jusqu'à l'idée qu'un autre puisse la désirer. Son loup ne le supportait pas plus, cela le mettait très en colère.

— Je rentre chez moi, déclara Ally, résistant à la tentation de continuer à le titiller. Tu viens ou tu as encore du travail ?

Derren avait encore beaucoup à faire mais il avait envie de passer un peu de temps en tête à tête avec la jeune femme.

— J'ai fini pour aujourd'hui, dit-il.

Ils saluèrent alors les autres et sortirent dans la nuit tiède.

— On va faire un petit détour avant de rentrer, annonça-t-il.

— Pour aller où ? s'enquit-elle, curieuse.

Derren ne dit rien. Ils marchèrent dans la forêt jusqu'à une petite clairière qu'Ally ne connaissait pas. Elle entendait la rivière couler non loin.

— Sérieux, on va où ?

Derren rit. Il avait vite compris que la patience n'était pas la plus grande qualité d'Ally.

— Regarde, dit-il en avançant un peu dans la clairière. Là-bas.

— C'est… incroyable ! s'exclama-t-elle, abasourdie après avoir vu ce qu'il lui montrait.

Tout à côté de la rivière, il y avait trois bassins rocheux de sources d'eau chaude.

— C'est naturel ? voulut-elle savoir.

— Oui. Le troisième est le plus frais. Allez, déshabille-toi.

Ils retirèrent rapidement leurs chaussures et leurs vêtements avant de se mettre à l'eau. La température était parfaite et Ally soupira de contentement.

— Ne fais pas ça ! lui ordonna-t-il en posant les bras sur les roches derrière lui.

— Pourquoi ?

— Ça me fait bander.

Son soupir ressemblait à s'y méprendre à sa réaction quand il la léchait.

— Mais tu as déjà une érection.

— Normal, tu es à poil.

Pour tout dire, son odeur suffisait à le faire bander.

— Allez, dit-il, viens sur moi.

— Naan, rétorqua-t-elle en agitant malicieusement un doigt. On ne peut pas faire l'amour dans l'eau.

— C'est vrai, déclara-t-il, soucieux de ne pas souiller le bassin. Mais je veux te toucher, poursuivit-il, désireux de la sentir contre lui. Viens, Ally.

Elle obtempéra en levant les yeux au ciel. Il posa les mains sur ses hanches, la souleva et l'installa sur lui.

— Content ?

— Très.

Il aspira la lèvre inférieure d'Ally et sentit un grognement d'approbation monter dans sa gorge quand la jeune femme se laissa aller contre lui. Son regard se perdit dans les magnifiques yeux vert émeraude de la jeune femme.

— Ces grands yeux recèlent tant de secrets, dit-il en inclinant la tête.

Ally Marshall était si mystérieuse. Au début, il n'y avait pas attaché d'importance, mais maintenant cela l'irritait de penser qu'il y avait tellement de choses qu'il ignorait sur elle.

— Dis-m'en un, la supplia-t-il.

— Tu veux que je te raconte un de mes secrets ? rétorqua-t-elle en clignant des yeux d'étonnement.

— Oui.

Au cours des six dernières semaines, il avait commencé à s'intéresser beaucoup plus à elle. Leur relation était devenue tout à fait autre chose pour lui, beaucoup plus intense. Ils s'étaient mis d'accord pour avoir une liaison temporaire, superficielle, mais Derren commençait à remettre cela en question et il ne luttait pas vraiment contre ce changement de cap.

— Dis-moi, pourquoi tu préfères dormir dehors ? s'enquit-il en lui caressant les bras. Tu fais des cauchemars, je l'ai bien vu. Que se passe-t-il dans tes rêves ?

— Je suis dans l'obscurité totale, répondit-elle en déglutissant bruyamment.

— Une fois, tu as dit que tu ne pouvais pas sortir pour les prévenir. Qu'est-ce que tu entendais par ça ?

— Quoi ? s'exclama Ally en se raidissant.

— J'ai essayé de te réveiller d'un cauchemar et tu as dit que tu ne pouvais pas sortir pour les prévenir. (Elle ne répondit pas, recula même un peu et détourna les yeux, une lueur d'incertitude dans le regard.) Une fois, à la maison de redressement, six matons humains m'ont battu et torturé à coups de matraques électriques et de Taser. (Ally se retourna vers Derren, la colère ayant remplacé l'incertitude dans ses yeux.) Ils avaient décidé de me tuer, c'était évident, mais pas avant de m'avoir violé. Cain t'a sûrement raconté beaucoup de choses sur les conditions de détention alors tu dois savoir que ce genre de violence n'est pas rare. Si je suis encore en vie aujourd'hui, c'est grâce à Nick.

C'était donc la raison pour laquelle il se sentait aussi redevable envers son Alpha, Ally le comprenait mieux maintenant. Elle aurait aimé lui dire qu'elle regrettait ce qui lui était arrivé mais elle savait que c'était bien la dernière chose qu'il voulait entendre. Il était beaucoup trop macho pour accepter sa compassion.

— Pourquoi m'as-tu raconté cet incident ?

Ce souvenir était en effet extrêmement personnel, intime, voire douloureux.

— Parce que je ne veux pas d'une relation à sens unique. Je veux pouvoir te révéler mes secrets et que tu fasses de même avec moi. Dis-moi pourquoi tu dors dehors, insista-t-il en lui caressant la pommette du pouce.

— Ce n'est pas une belle histoire.

— Mes histoires ne sont pas très jolies non plus, chérie.

— Ma meute d'origine n'était pas tellement plus grande que celle-ci, expliqua Ally, estimant que son honnêteté méritait la même chose de sa part. On partageait une grande demeure. Il n'y avait que cinq enfants au total. Cain et moi étions très amis et on jouait beaucoup dans un fort qu'on avait construit avec nos parents. Un soir, Cain s'est amusé à me chasser hors du fort et, en arrivant à la maison des Alphas, on a vu qu'une grosse meute avait envahi notre territoire. (Ally sentit sa poitrine se serrer au souvenir des cris, du sang et du chaos.) Notre meute n'avait pas une chance de s'en sortir contre eux.

— C'est la nuit où ils ont été massacrés ?

Ally acquiesça de la tête.

— Et toi et Cain avez pu vous sauver ?

— On n'aurait eu aucune chance… mais la bataille s'est arrêtée subitement autour de moi et je me suis retrouvée dans le fort avec Cain. J'ai compris que j'avais eu une vision. J'ai paniqué et j'ai voulu sortir prévenir les autres. Mais, dans ma précipitation, j'ai fait tomber une pierre et toute la façade s'est effondrée.

— Cela explique ce que tu disais dans ton cauchemar, que tu étais incapable de sortir pour prévenir ta meute, déduisit Derren.

— C'est ça. (Elle s'était attaquée à l'éboulis des deux mains tant elle voulait sortir de son piège.) On a été retenus là pendant des heures. On ne voyait presque rien. (Même si elle était nyctalope comme tous les métamorphes, elle n'aimait pas l'obscurité quand elle était petite.) Quand on a réussi à sortir, ils étaient tous morts.

Ils avaient trouvé les cadavres de leurs parents et de leurs camarades de meute éparpillés autour de la maison.

— Avez-vous découvert pourquoi ils avaient été massacrés ? s'enquit Derren en passant la main derrière sa nuque et en l'embrassant tendrement.

— Un des lieutenants de notre meute avait violé une louve, dit Ally, qui avait pris une longue inspiration avant de répondre. Comme tu le sais, les métamorphes sont capables de massacrer un pays tout entier pour venger leur compagne. Il était donc hors de question pour le compagnon de la victime de passer l'éponge sur cet incident. Sauf qu'au lieu de se contenter de buter le violeur il a massacré toute ma meute dans un accès de rage. Il a dû le regretter plus tard, parce qu'il ne nous a jamais cherchés avec Cain quand il a découvert que deux louveteaux avaient survécu au carnage. Il n'a pas essayé de finir le boulot.

Les oncles de Cain avaient compris la fureur du gars mais ils s'étaient quand même vengés contre lui pour la mort de leur frère.

— Personnellement, je n'excuse pas ce qu'il a fait. Je sais cependant que, si un enfoiré attaquait ma compagne, je péterais un câble. Je serais prêt à affronter le monde entier.

Ni une ni deux, il éviscérerait le premier à s'en prendre à Ally, même si leur relation était temporaire. Comme d'habitude, son loup se hérissa à l'idée qu'elle s'en aille.

— Je comprends que tu fasses des cauchemars, poursuivit-il. Je suis désolé que tu aies perdu ta famille, ma chérie.

Ally en souffrait beaucoup.

— Le pire, c'est que j'étais trop jeune pour vraiment apprécier mes parents quand je les ai perdus, ajouta-t-elle.

— C'est à ce moment-là que tu as intégré la meute Brookwell avec Cain ?

— Ses oncles m'ont adoptée en quelque sorte, expliqua-t-elle en opinant de la tête.

— Parle-moi de cette meute.

— C'est une grande meute, turbulente, toujours à la recherche d'une excuse pour faire la fête et se soûler.

— As-tu gardé le contact avec eux ?

— On se parle au téléphone de temps à autre. Puis ils me rendent visite à l'occasion.

— Je croyais que Cain préférait les garder à bonne distance de toi pour éviter de te mettre sur le radar des humains.

— Il a suffi que je quitte la meute Brookwell pour cela. Mais mes oncles prennent régulièrement des chemins détournés pour venir me voir. Je n'oublierai jamais comment ils m'ont accueillie, acceptée.

Mais bon, elle avait toujours eu l'impression de s'imposer, de vivre aux crochets de la famille de Cain. Elle adorait ses oncles, mais elle ne s'était jamais sentie à sa place chez eux. Elle avait donc souvent changé de meute au fil des ans, à la recherche d'un véritable foyer qu'elle n'avait jamais trouvé.

Elle avait pensé un moment pouvoir véritablement s'intégrer à la meute Collingwood. Elle avait même un peu baissé sa garde mais elle l'avait regretté quand Zeke…

— Ne pense pas à lui, dit Derren en mettant les mains sur les joues de la jeune femme et en plongeant son regard dans le sien. Il n'en vaut pas la peine.

Elle en flippait presque de le voir si bien deviner ses pensées.

— Ce n'est pas que je ressasse sans cesse cet épisode de ma vie, c'est juste que…

— Tu croyais qu'il ne te ferait pas souffrir, mais il a trahi ta confiance. Et depuis tu te demandes si tu peux te fier à ton propre jugement.

Derren la comprenait si bien.

Ally hocha la tête.

— Si je ne peux pas me fier à mon propre jugement, à qui puis-je me fier ?

— À moi, déclara Derren en l'étreignant fermement.

Elle aurait sans doute du mal à le croire tellement il s'était comporté comme un crétin au début. Mais il était sincère.

— Et tu peux compter sur moi, mais tu n'y arrives pas.

— C'est là que tu te trompes, répondit-il en lui tapotant le nez. J'ai été vraiment idiot avec toi au début. Mais tu m'as guéri quand j'étais gravement blessé, même en sachant que tu allais devoir absorber mes souffrances en retour. Tu savais sans doute également que tu dépenserais tellement d'énergie pour me soigner que tu allais sombrer dans l'inconscience et que tu devrais te fier à des gens qui ne t'avaient pas particulièrement bien accueillie pour veiller sur toi pendant cette période. Tu m'as quand même soigné, sachant tout cela et en dépit aussi des préjugés dont tu es la victime en raison de ton don. Tu as bien mérité ma confiance.

La confiance qu'il lui accordait désormais ne devait pas être prise à la légère, comprit Ally. D'autant plus que sa meute précédente lui avait retiré la sienne. Cette déclaration touchante soulagea grandement la blessure qu'elle portait encore en elle.

— C'est un honneur que tu me fais, dit-elle en appuyant son front contre le sien.

Elle craignait maintenant de perdre cette belle confiance qu'il plaçait en elle quand il comprendrait qu'elle ne l'avait jamais détrompé sur le fait que Cain n'était pas son âme sœur.

— Derren, reprit-elle, je voudrais te dire quelque chose au sujet de Cain…

— Je ne veux pas le savoir, dit-il en l'interrompant avec un baiser.

— Mais…

— Non.

— C'est important.

— Cain n'a rien à voir avec nous.

Derren lui mordit la lèvre inférieure pour l'empêcher de parler.

— Je ne veux pas de lui ici.

Entre nous, pensa-t-il. Ally l'entendit même s'il ne l'avait pas dit à haute voix. Elle n'insista pas de crainte de le mettre de mauvaise humeur.

— D'accord, mais tu ne pourras pas dire que je n'ai jamais essayé de t'en parler.

— Je ne veux pas le savoir.

Peut-être que cela n'avait effectivement aucune importance pour lui. Ils avaient décidé que leur relation serait temporaire, alors que Cain soit ou non son âme sœur ne signifiait rien pour lui.

Puis Derren lui mordilla le cou pour attirer son attention, qu'il refusait de partager.

— J'ai une autre question à te poser : qui t'a appris à te transformer aussi vite ?

— Ma mère m'a enseigné à être vraiment en harmonie avec ma louve. C'est la condition *sine qua non*. Après, c'est du gâteau.

— Ce n'est pas un truc de prophétesse alors ?

Ally secoua la tête.

— Quel âge avais-tu quand tu as eu ta première vision ?

— Je ne saurais pas dire. J'ai toujours eu des visions aussi longtemps que je me souvienne.

— Cela devait être dur pour toi quand tu étais petite.

D'autant plus que ses visions n'étaient pas toujours faciles à gérer, même à l'âge adulte.

— C'était parfois assez effrayant. Mais, surtout, je trouvais difficile d'accepter qu'un événement se produise sans que j'en aie eu la vision. Les gens ne comprennent pas toujours que les prophétesses ne peuvent pas tout anticiper. Tu ne croirais pas le nombre de fois, poursuivit-elle en secouant la tête, où on m'a reproché de ne pas avoir prédit un incident. On m'a même accusée de ne pas avoir prévenu d'une vision. Déjà quand j'étais enfant.

— Tu étais déjà prophétesse quand tu étais enfant ?

— Ma grand-mère, qui a malheureusement été assassinée en même temps que mes parents, était la prophétesse de notre meute. Mais les autres s'attendaient à ce que je raconte mes visions quand j'en avais.

— Ton don te vient donc de ta grand-mère ? demanda Derren en lui caressant la base du cou.

— Oui. Ça saute une génération. La grand-mère prophétesse guide sa petite-fille qui a hérité du don jusqu'à sa majorité au moins. Puis elle prend sa retraite ou une des deux intègre une autre meute. Deux prophétesses ne peuvent pas cohabiter car elles risquent de se chamailler tout le temps.

— Comme deux Alphas ou deux Betas.

— Tout juste.

Incapable de résister à la bouche d'Ally, Derren lui caressa la lèvre supérieure de la langue.

— Donc, c'est ta grand-mère qui t'a formée ?

— Ouais, jusqu'à sa mort cette nuit-là avec le reste de ma meute.

La voyant triste, et n'aimant pas du tout cela, Derren lui caressa le dos des deux mains.

— Qui t'a guidée dans l'usage de ton don quand tu es partie avec Cain chez ses oncles ?

— Personne, ils n'avaient pas de prophétesse.

— Alors je suppose qu'ils t'ont confié le rôle ?

Cela ne plaisait pas du tout à Derren.

— Quand j'avais une vision, je la leur décrivais.

L'instinct de protection de Derren se manifesta brusquement à l'idée qu'une enfant de six ans ait pu se voir confier la responsabilité partielle de la sécurité d'une meute. Elle ne semblait nourrir aucune colère ni rancœur cependant par rapport au passé et il ne l'en admira que plus.

— C'était une énorme responsabilité pour une aussi petite fille.

— Tu n'aimes pas les responsabilités, c'est ça ? demanda Ally en inclinant la tête.

Elle avait tout compris.

— Comme toi, je n'aime pas me sentir piégé.

Il détestait tout ce qui restreignait sa liberté de mouvement. C'était d'ailleurs la raison pour laquelle il pensait qu'il ne partagerait jamais sa vie avec une femme. Même s'il trouvait son âme sœur, il doutait fort que le lien d'union puisse se mettre en place tant il était allergique à toute contrainte.

— Tu sais, on peut se sentir piégé sans l'être. C'est un sentiment, rien d'autre. Je sais que c'est étrange que je préfère dormir dehors…

— Ce doit être difficile en effet de te rendormir après avoir été réveillée par un cauchemar où tu te voyais enfermée dans l'obscurité. Beaucoup de gens ont du mal à trouver le sommeil après un mauvais rêve. Mais toi tu as trouvé une solution, même si elle peut sembler un peu étrange. Tu n'es pas bizarre pour autant.

— Et ce n'est pas anormal non plus de ne pas aimer les responsabilités. D'autant plus que tu as la charge du bien-être de toute une meute. Tu crains sans doute de ne pas être à la hauteur.

— Ma conscience ne va pas jusque-là ! dit-il en esquissant un petit sourire tendu.

— Et tu crois que tu ne mérites pas leur confiance.

— C'est vrai. Eux me l'ont accordée, mais je suis incapable d'en faire autant.

Enfin, il ne pouvait pas se fier à tous ses camarades de meute de la même manière.

— En fait, c'est plutôt que tu refuses d'accorder ta confiance. C'est une question de survie pour toi. Je ne te juge pas, je constate, c'est tout.

De la langue, Derren lui caressa le creux du cou.

— Et tu constates quoi ?

— Que ce ne sont pas les responsabilités qui te briment, dit-elle en haletant un peu, excitée par ses caresses. Si tu les acceptais, tu maîtriserais ta destinée. Ce sont tes propres problèmes qui te limitent dans ta vie.

Peut-être. Mais en attendant son sexe était dur comme le roc et il était incapable de penser à autre chose que de s'enfouir en elle.

— Tu as bientôt fini de me faire la morale ?

— Oui, c'est tout pour aujourd'hui, rétorqua-t-elle.

— Super. Je veux être en toi.

— Tu devras d'abord m'attraper.

Elle partit au pas de course et rit en l'entendant jurer et se lancer à sa poursuite.

Chapitre 10

Derren fut interrompu dans son travail par la sonnerie du téléphone.

— Oui ? répondit-il en remarquant un numéro inconnu.

— Derren ?

Tous ses muscles se raidirent de surprise. Il reconnaissait la voix de son interlocutrice, vieillie, plus dure que la dernière fois qu'il l'avait entendue.

— C'est Roxanne, poursuivit-elle. (Sa sœur aînée.) Maman et papa... ils sont morts hier soir.

Morts ? Il n'aurait pas dû se sentir concerné. Il avait toujours pensé que leur décès ne l'affecterait pas, mais il n'en demeurait pas moins un peu curieux.

— Que s'est-il passé ? s'enquit-il.

— Papa a fait une attaque cardiaque et maman n'a pas survécu longtemps à la rupture de leur lien d'union, expliqua-t-elle, la voix brisée par l'émotion. Les funérailles auront lieu demain, continua-t-elle sur un ton plus sévère, plus officiel, après s'être raclé la gorge, à 10 heures, au cas où tu voudrais y assister.

Puis elle raccrocha avant qu'il ait eu le temps de dire quoi que ce soit.

Derren resta assis sans bouger pendant un long moment. Puis il eut envie de sortir, d'aller s'aérer un peu à l'extérieur. Alors, sans dire un mot à personne, il quitta son bureau dans la maison des Alphas et partit errer sans but, se demandant s'il allait enfin ressentir quelque chose.

Une émotion quelconque.

N'importe quoi.

Mais non, il n'éprouvait rien du tout.

Il ne sut jamais combien de temps il avait marché. Puis il vit qu'il s'était approché sans y faire attention de la maison qu'il partageait avec Ally. Assise à la table de la cuisine, revêtue d'un peignoir en tissu éponge, les cheveux encore humides, elle buvait un café. Elle leva la tête et lui adressa un sourire qui disparut tout aussitôt.

— Derren, dit-elle.

Elle se leva et s'approcha lentement de lui, inquiète de sa torpeur, qui lui causait une sorte de bourdonnement continu dans l'oreille. Elle était persuadée que quelque chose de grave s'était passé.

— Derren, qu'est-ce qu'il y a?

Le Beta ne répondit pas. Il resta debout sans bouger, le visage inexpressif, le regard froid. Elle s'agrippa à son tee-shirt.

— Il y a eu une autre attaque?

— Non, répondit-il d'une voix blanche, monotone. J'ai reçu un appel inattendu.

— De qui?

— De ma sœur.

Ouais, bon, d'accord. C'était bien la dernière chose qu'elle s'attendait à entendre, d'autant plus qu'elle ignorait l'existence de sa sœur. Depuis leur sortie aux sources d'eau chaude, il avait beaucoup parlé à Ally de son passé, mais jamais de son ancienne meute, et elle avait respecté son désir de ne pas aborder ce sujet.

— Mes parents sont morts.

— Oh non ! s'exclama-t-elle en se balançant sur les talons.

Elle ne savait pas trop que dire. « Je suis désolée » ne convenait pas vraiment. Alors, plutôt que de dire n'importe quoi, elle enroula les bras autour de sa taille et l'étreignit. Sa peau était froide sous son tee-shirt.

— Je devrais mieux savoir comment consoler les gens qui viennent de perdre un proche vu que j'ai moi-même perdu ma famille, souffla-t-elle.

Mais elle était si jeune à l'époque et son chagrin avait été très différent de celui d'un adulte.

— Ma situation n'est pas comparable à la tienne, chérie, expliqua-t-il en passant tendrement les bras autour de ses épaules. La dernière fois que j'ai parlé à mes parents, c'était avant ma condamnation à la maison de redressement. Ils me croyaient coupable du crime dont j'ai été accusé.

Et ils étaient morts en le pensant.

— C'est pour cela que ta sœur n'est pas venue te prévenir en personne, devina Ally.

Cela étant, elle ne comprenait cependant pas qu'on fasse ce genre d'annonce par téléphone. À moins bien entendu de ne pouvoir faire autrement.

— Je suis étonné qu'elle m'ait informé. (Sa sœur l'avait renié aussi rapidement que ses parents.) Et qu'elle m'ait parlé de leurs funérailles.

— C'est quand ?

— Demain matin.

— Tu veux y aller ?

— Je ne sais pas encore.

— Ne te sens pas obligé, tu ne leur dois rien, insista Ally. Je ne sais pas ce qui est arrivé à ton ancienne meute, mais si tes parents t'ont tourné le dos, alors tu ne leur dois absolument rien. N'y va que si tu en as envie. Et si tu y vas, je t'accompagne.

— Pourquoi ferais-tu cela ? demanda Derren, perplexe.

— Je préfère que tu n'y ailles pas seul.

Il fut réconforté par ses paroles. Leur relation avait peut-être été légère ou superficielle au début, mais elle se transformait peu à peu en tout autre chose.

— Ce n'est pas une très bonne idée pour toi d'aller à des funérailles. Tous ces gens tristes, malheureux, tu souffrirais trop, chérie.

Comme si cela lui importait.

— Pas question que je te laisse y aller seul.

Sa louve n'aimait pas voir Derren aussi perturbé. Elle désirait se blottir contre lui pour le réconforter. Ally, elle, se sentait terriblement désarmée. Son don lui permettait de guérir les douleurs physiques mais elle ne savait pas soulager les souffrances émotionnelles.

— Dis-moi comment je peux t'aider ? Qu'est-ce que je peux faire pour toi ?

Le regard sombre de Derren se transforma en un éclair. De froid, il se fit chaud, brûlant de désir.

Il répondit à sa question en l'embrassant sauvagement, attaquant sa bouche des lèvres et des dents. Il voulait se perdre en elle, éprouver enfin quelque chose. Avec elle, il n'était que sensations, tous ses sens exacerbés. Il inséra la langue dans sa bouche, aussi profondément qu'il désirait enfouir son sexe en elle.

Il recula et lui caressa la lèvre inférieure du pouce.

— Un jour, tu poseras cette délicieuse bouche sur mon sexe. (Elle plissa les yeux pour le défier et il lui mordit la lèvre.) Parce qu'elle est mienne. (D'un geste rapide, il défit la ceinture du peignoir de la jeune femme, le fit glisser sur ses épaules et retomber au sol, révélant chaque centimètre de son corps parfait.) Je vais te baiser, férocement, profondément. Mais pas encore.

Son désir attisait celui de la jeune femme, éveillait ses sens. C'était toujours comme cela entre eux. Ally gémit quand il l'empoigna par les cheveux et lui arqua légèrement le dos. Puis il se pencha pour lui sucer un téton. Son haleine chaude lui brûlait presque la peau, comme si des étincelles lui parcouraient le corps. Une main ferme, calleuse, se posa sur son autre sein. Il savait exactement ce qu'elle désirait et la satisfaisait chaque fois.

Elle aimait qu'il la caresse et la lèche comme si jamais il ne se rassasierait d'elle. Agressif, il semblait désespéré mais faisait toujours attention à ne pas lui faire mal. Il baissa la main avec laquelle il lui avait agrippé les cheveux, la posa sur ses hanches et la plaqua fermement contre son sexe. Ally frissonna quand son jean frotta sa zone sensible. Elle avait besoin de plus. Le déferlement d'énergie sexuelle qu'elle sentait pulser sous la peau de Derren lui faisait perdre le contrôle. De quelques rapides coups de griffe, elle lui arracha son tee-shirt et caressa ses muscles fermes et bien dessinés.

— J'ai besoin de te goûter. (L'odeur de son excitation le rendait fou.) Ne bouge pas.

Il lui écarta les jambes et s'agenouilla devant elle. Des pouces, il caressa les doux replis de sa féminité et il la lécha, grognant de plaisir en retrouvant sa saveur. Elle gémit, poussa des petits couinements ravis tandis qu'il la cajolait, la titillait de la langue. Elle planta ses griffes dans ses épaules, les lui lacéra jusqu'au sang.

— Vas-y, Ally, marque-moi.

Puis il caressa sa zone sensible d'un petit coup de langue avant de la sucer juste assez fort pour la faire exploser.

Haletante, Ally le regarda se relever, les traits marqués par son désir sauvage, une lueur impitoyable dans le regard. Elle vit même un instant apparaître ses yeux de loup et sa louve eut envie d'émerger.

— Penche-toi sur cette table. Je veux être en toi.

Derren posa une main sur sa taille, la retourna et la fit se pencher vers l'avant. Elle s'appuya des mains sur le plateau pour se retenir et grogna pour le prévenir qu'il allait trop loin. Elle était une dominante, elle n'aimait pas être traitée ainsi. Elle voulut se redresser mais Derren l'en empêcha de tout son corps.

— Je vais te baiser jusqu'à ce que tu cries, lui murmura-t-il, la bouche juste sous l'oreille, un de ses points sensibles. Je vais m'enfouir si profondément en toi que tu vas me sentir pendant plusieurs jours.

— Lâche-moi ! s'exclama-t-elle en se débattant et en tentant de libérer ses poignets, qu'il retenait fermement dans ses mains.

— Non. Tu es très forte, ma chérie. Je le reconnais. Mais on ne peut pas dominer tous les deux au lit.

Cela ne le gênait pas qu'elle lutte contre sa domination. Plus ils avançaient ensemble vers une relation sérieuse, plus Ally se débattait contre lui, un peu comme si elle luttait contre l'orientation que prenaient les choses, ce que Derren ne supportait pas. Il avait besoin qu'elle reconnaisse ce qui se passait entre eux, qu'elle se soumette un petit peu à lui.

— Tu dois me faire suffisamment confiance pour me donner le contrôle, poursuivit-il. (Il ne pouvait pas y avoir d'échange de pouvoir sans confiance. Il lécha une marque qu'il lui avait faite à l'épaule.) Je vais m'occuper de toi, je vais te faire jouir, mais tu dois me laisser prendre le contrôle.

D'autres mecs avaient essayé de la dominer, de lui montrer qui était le chef. Derren ne faisait pas cela. Loin de là. Oh ! bien sûr, il la dominait autant que possible, mais sans jamais lui manquer de respect. Il luttait contre sa dominance, en reconnaissait l'existence. Mais il ne l'avait jamais jusque-là obligée à se pencher sur une table.

Cette position de soumission irrita ses instincts de dominante et agaça sa louve. Il fallait beaucoup de confiance et de force pour céder le contrôle. Elle était assez forte, mais avait-elle suffisamment confiance en lui ? Elle en doutait. Ce n'est pas qu'elle doutait de lui, mais plutôt de son propre jugement.

— Tu peux te fier à moi, déclara Derren avant de l'embrasser sur la gorge, sentant son désarroi. (Il bougea les hanches et sa zone sensible frotta contre le bord de la table. Il sourit de la voir tressaillir.) J'ai une question à te poser : est-ce que tu penses que je serais capable de te faire du mal ?

— Non.

— Très bien, dit-il avant de l'embrasser encore une fois à la base du cou. Tu sais que je veillerai toujours sur ta sécurité, non ?

Ally le croyait, oui. Derren était un homme honnête, fiable, et il l'avait toujours protégée, depuis le premier jour, même quand il pensait ne jamais pouvoir se fier à elle.

— Oui.

En prononçant ce petit mot, la prophétesse répara une fissure dans les défenses de Derren.

— Je ne te ferai jamais de mal et je ne laisserai jamais personne te blesser. Tu peux compter sur moi. Assez pour me laisser te guider, Ally, ajouta-t-il en suivant de la langue le contour du lobe de son oreille.

C'était facile à dire mais si difficile pour la jeune femme à accepter. S'il lui avait demandé de s'abandonner à lui complètement, elle aurait lutté. Mais, là, il voulait seulement qu'elle se soumette à lui au lit. Cela, elle pouvait l'accepter. Elle se laissa donc aller contre la surface fraîche de la table. Derren poussa un grognement sourd d'approbation en se frottant la mâchoire contre sa joue. Elle sentit sa barbe lui brûler la peau.

— Très bien, ma chérie, lui chuchota-t-il dans le creux de l'oreille.

Il relâcha petit à petit la pression qu'il exerçait sur sa poitrine, appréciant le spectacle qu'elle offrait à sa vue. Elle avait enfin accepté de se soumettre à lui, ce qu'il espérait depuis si longtemps. Il caressa les replis de sa féminité et découvrit qu'elle était mouillée, prête à le recevoir.

— Dis-moi ce que tu veux, bébé.

— Tu le sais déjà, répondit-elle.

Elle tressaillit quand il inséra deux doigts en elle et les fit glisser lentement. C'était merveilleux mais également une torture parce qu'elle désirait beaucoup plus.

— Tu es si chaude, si serrée, dit-il en retirant les doigts. Tu es prête, dit-il.

Un frisson lui parcourut l'échine quand elle l'entendit baisser la fermeture Éclair de son pantalon. Elle était tellement excitée qu'elle en souffrait. Son désir pour lui était si intense qu'elle en avait mal. Lui seul pouvait la soulager. Quand elle sentit enfin son gland frôler son intimité, elle arqua le dos pour essayer de le prendre en elle. Une main puissante la repoussa contre la table.

— Derren…

Serrant les mâchoires, il la pénétra profondément. Sa féminité se resserra sur lui et il poussa un grognement guttural.

— J'adore m'enfouir en toi.

La pointe de ses griffes entrait dans la chair des hanches d'Ally tandis qu'il lui assenait des coups de boutoir puissants et féroces, la marquant chaque fois. Il gardait une main plaquée sur le dos de la jeune femme pour l'immobiliser. Elle devait lutter contre ses instincts, qui la poussaient à vouloir se libérer de son emprise, et il la récompensa en accélérant le rythme. Elle était de plus en plus excitée et raya la surface de la table de ses griffes.

— Jouis, Ally, fais-le pour moi, dit-il en l'agrippant par les cheveux et en lui relevant la tête.

Puis il se baissa et la mordit dans le creux du cou. Elle eut l'impression de se désintégrer et sa féminité se serra autour de son membre pendant qu'elle criait son nom. Derren se cabra, puis la pénétra profondément et explosa.

— Merde ! s'exclama-t-il.

Il eut l'impression de se vider de toute son énergie en elle et fut obligé de se retenir des coudes sur la table pour ne pas s'effondrer. Quand enfin il fut de nouveau capable de bouger, il l'embrassa entre les omoplates et se retira.

Le petit nuage post-orgasmique d'Ally commençait à se dissiper quand elle sentit Derren la soulever dans ses bras puissants et l'étreindre contre son torse. Il la porta jusqu'à son lit et elle se laissa faire en fermant les yeux. Il disparut dans la salle de bains et revint vite avec un gant mouillé pour la laver. Puis il s'allongea à son côté et l'attira contre lui.

— Ça va ? Tu dors ?

— Non, marmonna-t-elle, s'obligeant à ouvrir les yeux et apercevant une lueur amusée dans le regard de Derren. Mais je n'en suis pas loin.

— Tu sens si bon, dit-il en léchant une marque qu'il lui avait faite au cou. Mon loup adore ton odeur, ajouta-t-il en la mordillant sous l'oreille et en appréciant le petit couinement de bonheur qu'elle émit.

— C'est réciproque.

— Tu parles de toi ou de ta louve ? s'enquit-il, son loup curieux d'entendre sa réponse.

— Des deux.

— C'est bien, répondit-il, aussi satisfait que son loup.

Ally ressentit quelques irritations sur sa peau en percevant chez Derren des relents de frustration et d'indécision.

— Le choc s'estompe un peu.

— Mes parents m'ont bien traité quand j'étais petit, soupira Derren. Jamais je n'aurais imaginé qu'ils finiraient par me trahir.

Ally aurait voulu lui demander ce qui s'était passé, mais elle ne voulait pas raviver une blessure qui ne s'était pas encore refermée. Elle décida alors de lui parler un peu de son passé, le laissant libre de décider de l'imiter ou non.

— Je ne me souviens pas tellement de mes parents, commença-t-elle. Ma mère souriait tout le temps. Elle n'arrêtait pas de bouger. Mon père était un homme énergique, un loup très dominant. L'Alpha de la meute lui avait demandé d'être son Beta mais il a refusé parce que ma mère ne voulait pas être la femelle beta et refusait de le partager avec un boulot aussi prenant.

Derren savait que souvent les femmes n'aimaient pas que leur compagnon soit le Beta d'une meute parce que ce poste leur demandait trop de temps et d'attention.

— Mes parents étaient tous les deux des soumis.

— Vraiment ? s'exclama Ally.

— Très soumis, confirma Derren en hochant la tête. Ils ont été vraiment étonnés d'avoir un fils aussi dominant que moi. Ma mère passait beaucoup de temps dans sa serre. Elle adorait les plantes. Mon père était un vrai geek avec une fixation sur *Star Wars*.

— Tu rigoles ?

— C'est vrai, insista Derren en passant les doigts dans les cheveux de la jeune femme. Je n'avais pas beaucoup d'affinités avec eux, mais c'était des gens bien.

Pas assez bien, songea Ally.

— Et ta sœur ? s'enquit-elle.

— C'est une soumise aussi, mais pas autant que nos parents. Simplement, Roxanne est très influençable. Elle suit le mouvement, elle a du mal à se faire sa propre idée.

Mais bon, cela n'avait pas trop à voir avec le fait qu'elle était une soumise. Qu'ils soient dominants ou soumis, les métamorphes pouvaient très bien avoir un caractère fort, bagarreur, intrépide.

Bref, il n'y avait essentiellement que deux différences entre les dominants et les soumis : les premiers étaient beaucoup plus forts physiquement et ils étaient capables d'émettre des vibrations qui obligeaient tous les autres loups moins dominants qu'eux à se soumettre, ce qui leur donnait un ascendant certain sur les soumis.

— C'est pourquoi je suis tellement surpris qu'elle m'ait contacté, poursuivit Derren. Les autres membres de la meute ne souhaitent sans doute pas me voir aux funérailles. Il aurait été normal qu'elle respecte leur désir et ne m'appelle pas.

— Il y a plus de dix ans que tu as perdu le contact avec ta famille. Beaucoup d'eau a coulé sous les ponts depuis. Ta sœur n'est peut-être plus aussi influençable. Ou elle n'est peut-être plus aussi sûre de ta culpabilité.

Derren était sceptique mais il ne le montra pas.

— Ils en étaient tous persuadés, Ally. Tu peux me croire, dit-il sur un ton très sérieux.

— Alors le prophète de ta meute était un excellent menteur, supputa Ally en décrivant des petits cercles du bout des doigts sur l'épaule de Derren. Peut-être était-ce un parent de Rachelle ?

— Comment peux-tu être aussi convaincue de mon innocence ? Tu ne sais même pas de quoi j'ai été accusé mais tu ne me crois pas coupable.

— Alors raconte-moi ce qui est arrivé, dit-elle. Mais seulement si tu le veux bien, ajouta-t-elle promptement. Je ne veux pas te mettre de pression. Et je ne serai pas vexée si tu préfères ne pas en parler.

Il n'avait pas trop envie de tout lui raconter mais il désirait voir sa réaction, voir si elle douterait de son innocence après cette révélation.

— J'ai été accusé du viol d'une humaine.

Complètement abasourdie, Ally se retrouva sans voix.

— Wayne, un de mes amis, sortait avec une copine de cette fille, Julia, et c'est comme cela que je l'ai rencontrée. Il ne s'est jamais rien passé entre nous. Elle avait un petit ami humain qui ne m'appréciait pas du tout. Il était parano, il avait peur que je la lui prenne. Je n'avais pas vu Julia depuis au moins quinze jours quand elle a été violée.

— Elle a dit à la police que c'était toi le violeur ?

— Elle leur a dit qu'un loup-garou l'avait suivie et attaquée par-derrière dans une ruelle, qu'il l'avait fait tomber à quatre pattes et violée. C'est son petit ami qui a donné mon nom, qui a dit à la police que j'étais jaloux de lui, que je voulais sortir avec Julia. Malheureusement pour moi, les policiers avaient une dent contre les métamorphes et m'ont tout de suite considéré comme leur suspect numéro un, même s'ils n'avaient aucune preuve puisque Julia s'était lavée.

— Et le prophète de ta meute leur a dit que c'était toi le coupable ? s'enquit Ally. Mais pourquoi ? demanda-t-elle après que Derren eut acquiescé de la tête.

— C'était Wayne, son fils, qui avait violé la fille. Il s'est effondré et a avoué la vérité, à moi ainsi qu'à son père, le prophète de la meute. Le lendemain, les policiers sont venus au territoire. Le prophète les avait appelés. Il leur a dit qu'il avait eu une vision que c'était moi le coupable, mais que je l'obligeais à se taire en le menaçant d'accuser son fils, et qu'il ne pouvait plus garder le silence sur cette affaire. C'était un excellent menteur, ajouta Derren en esquissant un sourire amer, je dois le reconnaître.

— La police l'a cru sur parole ?

— Ils n'aimaient pas les métamorphes et ils cherchaient à obtenir justice pour Julia. Ils avaient plus envie de trouver un coupable que de connaître la vérité.

Ally repensa alors à la manière dont Greg et Clint l'avaient interrogée. Ils avaient décidé qu'elle était coupable et ils voulaient obtenir des aveux plus qu'ils ne voulaient connaître la vérité.

— J'ai été banni de la meute et je n'ai donc pas eu accès à l'aide juridique pour les métamorphes. L'avocat humain commis d'office détestait les loups-garous. Neil, le père de Wayne, a témoigné contre moi au procès. Quand ta propre meute se retourne contre toi, il n'en faut pas beaucoup plus pour être condamné.

En effet, les membres d'une meute étaient solidaires entre eux, et se protégeaient mutuellement contre les gens de l'extérieur. En tournant le dos à Derren, ils montraient qu'ils croyaient en sa culpabilité.

— As-tu dit aux autres que tu étais innocent ?

— Bien sûr, mais Neil leur avait dit qu'il avait gardé le silence parce que je l'avais menacé d'accuser son fils du crime s'il parlait. Donc, quand j'ai accusé Wayne du viol, personne n'a été étonné. Cela ne faisait qu'étayer la théorie de Neil.

— Personne n'a douté de la véracité du témoignage de Neil ? s'enquit Ally, furieuse et triste à la fois.

— Si quelqu'un l'a fait, je ne l'ai jamais su.

— Tes parents ont cru leur prophète sur parole ?

— Je pense qu'ils ne voulaient pas le croire mais Wayne leur a dit que je lui avais avoué mon crime. Et soit Julia s'est convaincue elle-même que c'était moi le coupable, soit les policiers l'en ont persuadée, parce qu'elle a déclaré au tribunal qu'elle avait reconnu ma voix lui disant de « la fermer et de se laisser faire ».

Derren avait failli péter un câble ce jour-là. Il s'était senti malade, furieux qu'on puisse l'accuser d'un crime aussi abominable.

— Donc tu as été poursuivi à tort mais la fille n'a pas obtenu justice non plus au final, pas vrai ? Et Wayne restait libre de violer d'autres filles, conclut-elle après avoir pris une longue inspiration pour se calmer, estimant que Derren n'avait vraiment pas besoin de la voir en colère.

— On m'a annoncé qu'il s'était suicidé un ou deux mois après que j'ai été condamné à la maison de redressement.

Derren n'en avait pas été trop étonné, Wayne n'ayant jamais eu la tête sur les épaules.

— Et personne ne s'est demandé si tu disais la vérité ?

— Si c'était le cas, personne n'est jamais venu me le dire à la maison de redressement.

— Connards ! gronda Ally. Tu as buté le prophète après, non ? ajouta-t-elle, car elle avait appris à connaître Derren mieux qu'elle ne l'aurait cru et elle avait deviné la suite des événements.

Le Beta ne dit rien pendant un moment. Puis il hocha la tête en signe d'assentiment, son regard scrutant celui de la jeune femme à la recherche d'une censure quelconque.

— Tant mieux, soupira-t-elle.

Curieux, Derren la dévisagea.

— Tu ne doutes absolument pas de mon innocence, n'est-ce pas ?

— Tu ne me l'avais pas dit avant de peur que je te soupçonne ? s'enquit-elle, comprenant enfin.

— Laisse-moi te poser une question, dit-il, la sentant vexée. Si quelqu'un te demandait ce qui s'est passé avec Rachelle, serais-tu prête à tout leur expliquer ?

Non, parce qu'elle pensait qu'ils ne la croiraient pas, pas plus que tous les autres jusque-là.

— Tu as raison, reconnut-elle. Ça va te sembler idiot, ajouta-t-elle en lui caressant le torse, mais je suis étonnée que tu envisages d'aller aux funérailles après ce qu'ils t'ont fait.

— J'ai un peu envie de les envoyer au diable, mais, en même temps, je souhaite rendre hommage aux parents qu'ils étaient avant que le prophète ne vienne semer la pagaille.

Il était beaucoup plus indulgent qu'elle.

— Nick est-il d'accord pour que tu y ailles ?

— Il n'est pas encore au courant. Je n'en ai pas parlé à personne d'autre que toi.

Elle en fut très touchée. Il avait eu besoin d'aide pour lutter contre la torpeur qui s'était abattue sur lui et il était venu vers elle. Elle, et non pas son Alpha, son ami le plus proche et son confident.

— Il insistera peut-être pour que je ne quitte pas le territoire. C'est une période dangereuse pour la meute en ce moment.

— Il te connaît assez bien pour savoir que tu n'en feras qu'à ta tête. Et si tu y vas, je t'accompagne. Je t'ai dit que je ne voulais pas que tu y ailles seul.

Derren avala sa salive, plus ému par son soutien qu'il ne voulait le montrer.

— Nick voudra me faire accompagner de quelques lieutenants.

— Ce n'est pas la même chose. On peut tout à fait être entourés de plein de gens et se sentir seul malgré tout.

Ally avait raison. Et puis, pour être honnête, Derren souhaitait sa présence. Elle avait un effet calmant sur lui. Elle lui apportait un certain équilibre. Elle avait réussi à le sortir de son abattement, l'avait aidé à faire face à la situation et à bien réfléchir à tous ses aspects. En outre, elle croyait en lui. Elle n'avait jamais douté de son innocence. Elle ne s'était pas fermée, n'avait pas changé d'attitude par rapport à lui.

— J'ai encore besoin de toi, affirma-t-il, commençant à soupçonner que ce serait toujours le cas.

C'était la nuit. L'obscurité était totale.

Pire encore, elle avait froid et était prise au piège.

— Il faut qu'on sorte.

Elle poussait de toutes ses forces contre le mur de pierre, qui résistait à ses efforts. Elle sentit la peur et la panique monter en elle. Elle frissonna et s'attaqua à l'amoncellement rocheux à coups de griffe.

—Ça va aller, Ally. On va s'en sortir.

Pas si elle ne pouvait pas prévenir les autres, leur dire ce qu'elle avait vu. Elle s'attaqua de nouveau aux pierres, mais Cain lui enleva prestement la main.

—Arrête, Ally, tu vas te blesser, la morigéna-t-il.

Elle se libéra et recommença à essayer de dégager le passage. Elle se cassa les griffes et s'écorcha les doigts. L'odeur du sang se répandit dans l'air.

—Non, Ally, on ne réussira pas à sortir par là.

—Mais il le faut!

L'ennemi était à leur porte et les assassinerait tous.

—Ally, tu fais un cauchemar, ma chérie. Réveille-toi ma chérie.

Elle s'immobilisa en entendant des hurlements déchirer le silence.

—Ils sont là.

—Ally, merde! réveille-toi, exigea une voix forte, trop puissante pour ne pas être prise en compte.

Ally émergea de son mauvais rêve et plongea immédiatement le regard dans les grands yeux veloutés de Derren. *Encore un cauchemar. Ça ne rate jamais.* Comme si ses mauvais rêves étaient parfaitement programmés.

Derren passa une main autour de sa nuque.

—Ça va aller, ma chérie.

Elle plaqua sa bouche contre la sienne en entourant son cou de ses bras comme s'il pouvait la retenir, la garder là pour toujours. Elle se blottit contre lui comme l'aurait fait un chat, et il banda.

Il ne sentait pas toujours ses cauchemars mais, cette fois, il était éveillé, empêché de dormir par la nouvelle que venait de lui annoncer sa sœur. Il avait vu Ally froncer les sourcils et gémir, et avait deviné qu'elle se sentait de nouveau prise au piège.

Elle lui empoigna le sexe et le caressa. Il poussa un grognement. Ses lèvres étaient affamées, chaudes, excitées. Il comprit ce qu'elle lui demandait. Elle voulait oublier. Si c'était ce dont elle avait besoin, eh bien, il l'aiderait à satisfaire son désir.

— Chut, tu n'es plus dans le fort, dit-il en l'allongeant sur le dos. Tu n'es plus prisonnière de l'obscurité. Tu es avec moi, ajouta-t-il en passant une main sous ses hanches pour lui arquer un peu le dos.

Puis il s'enfouit en elle profondément d'un seul coup, et grogna en sentant sa féminité se resserrer sur son membre. C'était trop bon. Elle enroula les jambes autour de sa taille et plongea les griffes dans sa chair tandis qu'il entrait en elle dans un lent mouvement de va-et-vient. Il sentit ses tétons durcis contre son torse et se rappela leur délicieuse saveur.

— Plus fort, exigea-t-elle d'une voix rauque, les yeux brillants de désir.

— Je te donnerai ce qu'il te faut. Aujourd'hui et toujours.

Il accéléra le rythme, lui assenant de grands coups de reins. La tête du lit cogna dans le mur mais il s'en ficha. Si elle avait besoin de lui en elle, il serait toujours là pour elle. Sa féminité se resserra autour de son membre.

— Prête à jouir pour moi ?

Puis il glissa une main entre leurs deux corps et caressa sa zone sensible.

Elle s'arqua et le mordit à l'épaule tandis que son intimité se refermait sur lui.

— Merde ! s'exclama-t-il dans un dernier assaut avant de se répandre en elle.

Il haletait et il tremblait en braquant les yeux sur elle, choqué mais heureux qu'elle l'ait marqué. Elle esquissa un sourire rêveur et s'endormit. Derren se demanda si elle s'était vraiment réveillée.

— Petite coquine, gloussa-t-il.

Chapitre 11

La perte d'un être cher déclenchait une vaste gamme d'émotions fortes parmi les proches : la colère, le désespoir, l'incrédulité, le regret, la peur, la culpabilité et la solitude… Ally en fut très affectée aux funérailles des parents de Derren et en éprouva une affreuse migraine.

Debout à côté de Derren, la prophétesse regarda les cercueils descendre lentement dans leur sépulture. Nick et Roni avaient décidé de les accompagner, même s'ils étaient conscients des dangers qui les guettaient en quittant le territoire de leur meute. Ils étaient les seuls membres de la meute Mercure, à part Ally, à connaître la vérité sur la condamnation de Derren à la maison de redressement pour un crime qu'il n'avait pas commis. Bracken et Marcus étaient également présents mais ils étaient restés à l'extérieur des frontières du territoire. L'Alpha avait ordonné à ses lieutenants de le suivre dans un autre véhicule au cas où son SUV aurait été visé. Heureusement, car Marcus n'aurait jamais laissé Roni partir sans lui.

Choqués, nerveux, craintifs, les anciens Alphas de Derren avaient essayé de l'empêcher d'assister à l'enterrement. Mais ils s'étaient ravisés quand Nick leur avait expliqué qu'il n'hésiterait pas à leur pourrir la vie et qu'il le ferait même avec le plus grand des plaisirs s'ils ne laissaient pas Derren rendre un dernier hommage à ses parents. Ils avaient cédé, aucun être sensé ne voulant se mettre Nick Axton à dos.

Depuis leur arrivée, Derren avait évité de toucher Ally, comme s'il craignait de lui transmettre ses émotions et d'exacerber la douleur qu'elle éprouvait déjà. Elle lui en était reconnaissante mais elle avait quand même envie de le réconforter, d'autant plus que son ancienne meute avait une attitude franchement désagréable envers lui.

Les adultes entouraient les petits, les empêchant de voir Derren comme s'il était un dangereux prédateur dont la présence risquait de traumatiser les enfants. Leur suspicion, leur dégoût et leur peur laissaient à la jeune femme un goût amer dans la bouche. Elle les trouva minables, injustes, exaspérants.

Un seul adulte avait regardé Derren dans les yeux : une jeune femme aux cheveux et aux yeux aussi sombres que ceux du Beta. Sa sœur, devina Ally. Chaque fois que son compagnon la voyait lancer un regard du côté de Derren, il la rappelait à l'ordre d'un coup de coude et elle baissait aussitôt les yeux. Ally ne put s'empêcher de le trouver antipathique.

Elle n'apprécia d'ailleurs aucun des membres de cette meute, n'aima pas les voir s'approcher de Derren. Il avait déjà supporté tant de choses. Condamné à tort pour un crime qu'il n'avait pas commis, il avait passé une grande partie de son adolescence dans une maison de redressement où il avait beaucoup souffert. Ces gens qui avaient laissé tomber un garçon de quatorze ans, qui auraient pu lui éviter tous ces malheurs si seulement ils avaient accepté d'écouter sa version des faits, ces gens-là donc, estimaient pouvoir le traiter comme un pestiféré ? Naan…

Elle avait beaucoup souffert deux jours plus tôt en le voyant sidéré de constater qu'elle croyait en son innocence. Elle percevait maintenant toute l'étendue des dégâts, des souffrances que la trahison de son ancienne meute avait occasionnés. Même si elle ne le connaissait pas assez bien pour savoir qu'il était incapable de violer une fille, il était parfaitement évident pour elle qu'il n'était pas du genre à se chercher des excuses pour se disculper. Il assumait la responsabilité de ses actions, tout comme elle d'ailleurs.

Il lui avait dit qu'il n'avait pas violé cette fille et elle le croyait.

La cérémonie terminée, la foule se dispersa lentement. Tous les anciens camarades de meute de Derren l'évitèrent soigneusement. Ils avaient dans le regard des lueurs de peur et leurs lèvres étaient tordues par le dégoût. Ally ne put réprimer le grondement qui montait en elle, ce qui en fit sursauter plus d'un. Tant pis pour eux !

— Tout va bien, la rassura Derren à mi-voix.

— Non, rétorqua-t-elle, c'est faux.

Bon, d'accord, elle avait raison. Derren détestait avoir été affublé de cette fausse réputation de violeur, un être si abject qu'il méritait d'être abattu sans sommation. Roni avait failli être violée à l'adolescence, et les membres de sa meute d'origine voyaient Derren d'un même œil que les agresseurs de la compagne de Marcus. Mais il n'avait pas envie de ressasser tout cela pour l'instant, il avait bien d'autres sujets de préoccupation.

— Est-ce que tu t'étais attendu à un accueil différent de leur part ?

Non, pas vraiment.

— J'espérais seulement qu'ils avaient acquis un peu de bon sens au cours des quinze dernières années.

Derren dut faire de gros efforts pour ne pas la toucher. Il ne souhaitait pas rajouter à sa douleur.

— S'ils reconnaissaient qu'ils s'étaient trompés à l'époque, s'ils se l'avouaient à eux-mêmes, cela reviendrait à accepter qu'ils soient exactement comme tu les as décrits ce matin, à savoir des enfoirés, des ignorants, des êtres influençables et irréfléchis. Aucun d'entre eux n'acceptera jamais de porter ce genre d'étiquette, poursuivit-il en souriant quand il entendit Ally marmonner. Tu es un peu plus ronchon que d'habitude ce matin, non ?

Ouais, c'était le cas. Elle se sentait assez perturbée, en réalité. Elle s'était réveillée dans les bras musclés de Derren comme tous les matins. Rien d'étrange à cela, sauf qu'elle était dans son lit. Eh oui, elle avait passé toute la nuit dans sa chambre. Cela ne lui était pas arrivé depuis… avant le massacre de sa meute. Elle ne savait pas ce que cela signifiait, ni même si cela voulait dire quelque chose. Est-ce qu'elle se posait trop de questions ? Oui, sans doute.

— On y va ? demanda Nick en se tournant vers Derren.

L'Alpha avait l'air d'en vouloir autant à ces loups qu'Ally.

Derren acquiesça d'un signe de tête. Il avait rendu hommage à ses parents, à ces gens qui avaient veillé sur sa petite enfance. Il n'avait plus de raisons de…

— Merde ! que veut cet enfoiré ? s'exclama Roni.

Derren tourna la tête pour voir de qui elle parlait et aperçut un vieux métamorphe qui s'arrêtait près d'eux, un ami de son père.

— Tu n'aurais pas dû venir, déclara sévèrement le vieillard.

— Ouais, ouais, dit Ally. Allez, du balai, dit-elle en le congédiant de la main. (Le vieil homme cligna des yeux.) Tu as droit à tes sentiments, mais cela ne t'autorise pas pour autant à nous assommer avec, déclara-t-elle en le renvoyant de la main. Ouste !

Le vieillard obtempéra.

— Merci, ma chérie, dit Derren en lui embrassant la tempe, incapable de s'en empêcher.

— Et ça recommence, grommela Roni.

Une autre métamorphe s'approchait d'eux en effet. Derren la reconnut aisément.

— Roxanne, dit-il en la saluant d'un bref signe de tête.

— Derren, dit-elle en lui adressant un petit sourire tout en se raclant la gorge. Tu as bien grandi depuis la dernière fois que je t'ai vu. Maman et papa ont laissé un testament…

Elle s'interrompit en voyant son compagnon s'approcher.

— Je ne veux rien d'eux, Roxanne, affirma Derren sans amertume ni colère dans la voix. Je suis venu leur rendre un dernier hommage, c'est tout.

— Ma chérie, dit son compagnon en lui posant une main sur l'épaule, on doit y aller maintenant.

— Oui, Warren, dit-elle en baissant la tête.

— J'ai beaucoup entendu parler de toi, déclara alors Warren en lançant un regard suspicieux à Derren.

Le Beta le croyait sur parole.

— Je ne sais pas qui t'a mis au courant du décès de tes parents et de leurs funérailles (Roxanne avait donc décidé de désobéir pour une fois dans sa vie), mais tu n'avais pas le droit de venir ici.

— Comment peux-tu croire que je puisse attacher la moindre importance à ton opinion ? demanda Derren d'une voix calme et ferme en inclinant la tête.

— C'est vraiment bizarre en effet qu'il pense que tu aies envie de connaître son avis, convint Roni.

— Ces gens-là étaient mes parents, déclara Derren. J'ai le droit d'assister à leurs funérailles. Je me demande s'ils apprécieraient de te voir faire un esclandre devant leurs cercueils. Je doute qu'ils te remercieraient en tout cas.

— On devrait y aller, dit Roxanne en agrippant le bras de son compagnon.

— Tes amis savent-ils ce que tu as fait ? demanda Warren en esquissant un mauvais sourire.

—Est-ce qu'on sait qu'il a été accusé à tort d'un crime qu'il n'a pas commis ? lança Ally. Oui. Alors barre-toi, ajouta-t-elle en lui adressant un grand sourire narquois.

—La confiance aveugle est dangereuse, déclara Warren en la regardant, les yeux plissés.

—Ouais, je sais, dit Ally en adressant un regard chargé de sens à Roxanne, qui eut la bonne grâce de rougir.

La sœur de Derren commençait manifestement à se demander si elle n'avait pas eu tort de tourner le dos à son frère. Mais ces hésitations ne suffisaient pas à Ally. Roxanne aurait dû agir si elle avait des doutes. Il s'agissait de son petit frère après tout, merde !

—Allons-y, dit Roxanne à son compagnon.

—Oui, répondit Warren en redressant les épaules. Je n'ai pas envie de passer plus de temps avec ces gens.

—Bonne idée, lança Ally en lui adressant encore un sourire. Au revoir.

Warren jeta un œil vers les deux loups musclés aux traits inexpressifs chargés de « protéger » Derren, ou plutôt de le surveiller étroitement.

—Escortez-les jusqu'à la sortie, dit-il.

Les deux vigiles n'eurent pas l'air très impressionnés de recevoir un ordre d'un loup aussi peu dominant et sans aucune réelle autorité sur eux. Ils le congédièrent donc d'un regard.

—Oui, partons, dit Derren, qui ne souhaitait pas s'éterniser là.

Il prit la main d'Ally et la guida vers le SUV qui les attendait à la sortie du territoire. Il examina attentivement les loups qui les accompagnaient, l'un devant et l'autre derrière.

D'autres métamorphes les suivaient de loin. Ils devaient croire qu'ils ne les remarqueraient pas sous le couvert des arbres à la lisière de la forêt sur leur droite. Constatant que Nick, Roni et Ally jetaient aussi un œil dans leur direction, Derren en conclut qu'ils les avaient repérés.

Dès qu'ils furent sortis du territoire de sa meute d'origine, le loup de Derren se calma un peu, même s'il demeurait sur ses gardes.

— Quels enfoirés ! observa Roni. Tu sais, si ta sœur n'avait pas autant manqué de loyauté à ton endroit, Derren, j'aurais presque pitié d'elle avec son espèce d'imbécile de compagnon…

Derren se jeta subitement sur Ally et elle en eut le souffle coupé. Elle chuta lourdement sur le sol derrière le SUV.

— Baissez-vous ! hurla le Beta.

Ils entendirent des volées de jurons, des grognements et plusieurs détonations. Ally mit du temps à comprendre ce qui s'était passé. *On leur avait tiré dessus !*

— Ça va, Ally ? demanda-t-il, inquiet, en l'examinant pour voir si elle était blessée.

— Moi, ça va, mais toi non, dit-elle, très inquiète, le ventre noué, en apercevant une tache rouge s'élargissant sur sa chemise au niveau de l'épaule.

— Montez tous dans le SUV. Tout de suite, insista-t-il en aidant Ally à se relever tout en se tournant vers Nick et Roni, qui semblait boiter.

Derren aurait dû penser d'abord à la sécurité de son Alpha, mais, dès qu'il avait aperçu un éclat métallique à la fenêtre du passager d'un van noir, il avait eu le réflexe de protéger Ally en priorité.

— Elle s'est pris une balle dans la cuisse, expliqua Nick en aidant Roni, qui jurait comme un charretier, à s'installer à l'arrière du véhicule.

— La balle est ressortie, ça va aller, dit la jeune femme, dont la voix trahissait néanmoins sa douleur.

— Monte, ma chérie, dit Derren à Ally en lui ouvrant la portière arrière.

Mais la prophétesse n'obtempéra pas, la tache rouge sur la chemise de Derren ayant pris des proportions inquiétantes.

— Laisse-moi examiner ta blessure, Derren.

— Occupe-toi d'abord de Roni, dit-il en la poussant presque sur le siège avant de s'engouffrer à son tour dans la voiture.

Nick démarra en trombe.

— Ah la vache ! s'exclama Roni en grimaçant et en se tenant la jambe. Jaime a raison, c'est vraiment chiant de se faire tirer dessus !

Oui, cela ressemblait tout à fait à la Beta de la meute du Phénix de s'exprimer ainsi.

— Ça va aller, ne bouge pas, dit Ally en posant les mains de chaque côté de la blessure de Roni.

— Tu n'avais pas eu de pressentiment au sujet de cette attaque ? s'enquit Nick sur un ton aussi sec qu'un coup de fouet.

— Les prophétesses ne peuvent pas tout prédire, expliqua Ally sans quitter des yeux la blessure de Roni. Ce n'est pas comme ça que ça marche.

— Laisse-la tranquille, Nick, lui assena Derren avant de se tourner vers Ally. Ce n'est pas ta faute, ma chérie, la rassura-t-il, sachant qu'elle se sentirait coupable.

— On est devenus moins vigilants avec les visions d'Ally, déclara Roni, dont la blessure se refermait déjà. C'est vraiment bien que tu sois là, ajouta-t-elle en la remerciant d'un signe de tête. (Son téléphone sonna à ce moment-là. La voix chargée d'inquiétude de Marcus lui fit esquisser une grimace.) Je vais bien. Vraiment. Ally m'a guérie. Va attraper les enfoirés qui m'ont fait ça, le somma-t-elle avant de raccrocher.

— Est-ce que Marcus et Bracken les suivent encore ? s'informa Ally.

— Oui, répondit Roni en remettant son portable dans sa poche. Ils ont intérêt à mettre la main sur ces trouducs.

— C'est Marcus qui est au volant, dit Derren en renâclant. Sa compagne vient de se prendre une balle devant lui. Alors, oui, il va les rattraper.

Ally se pencha vers lui mais Derren lui écarta la main avant qu'elle ait pu le toucher.

— Non, ma chérie, tu ne peux pas me soigner tout de suite.

— Pourquoi ? s'enquit-elle, sa louve poussant un grognement sourd.

— La balle n'est pas ressortie.

— Eh merde ! grinça-t-elle.

La peau devait même avoir commencé à se refermer sur la blessure.

— Je vais te la retirer en arrivant, grogna Nick, fou de rage.

En rentrant à la maison, l'Alpha utilisa une pince stérile pour extraire la balle et soigner son Beta. Derren ne broncha pas mais il devait souffrir le martyre. Une fois l'intervention terminée, elle le guérit et le nettoya sommairement. Puis Derren enfila un tee-shirt prêté par Nick, refusant catégoriquement d'aller prendre une douche tant qu'il n'aurait pas vu les fous de la gâchette que Marcus et Bracken avaient capturés.

— Je reviens tout de suite, annonça Derren en embrassant Ally, à présent très pâle, tandis qu'elle grignotait un sandwich que lui avait préparé Kathy. Mange bien tout.

Elle avait dépensé énormément d'énergie et il s'inquiétait pour elle.

— Je vais m'occuper d'elle, lui promit Shaya, qui lut manifestement dans ses pensées quand il se tourna vers elle.

Rassuré, Derren accompagna Nick et Eli jusqu'à la cabane à outils située non loin de la maison des Alphas où les captifs avaient été emprisonnés.

Bracken et Marcus les attendaient à la porte. Marcus avait ses yeux de loup. Il contenait sa fureur à grand-peine, ce qui était tout à fait compréhensible.

— On a un problème, déclara Bracken en esquissant une grimace lourde de colère noire. Ils parlent russe.

— Russe ? répéta Nick, perplexe.

—Au début, je croyais que c'était des Américains qui parlaient dans une autre langue pour nous berner. Puis on a vérifié leur identité. Ce sont des métamorphes ours polaires, de Moscou.

—Ils doivent bien parler un peu d'anglais, supposa Eli.

—J'imagine que oui, convint Bracken. À mon avis, ils font semblant de ne pas nous comprendre. Je les soupçonne de jouer la comédie.

—Ils ont beaucoup de choses à se dire en russe en tout cas, intervint Marcus d'une voix à peine humaine, mais je n'ai aucune idée de ce qu'ils peuvent se raconter, putain !

—Ne vous inquiétez pas, dit Nick en redressant les épaules. Quand on aura passé un peu de bon temps avec eux, ils n'auront aucun mal à parler notre langue.

—Ils n'ont pas l'air du genre à donner facilement des infos, affirma Bracken. Ils sont tous les deux recouverts de cicatrices, ce qui laisse à penser que ce n'est pas leur première expérience de la captivité. Et puis les métamorphes ours polaires sont de vrais durs à cuire, putain !

Bracken avait donc raison : ils étaient tombés sur un os.

—Attendez un instant, dit Derren, qui venait de se rappeler quelque chose.

Puis il retourna à la maison des Alphas et trouva Ally toujours en train de picorer son sandwich.

— Tu parles russe, il me semble, non ? lui demanda-t-il, se souvenant qu'elle lui avait raconté que ses oncles lui avaient fait apprendre plusieurs langues.

— Ouais, répondit-elle en fronçant les sourcils.

— Suis-moi, dit-il.

Il lui prit la main et la guida vers la cabane à outils sans répondre à aucune de ses questions.

Sur place, ils virent Roni, qui avait rejoint la troupe qui attendait à l'extérieur et tentait désespérément de calmer son compagnon.

— Merci encore une fois d'avoir guéri Roni, dit Marcus à Ally en posant son regard fiévreux sur elle.

— D'accord. Qu'est-ce que je fais ici ? s'enquit-elle en adressant un petit sourire au lieutenant avant de se tourner vers Derren.

— Nos prisonniers sont russes, expliqua Derren. On voudrait que tu traduises pour nous. J'aurais préféré que tu n'assistes pas à leur interrogatoire. Ce n'est jamais très agréable à voir. Mais bon, ces guignols seront peut-être en mesure de nous dire qui a mis nos têtes à prix. On a vraiment besoin de cette information.

— Tu parles russe ? demanda Eli à Ally, curieux.

— Elle parle six langues dont l'anglais, révéla Derren, très fier.

— Impressionnant, déclara Bracken en haussant les sourcils.

— Allons-y, dit Nick.

— Attends, j'ai une idée, lança Derren.

L'Alpha s'apprêtait à entrer mais prit le temps d'écouter la proposition de son Beta, qu'il jugea excellente. Ils pénétrèrent alors tous dans la cabane à outils avec Roni, qui les accompagnait uniquement pour empêcher Marcus d'égorger les ours polaires avant que Nick ait terminé son interrogatoire, devina Derren.

Ally examina attentivement les captifs ligotés chacun sur une chaise. Ils semblaient plus ennuyés qu'effrayés par leur situation mais elle ressentit néanmoins des picotements dans les doigts en percevant leur malaise.

— Celui-là, intervint Bracken en rompant le silence et en désignant l'ours sur leur gauche, c'est Andrei. Son voisin s'appelle Misha.

— Je n'ai pas besoin de me présenter, je pense, déclara Nick en allant se planter devant eux avec la démarche souple d'un grand prédateur. J'ai une seule question à vous poser et je pense que vous devinez ce que c'est, poursuivit-il tandis que les captifs le dévisageaient, le visage vide de toute expression. Pourquoi nous avez-vous tiré dessus ?

Aucun des deux ne répondit. Ils eurent même l'air perplexes, comme s'ils ne comprenaient pas Nick. Ally ne perçut rien de tel cependant dans les émotions qu'ils dégageaient.

— Pour la dernière fois, grogna Nick, pourquoi nous avez-vous tiré dessus ?

— *J'ai l'impression qu'il n'est pas au courant que leurs têtes ont été mises à prix*, dit Andrei à Misha en russe après lui avoir lancé un bref regard.

— *Cet Alpha n'est pas très futé tout compte fait*, rétorqua Misha dans la même langue, une lueur amusée dans les yeux.

— Vous parlez notre langue, je le sais, gronda Nick d'une voix forte qui résonna comme un coup de tonnerre. Alors arrêtez de m'énerver. Répondez à ma question !

— *Il va nous buter si on ne dit rien, je suppose*, lança Andrei, exaspéré. *Est-ce qu'il pense qu'on est assez bêtes pour croire qu'il nous laissera la vie sauve si on parle ?*

— *Ce ne sont pas ses menaces qui vont nous effrayer. Ce n'est pas la première fois qu'on se fait taillader après tout*, déclara Misha en haussant légèrement une épaule.

— Avez-vous déjà entendu parler de la « cure par l'eau » ? demanda Nick, qui avait commencé à marcher lentement de long en large devant eux.

— *Pourquoi nous menace-t-il d'une cure ?* avança Andrei, de plus en plus exaspéré. *C'est à n'y rien comprendre.*

— *Ouais, c'est bien ce que je disais, il n'est pas très futé*, répondit Misha en jetant un œil vers son ami.

— Les tortionnaires bouchent le nez du prisonnier, expliqua Nick d'un ton docte, puis ils leur insèrent un tuyau dans la gorge à l'intérieur duquel ils versent du vomi ou de l'urine. Les prisonniers ne peuvent pas retenir indéfiniment leur souffle et ils finissent tous par avaler la soupe.

Ally eut du mal à s'empêcher de sourire en voyant Andrei et Misha se raidir.

— Les tortionnaires recommencent jusqu'à ce que leurs prisonniers ne puissent plus rien ingérer. Puis ils leur donnent des coups de bâton sur le ventre pour les faire vomir et ils recommencent. Encore et encore.

Andrei serra les lèvres, son exaspération cédant la place à une lueur d'appréhension.

— *Je n'ai jamais entendu parler de cette forme de torture*, dit-il à Misha en russe en lui lançant un bref coup d'œil.

— Une technique utilisée seulement par les tortionnaires les plus impitoyables, me direz-vous, lança Nick en souriant à ses captifs. Mais bon, je n'ai moi-même aucun état d'âme, comme vous le savez sans doute déjà, surtout quand ma meute est menacée. Vous avez tiré sur ma sœur et sur mon Beta. C'est donc la mort assurée pour vous ici aujourd'hui. Deux possibilités s'offrent à vous : ou bien vous nous dites ce qu'on veut savoir et je vous remets entre les mains d'un de mes lieutenants. Comme vous pouvez le constater, il y en a un qui est très impatient de vous buter depuis que vous avez tiré sur sa compagne. Votre fin sera rapide.

Andrei et Misha lancèrent un regard méfiant à Marcus.

— Mais si vous ne répondez pas à mes questions je m'occuperai de vous personnellement. Vous allez souffrir, vous pouvez me croire, et vous finirez quand même par me dire tout ce que je veux savoir. Il vaudrait mieux selon moi que vous nous donniez l'information qu'on vous demande parce que vous mourrez plus rapidement. Mais bon, je vous laisse le choix. Moi, j'aimerais mieux que vous ne me répondiez pas tout de suite parce que j'ai bien envie de vous torturer un peu.

— *C'est du bluff, tu crois ?* demanda Andrei à Misha.

—*Il est sérieux, je pense*, répondit Misha. *Et il va même prendre plaisir à nous torturer.*

Misha ne semblait pas trop inquiet mais son appréhension attaquait les terminaisons nerveuses d'Ally.

—Réfléchissez bien à ma proposition, reprit Nick. Le commanditaire de cette attaque vaut-il la peine que vous vous fassiez torturer pour lui ?

—*Il sait qu'ils sont sur liste noire*, constata Misha en se raidissant.

—*Pas si con finalement, dommage pour nous*, dit Andrei, méfiant, en se tournant vers Nick.

—Tout ce qu'on veut, c'est le nom du commanditaire, lança Nick en les regardant l'un après l'autre.

—*Dommage pour eux*, dit Misha, *parce qu'on va s'enfuir et tous les buter. Tu as toujours ton couteau dans ta chaussure ?*

—*Non, le fou furieux me l'a pris*, répondit Andrei en se tournant vers Marcus, qui avait effectivement l'air enragé.

—*T'inquiète, Andrei. Il y a d'autres moyens*, déclara Misha, qui n'avait pas l'air trop angoissé.

Le silence qui suivit cet échange dura un certain temps. Les ours polaires semblaient déterminés à continuer à faire mine de ne pas comprendre l'anglais.

—D'accord, reprit Nick en inclinant la tête. Si c'est ça que vous voulez. Tout bien considéré, je ne suis pas trop déçu.

— Peut-être ne comprennent-ils vraiment pas notre langue, supposa Eli, mais Ally était persuadée qu'il ne le pensait pas vraiment.

— Il faut être idiot pour préférer la cure par l'eau à une mort rapide, affirma Bracken.

— On pourrait contacter Maxim Barinov, suggéra Derren en s'approchant de son Alpha, et lui demander s'il connaît ces guignols.

Il faisait allusion à un métamorphe ours polaire qu'ils avaient rencontré à la maison de redressement.

— *Ils connaissent le Sniper*, dit Misha en écarquillant les yeux.

— Je lui ai parlé il y a quelques jours, poursuivit Derren. Il m'a dit qu'il essaierait de découvrir qui a mis nos têtes à prix. Il sera vraiment mécontent d'apprendre que deux de ses collègues ont tenté de toucher la prime.

Les Russes eurent l'air effrayés, ce qu'avait espéré Derren. La réputation de sniper professionnel et de dur à cuire impitoyable de Maxim l'avait précédé.

— Ouais, convint Nick. Je ne serais pas étonné qu'il se pointe pour s'amuser un peu avec nous.

— C'est un vrai malade quand il s'agit de torturer des prisonniers, affirma Derren en grimaçant.

— *Peut-être qu'on devrait leur donner les informations qu'ils nous réclament*, dit alors Andrei à Misha. *Je préfère une mort rapide aux mains de ces loups que d'être torturé par Maxim Barinov. Il risquerait de s'en prendre à nos familles. Et puis, franchement, je préfère éviter la cure par l'eau. Je pense que si cet Alpha commence, il n'arrêtera pas, qu'on lui donne ou non le nom qu'il nous demande.*

— *Mais si on leur donne l'information ils trouveront le moyen de retirer leurs noms de la liste noire*, rétorqua Misha. *Et personne ne pourra venger nos morts.*

— *On pourrait leur donner un faux nom*, proposa Andrei. *Un nom d'homme. Quelqu'un qu'on aimerait bien voir mort. Ces loups-garous n'y verraient que du feu. Ils ne devineront jamais que c'est une femme qui a mis leurs têtes à prix. Je n'y croyais pas non plus jusqu'à ce que j'apprenne que c'est une prophétesse. Elles sont parfois très revanchardes, c'est connu. On va leur dire que l'ours polaire russe qui…*

— C'est une femme, une prophétesse ! s'exclama Ally, qui n'avait pas besoin d'en entendre plus.

— Une prophétesse ? répéta Roni, perplexe.

— Ils n'ont pas dit son nom. Ils allaient vous donner un faux nom, accuser quelqu'un après qui ils en ont.

— Ben quoi ? dit Ally à Andrei et Misha qui la regardaient, interloqués. Vous ne pensez tout de même pas que vous êtes les seuls à connaître d'autres langues ?

— Vous nous avez dupés ! râla Misha passant à l'anglais, l'air étrangement impressionné.

Eh oui, ils avaient été bien eus. Derren avait suggéré de ne pas révéler qu'Ally parlait russe, de laisser croire aux prisonniers qu'ils pouvaient se parler entre eux sans que personne les comprenne.

— Vous n'êtes pas très futés, leur dit Ally, reprenant leur remarque au sujet de Nick.

Andrei et Misha la regardèrent en plissant les yeux.

— Roni, va me chercher les tuyaux, ordonna Nick.

La jeune femme obtempéra. Elle fouilla dans une caisse à outils et trouva ce que son frère lui avait demandé. Ally se demandait s'il s'agissait d'accessoires pour effrayer les prisonniers ou si Nick avait vraiment l'intention de les utiliser. Comme Nick n'était pas un homme très raisonnable et que sa sœur venait de se faire tirer dessus, il était tout à fait possible qu'il mette sa menace à exécution.

Misha et Andrei se raidirent.

— Je vous ai prévenus que, si vous ne parliez pas, je m'occuperais de vous personnellement, menaça Nick en les dévisageant.

— Vous connaissez la vérité, protesta Andrei. La fille vous l'a dit.

— Exactement. C'est elle qui a parlé, pas vous. Vous aviez l'intention de nous mentir, ajouta-t-il, l'air désapprobateur. Je suis très déçu.

— Ils ne veulent pas une mort rapide, intervint Ally. Ils ont l'intention de s'enfuir.

— Ah oui ? demanda Derren.

— Ils n'y arriveront pas, décréta Nick. Bouchez-leur le nez, ordonna-t-il à Eli et Bracken. Marcus, attends un peu que leur estomac soit plein et puis tu taperas aussi fort que tu voudras.

— Attendez. On va vous donner le nom que vous réclamez, déclara Misha, désespéré.

Andrei hocha la tête en signe d'assentiment, aussi inquiet que son comparse.

— Pourquoi changez-vous d'avis maintenant, comme ça tout d'un coup ? voulut savoir Ally. Vous disiez tout à l'heure que vous ne vouliez pas donner le nom du commanditaire parce que, si nos têtes n'étaient plus mises à prix, il n'y aurait personne pour venger votre mort.

— Je constate que je ne peux malheureusement pas avoir confiance en vous, déclara Nick en haussant les épaules. Et puis, bon, je n'ai pas vraiment besoin que vous me donniez ce nom. Il n'y a qu'une prophétesse qui déteste suffisamment cette meute et la meute du Phénix pour mettre toutes nos têtes à prix.

— Je vais la trouver et la tuer ! s'exclama Roni.

— Mais on va commencer par régler le sort de ces deux enfoirés qui ont osé tirer sur ma compagne, grogna Marcus en serrant les poings.

— Avec le plus grand des putain de plaisirs, déclara Eli, détachant chaque syllabe tout en s'approchant des ours, manifestement impatient de venger sa sœur.

Chapitre 12

Elle sous-estimait son intelligence, ou alors elle pensait qu'il la connaissait mal.

De toute manière, elle aurait faux. Derren était prêt à parier qu'il comprenait Ally mieux que quiconque, même s'ils ne s'étaient rencontrés que peu de temps auparavant. On pouvait croiser des gens tous les jours sans jamais savoir qui ils étaient vraiment mais il était possible aussi de connaître parfaitement une autre personne au bout de quelques semaines seulement.

Pour la majorité des gens, Ally était un mystère difficile à élucider. Ses traits dévoilaient rarement ses émotions mais Derren avait appris à si bien la connaître qu'il lui suffisait d'un bref coup d'œil pour déceler si elle était fatiguée, affamée, énervée ou préoccupée.

Et là, appuyé au comptoir de la cuisine à la regarder préparer le déjeuner, il voyait bien que quelque chose n'allait pas.

— Tu as un souci ?

— Non, rien, répondit-elle après lui avoir lancé un bref coup d'œil de ses beaux yeux en amande.

— Tu hausses l'épaule gauche quand tu mens.

— Sors de ma cuisine si tu ne trouves rien de mieux à faire que m'asticoter pendant que je prépare à manger, lança Ally en redressant les épaules.

Derren ne bougea pas. Il prit une gorgée de café ; celui d'Ally était vraiment excellent.

— Quelque chose te préoccupe depuis hier.

En effet, elle ne parlait presque pas et semblait songeuse depuis l'interrogatoire. Évidemment, il lui avait demandé si elle se sentait bien et elle lui avait répondu que « oui », mais elle mentait, et il le savait. Il l'avait laissée ruminer, espérant qu'elle finirait par lui révéler le fond de sa pensée. Mais…

— Je t'ai donné le temps, ma chérie, mais l'échéance est dépassée.

— Quelle échéance ?

— Je veux parler du moment où tu m'aurais expliqué spontanément ce qui te tracasse.

Puis il s'approcha d'elle tandis qu'elle préparait leurs assiettes de steak pané et de purée de pommes de terre. Il n'aimait pas la voir aussi soucieuse.

— Qu'est-ce qu'il y a ?

— Ta meute a beaucoup souffert à cause d'un prophète, une fois de plus, lâcha-t-elle enfin.

— Mais cela n'a rien à voir avec toi, déclara-t-il en posant une main sur le menton de la jeune femme. Kerrie n'a pas mal agi parce qu'elle est une prophétesse, mais plutôt parce qu'elle est jalouse, amère et apparemment suicidaire. C'est la personne qui est en cause et non pas la fonction. On en a déjà parlé, tu te souviens ?

Ally était d'accord. Mais les membres de la meute Mercure avaient mis beaucoup de temps à le comprendre. Elle craignait que les actions de Kerrie ne viennent gâcher tout ce qu'elle avait réussi à accomplir et ne retournent contre elle les camarades de meute de Derren, qu'elle avait fini par respecter et apprécier. Elle en souffrirait beaucoup plus qu'elle n'était prête à le reconnaître.

— Personne ne va t'en tenir rigueur, Ally. Ne t'inquiète pas, ce ne sera jamais comme au début quand tu es arrivée.

Il ne le permettrait pas.

— Pour info, je tiens à ce que tu saches que je n'aime pas du tout que tu lises aussi facilement en moi, déclara-t-elle en plissant les yeux.

Elle se réconforta en se disant qu'il était simplement doué pour comprendre les autres et que cela ne signifiait pas nécessairement qu'elle était un livre ouvert pour tout le monde.

— Tu peux me faire confiance, déclara-t-il en souriant. Aucun membre de la meute ne changera d'opinion sur toi à cause des agissements de Kerrie. Tu peux me croire.

— Je te fais confiance, dit-elle immédiatement.

Qu'elle l'ait dit sans aucune hésitation, qu'elle ait à ce point foi en lui, lui fit immensément plaisir et le réconforta. Derren n'avait pas l'intention de la laisser tomber. Il refusait catégoriquement de se passer d'elle. Au départ, cette fille mystérieuse avait simplement éveillé sa curiosité. Puis cela s'était rapidement mué en fascination et même en addiction. Elle était devenue pour lui une obsession dont il était incapable de se défaire. Elle occupait toutes ses pensées et celles de son loup. Le soir, il s'arrangeait même pour partir tôt du travail pour passer plus de temps avec elle.

Même si cela pouvait paraître ridicule, il n'aimait pas la partager avec les autres membres de sa meute. Il n'avait qu'à la sentir, la voir ou penser à elle pour bander. Il la désirait constamment, ne se sentait jamais repu d'elle. Si cela avait été possible, il aurait passé tout son temps en elle. Il avait toujours envie d'elle, comme là tout de suite.

— Pas maintenant, dit-elle en secouant la tête et en lui adressant un sourire, ayant deviné son désir. On va manger d'abord et on verra après.

Ils allèrent donc déjeuner sur la terrasse, où ils prenaient d'ailleurs tous leurs repas.

— Marcus et Roni ont-ils retrouvé la trace de Kerrie ? s'informa Ally.

Elle avait entendu dire qu'ils s'étaient allés ce matin-là sur le territoire de la meute de cette prophétesse, à laquelle appartenait également une des sœurs de Marcus. Apparemment, personne n'avait vu Kerrie depuis plusieurs mois. Ses parents prétendaient qu'elle était partie rendre visite à une amie dans un autre territoire mais ils n'avaient pas plus de détails à leur donner.

— Marcus a appelé tous les amis de Kerrie sur la liste que lui a remise sa sœur, expliqua Derren. Ils disent tous n'avoir eu aucune nouvelle d'elle depuis plusieurs mois.

— Peut-être mentent-ils.

— Bien sûr. Mais Nick ne va pas vouloir nous séparer pour nous envoyer à sa recherche, pour le cas où la meute serait la cible d'une nouvelle attaque. Il a eu une bonne idée par contre.

— Quoi ? demanda Ally avant d'enfourner une grosse bouchée de viande.

— Il y a une heure, il a offert une prime pour la capture de Kerrie ou pour toute information sur l'endroit où elle se trouve. Il la veut vivante, il l'a bien précisé.

Rusé.

— Penses-tu que ça va marcher ?

— Il y a plein de gens qui ne demandent pas mieux que de s'attirer les bonnes grâces de Nick. C'est tout à fait possible qu'on obtienne des renseignements comme ça.

— Peux-tu m'en dire un peu plus sur cette histoire de Kerrie ? demanda Ally tout en continuant à manger. On m'a raconté qu'elle avait menti à Marcus au sujet de son âme sœur parce qu'elle voulait se l'attacher. Pourquoi a-t-elle eu autant de mal à accepter qu'il la rejette et qu'il s'unisse à Roni ?

— Avant Roni, Marcus n'avait que des relations superficielles et de courte durée mais il ne mentait jamais aux filles. Il leur disait franchement qu'il ne désirait pas de relation permanente. Kerrie n'a pas eu l'air trop affectée quand il a rompu avec elle. Du moins en apparence. Ils sont même restés plus ou moins amis. Pourtant, elle lui a dit qu'elle avait eu une vision de son âme sœur et elle lui en a donné une fausse description. Elle lui a raconté que son âme sœur avait besoin de lui, qu'elle était comme sa mère, et cela a fait très peur à Marcus.

— Pourquoi ?

— Je ne sais pas au juste. Il m'a uniquement dit qu'il ne voyait pas sa mère et qu'il avait de bonnes raisons pour ne pas la fréquenter, expliqua Derren en sirotant son Coca. Kerrie a utilisé tous les moyens à sa disposition pour le pousser à refuser de s'unir à son âme sœur, qu'elle lui décrivait comme une personne insupportable.

— Dans l'espoir sans doute qu'il envisage la possibilité de s'imprégner avec une autre, supposa Ally. Avec elle, par exemple.

— Tout à fait. Et, en lui donnant une fausse description, Kerrie croyait qu'il aurait d'autant plus de mal à reconnaître sa véritable âme sœur quand il la rencontrerait.

— Kerrie a-t-elle menti en disant qu'elle l'avait vu avec son âme sœur ou Roni lui était-elle vraiment apparue dans une vision ?

— Roni pense que c'est bien elle qu'elle a vue, affirma Derren après avoir avalé une bouchée de viande. D'après elle, Kerrie a réagi bizarrement quand elles se sont rencontrées la première fois. Elle a essayé par tous les moyens de s'interposer entre elle et Marcus. Elle a dit à Roni de se tenir loin de lui, que son âme sœur avait besoin de lui. Elle est allée jusqu'à raconter des bobards au père de Marcus, qui lui a reproché d'avoir choisi Roni alors que son âme sœur avait besoin de lui. Mais Roni et Marcus avaient compris à ce moment-là qu'ils étaient âmes sœurs et s'étaient revendiqués. Kerrie ne pouvait plus rien faire.

— Kerrie a-t-elle fini par reconnaître qu'elle avait menti ?

— Non. Elle a prétendu qu'elle disait vrai au sujet de sa vision et que c'était Roni qui avait retourné Marcus contre elle.

Rassasié, Derren repoussa son assiette.

— Elle en veut donc sans doute à mort à Roni, supposa Roni, mais aussi à Marcus pour ne pas l'avoir choisie plutôt que son âme sœur. Elle est furieuse que sa stratégie ait échoué. Il me semble assez peu vraisemblable par contre que quelqu'un organise la disparition de deux meutes entières uniquement pour se débarrasser de deux personnes. Mais bon, je sais d'expérience qu'il y a des gens capables de massacrer toute une meute pour assouvir leur vengeance. Ne dit-on pas qu'une femme dédaignée est plus à craindre que toutes les Furies vomies par l'enfer ? conclut-elle, sa louve émettant un grognement en repensant au passé.

— C'est bien vrai, acquiesça Derren en hochant la tête. (Il se leva et prit son assiette vide.) Je reviens.

Il avait entendu une série de « bip » provenant de l'intérieur de la maison et il se rappela avoir laissé son portable sur le comptoir.

Des bruissements dans les buissons attirèrent alors l'attention d'Ally et elle leva les yeux au ciel en apercevant les trois loups qui traînaient par là. Pile à l'heure. Derren avait sans doute raison. Les membres de la meute n'avaient pas l'intention de la traiter différemment. Ou, du moins, pas ces trois pique-assiettes. Elle leur lança donc les steaks panés qu'elle avait faits à leur intention. Comme ils venaient toujours rôder autour de chez elle à l'heure des repas, elle avait pris l'habitude de cuisiner pour eux.

Quand Derren ressortit, il émettait des éclairs d'agacement et d'antipathie qui l'atteignirent telles des lames acérées. Inquiète, elle se leva précipitamment, sa louve aussi angoissée qu'elle.

— Qu'est-ce qu'il y a ?

— Je viens de recevoir un SMS de Nick. Tu as des visiteurs, dit-il, tandis qu'un muscle de sa mâchoire tressaillait.

— Ah oui ?

— Oui. Matt, Zeke et Rachelle.

Ah, super !

Il ne fallut que quelques minutes à Ally pour comprendre qu'elle n'avait absolument pas à craindre que les membres de la meute Mercure lui tournent le dos. En effet, quand elle s'installa avec Derren à la table des Alphas en face de ses visiteurs, presque tous les membres de la meute Mercure se mirent derrière elle pour la soutenir et la protéger. Seuls Zander et Jesse étaient absents, occupés à patrouiller le périmètre du territoire, ainsi que Kathy, à l'étage avec Willow pour l'éloigner des étrangers.

La louve d'Ally montra les crocs et émit un grognement sourd. Elle n'était pas contente de voir ces loups de la meute Collingwood. Elle n'avait pas oublié qu'ils l'avaient trahie, rejetée. Elle n'avait plus du tout de respect pour Matt et plus aucune considération pour Zeke. Quant à Rachelle, sa louve avait juste envie de se jeter sur elle et de l'égorger. Et Ally trouvait que c'était une excellente idée.

— Je suis ravi de te voir, Ally. Tu nous as manqué, déclara Matt en lui adressant un sourire incertain.

Un petit grognement d'incrédulité fusa. *Shaya*, pensa Ally.

— Comment vas-tu ? s'enquit Matt, son sourire s'estompant légèrement.

— Très bien, répondit Ally.

Elle se cala dans son siège et examina les membres de son ancienne meute attentivement, analysant les émotions qu'ils émettaient. Matt était aussi nerveux qu'il le semblait. Zeke avait beau projeter une impression de calme, il était en réalité très tendu, mais elle détecta autre chose… Du désir ? Rachelle, pour sa part, était le charme personnifié malgré les lourds éclairs d'hostilité et de haine qui émanaient d'elle. Comme d'habitude, non ?

— Tant mieux, déclara Zeke en se tournant vers Ally et en esquissant un sourire poli.

— Tu as l'air en forme, Ally, la complimenta Rachelle sur un ton avenant et apparemment sincère.

Ally grinça des dents, si fort qu'elle en eut mal aux mâchoires.

— Pourquoi êtes-vous venus ? demanda la prophétesse en regardant les trois visiteurs tour à tour.

— On souhaite faire la paix avec toi, si c'est possible, déclara Matt.

En d'autres termes, l'Alpha de la meute Collingwood craignait encore la réaction de Cain. Il tenait à se réconcilier avec elle de crainte que l'ami d'Ally ne décide de la venger.

— Ah bon ? lança Derren lentement en arquant un sourcil.

De son regard perfide, Rachelle balaya l'assemblée des loups de la meute Mercure. Nul besoin d'être une prophétesse pour sentir qu'ils n'appréciaient pas leurs trois visiteurs.

— Est-ce qu'on pourrait se parler seuls à seule, Ally ? demanda-t-elle.

— Non, rétorqua Derren sans laisser à Ally le temps de réagir.

— Ah oui ! c'est vrai, tu te considères comme son protecteur, déclara Zeke avec un sourire amer en se tournant vers le Beta de la meute Mercure.

— Elle n'a pas besoin de protection avec nous, affirma Rachelle. Elle fait partie de notre meute après tout.

Elle afficha un air triste et lança un long soupir comme si cette affaire lui pesait terriblement. Elle faisait une excellente comédienne. Ally espérait juste que les loups de la meute Mercure ne se laisseraient pas duper et qu'ils la verraient comme la sale mythomane qu'elle était vraiment.

— C'est vrai, on a eu des problèmes toutes les deux, poursuivit Rachelle. Mais rien de grave. On est membres de la même meute et c'est cela qui compte le plus pour moi.

— Je ne fais plus partie de votre meute, affirma Ally sur un ton péremptoire, et je n'ai aucune intention de la réintégrer.

— Je comprends que tu hésites à rentrer, intervint Matt, mais je peux te promettre que ce ne sera pas comme avant.

Pensait-il qu'elle allait le croire ?

— Je n'ai pas l'intention d'y retourner, déclara-t-elle d'une voix ferme.

— Ta place est parmi nous, avec ta meute, Ally, affirma Zeke, pas ici.

— Elle vous l'a déjà dit à plusieurs reprises, intervint Derren d'une voix qui était presque un grognement. Elle ne fait plus partie de votre meute.

— J'ignore ce que t'a raconté Derren, dit Zeke en serrant les poings et en plissant les yeux. Il t'a peut-être fait miroiter la possibilité d'intégrer la meute Mercure. Il faut que tu saches qu'il a déclaré à Matt que ton séjour ici n'était que temporaire.

— C'est le cas, confirma Ally. Et quand je partirai d'ici ce sera pour intégrer une autre meute.

Sa louve claqua des mâchoires, mécontente des propos de la jeune femme. Elle ne voulait pas s'éloigner de Derren.

Rachelle prit la main d'Ally et ses traits revêtirent un air attristé de circonstance quand la prophétesse s'empressa de la retirer.

— Ally, s'il te plaît, reviens sur ta décision. On est parties sur un mauvais pied toutes les deux, c'est vrai. Tu m'en as voulu dès le début. Ce n'est pas étonnant, puisque ton monde s'est écroulé quand Zeke t'a quittée pour moi. Ta louve a dû en souffrir aussi.

La louve d'Ally voulait se ruer sur Rachelle et la griffer. La femelle beta avait l'air si bienveillante, si mûre, rien dans son expression ne laissait deviner la haine qui émanait d'elle et agressait Ally comme des couteaux acérés.

— Je reconnais que je n'étais pas très à l'aise en présence de l'ex de mon compagnon. Ma louve n'aimait pas trop cela. Mais je tiens à être honnête. Je n'ai pas été très sympa avec toi et je l'avoue. Les Betas sont responsables du bien-être de tous les membres de leur meute et j'ai failli à mon devoir envers toi. J'ai été mesquine en ce qui te concerne et je tiens à m'en excuser.

— Je te dois aussi des excuses, reconnut Zeke. Tu as souffert quand j'ai revendiqué Rachelle mais je ne m'en suis pas préoccupé. En tant que Beta de la meute, j'aurais dû faire plus attention à toi. C'était ma responsabilité. Si je l'avais mieux assumée, peut-être que les choses se seraient passées autrement.

— Zeke et moi, on est en partie responsables pour ce qui s'est passé, déclara Rachelle en hochant la tête. La situation n'aurait pas dégénéré à ce point si je m'étais un peu mieux occupée de toi, ajouta-t-elle, les yeux humides. Je suis si malheureuse, poursuivit-elle en clignant des yeux et en ravalant ses larmes. J'ai été si mesquine, méchante et négligente envers toi. Cela ne me ressemble pas du tout. J'ai honte de m'être si mal comportée.

Elle était vraiment douée, la garce ! Zeke et Matt la croyaient. Ally craignit que les membres de la meute Mercure se fassent également bernés tellement Rachelle était bonne comédienne. Ally ne leur en tiendrait pas rigueur, mais sa louve ne le leur pardonnerait jamais. Elle était trop primaire pour comprendre toutes les subtilités en jeu. Si la meute Mercure croyait Rachelle, elle verrait cela comme une autre trahison.

— J'aimerais savoir, reprit-elle en lançant un regard suppliant à Ally, si on ne pourrait pas laisser le passé derrière nous ? Je comprends pourquoi tu as agi comme tu l'as fait envers moi. J'imagine bien ce que tu as ressenti quand Zeke t'a quittée et m'a revendiquée. Non que cela t'excuse de m'avoir attaquée, mais…

— Étonne-moi, veux-tu, Rachelle ? lança Ally, qui en avait assez entendu. Dis quelque chose de vrai pour une fois. (La cinglée en resta bouche bée.) On sait très bien pourquoi tu es venue. Tu cherches à me mettre la meute Mercure à dos et à m'isoler encore plus. Ça ne commence pas à t'ennuyer un peu tout ça ? lança-t-elle, l'air interrogateur.

— Ally, répondit Rachelle en retombant vite sur ses pieds, je tiens à t'assurer que ce n'était pas du tout mon intention. Je ne veux pas, ni n'ai jamais voulu, te mettre qui que ce soit à dos.

— Écoute-moi bien, sale garce, la railla Ally, ne m'oblige pas à te taper dessus avec ton propre balai. Arrête de dire n'importe quoi, comporte-toi en adulte et sois honnête. *(Montre ta vraie nature à tout le monde.)* Tu me détestes.

— C'est faux, vociféra Rachelle, une étincelle de colère dans le regard.

— En es-tu bien sûre ?

— Je ne peux pas détester une personne qui compte autant pour Zeke.

— Pas même si je te dis que c'est moi qui lui ai appris ce petit truc qui te plaît tant ? lança Ally d'un air moqueur.

Une telle colère monta en Rachelle qu'Ally en fut atteinte comme d'un grand coup de marteau en pleine tête. Ha ! la Beta n'était pas insensible aux sarcasmes. La louve d'Ally s'en réjouit immensément.

— C'est très immature de ta part, Ally, et déplacé de dire cela. Je fais mon possible pour me réconcilier avec toi. J'assume l'entière responsabilité de mon rôle dans la manière dont la situation s'est dégradée pour toi.

Rachelle essayait de dire ce qu'on attendait d'elle en tant que Beta mais elle n'était plus aussi convaincante. Elle avait des trémolos dans la voix, ses traits se durcissaient et ses yeux lançaient des éclairs.

— Je te propose de tourner la page et de recommencer à zéro, d'accord ? Je ne souhaite rien d'autre. Je veux juste qu'on oublie les erreurs du passé, et m'assurer que les choses se passent mieux pour toi à l'avenir.

— Est-ce que c'est bientôt mon tour de débiter des platitudes ?

Zeke mit la main sur le bras de Rachelle pour la calmer. Il devait avoir senti sa colère, comme Ally.

— On ne veut pas se disputer avec toi, Ally, dit-il, on veut juste…

— Tu sais, Ally, l'interrompit Rachelle, Mia m'a dit que cela ne servirait à rien de venir te voir.

Ah ! Rachelle avait décidé de sortir l'artillerie lourde. Pourquoi autrement aurait-elle parlé de Mia, la traîtresse ? Une fille qui avait été très proche d'Ally avant. Zeke et elle sortaient souvent à quatre avec Mia et son compagnon. Inutile de préciser que Rachelle l'avait remplacée pour ces soirées ainsi qu'auprès de Mia en amitié. Ally avait souffert de se faire jeter aussi cavalièrement.

— Elle m'a dit que tu ne t'excuserais jamais pour ton comportement, que tu étais jalouse et amère, poursuivit Rachelle. Je ne voulais pas la croire.

— Quelle coïncidence ! Moi non plus je ne la crois pas.

— J'espérais que Mia se trompait, continua Rachelle en faisant comme si elle n'avait pas entendu la repartie d'Ally. Mais tout le monde ici voit bien comment tu es, Ally : aigrie, insultante, odieuse, impitoyable, implacable.

— Venant d'une personne aussi cinglée, toxique, abrutissante et débile que toi, cela ne signifie strictement rien ! lança Ally en haussant les épaules. Mais bon, si cela peut t'aider à te remonter à tes propres yeux, grand bien te fasse !

— Jalouse ! lança Rachelle en retroussant la lèvre supérieure.

— Et ça recommence ! gémit Ally en levant les yeux au ciel. Tu ne peux pas trouver autre chose ? J'ai beaucoup trop à faire pour perdre mon temps à m'occuper de ton insécurité, Rachelle.

— Tu es jalouse, avoue !

— Ouais, ouais, je voudrais tellement pouvoir me glisser dans ta peau et devenir comme toi, déclara Ally sèchement.

— Tu ne supportes pas que je sois avec Zeke ! Qu'il m'ait choisie, moi et pas toi !

Ally voyait bien que Rachelle croyait ce qu'elle disait ou, plutôt, que c'était ce qu'elle voulait croire, comme si cela flattait son pauvre ego malmené.

— Tu te fais des illusions. Tu es totalement cinglée. Tu es tellement folle que cela va au-delà de la folie. Tu vis dans un univers parallèle. N'en es-tu pas un tout petit peu consciente ?

— Avoue, tu es jalouse ! hurla Rachelle en tapant du poing sur la table.

— Rentre chez toi, Rachelle. J'en ai marre de tes sautes d'humeur de dingue.

La folle choisit pile ce moment-là pour lui sauter dessus. Ally avait à peine eu le temps de se lever que Roni avait empoigné Rachelle à la gorge et l'avait forcée à se lever.

Puis plusieurs choses se produisirent alors en même temps.

Zeke se jeta en travers de la table pour venir à la rescousse de sa compagne mais Derren et Marcus lui bloquèrent le passage.

Matt se leva mais Nick s'interposa rapidement. Il se planta devant l'Alpha de la meute Collingwood pour l'empêcher de prêter main-forte à Rachelle ou à Zeke.

Les autres loups de la meute Mercure s'avancèrent et se placèrent devant Shaya et Ally pour les protéger.

— Ne bouge pas d'un poil, merde ! grogna Roni. Tu as beau être une Beta, je suis beaucoup plus dominante que toi. Tu le sens, non ? (Rachelle se débattit, griffant les mains de Roni, qui se contenta de resserrer son étreinte.) Tu perds ton temps à essayer de te libérer. C'est idiot. Tu peux me croire, j'en ai maté des plus fortes que toi.

— Relâche-la, grogna Zeke en essayant de se porter au secours de sa compagne, mais en vain.

— Naaan, je ne pense pas, répliqua Roni en lui adressant un bref regard indifférent.

Zeke tenta une nouvelle fois de s'approcher de Rachelle mais Derren et Marcus l'en empêchèrent. Derren le repoussa même assez fort pour le faire vaciller.

— C'est ta compagne qui a commencé, grogna Derren. Cette affaire concerne les femmes, c'est à elles de la régler.

Jusque-là, Derren ne s'était pas interposé même si ses instincts de protection s'étaient manifestés au quart de tour. Il ne voulait pas gêner Ally. Quand un loup dominant affrontait un ennemi, il n'appelait jamais à l'aide. Soit il vainquait, soit il se soumettait. Derren ne voulait pas qu'Ally paraisse faible aux yeux des autres.

— Nick, reprit Matt d'une voix apaisante, on peut régler cela calmement.

— C'est à tes Betas que tu devrais le dire, gronda Nick en montrant les crocs à Matt.

— Cette affaire ne regarde qu'Ally et moi, dit Rachelle d'une voix tremblotante à Roni, qui la maintenait toujours à la gorge.

— Qu'est-ce que tu attends pour me provoquer en duel ? la nargua Ally en contournant les hommes devant elle, suivie de Shaya qui ne tint aucun compte des grognements désapprobateurs que lui adressa Nick.

— Ally ne fait même pas partie de ta meute, dit Rachelle à Roni sans répondre au défi d'Ally.

— Est-ce que ça a l'air de me préoccuper ? s'enquit Roni en haussant un sourcil.

— Relâche-la, ordonna Zeke.

— Oh là là ! tu vas faire quoi si je n'obtempère pas ? Trépigner ? se moqua Roni.

— Recule, lança Derren en serrant les mâchoires quand Zeke essaya une nouvelle fois de rejoindre sa compagne.

En parfait idiot, Zeke tenta de balancer un coup de poing à Derren. Impassible, ce dernier lui attrapa la main au vol.

— Tu n'aurais pas dû, dit-il en la lui broyant si fort que des os craquèrent.

Zeke fut bien obligé de reconnaître qu'il s'en était pris à plus fort que lui. Derren ne le relâcha que lorsqu'il sentit la tension musculaire de son adversaire se dissiper un peu.

— Il faut laisser les filles gérer cela, affirma le Beta de la meute Mercure.

— Tu voudrais que je la laisse faire du mal à ma compagne sans intervenir ? demanda Zeke, tenant son poing blessé dans son autre main.

— Roni ne lui fait aucun mal, affirma Marcus en riant. Elle la retient, c'est tout. Ma compagne a une tout autre notion de ce que c'est que « faire mal » à quelqu'un, crois-moi. Ce serait plutôt du genre à pendre son ennemi par ses propres intestins.

— Tu n'as pas le droit d'entrer chez moi, rugit Shaya en s'approchant de Roni tout en fusillant Rachelle du regard, et d'attaquer mon amie. On t'a autorisée à pénétrer dans notre territoire à condition qu'il n'y ait aucune violence. Et tu as osé violer notre accord, ainsi que toutes les règles de l'hospitalité.

— C'est Ally qui a commencé, elle m'a provoquée, insista Rachelle.

— Pas du tout, rétorqua Shaya en souriant. Elle a simplement mis les faits sur la table pendant que, toi, tu t'échinais à nous servir une version très fantaisiste de la réalité. Tu es une excellente comédienne. Mais on connaît bien Ally. On sait qu'elle n'est pas comme tu l'as décrite.

Ally fut incroyablement réconfortée par ce témoignage de confiance que venait de lui donner Shaya et sa louve s'en réjouit immensément.

— Tu penses la connaître, déclara Rachelle en se léchant nerveusement la lèvre inférieure. Mais elle vous berne.

— Si c'est vraiment ce que tu penses, tu te leurres toi-même, rétorqua Shaya en la toisant du regard.

— Tu ne la connais pas ! hurla Rachelle.

— Bien au contraire.

Ally fut rassurée de constater qu'aucun des membres de la meute Mercure n'entrait dans le jeu de Rachelle.

— C'est désagréable, non, quand personne ne te croit ? lui lança-t-elle en souriant.

— Voici ce qui va se passer maintenant, Rachelle, commença Shaya. Roni va te relâcher et deux de nos lieutenants vont t'escorter jusqu'à ton véhicule, continua-t-elle sans tenir compte de la moue que lui adressait sa belle-sœur. Matt et Zeke seront juste derrière toi avec leur propre escorte. Puis tu t'en iras et tu ne remettras jamais, jamais les pieds ici. Tu n'embêteras plus jamais Ally.

— Et si tu oses recommencer, grogna Roni en s'approchant d'elle jusqu'à la toucher et en la regardant bien dans les yeux, je te retrouverai. Peu importe si Ally est encore ici ou si elle a intégré une autre meute. Je suis la dernière personne que tu souhaites avoir à tes trousses, crois-moi.

Rachelle eut tellement peur qu'Ally sentit l'onde de frayeur sur sa peau. La jaune femme comprenait parfaitement la réaction de la Beta de la meute Collingwood. Roni était une guerrière létale et elle ne reviendrait pas sur sa parole. Ally s'entraînait souvent avec elle et connaissait ses talents mais aussi la brutalité dont elle était capable, sans parler de son caractère vindicatif.

Roni ne relâcha son étreinte qu'une fois que Rachelle eut hoché la tête autant qu'elle le pouvait dans cette position. Avec Marcus, ils escortèrent alors la Beta de la meute Collingwood, haletante et les joues rouges, jusqu'à l'extérieur.

— La même chose vaut pour toi, lança Derren à Zeke quand Eli et Bracken vinrent le chercher. Tiens-toi très loin d'Ally.

— On voulait juste rétablir de bonnes relations avec toi, affirma Matt en secouant la tête tristement.

— Toi, peut-être, reconnut Nick, qui l'escortait. Mais pas ta femelle beta. Elle n'a fait qu'aggraver la situation.

Et Cain allait vraiment péter un câble.

— Ally, je suis vraiment désolé pour ce qui s'est passé ici aujourd'hui, déclara Matt en levant les mains quand Nick émit un grognement. D'accord, je m'en vais.

— Ça va, ma chérie ? demanda Derren à Ally en allant la retrouver et en replaçant une mèche de cheveux derrière son oreille.

— C'est à cause de lui que tu ne réponds pas à mes appels ? s'informa Zeke, se retournant rapidement en entendant Derren.

— Je ne réponds pas à tes appels parce qu'on n'a absolument plus rien à se dire, toi et moi, répliqua calmement Ally.

— Et toi ! lança Shaya en mettant le doigt sur le torse du Beta de la meute Collingwood, tu es encore pire que ta compagne. Tu penses qu'on n'a pas compris ce que tu es venu faire ici aujourd'hui ? Ally te manque. Tu veux qu'elle réintègre ta meute pour la garder à portée de main. Tu refuses de la laisser partir même si tu vis avec ton âme sœur et que tu n'éprouves plus les mêmes sentiments pour elle. Quand on aime quelqu'un, c'est difficile de le laisser partir, je comprends cela. Mais c'est égoïste et cruel de vouloir garder une fille à ton côté tandis que tu partages la vie de ton âme sœur.

Zeke ne dit pas un mot mais ses épaules s'affaissèrent.

—Arrête d'appeler Ally, ordonna Derren. Elle ne t'appartient plus. Tu m'as bien compris ?

Le Beta de la meute Collingwood garda le silence et partit avec Eli et Bracken. Derren leur emboîta le pas. Il avait besoin de voir s'éloigner ces menaces d'Ally, de les voir quitter le territoire. Il marcha à côté de Nick et son loup ne se calma que lorsque tous leurs visiteurs eurent franchi la frontière.

Eli et les lieutenants retournèrent à la maison des Alphas. Derren s'apprêtait à les suivre quand Nick le retint.

—Ce n'est pas juste une question de sexe pour toi, dit-il. Tu es très possessif avec elle. Ally compte beaucoup pour toi, non ?

Ouais, c'était vrai. Et très inattendu, Derren n'étant pas du genre à se lier d'amitié. Le plus étrange était qu'il n'avait aucun regret ni aucune crainte. Ally était susceptible, irritable, très méfiante et elle n'avait pas la langue dans sa poche. Tout cela lui plaisait beaucoup. Elle était également forte, responsable, fiable et dangereuse. Elle ne supportait pas les conneries et rendait service sans attendre quoi que ce soit en échange. Ally était une fille compliquée mais elle le fascinait.

—J'ai décidé de la garder.

— Elle le sait ? s'enquit Nick, qui ne parut pas étonné.

— Après son expérience avec la meute Collingwood, elle est un peu méfiante.

Elle craignait que Derren trouve son âme sœur et la quitte. Mais Ally ne comprenait pas qu'il ne la laisserait jamais, pour personne. Il l'avait choisie, l'avait marquée. Elle était sienne désormais. Il allait devoir le lui prouver sans pour autant lui mettre trop de pression. Ce serait difficile parce qu'il était trop possessif pour être capable de subtilité.

— Donc tu veux qu'elle reste, qu'elle intègre définitivement notre meute ?

— C'est un problème pour toi ? demanda Derren en haussant un sourcil.

— Après ce qu'elle a fait pour Shaya et Roni, bien sûr que non. Je lui dois tout. Et puis je l'aime bien. Elle t'oblige à avoir une vie à toi. Tu me suis comme mon ombre depuis beaucoup trop longtemps. Je t'ai peut-être sauvé la vie mais cela ne veut pas dire que tu me doives la tienne en échange. Cela me suffit tout à fait de t'avoir comme Beta pour me protéger ainsi que ma famille.

— Je ne t'ai pas protégé aux funérailles de mes parents.

Il ne s'était préoccupé que d'Ally.

— Tu dois te partager maintenant. Ce n'est pas une mauvaise chose, Derren. Ta compagne doit passer avant tout le monde, déclara Nick en croisant les bras. Cain ne va pas apprécier de te voir avec Ally, qu'il désire ou non la revendiquer.

— Il sera bien obligé de s'y habituer, déclara Derren, et son loup ne put qu'émettre un grognement d'approbation.

Cain était très attaché à Ally et elle comptait énormément pour lui. Mais il pouvait lui offrir beaucoup plus que ce sociopathe.

— Le plus compliqué, ce ne sera pas Cain mais bien de convaincre Ally de rester. Elle a la bougeotte.

Elle ne s'était manifestement jamais sentie chez elle nulle part. Il lui faudrait changer cela.

— Tant que Shaya partage ton avis, tu devrais y arriver, gloussa Nick. Shaya l'adore et veut la garder. Penses-tu qu'Ally sera d'accord pour que vous vous imprégniez ?

— Peut-être.

Ou peut-être pas. Il n'avait rien d'un putain de prince charmant. Il était loin d'être un charmeur comme Marcus. Il doutait fort qu'il existe même une femme capable de l'aimer tel qu'il était. Et puis, en tant que Beta, il passait beaucoup de temps au travail. Sa compagne pourrait en pâtir, se sentir négligée.

Ouais, les chances qu'Ally accepte de s'imprégner avec lui étaient bien minimes, mais elles n'étaient pas inexistantes et il avait bien l'intention de tenter le coup.

— Et si Cain se pointe ici et dit qu'il a changé d'avis et qu'il veut la revendiquer ? s'enquit Nick.

— Je ne lui céderai pas la place.

Il était hors de question pour Derren de revenir en arrière. Ni pour Ally non plus. Cain n'avait qu'à se manifester avant. Derren n'était pas assez généreux pour lui donner une autre chance.

— Même pas si c'est elle qui te le demande ?

— Même pas.

Aussi, quand elle se réveilla cette nuit-là, une lueur de frayeur dans le regard, Derren la réconforta, comme chaque fois. Il lui fit oublier son cauchemar et elle cria son nom.

— Je te garde, Ally Marshall. Tu es à moi, déclara-t-il.

Il lui faudrait l'accepter, il ne la laisserait jamais partir.

À la fois effrayée et vaguement étonnée par cette déclaration grave, solennelle même, Ally ne dit rien pendant un instant.

— Je suis à toi ?

— Absolument. Je t'ai dans la peau, tu m'obsèdes. Je ne reviendrai jamais en arrière.

— Et qu'attends-tu de moi ? demanda-t-elle en déglutissant nerveusement.

— Tout ce que tu as à donner. Et je l'obtiendrai.

Chapitre 13

— Cain n'est pas ton âme sœur, n'est-ce pas ?

Ally se raidit en entendant Shaya poser cette question qui n'en était pas vraiment une, mais plutôt une affirmation. Assise sur le tapis de son séjour avec Willow, elle leva les yeux vers l'Alpha de la meute Mercure, qui se prélassait sur le canapé.

— Comment le sais-tu ?

— Cela fait un bon moment que je le soupçonne. Tu sais, Nick ne m'a pas revendiquée tout de suite et j'ai énormément souffert de pulsions sexuelles inassouvies. Et Nick éprouvait des douleurs physiques tant son désir d'union était fort. J'ai remarqué que tu ne ressentais rien de tout cela depuis ton arrivée chez nous. Je me suis tout de même demandé si vous ne vous étiez pas revendiqués simplement parce que Cain était incapable de se lier avec qui que ce soit. Mais alors tu te serais plainte de ne jamais pouvoir revendiquer ton âme sœur. Personnellement, je me sentais littéralement morte intérieurement tout le temps que j'ai pensé que Nick ne voudrait jamais de moi. En tout cas, tu n'as pas l'air de souffrir.

— Derren semblait croire que Cain était mon âme sœur et je ne l'ai pas détrompé, avoua Ally. Je me suis dit que tes camarades de meute me laisseraient tranquille si tout le monde le pensait.

— C'est tout à fait compréhensible, affirma Shaya, l'air de ne pas le lui reprocher. Derren le sait-il maintenant ?

— Non, toujours pas, répondit Ally en esquissant une grimace parce que Willow venait de lui donner un coup de hochet sur le tibia, trouvant sans doute que la prophétesse ne lui prêtait pas suffisamment attention.

Le comportement de sa fille fit glousser Shaya.

— Tu devrais lui dire la vérité. Tu n'as plus besoin de faire semblant. Toute la meute t'accepte sans problème. Ils te protégeraient au péril de leur vie après ce que tu as fait pour nous.

— J'ai bien essayé de le lui dire, expliqua Ally en appuyant sur un bouton du loup en peluche de la petite fille, déclenchant un hurlement qui la fit rire aux éclats. Mais il refuse de m'écouter dès que je mentionne Cain.

— Sans doute parce qu'il est très possessif et déterminé à te garder.

— Oui, je le pense aussi. Je ne m'y attendais vraiment pas.

Elle n'avait jamais imaginé qu'il éprouverait de tels sentiments pour elle. Cela lui avait d'ailleurs un peu flanqué la trouille au début, mais pas assez pour lui donner envie de mettre fin à leur relation. Son instinct de survie lui conseillait de le quitter mais son cœur se resserrait quand elle envisageait de le faire et sa louve devenait folle à lier.

— Et toi, que penses-tu de tout cela ? s'enquit Shaya.

— Je me sens déchirée. J'ai bien envie de voir jusqu'où on peut aller ensemble. Par contre, je ne sais pas trop ce qu'il ressent. Il me veut à son côté, il est possessif, je sais tout ça, mais je ne connais pas vraiment ses sentiments pour moi.

Depuis qu'il lui avait déclaré qu'il voulait « tout ce que tu as à donner. Et je l'obtiendrai » quelques semaines plus tôt, il s'occupait tellement d'elle que cela la déstabilisait. En même temps, elle appréciait beaucoup de le voir si prévenant. Mais bon, il y avait une différence entre être obsédé par une fille et avoir des sentiments pour elle.

— C'est évident qu'il a des sentiments pour toi, gloussa Shaya. Derren est encore plus possessif avec toi que je ne l'imaginais. Il te touche constamment et il est hyperprotecteur. Il a même dit à Nick qu'il voulait te convaincre d'intégrer notre meute pour de bon. Je suis entièrement d'accord, bien entendu. Derren n'est ni étourdi ni impulsif. Il réfléchit toujours avant d'agir. S'il a décidé de te garder, c'est qu'il est déterminé à s'imprégner avec toi.

Derren ne lui en avait pas encore parlé mais, s'ils voulaient que leur relation devienne permanente, il leur faudrait s'imprégner un jour ou l'autre. Il y avait aussi des couples de métamorphes qui choisissaient de ne pas le faire. Mais ces unions ne duraient pas longtemps parce que les loups n'étaient pas satisfaits si l'engagement des humains n'était pas total tant sur le plan physique et sexuel que sur le plan émotionnel. Sans imprégnation, les loups finissaient par se retirer petit à petit et inciter leur humain à chercher une relation plus satisfaisante.

— Et toi, qu'est-ce que tu ressens pour Derren ?

— Je me connais assez bien. J'ai des défauts, je le sais. Ce n'est pas facile pour moi d'exprimer mes sentiments ou de parler de mon passé. Je fais souvent des cauchemars et je préfère dormir dehors dans mon hamac. Je fais la cuisine quand je suis stressée, même si je n'ai pas faim, même s'il est 3 heures du matin. En tant que prophétesse, je ressens tout ce qu'éprouvent les autres et je souffre parfois de surcharge émotionnelle. Dans ces moments-là, j'ai besoin de beaucoup de place, de temps et de solitude.

» Derren est un loup très dominant, indiscret et déterminé. Il estime avoir le droit de tout savoir sur moi et veut toujours n'en faire qu'à sa tête. Mais, même s'il insiste pour que je lui dise des choses, il ne me met jamais trop de pression et est toujours disposé à me parler de lui pour qu'il y ait un véritable échange entre nous. Il n'aime pas que je garde mes distances mais il respecte mon besoin de solitude. Il ne se plaint jamais de ses nuits de sommeil rarement ininterrompues à cause de mes cauchemars et dort toujours à mon côté. Alors comment pourrais-je ne pas avoir de sentiments pour cet enfoiré ?

— Ça t'énerve qu'il se soit insinué dans ta vie et s'y soit installé, je me trompe ? lança Shaya en souriant.

— C'est tout à fait ça, mais c'est surtout parce que je ne l'avais pas du tout anticipé. Je ne pensais pas être capable de laisser un homme prendre autant de place dans ma vie. Pas après ce qui s'est passé avec Zeke. Mais Derren est rusé et il y est parvenu.

— Il est assez machiavélique et il ne manque pas de subtilité quand il s'agit d'obtenir ce qu'il veut.

— Quand Zeke m'a rejetée, dit Ally en donnant un ours en peluche à Willow, j'en ai souffert même si j'acceptais son union avec son âme sœur. Le pire a été que les autres me rejettent aussi. J'ai tout perdu d'un coup. Et là, si Derren me rejette, je crains que ce ne soit pire que tout ce que j'ai vécu avec la meute Collingwood. Je ne m'en remettrais jamais.

— Tu n'as pas bien compris, je pense, déclara Shaya en rejoignant Ally sur le tapis. Derren n'est pas facile à décrypter. Nick et toi êtes les seuls à le connaître vraiment. Notre Beta a beaucoup de mal à accorder sa confiance et c'est ce qui compte le plus pour lui, plus que n'importe quoi d'autre. Il a confiance en toi et c'est énorme pour lui. Tu es devenue très importante pour lui, tellement qu'il te préfère à son éventuelle âme sœur. Ne cherche pas à fuir ce qu'il t'offre. Accroche-toi.

Ally repensa toute la journée au conseil de Shaya. Au dîner, elle ne put faire autrement que reconnaître intérieurement qu'elle ne pouvait pas fuir ce qu'elle avait avec Derren. Elle n'en était pas capable. Elle avait trop d'estime pour cet homme qui la respectait, la protégeait (même si elle n'avait pas besoin de sa protection) et l'acceptait avec tous ses défauts.

Si elle fuyait, si elle le repoussait violemment, elle leur ferait du mal à tous les deux et ce serait une preuve de lâcheté de sa part. Et elle n'avait jamais été lâche. Puis, s'il n'avait pas déjà des sentiments pour elle, il pourrait très bien en éprouver plus tard, non ?

— À quoi penses-tu, chérie ?

— Je rêvassais, c'est tout, répondit-elle en clignant des yeux, tirée de ses pensées par la voix de Derren.

Elle vit dans son regard qu'il ne la croyait pas.

— Prête ?

— Déjà ? demanda-t-elle.

Ils n'avaient pas encore pris leur dessert.

— Oui, déjà, insista-t-il.

Derren voulait sans doute l'entretenir de quelque chose en tête à tête, supposa-t-elle. Elle se leva donc et ils dirent au revoir à leurs camarades de meute avant de sortir dans la nuit tiède. Sans s'arrêter, Derren l'attrapa par le poignet et la retourna face à lui, l'étreignant contre son torse et l'obligeant à marcher à reculons.

— Qu'est-ce qu'il y a ? s'enquit-elle.

— Rien du tout, répliqua-t-il, apparemment étonné par sa question.

— Alors pourquoi voulais-tu partir aussi vite ? demanda-t-elle en passant les bras sous les siens et en l'agrippant par les épaules.

— Je t'ai à peine vue aujourd'hui. Je voulais être seul avec toi. Et j'avais presque envie de tabasser Bracken parce qu'il te faisait du plat.

Derren savait bien pourtant que le lieutenant ne chercherait jamais à lui voler sa copine. Contrairement à Dominic, il n'allait jamais trop loin, mais cela était parfois agaçant.

— Je ne partage pas, décréta-t-il.

— Ah non ? Et tu n'es pas du tout possessif, le railla-t-elle.

— Petite coquine, va !

Derren la souleva brusquement, la posa sur son épaule et Ally poussa un piaillement qui ne lui ressemblait pas du tout.

— Hé ! cria-t-elle, repose-moi.

— Non, répondit-il, en lui assenant une tape sur les fesses avant de la pincer.

— Arrête !

— Je fais ce que je veux. Tu es mienne et je peux te toucher à ma guise. Tu devrais le savoir.

Il l'avait déjà mordue aux fesses et à plusieurs reprises, pour la marquer.

— Je suis sérieuse !

Elle avait du mal cependant à prendre un ton de voix grave et indigné tant elle riait aux éclats. Elle lui assena alors une tape à son tour mais il eut l'air de s'en moquer complètement.

— Repose-moi, Derren.

— Je ne veux pas, dit-il. (Puis son téléphone sonna et il le sortit de sa poche.) Chut, ma chérie, il faut que je réponde. Oui, répondit-il, perplexe, ayant vu la mention « numéro inconnu » s'afficher sur son écran.

— C'est moi, Derren.

Le Beta s'arrêta soudainement, ayant reconnu la voix de Cain, qu'il n'avait pas particulièrement envie d'entendre. Il perdit toute sa bonne humeur et son loup grogna parce qu'il voyait Cain comme un rival.

— Salut, dit-il enfin d'une voix rauque.

— J'ai entendu dire que ta meute avait des soucis, déclara Cain sur un ton menaçant.

Derren reposa Ally et il vit à son regard qu'avec son ouïe fine de métamorphe elle avait reconnu la voix de Cain.

— On sait qui a mis nos têtes à prix. Ce n'est plus qu'une question de temps avant qu'on la retrouve.

— Super. Comment va ma chère Ally ?

Le loup de Derren rabaissa les oreilles et émit un grognement sourd. Il n'aimait pas entendre Cain utiliser le possessif en parlant d'Ally et Derren partageait son avis.

— Très bien, répondit-il.

— Elle est là ?

Difficile d'être plus près, en réalité.

— Ouais, dit-il.

— Passe-la-moi.

Derren lui tendit le téléphone sans ajouter quoi que ce soit.

— Allô ? dit Ally en prenant le téléphone et en se coinçant une mèche de cheveux derrière l'oreille.

— Comment ça va, ma belle ?

Derren ne put réprimer un grognement de colère en l'entendant utiliser un petit nom avec Ally. Son loup retroussa la lèvre supérieure, manifestant un ressentiment presque palpable sous l'emprise de son mauvais caractère, qui menaçait de prendre le contrôle.

— Très bien, dit-elle en déglutissant bruyamment.

— Est-ce que les loups de la meute Collingwood sont venus t'importuner depuis que tu les as quittés ?

— Non, non, ils me laissent tranquille.

Elle ignora Derren, dont l'expression dévoilait l'étonnement devant un mensonge aussi éhonté.

— Comment ça va avec la meute Mercure ? Est-ce que Derren s'occupe bien de toi ?

Ce n'était pas une trop mauvaise façon de décrire leur situation.

— Je n'ai pas besoin de protection.

— Comment ai-je deviné que tu allais dire cela ? dit Cain en s'esclaffant. Je ne peux pas parler longtemps, ma belle. Je vais bientôt être libéré et on pourra discuter plus longuement.

— D'accord.

— Repasse-moi Derren, tu veux bien ?

— Ouais ? dit Derren, les dents serrées, en reprenant le téléphone.

En raison de l'immense jalousie qui lui vrillait le ventre, il eut beaucoup de mal à résister à l'envie de dire à son ami de se tenir loin.

— Elle m'a menti, gronda Cain. Ces enfoirés de Collingwood l'ont embêtée.

— Oui, confirma Derren, en voyant Ally grimacer à la suite des propos de Cain.

— Je compte sur toi pour les empêcher de lui faire du mal.

— Ne t'inquiète pas, je m'en occupe.

Derren était prêt à tuer s'il le fallait pour la protéger. Pas pour Cain, non, mais pour Ally.

— Je te l'ai confiée, Derren. Ne trahis pas ma confiance.

Puis il raccrocha.

Trahir sa confiance ? Derren pensait qu'il avait fait exactement cela dès la première fois où il avait glissé la langue dans la bouche d'Ally. Tant pis. Il aurait peut-être dû s'inquiéter, avoir peur même, mais il avait tellement besoin d'elle qu'il avait fini par l'accepter.

Ally se racla la gorge et adressa un petit sourire à Derren. La tension était à son comble. Bien sûr, les choses auraient été différentes si celui-ci était au courant que Cain n'était pas son âme sœur. Elle se dirigea vers sa maison en essayant d'affecter une démarche décontractée.

— Pourquoi Cain ne t'a-t-il pas revendiquée ? s'enquit Derren.

Ally faillit en chanceler tant sa question l'étonna.

Cain parlait toujours d'elle ou avec elle avec énormément d'affection. Pour Derren, il était clair qu'il l'aimait beaucoup, du moins dans la mesure où un sociopathe était capable d'aimer quelqu'un. N'importe quel homme serait fier d'avoir Ally pour compagne. Pourquoi diable Cain aurait-il hésité à la revendiquer ?

Ally tressaillit en se sentant assaillie par des éclairs de jalousie, d'indignation, d'incertitude et de possessivité. Elle fut vite recouverte d'une sueur froide. Derren avait beau avoir l'air calme, il n'en était pas moins bouleversé. Bon, l'heure de la vérité avait sonné.

Elle inspira longuement et se tourna vers lui.

— Tu veux parler de Cain ? Très bien. Je vais enfin pouvoir te dire ce que tu refuses d'entendre depuis le début. Il n'est pas mon âme sœur. Quand je suis arrivée ici, je ne me sentais pas en sécurité. Tout le monde à part Shaya semblait me détester. J'ai donc pensé qu'il était préférable que vous pensiez que j'étais l'âme sœur de Cain. Alors vas-y, engueule-moi si tu veux pour ne pas avoir corrigé ton erreur.

Puis elle ferma les yeux pour ne pas voir les lueurs de reproche et de souffrance traverser son regard sombre. Elle cessa cependant subitement de percevoir ses émotions, comme s'il était tellement choqué qu'il ne ressentait plus rien.

Elle entrouvrit alors un œil et l'aperçut qui la dévisageait avec une expression neutre sur le visage mais pas dans les yeux. Ils luisaient de quelque chose de si étrange qu'elle eut envie de s'enfuir en courant. Non pas qu'elle ait peur, mais son instinct lui ordonnait de fuir et sa louve était d'accord. Comme si son animal désirait qu'Ally lance un défi à Derren, qu'elle le fasse travailler pour… quelque chose, sans savoir quoi au juste.

Ally avait l'habitude de toujours écouter sa louve et partit donc au pas de course.

Derren lui emboîta immédiatement le pas mais elle était très rapide. Elle se lança à toute vitesse entre les arbres sans tenir aucun compte des branches qui lui fouettaient le visage et les bras. Les petits animaux s'égaillaient, pressentant l'arrivée de deux prédateurs.

Derren allait bientôt la rattraper, Ally s'en doutait. Elle avait envie cependant de l'obliger à faire quelques efforts. Elle ne savait pas trop pourquoi, mais…

Bordel de merde ! Un grand corps la saisit et la propulsa au sol mais en roulant pour absorber le choc. Derren s'allongea ensuite sur elle dans l'herbe pour l'empêcher de bouger. Elle sentait maintenant ses émotions et elles ne la blessaient pas. Au contraire, elles les ressentaient comme une caresse étrange mais fort agréable. Il y avait toujours autant de possessivité, encore plus qu'avant, mais elle perçut également de la détermination, de la certitude, de l'étonnement et du désir.

— Tu ne lui appartiens pas, dit-il, la voix un peu rauque, en la regardant de ses grands yeux veloutés pleins de fermeté et de résolution. Tu n'as jamais été sienne.

Il se pencha alors et la mordit profondément dans le creux du cou. Ally tressaillit, à la fois choquée et ravie. Il glissa en même temps une main sous son tee-shirt et lui empoigna un sein dans un geste si possessif qu'elle ne put retenir un grognement d'avertissement en dépit du frisson de plaisir qui la parcourut. Il grogna alors aussi en resserrant encore son étreinte, pour la défier.

— J'aurais dû le comprendre plus tôt, dit-il, léchant sa marque avant de la regarder de nouveau, les yeux brillants de satisfaction. J'aurais dû me rendre compte bien avant de ce que tu es pour moi. C'était là, mais je n'ai rien vu.

— De quoi veux-tu parler ? demanda Ally en secouant la tête, perplexe.

— Tu le sais, Ally. Tu es mon âme sœur, lança-t-il en rapprochant leurs visages. Et je vais te revendiquer.

— Attends un peu ! s'exclama-t-elle en le repoussant brutalement, mais il ne bougea pas sauf pour lui mordre le lobe de l'oreille en guise de punition.

— Vas-tu le nier ? demanda-t-il, le regard luisant de colère. Vas-y, essaie un peu pour voir.

Elle ouvrit la bouche, s'apprêtant justement à le faire, mais en vain. Quelque chose au plus profond d'elle l'empêchait de le repousser. C'était dément.

— On l'aurait su avant.

— Pas tant que je croyais que tu étais l'âme sœur de Cain.

En effet, il avait été frappé comme par une évidence dès qu'il avait appris que son ami n'était pas le compagnon que lui réservait le destin. Tellement qu'il avait failli en tomber à la renverse. C'était comme si le fait de connaître la vérité avait permis au lien d'union de se mettre en place. Ally était son âme sœur, il en avait la certitude, c'était aussi clair pour lui que la nécessité de s'alimenter pour vivre.

Au début, il avait été tellement choqué qu'il avait eu besoin d'un peu de temps pour comprendre ce qu'elle lui disait. Elle s'était alors enfuie, le tirant de sa torpeur et déclenchant en lui le besoin primaire de prendre ce qui lui appartenait, à lui et à personne d'autre.

Il sentit son cœur se serrer en apercevant les traits d'Ally refléter toute sa perplexité.

— C'est vrai, Ally. Tu le sais au fond de toi, je pense. Tu m'es destinée.

Il vit alors une petite lueur d'espoir luire dans les prunelles de la jeune femme et sut que ce n'était pas parce qu'elle ne voulait pas de lui qu'elle luttait, mais plutôt parce qu'elle craignait de se tromper. Elle n'avait plus confiance en son propre jugement.

— Arrête de regarder le monde extérieur à travers le filtre de tes craintes, Ally. Écoute-moi. Suis tes instincts. Arrête de penser et concentre-toi sur ton ressenti.

Ally aurait peut-être tenté de nier encore une fois ce que Derren lui disait mais sa louve insistait tellement pour qu'elle le revendique que cela ne pouvait signifier qu'une seule chose, pas vrai ? Elle repoussa donc sa méfiance envers elle-même et le monde en général et la vérité lui apparut. Le désir d'union se manifesta subitement, avec force, avec violence même, et l'empêcha de penser à quoi ce soit d'autre.

Elle se redressa sans prévenir et le mordit violemment. Il en fut abasourdi. Elle ne cherchait pas à le séduire. Elle planta les crocs fermement dans sa chair. Le sang se mit à couler et elle le suça. Ce n'était pas une simple morsure, comprit Derren. Elle le revendiquait.

— Merde ! grogna-t-il.

Il perdit le contrôle. Il lui retira tous ses vêtements à coups de griffe. Il voulait dénuder entièrement ce corps qui lui appartenait. Il posa la main sur sa féminité et inséra un doigt en elle.

— Tu es déjà prête à me recevoir. Et tu sais pourquoi ? Parce que ton corps sait qu'il m'appartient.

Ally eut envie de grogner en l'entendant. C'était naturel pour elle et sa louve de réagir ainsi à ce genre de provocation. Elles ne pouvaient s'empêcher de le défier.

— Je n'appartiens à personne, déclara-t-elle.

Elle ne le reconnaîtrait jamais à haute voix mais le poids de ce corps solide et puissant sur elle l'excitait. Elle lisait une grande détermination sur les traits de Derren et ses yeux brillaient d'un besoin féroce qui réjouissait sa louve. Il se disait que la revendication entre âmes sœurs était parfois sauvage, impitoyable, explosive et incontrôlable. Ally sut en le voyant que ce serait le cas pour eux.

— Tu te trompes. Tu es à moi, toute à moi.

Il ne put réprimer en grognement quand elle lui lacéra le dos de toutes ses griffes en guise d'avertissement et il glissa deux doigts en elle.

Ally en eut le souffle coupé. Puis elle enroula les jambes autour de sa taille et se frotta contre lui, sentant son sexe à travers son jean. Il avait plaqué sa bouche sur la sienne dans un baiser vorace, sauvage. Elle lui retira son tee-shirt à l'aide de ses griffes et passa les mains sur son torse chaud aux muscles saillants. Il grogna quand elle caressa ses abdominaux du bout des doigts. Son envie de lui était féroce, elle en éprouvait presque une douleur exacerbée par le désir sauvage de le prendre, de le posséder et de le revendiquer.

— Baise-moi, gémit-elle dans un cri rauque étouffé par leur baiser.

Le désir qu'avait Derren de s'enfouir en elle était si fort qu'il en était presque tangible. Son délicieux parfum contenant les notes épicées de son désir l'enveloppait, le tentait, une véritable torture. Son sexe dur emprisonné dans son jean lui faisait mal.

— Je n'en ai pas encore fini avec toi, dit-il en secouant la tête.

— Fais-moi jouir alors.

— Non.

— Quoi ? s'exclama Ally en se raidissant tout comme sa louve.

— Tu jouiras quand tu reconnaîtras que tu es mienne.

Ses paroles n'étaient que provocation, défi. Derren exigeait quelque chose d'elle et elle se hérissa. Elle lui martela le torse de coups de poing.

— Espèce d'enfoiré de trouduc de moins que rien !

Il lui attrapa les poignets en moins de deux et les lui souleva au-dessus de la tête tout en continuant de glisser les doigts de sa main libre en elle sans même changer la cadence.

— Lâche-moi, putain !

Ne tenant aucun compte des hurlements de la jeune femme, il aspira un de ses tétons, décidé à lui infliger la pire des tortures : le plaisir. Il la suça fort, comme elle aimait, tout en glissant ses doigts en elle de plus en plus vite. Elle se tortilla, arqua le dos, gémit et l'insulta.

Quand il la sentit au bord de l'explosion, il l'arrêta d'un regard noir.

— Je t'interdis de jouir, l'admonesta-t-il.

Les yeux d'Ally furent parcourus de lueurs de défi et il devina qu'elle n'avait aucune intention de lutter contre son orgasme. Il retira ses doigts et elle lui lança une volée de jurons bien sentis.

— Je t'ai prévenue, susurra-t-il en approchant son visage et en plongeant son regard dans le sien.

La dominance que contenaient ses grognements lui faisait resserrer sa féminité sur son membre.

— Quel salaud tu es ! cria-t-elle.

Il était peut-être un peu cinglé mais il appréciait qu'elle l'oblige à affirmer sa domination sur elle et son droit à la revendiquer. Son loup appréciait sa force, son côté rebelle.

— Donne-moi ce que je te demande et je te donnerai ce que tu veux. Ça ne peut pas être autrement entre nous, ma chérie, déclara-t-il en soufflant sur ses tétons, qui durcirent douloureusement.

— Je vais t'étrangler, tempêta-t-elle.

— Non. Tu vas te faire baiser, dit-il en insérant de nouveau ses doigts en elle. Mais tu dois d'abord faire quelque chose pour moi. C'est là que je vais te marquer, ajouta-t-il en suçant la peau de son cou et en la raclant des dents pour la taquiner et lui donner un avant-goût de ce qui l'attendait.

Il lécha la marque qu'avaient laissée ses dents. Son haleine chaude, le poids de son corps, la caresse de son torse contre ses tétons durcis, la sensation de ses doigts en elle… tout cela était trop. Elle sentit son explosion prochaine et fit son possible pour le lui cacher mais l'enfoiré le devina.

— Dis-le, Ally, ou je ne te laisse pas jouir.

Ally garda le silence et Derren retira ses doigts. Elle lui donna quelques grands coups de pied de ses belles jambes enroulées autour de sa taille. Il riposta d'un coup de boutoir qui propulsa son sexe contre la zone sensible d'Ally. Ce geste suffit pour l'obliger à s'immobiliser. Elle aspira une grande bouffée d'air.

— Tu es mienne, Ally, tu le sais. Je te demande seulement de me le dire. Est-ce si difficile ?

Elle ferma les yeux et serra les lèvres fermement. Il semblait que la prophétesse avait effectivement du mal à lui céder.

Derren suça ses doigts et gémit en goûtant sa saveur.

— Tu ne veux pas sentir mon sexe en toi ? Tu ne veux pas que je te donne ce qu'on désire tous les deux ?

Elle ne répondait toujours pas. Il lui relâcha alors les poignets, se mit à genoux et défit sa braguette. Elle ouvrit les yeux. Elle lui accordait enfin un peu d'attention. Elle releva les hanches, s'offrant à lui. Il inséra son sexe dans son intimité mais sans s'enfouir en elle.

— Si tu n'es pas mienne, alors je ne suis pas tien, déclara-t-il en souriant de l'entendre gémir. Cette marque de revendication que tu m'as faite au cou ne signifie rien du tout.

Sa louve se hérissa en entendant cela. Ally aussi d'ailleurs. Cet enfoiré était sien.

— Tu n'es qu'un salaud de trouduc.

Elle s'apprêtait à le mordre à l'épaule pour le punir mais il l'empoigna par la gorge et la cloua au sol. Elle n'avait pas mal mais il la retenait d'une main ferme. Cette manifestation de domination calma sa louve.

— Je ne suis tien que si tu es mienne, affirma Derren en la pénétrant d'un petit centimètre mais en ressortant aussitôt. Et c'est le cas. Tu m'es destinée, n'est-ce pas ?

Ally se lécha les lèvres et hocha la tête. Cela l'énervait de lui céder, mais il avait tenu le coup plus longtemps qu'elle. Il avait bien mérité de la revendiquer.

— Très bien. Je veux t'entendre le dire cependant. Alors vas-y.

Qu'est-ce qu'il était exigeant, l'enfoiré !

— Je te suis destinée.

Il la pénétra alors profondément, tellement que le dos d'Ally heurta violemment le sol. Il gémit quand il sentit sa féminité se resserrer sur lui. Puis il se lança dans un long mouvement de va-et-vient. Elle sentait les muscles de son dos se contracter et se relâcher sous ses mains. Il la pénétrait si profondément, si violemment que c'en était douloureux. Mais elle ne faisait pas attention à la douleur. Elle voulait se faire prendre sauvagement, voulait sentir son besoin impérieux de la revendiquer. Elle était de plus en plus excitée, de plus en plus fébrile.

— Ce corps m'appartient. Depuis toujours et pour toujours. Tu comprends ça ? déclara-t-il en resserrant son étreinte sur sa gorge.

Elle lui lacéra le dos de ses griffes et il grogna.

— Tu comprends ça ? répéta-t-il d'une voix rauque.

— Oui, concéda-t-elle, les lèvres serrées.

— C'est bien, dit-il en lui relâchant la gorge et en plaçant ses jambes sur ses épaules avant de s'enfouir encore plus profondément en elle.

— Tu es mienne. Tu es toute à moi.

Puis il repoussa ses cheveux, lui inclina la tête sur le côté et planta ses dents dans son cou. Il suça sa blessure, la marqua et la revendiqua. Elle s'arqua et se raidit avant de pousser un long hurlement. Sa féminité se referma sur le sexe de Derren. Il donna encore deux ou trois coups de reins et se répandit en elle, la marquant tout autant qu'il l'avait fait avec les dents.

Il lui sembla que le monde se mettait à vaciller. Il sentit une atroce douleur dans sa tête, vite remplacée par des émotions très douces et très agréables auxquelles il ne fit pas du tout attention parce qu'il sentait aussi tout autre chose. Ally. Il la sentait à présent en lui tout comme elle le sentait en elle. Leur lien d'union n'était pas encore entièrement en place, il fallait un certain temps pour ce faire. Ils auraient des étapes émotionnelles à franchir avant. Mais le lien était bien là, ils le sentaient, il était fort et stable.

Il roula sur le dos, entraînant Ally avec lui. Il examina les émotions qu'il put lire sur son visage tout en les sentant par leur lien d'union. Elle était heureuse, repue, satisfaite… mais un peu énervée.

— Qu'est-ce qu'il y a ? s'enquit-il.

— On est tellement crétins.

— Il n'y avait vraiment aucune chance qu'on découvre la vérité plus tôt, dit-il en riant, ayant compris ce qu'elle voulait dire.

Il avait bien raison, Ally ne pouvait qu'en convenir. Ils avaient trop de problèmes tous les deux pour être capables de sentir qu'ils étaient âmes sœurs. Le lien d'union était très… réconfortant. L'éclair de douleur avait vite été remplacé par une impression de sérénité et de plénitude qui avait calmé et rassurer la jeune femme et sa louve. Et Derren… c'était comme s'il faisait partie d'elle, comme s'il l'emplissait et l'enveloppait.

— Tu tiens à moi, dit-elle, satisfaite d'avoir enfin la réponse à quelque chose qui l'inquiétait depuis un certain temps.

— Bien sûr que je tiens à toi, rétorqua Derren en décrivant des cercles autour de sa marque de revendication, heureux de la lui avoir faite, qu'elle soit désormais irrévocablement sienne. Je l'ai affirmé haut et fort il y a des semaines de cela, quand je t'ai dit que je te gardais.

Elle fronça les sourcils, se redressa et s'installa à califourchon sur lui tandis qu'il la retenait par la taille.

— Non, c'est faux.

— Mais je te l'ai dit.

— Non. Tu as dit que tu étais obsédé par moi. Ce n'est pas la même chose.

— Je t'ai aussi dit que tu étais mienne. Je ne revendique pas les choses et les gens comme ça, Ally. Je protège ce qui est important pour moi. Je ne suis pas possessif, ajouta-t-il en lui caressant les hanches des pouces. Si tu as vraiment besoin de l'entendre, alors soit, je vais te dire que je t'apprécie, et que toi aussi tu m'apprécies, dit-il en esquissant un sourire satisfait.

C'était le cas, il le sentait.

Ally se rendit compte qu'en plus de ressentir une grande satisfaction bien masculine il était étonné de constater qu'elle avait des sentiments pour lui.

— Tu doutais de mes sentiments ? demanda-t-elle, surprise.

— Je pensais que j'aurais beaucoup à faire pour te séduire. Après tout, je me suis vraiment mal comporté avec toi au début. Et comme je suis aussi un enfoiré et que j'ai plus de problèmes que je ne peux en compter, ce n'était pas évident pour toi.

— Tu n'es pas un enfoiré, affirma-t-elle en souriant. Enfin, pas tout le temps, continua-t-elle en esquissant un large sourire en le voyant froncer exagérément les sourcils. C'est vrai que tu n'es pas doué pour la cuisine, que tu ne laisses aucune place à l'erreur, que tu es prompt à la critique et un peu trop sérieux. Mais tu es aussi capable d'un grand soutien, tu es un homme de parole et tu sais reconnaître quand tu as tort. Est-ce que tu sais à quel point c'est rare chez les loups dominants ?

Il s'assit et déposa un baiser sur sa marque de revendication. Il ne croyait pas mériter cette belle image qu'elle peignait de lui. Il était égoïste, agressif et avait un très lourd passif émotionnel. Mais cela ne changeait rien à la réalité. Ils étaient âmes sœurs et il allait la garder. Il l'aurait fait de toute manière.

— Je sais que tu as du mal avec l'idée de t'installer quelque part définitivement, ma chérie. Mais ta place est à mon côté, ici avec moi. Maintenant que je t'ai marquée et revendiquée, tu ne peux plus partir.

Elle se hérissa, elle n'y pouvait rien, en entendant son ton autoritaire.

— Je pourrais toujours m'en aller, mais je ne le ferai pas parce que je n'en ai pas envie.

— Tu as toujours eu des problèmes avec l'autorité ?

— Laisse-moi t'expliquer quelque chose, dit-elle en posant l'index sur son torse. Tu as beau être le Beta de cette meute, tu n'es pas le mien. Tu es mon compagnon.

Il ne pouvait pas être les deux à la fois. Leur relation risquait d'en pâtir.

— C'est mignon quand tu prends cet air déterminé, dit-il, satisfait de la déclaration qu'elle venait de faire.

Elle serait parfaite dans le rôle de femelle beta, avec sa force, sa fiabilité et sa façon d'inspirer la loyauté chez les autres.

— Est-ce que les autres vont être aussi surpris que nous, à ton avis ?

— Je ne sais pas. On verra demain matin. Ce soir, j'ai envie de rester seul avec ma compagne. Vas-y, prends-moi, ajouta-t-il en la soulevant pour la placer sur son sexe.

— Oh ! bonne idée.

Chapitre 14

Le lendemain matin au petit déjeuner, leur grande nouvelle fut accueillie par un silence ébahi. Une seule personne prétendit avoir deviné que Derren et Ally étaient âmes sœurs.

— Comment cette idée t'est-elle venue ? demanda Derren à Kathy en posant le bras sur le dossier de la chaise d'Ally.

Cela l'agaçait terriblement de ne pas l'avoir soupçonné avant même s'il en comprenait parfaitement la raison.

— Derren, répondit Kathy impatiemment en secouant la tête, debout à la cuisinière, je te connais depuis très longtemps. Je sais comment tu es avec les autres. Tu n'as jamais laissé aucune de tes copines se rapprocher de toi. Peut-être que « copines » n'est pas le mot juste, tout bien considéré. (Elle eut une moue désapprobatrice à l'idée de ses relations superficielles passées.) Depuis le début, tu traites Ally bien différemment des autres filles. Tu es protecteur et très possessif avec elle. Et, face au danger, ton premier instinct est de la protéger, elle, une étrangère, du moins en théorie jusqu'à maintenant, avant Nick, ton Alpha, ton ami et ton camarade de meute.

— Si je n'avais pas pensé que Cain était son âme sœur, affirma Eli, je l'aurais soupçonné.

— J'ai commencé à me poser des questions après notre conversation hier matin, je dois le reconnaître, dit Shaya, tout excitée, à Ally.

— J'avais remarqué que tu semblais vraiment épris d'Ally, dit Bracken à Derren, et je trouvais que tu te laissais mener par le bout du nez, mais pour ce que j'en dis…, ajouta-t-il, l'air innocent, haussant les épaules lorsqu'il entendit le grognement de son ami. Quoi ? Je dis ça, je dis rien.

Stone, le père de Shaya, un humain et ancien membre de la force spéciale d'intervention de la Navy, qui prenait toujours grand plaisir à torturer Nick, éclata de rire.

— Tu me rappelles le compagnon de ma fille ! s'exclama-t-il.

Il était arrivé tôt ce matin-là pour lui rendre visite et il lui en voulait terriblement de ne pas l'avoir prévenu du danger que courait la meute.

— Cela dit, intervint Nick lentement en ne tenant aucun compte du commentaire de Stone, je vous félicite tous les deux. Et je te souhaite la bienvenue au sein de la meute, Ally.

— Je te voyais déjà comme l'une des nôtres ! s'exclama Shaya en frappant dans ses mains de bonheur. Maintenant, c'est officiel !

Une agréable sensation de chaleur parcourut Ally.

— Merci, répondit-elle.

Les félicitations de ses nouveaux camarades de meute lui réchauffèrent le cœur. Sa louve apprécia énormément de se sentir ainsi acceptée.

— Tu dois être content maintenant que j'ai autant insisté pour inviter Ally à venir chez nous, non ? demanda Shaya à Derren.

— Ouais, dit Nick en levant les yeux au ciel. Il te doit son bonheur, ma chérie.

— Absolument, lança Shaya, triomphante, avant de reprendre une gorgée de café. Roni sera heureuse de l'apprendre aussi. Elle est partie rendre visite à la meute du Phénix, avec Marcus.

— J'aurais préféré qu'ils ne bougent pas d'ici, dit Nick, mais Marcus n'est pas allé voir ses amis depuis longtemps et cette meute est sa famille. Lui et son loup vivent mal la séparation quand elle dure trop longtemps.

— Ce doit être difficile d'être déchiré comme cela entre deux meutes, supposa Stone en lançant une tranche de bacon à Bruce. Je suis étonné qu'il n'ait pas insisté pour que Roni reste ici.

— Ce n'est pas faute d'avoir essayé, affirma Eli en souriant. Il l'a même sermonnée, insistant pour qu'elle reste en sécurité chez Nick et Shaya. Roni s'est contentée de lui sourire jusqu'à ce qu'il commence à se sentir très mal à l'aise et laisse tomber.

— Elle me rappelle Kye quand elle fait cela, gloussa Shaya. (Kye était son filleul, le fils de Taryn et Trey.) Quand on lui refuse quelque chose, il ne pleure jamais et il ne crie pas non plus. Il fixe le regard sur vous jusqu'à ce que vous renonciez et lui donniez ce qu'il réclame.

— Ça marche même avec Nick, affirma Kathy en souriant.

— Non, pas du tout, contesta Nick, vexé.

Shaya, Kathy et Stone continuèrent à le taquiner à ce propos pendant tout le repas, ce qui amusa beaucoup Ally. Nick commençait à avoir envie de les étrangler tous les trois quand son téléphone sonna. Il sortit de la pièce pour prendre l'appel. Quand il revint, il dégageait des ondes d'étonnement et de suspicion qui électrisèrent Ally.

— C'était Donovan, expliqua-t-il, attirant l'attention de tous les membres de la meute. On a été retiré de la liste noire, ainsi que la meute du Phénix.

— Retirés ? s'étonna Bracken.

— La prime a été supprimée il y a deux jours, confirma le mâle alpha.

— Tu n'as pas l'air soulagé pourtant, remarqua Stone.

— Ça semble trop facile.

— Ça ne me choque pas, déclara Kathy en se levant et en ramassant les assiettes vides. Kerrie n'a sans doute juste pas trouvé preneur. Pas de chance pour elle.

— J'ai du mal à croire qu'elle renonce aussi facilement, dit Derren en jouant avec les cheveux de sa compagne, incapable de résister à la tentation de la toucher constamment.

— Elle veut peut-être limiter les dégâts, suggéra Eli, sans sembler toutefois convaincu par cette explication.

— Quoi qu'il en soit, soupira Shaya, on peut se réjouir que nos têtes ne soient plus mises à prix. C'est déjà ça.

— Il faut quand même rester sur nos gardes, affirma Derren.

— Je suis d'accord, dit Nick. Je vais aller en informer la meute du Phénix.

— Au boulot, non ? lança Ally en sortant de la cuisine après le petit déjeuner. Je suis la femelle beta de cette meute maintenant, expliqua-t-elle en levant les yeux au ciel devant l'incompréhension manifeste qu'elle lut dans les yeux de son compagnon. J'ai donc des responsabilités, tout comme toi.

Elle espérait soulager Derren d'une part de sa charge de travail.

— Tu n'as pas besoin de m'aider, ma chérie, répondit Derren, surpris par sa déclaration. Certaines femelles betas n'assument aucune charge de travail. (Beaucoup le faisaient, mais pas toutes. Ce n'était pas un poste facile.) Tu exerces déjà une activité compliquée. Je préfère que tu gardes tes énergies pour les guérisons.

En effet, la meute Mercure n'avait pas de guérisseur. Tous ses membres comptaient donc sur elle pour les prévenir des dangers mais aussi pour les soigner. Elle devait par conséquent être disponible à tout instant.

— Écoute-moi bien, Derren Hudson, dit-elle en l'agrippant par le tee-shirt. Je suis la femelle beta de cette meute maintenant et je vais assumer les responsabilités liées au poste. Pas seulement parce que c'est mon devoir mais aussi parce que je le veux. Tu as raison de dire que je ne devrais pas me fatiguer, ajouta-t-elle en lui effleurant la bouche des lèvres, pour le cas où on aurait besoin de mes dons de guérisseuse. Cela ne m'empêche pas cependant de donner un coup de main.

Derren éprouva un immense sentiment de fierté. Non seulement sa compagne ne lui reprochait pas son poste de Beta, mais elle ne le remettait pas en cause et assumait même entièrement le fait qu'elle allait devoir partager ce rôle avec lui. Son loup en était profondément touché car il avait besoin d'être accepté tel qu'il était.

— Tu seras une formidable femelle beta, déclara Derren en posant les mains sur le visage de sa compagne.

— C'est évident, répondit Ally en lui adressant un sourire charmeur. Je suis une fille formidable après tout. Je peux m'occuper de la paperasserie, ajouta-t-elle, reprenant son sérieux. Et du réseau intermeutes, mais je suis incapable de travailler dans un bureau. Cela me rendrait folle.

Le réseau intermeutes ressemblait un peu à Facebook. Il permettait aux membres de poster des messages sur la page de leurs amis. La page web d'une meute n'était accessible que par ses membres. Les meutes pouvaient cependant consulter les profils des autres meutes sur le Web de la même façon que les réseaux sociaux chez les humains.

— Est-ce que je pourrai travailler à la maison ?

— Si c'est ce que tu veux, répondit Derren après avoir léché la marque de revendication qu'il lui avait faite.

— Si un des membres de la meute n'est pas content, tu me l'enverras, dit-elle, gênée que sa voix se fasse grave et rauque à mesure qu'il léchait et suçait sa marque. Je m'en occuperai.

Elle serait sans aucun doute plus douée que lui pour régler ce genre de problème, pensa-t-il. Il lui mordit la lèvre et la lécha ensuite pour soulager la douleur.

— Très bien, dit-il en lui assenant une petite tape sur les fesses. Au boulot !

Derren avait beau savoir que sa compagne était très compétente, il n'avait pu s'empêcher de se demander comment elle se chargerait des responsabilités qu'elle avait décidé d'assumer. Il était surtout curieux de voir si elle souhaiterait continuer quand elle se serait rendu compte à quel point ces tâches pouvaient être ennuyeuses. Or, chaque fois qu'il se rendit près d'elle pour vérifier où elle en était, elle l'accueillit avec un grand sourire. Elle termina la paperasserie en un temps record, mit à jour la page intermeutes, la modernisa, et aida Caleb à régler quelques petits soucis qu'il avait hésité à soumettre à Nick.

Quand Derren rentra à la fin de sa longue journée, ils dînèrent ensemble avant d'aller courir sous leur forme lupine. Le loup noir et la louve blanche jouèrent à se bagarrer et à se sauter dessus pendant des heures. Ils reprirent forme humaine en rentrant à la maison.

— J'ai une question à te poser, dit Ally un peu plus tard pendant qu'ils se reposaient tous les deux dans le hamac. Puisque je fais partie de la meute Mercure maintenant, est-ce que je serai obligée de m'installer chez toi ?

Derren ne perçut aucune réticence dans la question d'Ally mais il savait à quel point ce serait dur pour elle de quitter cette maison qui était devenue sienne. Elle s'y sentait si détendue. C'était devenu son refuge. Pour sa part, il aimait bien son pavillon, mais il ne pouvait pas se résoudre à lui demander de quitter cet endroit qui lui tenait tant à cœur. Et puis il n'avait réellement besoin que de sa compagne et il était par conséquent disposé à aller là où elle se sentait le plus heureuse.

— J'ai pensé que je pourrais m'installer ici définitivement, que cette maison pourrait devenir nôtre.

— Vraiment ? réagit-elle, sidérée par sa proposition.

— Je sais que tu es très attachée à cet endroit, ou plutôt à cette terrasse et à ce hamac.

— Merci, répondit-elle en riant.

— Et puis je poursuis un but caché, dit-il en l'embrassant doucement mais de façon toujours aussi possessive.

Ally sourit en percevant son ton joueur, d'autant plus que ce n'était pas fréquent chez lui. Il baissait la garde avec elle maintenant et elle l'appréciait.

— Ah oui ? Lequel ?

— Ta nature un peu revêche m'amuse mais je préfère te voir heureuse parce que cela te rend beaucoup plus facile à séduire.

— Tu ne séduis pas, tu prends, gloussa-t-elle tendrement.

— Je prends ce qui m'appartient, dit-il en riant, l'embrassant sur la tempe quand il la vit lever les yeux au ciel. Allez, dors maintenant.

Épuisée après une journée bien chargée, elle se blottit contre lui, ferma les yeux et s'endormit instantanément.

Derren fut tiré brutalement d'un rêve où il voyait Ally recouverte de chantilly. Il sentit le hamac se balancer. Il ouvrit les yeux et vit la jeune femme se précipiter à l'intérieur comme si elle avait des chiens des enfers à ses trousses. Il la suivit et la trouva dans le séjour, occupée à composer un numéro sur son téléphone portable.

— Qu'est-ce qu'il y a, ma chérie ?

Ally leva un doigt en mettant le téléphone contre son oreille. Comprenant qu'il se passait quelque chose de très grave, il n'insista pas même si la curiosité le dévorait. Ally était en mode « laisse-moi, j'ai à faire ». Le loup de Derren se mit sur le qui-vive. Il percevait la peur de sa compagne et désirait la protéger contre ce qui la mettait dans cet état.

— Allez, Roni, réponds, marmonnait Ally en faisant les cent pas.

Mais la compagne de Marcus ne décrocha pas son téléphone. Ally composa un autre numéro et Derren entendit qu'on lui répondait cette fois.

— Jaime, dit Ally, est-ce qu'un Chevy rouge s'est présenté chez vous, à votre portail ? demanda Ally, dans tous ses états.

— Ouais, dit-elle et Derren l'entendit parfaitement. C'est une vieille connaissance de Trey. Il vient nous rendre visite. Il a dit qu'il avait des informations pour nous concernant la planque de Kerrie.

— Il faut à tout prix que vous arrêtiez cette voiture avant qu'elle arrive au parking, Jaime ! Elle contient une putain de bombe !

Inquiet, Derren s'approcha d'Ally.

— Une bombe ? s'exclama-t-il.

Son loup s'était raidi et poussa un grognement sourd.

— J'ai eu une vision, se hâta d'expliquer Ally à Jaime. Je vous la décrirai dans le détail tout à l'heure. Mais arrêtez d'abord cette voiture, insista-t-elle en raccrochant rapidement pour laisser Jaime libre d'intervenir.

— Qu'est-ce qui se passe, merde ! Ally ? voulut savoir Derren.

— J'ai eu une vision dans mon sommeil, répondit-elle, sentant bien que son compagnon risquait de péter un câble si elle ne lui racontait pas tout. J'ai vu Roni, Marcus et d'autres loups de la meute du Phénix dans leur parking souterrain. Roni et Marcus sont là-bas. J'ai tout de suite pensé que c'était là où se produirait cet incident. Dans ma vision, il y avait tous ces loups qui regardaient arriver un Chevy rouge. Puis j'ai vu le chauffeur. Il n'est pas descendu, il a simplement articulé silencieusement : « Je suis désolé. » Puis il a pris une télécommande, appuyé sur un bouton et « boum ! ».

— Putain !

Derren était souvent allé au territoire de la meute du Phénix et savait que le parking souterrain, plein de voitures, était situé tout près de l'habitation troglodyte. Si une bombe explosait à cet endroit, elle fragiliserait les fondations de la demeure, qui risquait de s'effondrer. Elle tuerait certainement tous les loups qui se seraient trouvés dans le parking à ce moment-là, y compris Roni et Marcus.

Le Beta vit trembler sa compagne et sentit son angoisse. Il passa une main sur sa nuque et l'attira contre lui. Elle l'entoura de ses bras dans une étreinte si forte qu'elle en fut presque douloureuse.

— Ne t'inquiète pas, ma chérie, ça va aller, lui dit-il pour la réconforter en lui massant le bas du dos de sa main restée libre.

— C'était tellement réel, dit Ally en appuyant son visage contre le torse de Derren, incapable d'extraire de son cerveau les images répugnantes de cadavres ensanglantés de sa vision. Je les ai vus exploser, j'ai entendu les cris de Roni, vu le feu…

— Dis-toi plutôt que tu les as sauvés, l'interrompit Derren en frottant la joue contre celle de sa compagne, partageant le besoin de son loup de la calmer et de la réconforter. Regarde-moi, Ally. Ça va aller.

Il recula d'un pas et plongea son regard dans les pupilles vert émeraude de la jeune femme, où il put lire l'angoisse qui l'avait étreinte.

— On devrait aller prévenir Nick, répondit-elle en prenant une longue inspiration pour se calmer, sachant qu'il était impératif qu'elle se ressaisisse.

Ils se lavèrent et s'habillèrent en un temps record et se dirigèrent vers la maison des Alphas. À peine Ally avait-elle terminé la description de sa vision à la meute réunie avec Stone que le téléphone de Nick sonna.

— C'est Trey, annonça-t-il en jetant un œil à l'écran. Dis-moi que ma sœur va bien, lança-t-il tout de suite après avoir mis le téléphone sur haut-parleur.

— Elle va bien, confirma Trey, dont la voix trahissait la colère dirigée contre le poseur de bombe. On a arrêté le Chevy bien avant qu'il n'arrive à mi-chemin de l'habitation. À notre grande surprise, le chauffeur est sorti tout de suite du véhicule les mains en l'air en signe de reddition. Il nous a expliqué que sa famille avait été enlevée, qu'il avait reçu un appel lui enjoignant d'obéir aux consignes sinon ils seraient tous tués.

Il n'y avait pas la moindre note de compassion dans la voix de Trey. L'Alpha était manifestement beaucoup trop en colère à l'idée que sa compagne, son fils et ses camarades de meute aient pu être tous victimes d'une explosion pour éprouver autre chose que du mépris pour cet homme qui avait non seulement pénétré dans son territoire sous de fausses représentations mais qui était également disposé à causer la mort de tous les membres de sa meute.

— Attends, tu veux dire que ce mec était un kamikaze ? lança Nick en fronçant les sourcils.

— Incroyable mais vrai.

— Quelle putain d'histoire ! marmonna Bracken.

— C'est un coup de Kerrie ? s'enquit Derren, soupçonnant qu'elle avait décidé de prendre les choses en mains puisque sa première idée n'avait rien donné.

— Il ne reconnaît pas ce nom, répondit Trey. Il dit que la voix qu'il a entendue au téléphone était déformée mais qu'il pensait qu'il s'agissait d'un homme. Même si ce n'est pas Kerrie qui l'a appelé, cela ne signifie pas pour autant qu'elle n'est pas derrière cette attaque. Elle aurait très bien pu embaucher de l'aide. On n'a aucun moyen de retrouver la famille de notre kamikaze pour les sauver.

— De toute manière, je doute qu'ils les auraient laissés vivre, soupira Stone. Ce sont des témoins gênants, capables d'identifier leurs kidnappeurs.

Derren partageait tout à fait cet avis.

— Je ne peux pas faire autrement que le plaindre, articula Shaya en étreignant Willow. Mais j'ai aussi envie de l'égorger pour avoir mis autant de vies en danger.

— Je pense comme toi, ma chérie, répondit Taryn au téléphone. J'ai envie de lui faire bouffer ses propres testicules. Mais je sais que j'aurais été prête à tout pour garder ma famille en sécurité. C'est difficile de ne pas avoir un peu pitié de lui. Il a si peur pour sa famille qu'il en tremble.

— Remercie bien ta prophétesse de notre part, dit Trey. On lui doit beaucoup. Cette bombe aurait pu nous anéantir tous.

— Eh ben dis donc ! s'exclama Derren, on dirait que tu as fait ces remerciements sans même rechigner.

Cela fit rire les loups de la meute Mercure et Taryn.

— Arrête de faire l'andouille pour une fois dans ta vie, Derren, grinça Trey.

— Il défend sa compagne, dit Nick en souriant à l'autre Alpha

Un bref silence accueillit cette déclaration.

— Ils se sont imprégnés ? demanda Taryn.

— Non, ils sont âmes sœurs, intervint Shaya, sa voix trahissant son excitation.

— C'est vrai ? s'exclama Taryn, l'air aussi heureuse que son amie en entendant la bonne nouvelle. Mais je croyais que Cain…

— Ouais mais bon, il vaut mieux ne pas parler de lui là tout de suite, intervint Nick en entendant Derren pousser un grognement sourd.

— Félicitations, à toi et à ta prophétesse, Derren, s'esclaffa Trey.

— Oui, félicitations, ajouta Taryn. Vous allez sans doute me trouver très égoïste de vous demander cela, mais est-ce que vous pourriez attendre que toute cette histoire soit réglée avant d'organiser votre cérémonie d'union ? J'ai très, très envie d'y assister.

— On attendra, pas de souci, répondit Ally en souriant.

Taryn mit fin à l'appel après avoir remercié mille fois ses amis de bien vouloir retarder leur cérémonie d'union.

— Je doute que Kerrie aurait pu kidnapper toute une famille de métamorphes sans aide, dit Eli à Nick. Soit elle a embauché des assistants, soit les ravisseurs sont des amis à elle. De toute manière, cela signifie qu'il y a des gens qui savent où elle se trouve.

— Si personne n'est disposé à révéler sa planque pour toucher la prime, je ne peux que conclure qu'elle se cache chez un de ses proches, supposa Caleb. Un membre de sa famille ou un petit ami, peut-être.

— Marcus nous a dit que ses proches et ses camarades de meute ne lui connaissent pas de petit ami, leur rappela

Kent. Et les recherches effectuées par Donovan et Rhett le confirment.

— Quelqu'un quelque part sait forcément quelque chose, déclara Caleb.

— Mais si elle est chez quelqu'un qui lui doit quelque chose il acceptera de la cacher encore longtemps.

Après son expérience avec Cain, Derren avait compris que le fait d'avoir une dette envers quelqu'un pouvait vous obliger à faire quelque chose qui était contraire à vos principes.

— Elle est prophétesse, ses visions ont peut-être sauvé des vies. Il y a sans doute des gens qui estiment avoir une dette envers elle.

Ally entendit sonner son téléphone, le sortit de sa poche et sourit en constatant que l'appel provenait de Roni.

— Hé ! la salua-t-elle.

— *Qu'est-ce que Taryn vient de me dire ? Que toi et Derren vous êtes unis ?* hurla-t-elle, l'air vexée.

— J'aurais préféré que tu ne l'apprennes pas d'une autre personne que moi, répondit Ally, malheureuse. Je voulais t'en informer moi-même.

— Il faut qu'on trouve Kerrie et vite, dit Derren après qu'Ally fut sortie de la pièce pour essayer de calmer Roni. Si c'est elle qui a manigancé cet attentat à la bombe, elle enverra quelqu'un d'autre nous attaquer.

— Mais on les attendra de pied ferme, déclara Nick en serrant la mâchoire, et on les neutralisera vite fait.

— Puis on la retrouvera et on la supprimera aussi, lança Shaya en hochant la tête. Et ce sera un vrai plaisir.

Chapitre 15

Cinq jours plus tard, après s'être installé chez Ally, Derren suivit les odeurs de café jusqu'à la cuisine, où il aperçut la prophétesse s'étirer comme un chat. Ce spectacle lui donna immédiatement l'envie de la prendre là, contre le mur.

Son âme sœur.

Il n'en revenait toujours pas de l'avoir trouvée. Il avait eu une vie difficile et ne s'était pas attendu à une telle amélioration. Et encore moins à trouver son âme sœur, surtout étant donné son sale caractère, sans oublier sa tendance à la mélancolie et à l'agressivité. Il était heureux qu'Ally soit son âme sœur. Elle lui avait appris l'art de vivre, à lui qui l'avait un peu oublié. Elle le faisait jouer, nager avec elle, lui courir après mais aussi discuter. Tout cela lui avait insufflé un nouvel élan.

Elle acceptait sa part d'ombre, ses cicatrices et son passé. Puis elle l'obligeait à les accepter aussi, à s'accepter tel qu'il était. Elle croyait en lui, percevait en lui une bonté dont il doutait. Elle n'avait jamais eu de mouvement de recul vis-à-vis de lui, même quand il lui avait raconté ce qu'il avait vécu en maison de redressement, tout ce qu'il avait été obligé de faire pour survivre. Elle ne lui avait pas reproché d'avoir traqué Neil, de l'avoir buté sans aucun regret.

Ally ne l'avait pas jugé, elle n'était pas horrifiée par ses agissements. Elle l'acceptait totalement, allant jusqu'à endosser le rôle de femelle beta de la meute. Elle s'était investie corps et âme dans ses nouvelles responsabilités, les assumant entièrement et s'entraînant même tous les jours avec lui, Eli et les autres lieutenants pour rester en forme et demeurer prête à faire face à toute éventualité.

Il n'était pas sûr de mériter cette foi en lui mais il avait, bien égoïstement il le reconnaissait, envie de la garder.

Honnêtement, si Ally avait manifesté la moindre velléité de s'éloigner de lui, il ne l'aurait pas laissée faire. Et même s'il comprenait ses raisons il ne la laisserait jamais partir. Il s'en sentait incapable et ce serait toujours le cas. Elle faisait partie de lui, elle lui était essentielle. Elle le stabilisait comme jamais il n'aurait cru possible. Il ne pourrait plus vivre sans elle et il le savait.

Son loup aussi était complètement sous le charme. Il adorait Ally. Elle leur appartenait et Derren ne donnait pas cher de la vie de quiconque tenterait de lui faire du mal. Il n'hésiterait pas une seule seconde à buter le premier qui s'en prendrait à elle sans que cela perturbe son sommeil.

Il comprenait enfin ce qu'entendait son Alpha quand il disait que toutes les émotions étaient amplifiées quand l'âme sœur était concernée. Il ressentait pour Ally de l'adoration, du respect, du désir, de la jalousie et de la possessivité ainsi que le besoin instinctif de la protéger. Et tout cela très intensément parce que le lien d'union exacerbait ses sentiments. Derren savait parfaitement qu'il ne s'arrêterait à rien pour préserver ce lien et garder à son côté cette personne qui compterait toujours plus que tout pour lui.

— Veux-tu du café ? lui demanda-t-elle en le voyant et en lui adressant ce sourire radieux qui ne manquait jamais de le faire bander.

— La question ne se pose même pas !

Il l'attira à lui et plaqua sa bouche sur la sienne dans un baiser passionné. Il glissa sa langue entre ses lèvres pour la goûter, la titiller. Puis il enfouit son visage dans le creux de son cou pour s'imprégner du délicieux parfum de sa compagne.

— Tu sens si bon, un parfum exotique et savoureux. Et tu es mienne.

Il sourit de la voir rougir. Elle réagissait très bien aux pires insultes, se contentant d'émettre un soupir ennuyé, mais les compliments ? Sa petite prophétesse avait beaucoup de mal à les accepter.

— Je préfère ton odeur, un mélange d'écorce de chêne, de grains de café brésilien et de sexe chaud bouillant !

— Tu es parfaite, gloussa Derren en empoignant les hanches d'Ally. (Elle sursauta un peu à son contact.) Tu as mal ? s'enquit-il.

Il l'avait prise par-derrière la veille en la faisant se pencher sur le dossier du canapé. Il lui avait assené quelques tapes sur les fesses, ce qui n'avait pas trop plu à sa petite prophétesse, qui l'avait injurié et avait rétorqué avec quelques coups de griffe qui lui avaient valu une nouvelle fessée.

— Tu as l'air trop content de toi, dit-elle en plissant les yeux, un éclair amusé dans le regard. Et ôte tes mains. Pas touche.

— Combien de fois m'obligeras-tu à te le dire, ma chérie ? Ce joli petit cul m'appartient, affirma-t-il en glissant un doigt entre ses fesses, contrarié que le jean l'empêche de sentir sa peau. As-tu déjà été prise là ? demanda-t-il.

Son ton de voix s'était fait menaçant en posant cette question, remarqua Ally. Derren aurait été vraiment agacé si elle n'avait pas attendu son âme sœur pour la prendre ainsi, comme le faisaient la plupart des métamorphes. Elle s'était donc préservée pour lui, en quelque sorte.

— Non, répondit-elle, au grand soulagement de son compagnon.

— Très bien, ma chérie, dit Derren, soulagé, en se léchant la lèvre inférieure. Un jour, je te prendrai là, affirma-t-il en bandant rien que d'y penser.

Ally en avait très envie et elle n'avait pas peur de le reconnaître intérieurement. Elle était curieuse et souhaitait, tout comme sa louve, qu'il la prenne de toutes les manières, comme la majorité des métamorphes. Elle avait bien l'intention cependant de le faire poireauter un peu avant de satisfaire son désir.

— On verra, répondit-elle donc en reniflant.

— Tu es la plus…, réagit-il en reconnaissant le défi dans cette réponse, souriant et frottant son nez contre celui de sa compagne.

Interrompu par la sonnerie de son téléphone, il ne put continuer. Il alla chercher son portable sur la table basse du séjour et, constatant que l'appel provenait de Marcus, il décrocha.

— Ouais ? dit-il succinctement.

— On a des visiteurs, expliqua le lieutenant.

— Qui ça ? voulut savoir Derren en se raidissant.

Si c'était la meute Collingwood, il n'hésiterait pas à…

— Miranda et deux de ses lieutenants. On les a fouillés pour être sûrs qu'ils ne cachent ni armes ni bombes sur eux. Miranda n'a pas apprécié, mais on n'a rien trouvé.

— D'accord. Préviens-moi quand elle s'en ira. Je n'ai pas du tout envie de la voir.

Ses propos laissèrent Ally perplexe. Elle lui adressa un regard interrogateur depuis la cuisine mais il leva un doigt pour lui faire signe d'attendre.

— Elle a demandé à te voir. Elle dit que c'est important que tu entendes ce qu'elle a à dire, ajouta Marcus avant de raccrocher.

— Il faut que j'aille chez les Alphas, dit alors Derren à Ally après avoir poussé un grognement sourd en la regardant traverser la pièce une tasse à la main. Je reviens tout de suite.

— Qui est là ?

— Miranda et deux de ses lieutenants.

— OK, répondit Ally en reposant sa tasse sur la table. Allons-y.

Profondément contrarié à cette perspective, Derren serra son téléphone dans sa main. Jusqu'à ce que leur lien d'union soit complètement en place, il aurait du mal à accepter de voir Ally en compagnie d'autres personnes, surtout des étrangers. Cela le rendait mal à l'aise et encore plus protecteur et possessif. Il refusait de prendre le moindre risque concernant la sécurité de son âme sœur.

En toute honnêteté, il ne croyait pas que Miranda présentait un danger physique pour Ally. Ce serait le comble de la stupidité en effet pour elle de s'en prendre à la prophétesse. Miranda avait certes beaucoup de défauts, mais elle n'était pas bête. Derren ne souhaitait tout de même pas exposer Ally à des étrangers. C'était peut-être irrationnel ou paranoïaque de sa part dans la mesure où leur lien d'union n'était pas encore complètement formé, mais tant pis.

— Tu n'as pas besoin de venir, ma chérie, dit-il.

— Sans doute, mais je viens quand même.

— Ally !

— Derren !

— Je préfère que tu restes ici.

Il mit son autorité de Beta dans sa voix et Ally se rebiffa, comme d'habitude.

— Et moi je souhaite ardemment voir Rachelle mourir d'une mort lente, horrible et extraordinairement douloureuse, préférablement bientôt et sous mes yeux.

Malheureusement, la vie ne nous donne pas toujours ce qu'on veut.

Le rictus exaspéré de son compagnon la fit sourire.

—Miranda est une vraie garce, Ally. Elle est rusée et sournoise.

—Je sais, mais elle ne peut pas me faire de mal et tu le sais. Alors cesse d'en rajouter, l'enjoignit-elle en penchant la tête et en lui adressant un petit sourire de compassion. Tu serais beaucoup moins stressé, tu sais, si tu acceptais que je n'aie pas besoin que tu me protèges puisque je ne suis pas une demoiselle en détresse.

—Cela t'agace que je veuille te protéger et je le comprends, déclara Derren en posant une main sur la mâchoire d'Ally. Tu es capable de veiller sur ta propre sécurité, je sais, poursuivit-il avec ses yeux de loup, son animal désirant lui faire part de sa colère. Mais notre meute est en danger en ce moment et notre lien d'union n'est que partiellement en place. Il est normal que je sois un peu parano dans les circonstances, reconnais-le.

Ally sentit son agacement se dissiper devant l'angoisse manifeste de son compagnon et l'embrassa sur le menton pour les apaiser, lui et son loup.

—Je suis ravie de constater que tu tiens autant à moi et je comprends tes inquiétudes. Je me fais aussi du souci pour toi, tu le sais, non ? Cette garce est vraiment très rusée. Tu lui plais et elle estime avoir le droit de te séduire. Ma louve et moi, on a besoin de lui faire comprendre très clairement que ses désirs ne se réaliseront pas. (Il était essentiel que la garce sache que Derren était maintenant en couple et donc plus disponible.) Si les rôles étaient inversés, tu ferais la même chose que moi.

— Je veux juste que tu sois en sécurité, insista-t-il en serrant les dents, incapable de nier qu'elle avait raison.

— Je tiens aussi à ma sécurité, tu sais. Je ne vais pas courir après le danger.

Derren poussa un soupir. Il ne souhaitait toujours pas qu'elle l'accompagne mais il se doutait bien qu'elle n'allait pas changer d'avis. Ally ne reculait jamais devant le danger. Il admirait énormément sa force de caractère mais il avait parfois du mal à l'accepter.

— D'accord, allons-y, dit Derren, dont le loup broncha et sortit les griffes, malheureux de ce qu'il considérait comme une reddition.

Ils pénétrèrent quelques instants plus tard dans le séjour des Alphas où ils retrouvèrent Shaya et Nick, Eli, Roni, Marcus et Zander installés tout autour de la pièce. Miranda se prélassait dans un fauteuil, ses deux lieutenants debout derrière elle.

— Contente que tu aies pu te joindre à nous, dit-elle à Derren avec un grand sourire.

Elle n'adressa même pas un regard à Ally, comme si elle ne lui accordait aucune importance, ce qui n'avait rien d'étonnant. La jalousie et le mépris qu'elle manifestait à son endroit déclenchèrent des picotements sur la peau d'Ally, qui serra les dents pour contenir, avec beaucoup de difficulté, un gémissement de douleur. Sa présence seule semblait suffire à agacer Miranda, ce qui était très satisfaisant.

Derren mena Ally vers une place libre au bout du canapé et s'installa debout à son côté. Sa posture vigilante et son désir de la protéger déplurent manifestement à Miranda.

— Que se passe-t-il ? demanda Derren.

— Notre voisine prétend avoir des informations intéressantes à nous transmettre, répondit Nick.

— Vraiment ? dit Derren en levant un sourcil.

Miranda était bien la dernière personne que Derren aurait soupçonnée de désirer les aider à obtenir des renseignements sur Kerrie. Elle n'était pas du genre à s'intéresser aux problèmes des autres. Elle exigerait sans aucun doute une contrepartie.

— Elle pense que tu devrais entendre ce qu'elle a à dire, Derren, expliqua Shaya en lançant un regard suspicieux à l'autre femelle alpha.

Derren comprenait les appréhensions de Shaya. Il se passait quelque chose d'étrange. Son loup aussi pressentait quelque chose. Il aurait voulu éloigner cette garce de sa compagne même s'il croyait Ally capable de vaincre Miranda dans un combat.

— Ne devrait-on pas demander aux étrangers de sortir ? lança Miranda à Shaya en adressant un regard éloquent et condescendant en direction d'Ally.

— Dis ce que tu as à dire, lança Nick en faisant un geste impatient de la main.

— Mais cela regarde ta meute, protesta-t-elle, agacée.

— Tu abuses de ma patience, Miranda, grogna Nick. Tu as sollicité mon autorisation pour passer la frontière et je te l'ai accordée. Tu m'as demandé de convoquer Derren et je l'ai fait. Il est là, alors parle.

— Comme tu veux, dit-elle en se raidissant, une expression dure sur son visage au teint parfait. Ce qui se passe chez toi sur ton territoire et au sein de ta meute ne concerne que toi et j'en suis parfaitement consciente. Cependant, j'ai découvert quelque chose de si choquant que je me dois de t'en informer. D'autant plus qu'il y a eu des attaques contre ta meute ces derniers temps. Après tout, on se doit mutuellement protection entre voisins.

— Et de quoi s'agit-il au juste ? demanda Nick en plissant les yeux.

— Vous n'avez aucune idée de qui vous hébergez chez vous. Mais moi, je le sais, affirma Miranda en jetant un rapide coup d'œil vers Ally. Si vous saviez qui elle est réellement, vous ne la garderiez pas ici.

C'était bien la dernière chose que Derren s'attendait à entendre. Son loup s'immobilisa, retroussant la lèvre supérieure pour montrer ses crocs et ses gencives. Il lui suffisait de voir Miranda pour s'énerver.

— Tu ne partagerais sûrement pas son lit si tu connaissais la vérité, dit Miranda à Derren, un éclair dur dans le regard.

Le Beta ne put retenir un grognement en entendant cette insulte et Miranda tressaillit d'étonnement. Il sentit, par leur lien d'union, qu'Ally était tout aussi surprise par ces propos mais ses traits lisses ne dévoilaient rien.

— Quand on s'est rencontrées, dit Miranda à Ally, je savais que je t'avais déjà vue quelque part, mais je ne me rappelais plus où. Je ne m'en suis souvenue que plus tard. Tu es la fille adoptive des Holt, n'est-ce pas ? lança-t-elle en hochant plusieurs fois la tête, ponctuant chaque geste d'un horrible sourire. Eh oui, je sais qui tu es.

Le mépris que trahissait chacune de ses paroles irrita la louve d'Ally qui sortit les griffes, prête à se jeter sur cette Alpha solitaire. Elle en voulait à cette garce qui, non contente de l'insulter, cherchait en plus à séduire son compagnon. Mais, même si elle trouvait que ce n'était pas une mauvaise idée de lui sauter à la gorge, elle préféra s'en abstenir. Elle avait envie de savoir jusqu'où elle irait avec cette histoire.

— Elle a beau ne pas porter leur nom, poursuivit Miranda en se tournant vers Nick après avoir constaté l'absence de réaction d'Ally, elle n'en demeure pas moins une Holt, une louve Brookwell. Et on sait tous ce que cela signifie. Je me suis beaucoup inquiétée pour vous et j'ai fait quelques recherches. Depuis qu'elle est adulte, elle erre de meute en meute. Sans doute pour espionner les uns et les autres, et obtenir des informations utiles à sa famille de criminels. Elle détient maintenant des renseignements sur vous, sur la meute Mercure. Elle vous a menés en bateau. Je suis désolée d'avoir à vous l'apprendre, mais c'est vrai.

Miranda adressa alors à Derren un sourire de commisération où il détecta une certaine suffisance. À en croire l'expression que revêtirent ses traits, elle semblait s'attendre à la gratitude éternelle de la meute Mercure pour cette grande révélation. Elle devait penser que les Alphas expulseraient Ally vite fait.

Mais sa déclaration fut accueillie par un long silence.

— As-tu fini ? demanda enfin Derren d'une voix dure et glaciale.

— Tu ne me crois pas ? s'exclama Miranda, le visage défait. Ou peut-être n'as-tu jamais entendu parler des Holt ?

— Tu peux partir maintenant, Miranda, décréta Shaya en soupirant et en la congédiant d'un geste royal de la main.

— Tu ne comprends pas…, lança l'autre femelle alpha en secouant la tête.

— Tu as raison, je ne comprends pas, l'interrompit Shaya. J'aimerais bien savoir pourquoi tu cherches l'embrouille.

— L'embrouille ? C'est bien la dernière chose que je souhaite. On est voisins, pas ennemis. Je ne souhaite pas changer cela.

— Alors pourquoi es-tu venue ici aujourd'hui ? demanda Nick, qui sentait la colère monter en lui.

Cette visite l'avait ennuyé au départ mais il était maintenant furieux. Il ne supportait pas que quiconque, y compris sa voisine, s'en prenne à un membre de sa meute.

— Parce qu'il vaut mieux ne pas faire confiance aux Holt. Ally est une prophétesse et chacun sait que ces gens-là ne sont pas fiables. Alors je me fais du souci pour la meute Mercure.

Le dégoût que manifestait Miranda déclencha de nouveaux picotements sur les bras d'Ally.

— Merci d'être venue nous faire part de tes inquiétudes, mais nous ne les partageons pas, déclara Shaya. Veuillez escorter nos visiteurs hors de nos frontières, demanda-t-elle ensuite à Roni, Marcus et Zander.

Les trois lieutenants se levèrent mais Miranda refusa de bouger.

— Elle pourrait être une espionne ! cria-t-elle avant de se rendre enfin à l'évidence. Vous saviez déjà qui elle était, c'est ça ? Elle a réussi à vous convaincre qu'elle était différente des Holt, n'est-ce pas ? Je refuse de croire que tu veux coucher avec elle ! déclara-t-elle en se tournant vers Derren.

— Fais très attention à la manière dont tu parles de mon âme sœur ! gronda Derren avec ses yeux de loup, intervenant avant même qu'Ally ait pu prendre sa défense, sa louve poussant un long grognement sourd pour le soutenir.

— Ton âme sœur ? répéta Miranda, visiblement estomaquée.

— Mon âme sœur, confirma-t-il fièrement en jouant avec une mèche des cheveux de sa compagne en une marque de possessivité.

— Tu es assez mal placée pour juger Derren, intervint Ally, surtout après tout ce que tu as fait pour attirer mon oncle dans ton lit.

— Ah bon ? dit Shaya en souriant.

— Ouais, confirma Ally en hochant la tête. C'est Dan lui-même qui me l'a raconté.

Dan était le play-boy de la famille mais, même s'il avait des mœurs légères, il avait rejeté les avances de

Miranda. Il l'avait tout de suite vue pour ce qu'elle était : une manipulatrice d'hommes hors pair. Elle s'était vengée en propageant de fausses rumeurs insultantes sur son compte.

— Parce que tu penses que j'avais envie de lui ? lui cracha-t-elle à la figure. C'était plutôt le contraire, oui. Je suis beaucoup trop fière pour vouloir coucher avec un Holt.

— Ce n'est pas une bonne idée d'insulter ma famille. À moins bien entendu que tu ne cherches à me pousser à te provoquer en duel. Mais bon, cela pourrait m'amuser de me battre contre toi.

La louve d'Ally ne demandait pas mieux, elle se réjouissait même à cette perspective.

— Ha ! s'exclama Miranda. Je suis une Alpha et toi, tu n'es qu'une Beta.

— Et alors ?

— Je te battrais facilement, ricana Miranda.

— Peut-être, si tu étais née alpha, mais ce n'est pas le cas. Je serais capable de te réduire en miettes et on le sait toutes les deux.

— Tu me menaces ? lança Miranda en plissant les yeux.

— Ce n'est pas une menace mais un fait. Les menaces ne servent à rien. Si tu veux me mettre à l'épreuve, je t'attends.

Ally sentit Derren se raidir à son côté. Il ne voulait pas qu'elle se batte avec qui que ce soit, devina-t-elle, qu'il la croit ou non capable de gagner. Cela l'agaçait terriblement qu'il soit si protecteur, surtout quand c'était parfaitement inutile, selon elle, mais elle appréciait beaucoup qu'il tienne autant à elle.

— Cela te plairait, n'est-ce pas ? Tu ne demanderais pas mieux que je te provoque en duel là tout de suite. Cela t'arrangerait que mon plus proche voisin devienne mon ennemi, mais je ne vais pas me laisser faire, dit Miranda en esquissant un geste de dénégation du doigt.

— Belle manière de sauver la face.

— Ouais, je trouve aussi, lança Roni.

— Tu n'as aucune idée de ce que tu as fait, pas vrai ? dit Miranda en lançant un regard mauvais à Derren. Tu as condamné ta meute tout entière à mort. Quand les ennemis des Holt apprendront que leur fille adoptive s'est réfugiée chez vous, ils s'en prendront à elle. Ils se serviront d'elle contre eux. Et s'ils doivent vous attaquer pour l'atteindre ils ne s'en priveront pas.

Ally était prête à parier que Miranda se ferait un plaisir de révéler sa planque aux ennemis des Holt. Mais il y avait quelque chose que Miranda n'avait pas pris en compte.

— Tu ne diras rien, affirma Ally en souriant.

— Ah non ? réagit l'Alpha en haussant un sourcil parfaitement épilé. Et pourquoi je ne le ferais pas ?

— Parce que tu vas mourir si tu fais cela, déclara simplement la prophétesse en haussant les épaules. Mon âme sœur et mes camarades de meute me vengeront. Si ma famille ne s'en est pas déjà chargée.

— Tu penses que j'ai peur des Holt ? demanda Miranda en écarquillant les yeux avec un ricanement méprisant.

— Oui. Et tu as raison. Cain serait le premier à me venger, lança-t-elle, ravie de détecter une lueur de frayeur dans le regard de Miranda, comme elle s'y était attendue. Et tu te trompes si tu penses que ta meute serait capable de te protéger contre lui. Il n'attaquerait pas tes loups. Non. Parce que c'est après toi qu'il en aurait. Tu ne le verrais même pas. Puis tout d'un coup il serait là, la main sur ta gorge, et il te briserait le cou d'un coup sec.

— Il est temps de partir, je pense, dit Miranda à ses lieutenants en se tournant vers eux et en se levant précipitamment, les joues rouges de colère.

— Je pense que tu aurais dû partir il y a un bon moment déjà, lança Roni, ce qui lui valut un grand sourire de la part de son compagnon.

— Cela vous regarde si vous souhaitez l'intégrer à votre meute, dit alors Miranda à Nick et Shaya. Je respecterai votre décision. Je continue de penser toutefois que vous faites une grave erreur.

Ses lieutenants sur les talons, elle se dirigea alors vers la sortie, escortée par Zander, Roni et Marcus.

— Je ne m'attendais pas du tout à ça, déclara Eli en se grattant la tête.

— Penses-tu vraiment qu'elle ne dira à personne où tu te trouves ? demanda Shaya à Ally.

— Miranda tient beaucoup à son poste d'Alpha et elle ne fera rien pour le compromettre, répondit la prophétesse.

— C'est le moins qu'on puisse dire, concéda Eli.

— Allez, on a des trucs de Beta à faire, dit Ally à Derren en se levant à son tour.

— En fait, on avait décidé d'aller courir tous ensemble sous notre forme lupine. Ça vous dit ?

— Ouais, mon loup en a bien envie, dit Derren en hochant la tête et en faisant rouler ses épaules pour se détendre.

— Mon père va rester à la maison pour la surveiller en cas d'intrusion, expliqua Shaya. S'il voit quelque chose, il tirera un coup en l'air pour nous prévenir.

Stone refusait de partir tant que la meute courait un danger.

— Ce n'est pas une bonne idée pour moi de me transformer, dit Ally à Derren.

— Pourquoi donc ? s'enquit-il en passant tendrement les bras autour de sa compagne.

— Ton loup est encore plus possessif que toi. Il risque de perdre la boule en me voyant en compagnie des autres mâles de la meute.

Derren dut reconnaître qu'elle avait raison et il poussa un long soupir.

— Tu pourrais nous accompagner quand même, dit-il en frottant le nez contre celui de sa compagne, déterminé à rester avec elle si elle ne se joignait pas aux autres.

— D'accord, répondit-elle après y avoir réfléchi un moment. Je m'occuperai de Willow pendant ce temps.

Les membres de la meute se dirigèrent alors vers l'intérieur du territoire et se transformèrent tous, exception faite d'Ally et de Willow, qui ne pourrait le faire qu'à l'adolescence. Ally tenait la petite fille dans ses bras tandis que les autres folâtraient et jouaient ensemble sans jamais baisser la garde. Derren resta au côté de sa compagne. Il se frotta beaucoup contre elle et lui lécha la main. Sa posture et ses vibrations révélaient clairement sa force, sa puissance et sa dominance.

Ils s'installèrent dans une clairière. Certains s'allongèrent au sol tandis que d'autres continuaient à jouer et à se chamailler. Ally s'assit et maintint Willow entre ses jambes mais la petite fille avait la bougeotte. Elle s'éloigna à quatre pattes et se retrouva vite entre un grand loup gris et une louve rousse, Nick et Shaya. Elle gloussait chaque fois qu'ils la poussaient gentiment du museau.

Un loup noir, Derren, alternait entre se chamailler avec les lieutenants et se reposer au côté d'Ally, qui caressait son épaisse fourrure des deux mains. L'animal poussait un grognement sauvage chaque fois qu'un autre mâle, même son Alpha, s'approchait d'un peu trop près de sa compagne.

— J'avais raison de ne pas me transformer, il me semble, dit Ally au loup noir, consciente que Derren entendait ses propos. Mais la prochaine fois je prendrai aussi ma forme lupine.

Cela les satisfaisait quelque part, elle et sa louve, d'accompagner ainsi la meute, mais elle aurait été plus apaisée si elle avait aussi pu prendre sa forme lupine. Le loup noir trotta derrière elle, disparut de sa vue et... Ally fut soudainement happée par-derrière par un homme nu qui s'enroula autour d'elle, se plaquant contre son dos. *Eh ben, dis donc!*

— Oui, tu avais raison, reconnut Derren en léchant sa marque de revendication. Mon loup considère tous ces mâles comme une menace à notre lien d'union, même ceux qui sont en couple.

Son loup était encore plus jaloux que d'habitude et donc plus caractériel. Il réussit à grand-peine à s'empêcher d'empoigner les seins de sa compagne, qu'il écrasait sous ses bras.

— Mon loup est même jaloux de l'attention que tu portes à Bruce, poursuivit Derren.

Ally gloussa et pencha la tête pour lui donner accès à sa gorge. Il la huma et inspira goulûment son odeur.

— Ma louve est parfois tout aussi jalouse, tu sais.

— Elle demeure lucide, au moins.

— Oui, c'est vrai.

Puis elle passa un bras autour de ses épaules et lui caressa les cheveux de la main. Ally se détendit contre Derren qui s'était enroulé autour d'elle, et l'embrassait et la caressait tendrement. Rien ne la réconfortait plus que son contact. Elle ferma les yeux et goûta la merveilleuse sensation que lui procurait son baiser sur la mâchoire. Une caresse sur la clavicule. Un baiser dans le cou. Sa main lui effleurant lentement le bras. Ses lèvres lui mordillant le lobe de l'oreille. Sa langue léchant sa marque de revendication. Le petit baiser dans le creux de son cou sous l'oreille.

— Tu ne devrais pas critiquer ton loup, dit-elle tandis qu'il lui repoussait les cheveux pour lui mordiller et lui lécher la nuque.

— Pourquoi dis-tu cela ?

— Ne va surtout pas croire que je ne sais pas ce que tu fais, renâcla-t-elle en réaction à la question qu'il avait posée en toute innocence, apparemment. Tu m'imprègnes de ton odeur.

— C'est vrai, j'ai envie que tu portes mon odeur sur toi, reconnut-il en souriant sans aucun regret. (Il désirait aussi porter son odeur à elle sur lui et frotta la joue contre celle de sa compagne.) J'adore ton odeur, mais j'aimerais encore mieux qu'elle se mélange à la mienne.

C'était d'ailleurs ce qui se produirait quand leur lien d'union se concrétiserait un peu plus. Leurs odeurs se mêleraient et ne formeraient plus qu'un unique parfum qu'ils partageraient et qui annoncerait aux autres qu'ils étaient unis.

Il le souhaitait ardemment mais ne savait pas comment déclencher ce processus. Leur lien d'union ne se mettrait complètement en place que lorsqu'ils n'auraient plus aucun secret l'un pour l'autre. Ils devaient s'abandonner complètement l'un à l'autre en quelque sorte. Dans la plupart des cas, cela signifiait que les âmes sœurs devaient surmonter leurs peurs, accepter des vérités difficiles ou douloureuses, et révéler des cicatrices personnelles avant de tourner la page.

Même si Derren et Ally y travaillaient, la formation du lien ne pouvait pas être brusquée ni accélérée. Cela irritait terriblement Derren, surtout parce qu'il n'était pas très patient en ce qui concernait Ally. Il voulait tout, tout de suite.

— Ton loup se calmera peut-être un peu quand mon odeur révélera à tous les autres mâles que j'ai été revendiquée et que je suis en couple.

Il espérait que ce soit le cas même s'il en doutait fortement.

— Tu seras peut-être aussi plus calme.

— Je serai toujours très possessif, Ally, la prévint-il, caressant tendrement son sein voluptueux tandis que personne ne les regardait tout en appréciant sa réaction. Je ne suis pas d'un naturel jaloux mais je ne peux m'en empêcher avec toi. Nul besoin de me dire que c'est malsain de vouloir te posséder corps et âme. Je le sais. C'est mal aussi de désirer tout te prendre mais aussi tout te donner pour que tu n'aies besoin que de moi. Mais je n'y peux rien. Barre-toi, Bracken, ajouta-t-il en étrécissant les yeux à l'encontre du loup imposant qui s'était un peu trop rapproché d'eux.

Le loup obtempéra dans un grand claquement de dents qui fit sourire Ally. Il s'éloigna à longs pas souples et se rua sur le loup de Jesse, qu'il fit chuter au sol.

— Arrête, dit Ally à Derren en grognant quand il la lécha et la mordilla dans une zone particulièrement sensible du cou. Si tu ne veux pas que je jouisse devant tout le monde. À moins…, reprit-elle en percevant son désir qui exacerbait le sien, que ça ne t'excite !

— Si j'aime l'idée que chacun sache à quel point je te comble ? Ouais, ça m'excite un peu quelque part, j'avoue. Mais ça n'arrivera jamais. Personne ne verra jamais comment tu es quand je te fais exploser, lui chuchota-t-il à l'oreille tout en lui pinçant les tétons l'un après l'autre, les embrasant d'une douleur exquise.

Ally gémit intérieurement en sentant sa bouche se plaquer sur son pouls qu'il suça.

— Ça risque de changer vite fait si tu n'arrêtes pas de me toucher et de me titiller.

— Je vais arrêter juste avant qu'il soit trop tard.

Enfoiré !

— Si tu fais ça, je ferai semblant de jouir devant tous ces gens pour qu'ils voient comment je suis quand ça m'arrive.

— Surtout, ne fais jamais semblant avec moi, dit Derren en mordillant sa mâchoire.

— Je ne comprends pas pourquoi cela vous agace tellement, vous les mecs. Après tout, vous ne vous gênez pas pour faire semblant d'être en couple.

— Oh ! tu commences à t'énerver et à dire des méchancetés, dit-il, ses lèvres s'étirant en un large sourire.

— Ça m'arrive souvent.

— C'est vrai que, sur le plan émotionnel, c'est plutôt ton réglage par défaut.

— Tu dis ça comme si tu trouvais cela bien !

— Ça me plaît que tu sois un peu caractérielle. Je te trouve sexy quand tu t'énerves. Et encore plus quand tu te fâches. J'aime bien aussi savoir ce que cache cet extérieur impatient et difficile.

Il avait juste envie de la baiser quand il la voyait s'énerver, jusqu'à ce qu'elle se détende complètement dans ses bras. Ça arrivait d'ailleurs assez souvent !

Il était prêt à parier que beaucoup de gens seraient étonnés de découvrir la douceur et les insécurités émotionnelles que recélait cette apparence imperturbable. Le fait qu'il voit des aspects d'elle que personne d'autre ne percevait, qu'elle s'ouvre à lui et se laisse aller à être vulnérable avec lui… leur plaisait beaucoup, à lui et à son loup. Ils en étaient très touchés.

— Tout comme moi je sais ce qui se cache sous ces dehors sérieux, secrets et relativement intolérants.

— Ah ouais ? dit-il en arquant un sourcil. Quoi donc ?

— Tu aimes jouer, ce qui est assez étonnant. (Il chouchoutait parfois Willow mais jamais assez longtemps pour qu'on voie autre chose que son apparence sérieuse.) Tu as un effet apaisant sur moi quand tu n'es pas sur tes gardes. Et tu as une très jolie voix quand tu chantes. Mais ne t'inquiète pas, je ne le dirai pas à personne.

— N'importe quoi.

— Ah ! oui, il y a encore autre chose.

— Quoi ?

— Tu es timide, tu n'aimes pas qu'on vante tes talents.

Derren lui mordit le lobe de l'oreille et Ally poussa un petit cri.

— Tu ne devrais pas me taquiner, ma chérie. Pas à moins que tu aies envie que je te refasse la même chose qu'hier.

— Si tu me donnes encore une fois la fessée, je vais…

— Tu vas adorer, comme hier, gloussa-t-il en la voyant serrer les lèvres en un rictus. Et je vais te le prouver.

Ce qu'il fit exactement, un peu plus tard, et Ally se vengea en lui raclant le torse de ses griffes, une réaction qui lui procura la plus grande satisfaction qui soit.

Chapitre 16

— Putain d'enfoiré !

Derren ouvrit les yeux et vit, penché au-dessus de lui, les traits déformés par la colère, le visage de la dernière personne qu'il aurait imaginé trouver là. L'air grave, trois autres loups observaient la scène avec curiosité.

— Merde ! s'exclama Ally en se redressant brusquement, risquant de renverser le hamac. Qu'est-ce que vous faites là ?

— Qu'est-ce que ce mec fait avec toi dans ses bras ? voulut savoir Cain en serrant les poings, son torse se soulevant et s'abaissant irrégulièrement au rythme de sa respiration saccadée.

Cette rencontre allait être orageuse, comprit Derren. Il allait devoir se battre avec Cain, c'était inévitable. Son union avec Ally n'allait pas suffire à rasséréner son ancien camarade de prison.

— On pourrait se calmer là, non ? lança Ally doucement en levant les mains.

— Se calmer ? éructa Cain, incrédule. *Se calmer ?* répéta-t-il.

— Ouais, ce serait bien. Pourquoi n'as-tu pas téléphoné pour nous prévenir de ta visite ? Oncle Wyatt, grogna-t-elle en se tournant vers un loup-garou qui privilégiait manifestement les tenues de cow-boy, arrête de fusiller Derren du regard.

— C'est bien ce mec que tu as chargé de la protéger ? lança Wyatt à Cain, la voix neutre. Mmh, je pense qu'il donne une interprétation un peu trop littérale à la notion de protection rapprochée.

L'autre loup, qui aurait pu faire la une du magazine *GQ* avec son costume Armani et ses cheveux gominés, dévisagea Ally avec une curiosité manifeste.

— Tu fais une fixation sur les Betas, non ? Tu sortais avec le Beta de la meute Collingwood il n'y a pas si longtemps et maintenant tu es avec ce connard.

— Dan a raison, Ally, intervint le troisième loup, très baraqué, encore plus que Dante. Au bout du compte, tu n'aurais pas dû t'inquiéter autant, Cain, des préjugés de ce type à l'endroit des prophétesses. Il ne semble pas trop en tenir rigueur à notre Ally.

— N'aggrave pas les choses, rétorqua Ally à cette montagne de muscles.

— Elle a raison, Brad, acquiesça Wyatt. On a intérêt à ne pas énerver Cain plus qu'il ne l'est. Et puis Ally est une adulte après tout. C'est son affaire si elle veut sortir avec un type qui a abusé de la confiance de son ami.

Oh que ces mecs étaient doués ! Derren voyait bien qu'ils faisaient tout leur possible pour pousser Cain à bout, l'énerver le plus possible, et ils réussissaient fort bien.

— Toi, aboya Cain en dévisageant Derren, un éclair de rage dans les yeux. Debout ! Je vais te briser tous les os, putain ! cria-t-il en roulant les épaules depuis la pelouse après être redescendu du perron.

— Non, lança Ally en posant la main sur la cuisse de Derren pour lui intimer de ne pas bouger. Écoute-moi, Cain.

Mais Cain ne lui prêta aucune attention. Il n'avait d'yeux que pour Derren, qui n'avait pas hésité à sauter en bas du hamac pour aller le retrouver avant qu'Ally ait pu l'en empêcher. Elle se leva précipitamment à son tour.

— Cain, il faut absolument que tu m'écoutes !

— Dans une minute, Ally. Je vais d'abord régler le cas de cet enfoiré.

— Non. Tu dois m'écouter avant de faire quelque chose que tu regretteras plus tard.

— Je ne regretterai pas d'avoir donné une raclée à cet enfoiré de traître, ma belle. Oh ? Tu n'aimes pas que je lui parle comme ça, n'est-ce pas ? railla-t-il en entendant Derren pousser un grognement.

Non, effectivement, cela déplaisait à Derren et à son loup. Son animal sortit même les griffes en percevant cet intrus comme une menace pour son lien d'union avec Ally. Derren était tout aussi agacé. Personne ne pourrait jamais lui enlever Ally. Elle était sienne. Il se battrait même contre Dieu et le diable s'il le fallait pour la garder avec lui.

— Ally n'est pas « ta belle », enfoiré ! hurla-t-il.

— Derren, qu'est-ce que tu fiches ? demanda Ally en se retournant vers son compagnon après avoir remarqué son ton provocateur. J'essaie de calmer le jeu et tu ne m'aides pas du tout.

— Tu me traites d'enfoiré ? grogna Cain. Toi qui étais censé veiller sur sa sécurité ! Pas abuser d'elle !

— Attends, insista Ally. Tu ne sais pas tout. Derren est mon…

— Dan, retiens-la ! lança Cain à son oncle.

— Non, non…, lança Dan en levant les mains. Je tiens à mes couilles. Tu lui as appris trop de coups tordus.

— Je te l'ai confiée pour que tu la protèges ! cria Cain à Derren en montrant les dents.

— Elle est en vie, non ? rétorqua Derren en haussant nonchalamment les épaules.

— Putain de connard d'enfoiré ! hurla Cain en contournant Ally pour se ruer sur Derren.

Ils s'affrontèrent dans un violent fracas de coups de poing, de grognements et de glapissements. Ally tressaillit au bruit des poings heurtant les chairs et à chaque cri de douleur. Angoissée, sa louve s'énervait en elle, s'inquiétant pour son compagnon mais aussi pour le loup qui était son ami depuis l'enfance.

— Je ne pense pas avoir jamais vu personne asticoter Cain avant, lança Brad, songeur, en se tournant vers Ally. Tu n'aurais pas pu choisir quelqu'un d'un peu plus… je ne sais pas, sain d'esprit ?

— Tu sais bien que c'est peine perdue, prévint Wyatt en levant le bras pour arrêter Ally, qui s'apprêtait à tenter de séparer les deux hommes.

Bien sûr qu'Ally savait qu'il ne fallait pas essayer de séparer deux loups en plein combat. Ils ne cesseraient que quand ils seraient prêts à le faire. Elle ne put donc que les regarder se marteler de coups de poing, se pousser, se donner des coups de boule et se charger l'un l'autre. Elle grimaça en voyant les griffes de Cain taillader le torse nu de Derren et en faire gicler le sang. Puis elle vit les yeux de loup de son compagnon quand ils se ruèrent encore plus férocement l'un sur l'autre.

Le couple d'Alphas, Eli et les lieutenants arrivèrent à peine quelques instants plus tard mais Derren leur fit signe de ne pas intervenir. Personne n'avait l'air de s'inquiéter pour lui. Ils restèrent tous à une distance respectueuse des combattants et se contentèrent d'assister à cette bagarre qui les étonnait manifestement tous.

— On ne savait même pas qu'ils étaient entrés sur notre territoire, dit Shaya à Ally en saluant Dan, Brad et Wyatt d'un signe de tête. Vous êtes très forts, ajouta-t-elle comme à contrecœur.

— Merci, répondit Dan en lui adressant son sourire le plus charmeur.

— Si j'ai bien compris, Cain n'est pas au courant de tout, dit Shaya à Ally en soupirant.

— Il est trop énervé pour m'écouter, répondit Ally en secouant la tête, et Derren semble ravi de cette occasion de se battre contre son vieil ami.

Cela l'irritait terriblement de voir son compagnon préférer se bagarrer plutôt que d'expliquer la situation à Cain. Elle se demanda si Derren n'estimait pas mériter une bonne raclée pour l'avoir séduite avant de découvrir qu'ils étaient âmes sœurs. Cela pouvait sembler idiot mais demeurait néanmoins tout à fait plausible, Derren attachant la plus haute importance à la loyauté envers ses amis.

Ou alors, peut-être que Derren se battait contre Cain parce qu'il le voyait comme une menace pour leur lien d'union et qu'il tenait à montrer au-delà de tout doute qu'il ne laisserait jamais personne les séparer. Elle savait, après son expérience avec Miranda, que le besoin de s'assurer que ses rivaux comprenaient que son âme sœur était intouchable était trop puissant pour ne pas en tenir compte.

— Tu n'aurais pas dû la toucher, déclara Cain en levant un doigt et en crachant du sang après un uppercut particulièrement violent.

— Tu es jaloux ? lança Derren pour l'asticoter en essuyant le sang qui dégoulinait de son arcade sourcilière explosée.

— Quoi ? Non ! s'exclama Cain, manifestement horrifié par cette idée.

Jamais il ne pourrait considérer Ally comme une fille à draguer. Ce serait de l'inceste pour lui. Mais cela ne calma qu'un tout petit peu le loup de Derren.

— Alors je ne vois pas en quoi cela peut te concerner, déclara Derren en haussant les épaules.

— Ally est comme ma famille. Tout ce qui la touche me concerne, affirma Cain en se jetant encore une fois sur Derren, les traits figés en un rictus de colère.

— Mais arrêtez ! cria Ally. Avant qu'un de vous deux se fasse sérieusement blesser !

Ils n'obtempérèrent pas, préférant continuer à se bagarrer comme des bikers ivres, à la seule différence qu'ils avaient des griffes et des crocs et n'étaient pas revêtus de cuir.

— À compter d'aujourd'hui, je ne veux plus jamais te voir, espèce de connard de traître, hurla Cain après avoir remis les os de son nez en place. Et tu resteras loin d'Ally. On va l'emmener avec nous et on va…

— Je ne peux pas te laisser faire, déclara Derren en secouant la tête, haletant et suant à grosses gouttes.

— Tu as dit quoi, là ? s'enquit Cain en s'immobilisant.

Il mettait Derren au défi d'oser répéter ce qu'il venait de dire, c'était clair. Les oncles d'Ally grimacèrent.

— En fait, je voulais plutôt dire que je ne vais pas te laisser faire. Ally reste avec moi.

— Tu veux que je te bute, c'est ça ?

— Tu peux toujours essayer.

— Ne va pas penser que tu peux m'empêcher de partir avec…

— Tu peux aller où tu veux, putain ! je m'en fous. Mais Ally reste avec moi. Elle est mienne.

Cette manifestation de possessivité de Derren sembla étonner Cain.

— Tienne ? lança-t-il sur un ton narquois.

— C'est mon âme sœur, Cain ! cria Ally, les muscles de son ventre se nouant en voyant la lèvre éclatée de Derren, sa mâchoire enflée, son torse lacéré et son arcade sourcilière entaillée.

— Ton âme sœur ? s'exclama Cain après un bref instant de silence.

Abasourdi, il dévisagea d'abord Ally puis Derren de son œil non esquinté.

— Prouve-le-moi, dit-il en désignant le cou de la prophétesse de son menton ensanglanté.

— Regarde, dit-elle en baissant l'encolure de son tee-shirt pour lui montrer sa marque de revendication. Il n'a pas trahi ta confiance ni votre amitié. Il ne t'a pas manqué de respect. Ce n'est pas qu'une aventure sans lendemain.

— Vous êtes âmes sœurs ? demanda-t-il alors à Derren en se tournant vers lui. Tu n'as pas abusé d'elle ?

— On est âmes sœurs, oui, confirma Derren. C'est du sérieux.

— Et tu ne l'as pas touchée avant de savoir que vous étiez âmes sœurs ?

Derren ne répondant pas à sa question, Cain se rua sur lui une nouvelle fois.

— Cain, grogna Ally. Putain de merde ! hurla-t-elle, levant les mains en voyant les deux hommes se battre au sol.

Puis elle entra dans la maison et en ressortit quelques instants plus tard avec un seau dont elle balança le contenu sur les deux hommes, qui se séparèrent alors et se levèrent prestement.

— Tu m'as aspergé d'eau glacée, merde ! hurla Cain, incrédule.

— Eh oui ! rétorqua Ally en se dirigeant vers lui. Écoute-moi bien maintenant, continua-t-elle en s'obligeant à demeurer calme. Tu fais tout ça parce que ma sécurité te tient à cœur, je le sais. Tu ne veux pas que les hommes abusent de moi ou me manquent de respect. C'est sympa, je l'apprécie énormément, mais… je préférerais que tu arrêtes de le tabasser.

— Et pourquoi ? Ça me plaît bien, à moi, dit-il sur le ton d'un enfant qu'on menace de priver de son jouet préféré.

— Je le préfère pas trop abîmé, sans trop d'éraflures et d'hématomes.

— Il a trahi ma confiance.

— Il devait sentir quelque part que j'étais son âme sœur. L'attraction entre nous était irrésistible.

Elle l'avait perçue d'ailleurs dès leur première rencontre. Simplement, elle n'en avait pas deviné la raison.

Les efforts de sa compagne pour calmer Cain demeuraient vains, constata Derren. Il avait l'air d'avoir très envie de se jeter de nouveau sur lui.

— Allez, vas-y si tu en as envie. Mais cela ne changera rien. Elle est mienne et je la garde. Je ne laisserai jamais qui que ce soit me l'enlever.

— Elle aurait pu trouver mieux, déclara Cain, un muscle de sa mâchoire abîmée se mettant à tressaillir.

— Je ne vais pas le nier.

— Hé ! rouspéta Ally, n'aimant pas voir Derren se déprécier lui-même.

Personne ne pipa mot tandis que les deux loups se dévisageaient, une expression indéchiffrable dans le regard.

— Si jamais tu lui fais mal, le menaça Cain en levant l'index, le premier à rompre le silence, je vais t'empaler sur une perche jusqu'à ce qu'elle te ressorte par la gorge. Compris ?

— Euh… non, dit Derren en inclinant la tête et en fronçant les sourcils, l'air songeur. Ça ne marcherait pas ton truc.

Cain poussa un hurlement et chargea, ce qui n'étonna personne.

— Cain, pas son nez, je t'en supplie, cria Ally.

Une demi-heure plus tard, Derren grimaçait tandis qu'Ally posait sans ménagement les mains sur son torse abîmé. Sa compagne lui avait ordonné de rentrer à la maison et toute l'assemblée les avait suivis à l'intérieur. Ils s'étaient installés un peu partout dans le séjour. Puis Ally avait donné des serviettes aux combattants pour qu'ils s'épongent un peu et les avait ensuite enjoints de s'installer à la table.

Aussi amochés l'un que l'autre, Cain et Derren s'étaient assis face à face. Ally avait attendu un peu avant de les guérir. Elle en voulait à Cain d'avoir refusé de l'écouter et à Derren d'avoir provoqué l'autre homme plutôt que de l'aider à restaurer le calme. Du coup, elle tenait Derren responsable de ses propres blessures.

Ally passa les mains sur son corps et lui insuffla des énergies bienfaisantes qu'il sentit jusque dans la moelle de ses os. Elles atteignirent chacune de ses blessures mais ne l'empêchèrent pas de percevoir la colère de sa compagne. Il ne souhaitait absolument pas la voir perturbée de quelque manière que ce soit. Il l'attrapa par la nuque et l'embrassa brièvement dans un geste de possessivité qui était en même temps une manière de lui demander pardon. Sa saveur apaisa son loup.

— Ça va mieux maintenant.

Peu disposée à lui pardonner tout de suite, Ally se contenta d'émettre un petit grognement. Elle comprenait que Derren n'était pas du genre à reculer devant un défi, sans tenir compte des circonstances, mais elle n'était pas obligée d'être d'accord. Quand son compagnon fut guéri, elle passa à Cain et appliqua ses mains un peu brusquement sur ses blessures tout de même assez profondes. Ce fut à peine s'il grimaça, ce qui agaça davantage la jeune femme.

— Quand as-tu été libéré ?

— Hier, répondit Cain en lui jetant un coup d'œil furtif avant de fusiller Derren du regard. On s'est éclipsés hier soir pour venir te chercher et te mettre à l'abri quelque part.

— Ally reste avec moi, déclara fermement Derren une nouvelle fois.

Cain grogna son mécontentement mais ne contesta pas l'affirmation du Beta.

— Sais-tu si tu as été suivi par des humains ? demanda Nick à Cain en passant le bras sur le dossier de la chaise de Shaya.

— Tu m'insultes, là ! s'indigna Cain.

— Pourquoi êtes-vous entrés en douce sur notre territoire ? s'enquit Shaya en pianotant sur la table. On ne vous en aurait pas interdit l'accès. Vous faites partie de la famille d'Ally.

— On aime les défis, répondit Brad.

Shaya se cala dans sa chaise et regarda les oncles d'Ally tour à tour.

— Si vous considérez tous Ally comme votre nièce, pourquoi Cain est-il le seul à avoir mal réagi au fait que Derren est son âme sœur ? Moi, mon père aurait étripé le premier qui m'aurait touchée.

— Ils sont unis, rétorqua Wyatt en haussant les épaules.

— Vous ne le saviez pas, dit Shaya.

— Mais si. De là où j'étais, je voyais très bien sa marque de revendication.

Brad et Dan hochèrent la tête. Ils l'avaient également aperçue.

— Et vous n'avez pas pensé un seul instant à m'aider à expliquer la situation à Cain et à empêcher ces deux idiots de se battre ? s'exclama-t-elle, interloquée.

— On peut accepter que vous soyez âmes sœurs, Derren et toi, mais cela ne signifie pas pour autant que cela nous fasse plaisir de te voir dans les bras d'un mec, dit Brad.

— Il fallait qu'il se batte un peu pour toi, qu'il prouve qu'il était capable de te protéger, convint Dan.

— Je ne comprendrai jamais les hommes, soupira Ally en se tournant vers Shaya après avoir guéri entièrement Cain.

— Je ne crois pas qu'on soit supposées les comprendre, déclara Shaya en lui tapotant la main.

— Tu as sans doute raison.

Ally mouilla deux gants de toilette et en remit un à chacun des deux hommes pour qu'ils essuient le sang et la boue qui les maculaient encore. Ils enfilèrent ensuite des tee-shirts propres appartenant à Derren, ce qui ne plut pas trop à Cain.

— Pour être honnête, dit ce dernier à Ally, il n'a pas vraiment essayé de m'expliquer la situation. Il avait plutôt l'air ravi de se battre. Il m'a beaucoup asticoté. Il m'a sorti des trucs, c'était comme s'il avait agité une cape rouge devant un taureau.

— Est-ce que tu savais, dit Roni, manifestement agacée, à Cain, que les taureaux sont en réalité daltoniens ? Une cape d'une autre couleur les exciterait tout autant.

— Roni, la réprimanda Marcus, l'air amusé, comme d'habitude.

— Quoi ? Qu'est-ce que j'ai dit ? demanda Roni en clignant innocemment des yeux.

Derren sourit. Il savait que Roni se sentait protectrice envers lui et faisait exprès d'énerver Cain.

— Mais tu me pardonnes, non, ma chérie, de l'avoir un peu asticoté ?

Pas vraiment. Elle lui réclamerait des orgasmes multiples un peu plus tard en contrepartie.

— J'ai dit ça à voix haute, c'est ça ? s'enquit-elle avec un pâle petit sourire en entendant Cain et ses oncles pousser un grognement.

— Bon, maintenant que tu nous as guéris, soupira Cain en se tournant vers Ally, peut-être que tu pourrais nous raconter ce qui t'est arrivé avec les loups de la meute Collingwood ? Dis-nous tout.

— Oublie ça, c'est réglé, répondit-elle en s'asseyant à la gauche de Derren, qui entrelaça ses doigts immédiatement avec ceux de sa compagne.

— Tu me connais assez bien pour savoir que je ne laisserai pas tomber, gronda Cain. Allez, raconte.

— Je ne veux pas que tu pètes un câble ou que tu en fasses une montagne.

— Je n'assassinerais jamais toute une meute en représailles pour le comportement d'un ou deux loups, dit-il, et tu le sais très bien.

Là était justement le problème. Toute la meute Collingwood s'était retournée contre elle. Même si elle avait souffert de leur trahison, elle n'estimait pas qu'ils méritent la mort simplement pour avoir cru les mensonges d'une pétasse.

— Je n'habite plus là. C'est sans importance maintenant.

— Ils ne méritent pas que tu les protèges, Ally, insista Roni en déballant une sucette.

Derren se tourna vers Ally et la scruta longuement. Elle ne voulait pas leur raconter ce qui s'était passé et il la comprenait. Pourtant, il était important qu'ils soient mis au courant. Ally avait beau ne pas être liée aux Holt par le sang, ce n'était pas là la seule définition d'une famille.

— Si tu ne le leur dis pas, c'est moi qui le ferai, déclara-t-il.

— Merci, espèce de traître ! s'exclama-t-elle, interloquée.

— Tu ne souhaites pas déclencher une attaque en règle contre la meute Collingwood et je le comprends. Ta sécurité est plus importante pour moi cependant que la leur. C'est d'ailleurs ce qui compte le plus à mes yeux.

Derren aurait souhaité pouvoir s'assurer que Rachelle cesserait de s'en prendre à Ally mais la haine que cette salope vouait à sa compagne était trop intense pour simplement se dissiper d'elle-même.

Ally hocha la tête en poussant un soupir résigné. Elle leur raconta tout, de la première accusation portée par Rachelle à la visite que la foldingue avait rendue à la meute Mercure en compagnie de Zeke et de Matt peu de temps auparavant.

À la fin de son récit, les autres visiteurs faisaient la tête.

— Quelle salope ! éructa Cain. Et ce Zeke ne vaut guère mieux.

— L'Alpha est un connard aussi, affirma Dan. Il aurait dû te protéger.

— Ils vont payer, tous autant qu'ils sont, grogna Brad.

— Ils ne sont pas du tout importants, déclara Ally avec un geste nonchalant de la main. Pas si on les compare à toute cette histoire de prime sur nos têtes. Ah ? vous n'étiez pas au courant ? s'enquit-elle en voyant la perplexité se dessiner sur les traits de Cain et des trois oncles.

— Une prime ? répéta Brad.

— On n'est plus sur la liste noire, expliqua Derren en donnant quelques détails supplémentaires. On ne pense pas que la commanditaire de ce coup en ait terminé par contre.

— On va rester ici tant que cette affaire ne sera pas définitivement réglée, affirma Wyatt après avoir réfléchi quelques instants.

— On ne sait pas combien de temps il faudra, précisa Ally.

— Les Holt se protègent les uns les autres, déclara Wyatt, imperturbable. Tu fais partie de la famille, Ally. On reste avec toi tant que ce ne sera pas terminé.

Brad, Dan et Cain acquiescèrent d'un signe de tête.

— Bon, on va vous installer dans un des pavillons d'invités, déclara Shaya.

Quelques minutes plus tard à peine, Shaya mena les loups de la meute Brookwell vers une des maisons réservées aux invités. Cain avait beau s'être abstenu d'insulter de nouveau Derren, il n'avait toujours pas l'air d'apprécier l'union d'Ally avec le Beta.

Dan étonna tout le monde en proférant un avertissement à Derren avant de partir.

— Je compte sur toi pour bien la traiter, grogna-t-il. Sinon, tu auras affaire à moi. Et, crois-moi, il vaut mieux éviter cela.

Derren eut l'impression que Dan était beaucoup plus dangereux que son apparence le laissait croire.

— Tu m'en veux encore ? demanda-t-il à Ally en l'embrassant sur la gorge après avoir fermé la porte une fois tout le monde parti.

— Peut-être encore un petit peu, répondit-elle tout en glissant ses mains sur son torse avant de les enrouler autour de son cou. C'est instinctif pour toi de désirer protéger notre union et je le comprends. Cela explique également que tu ne recules pas devant un défi…

— Il n'y avait pas que ça, ma chérie. Il fallait que je fasse comprendre à Cain que les choses allaient changer. (Il lui mordit la lèvre inférieure avant de la lui lécher pour atténuer la douleur.) Il a été ton protecteur toute sa vie. Il pense avoir des droits sur toi. Il fallait que je lui fasse bien comprendre que c'était moi dorénavant qui jouerais ce rôle, que tu m'appartiens et que je n'ai pas l'intention de te lâcher. Si je n'avais pas eu le courage de lui faire face aujourd'hui et de lutter contre lui, si je ne lui avais pas clairement montré que je faisais partie de ta vie et que je t'avais bel et bien revendiquée, il aurait essayé de t'emmener avec lui.

— Très bien, d'accord, dit Ally en inclinant la tête, reconnaissant qu'il avait raison. Mais vous ne devez plus vous battre. Je ne veux pas que vous vous blessiez, ni l'un ni l'autre.

Derren aurait pu être jaloux de la place de Cain dans la vie d'Ally, mais il avait compris quelque chose ce jour-là en les voyant ensemble.

— Il est vraiment comme un frère pour toi, non ?

— Oui. Il m'a toujours protégée comme un grand frère.

— Tu le stabilises beaucoup. Quand il est avec toi, je retrouve un petit peu le Cain que j'ai connu à l'époque.

— Il fera toujours plus ou moins partie de ma vie, prévint-elle Derren. Il croira toujours qu'il a des droits sur moi parce que… Mais bon, il n'est pas exactement normal.

— Tant qu'il acceptera que tu es mienne, je peux faire avec.

Il comprenait enfin qu'il s'était toujours inquiété au fond de la relation entre Ally avec Cain. Non parce qu'il existait la moindre possibilité qu'ils soient âmes sœurs, mais il savait qu'ils étaient très proches. Elle le connaissait depuis sa plus tendre enfance et elle avait vécu des choses assez horribles avec lui. Puis il avait été son protecteur attitré toutes ces années. Cela créait des liens forts et Derren avait craint qu'ils le soient même plus que son lien d'union, d'autant que ce dernier n'était pas encore complètement en place.

Il ne s'en inquiétait plus cependant. Elle avait voulu lui épargner la colère de Cain et avait même déclaré fièrement qu'ils étaient âmes sœurs. Puis elle l'avait guéri avant Cain, montrant à tous qu'elle accordait la priorité à son compagnon. Derren avait besoin de savoir qu'il comptait autant pour elle qu'elle pour lui, que leur lien d'union, bien qu'incomplet, était déjà plus fort que tous les autres liens qui l'unissaient à ses amis.

— J'étais loin de me douter que quelqu'un pouvait devenir aussi essentiel pour moi, dit-il en posant les mains sur son visage.

Sur le plan strictement intellectuel, il savait que son âme sœur, s'il la trouvait un jour, compterait plus que tout pour lui. Sauf qu'il était loin d'avoir imaginé qu'il éprouverait des sentiments aussi profonds. Il n'avait pas cru cela possible pour les autres alors encore moins pour lui.

— J'avais toujours cru que l'amour était nunuche, gnangnan, mais je me trompais.

Ce qu'il éprouvait pour Ally était sauvage, brutal, mordant, une émotion incontrôlable qui aurait dû le terroriser, mais ce n'était pas le cas.

— Tu m'aimes ? demanda-t-elle, ses traits s'adoucissant, montrant un peu sa vulnérabilité.

— Oui, merde ! dit-il en souriant.

— Tu m'en vois ravie parce que c'est rare qu'une relation à sens unique fonctionne.

— Est-ce que c'est ta manière, plutôt nulle, je trouve, de me dire que tu m'aimes aussi ? lança-t-il, son sourire s'élargissant.

— C'était vraiment nul, non ? dit-elle en frottant son nez contre le sien. Je t'aime.

Derren poussa un grognement rauque et plaqua sa bouche sur la sienne. Il planta ses griffes dans ses hanches et l'attira à lui pour mieux la dominer, mieux la posséder avec chaque caresse de sa langue et chaque petit coup de dent pour la mordiller. Ally sentit le désir, rapide et frénétique, monter en elle, la dévorer et la consumer tout entière.

Derren glissa une main sous le tee-shirt de sa compagne, écarta son soutien-gorge et empoigna son sein. Sa main le recouvrait parfaitement, lui confirmant qu'elle était faite pour lui. Elle était sienne. Elle lui appartiendrait toujours. Sans elle, il ne se serait jamais senti entier.

Il la goûta, la caressa et s'emplit de son odeur. Son corps se raidit en se sentant assailli d'un désir brûlant qui ne fit que s'exacerber.

— Je te veux mouillée pour moi, grogna-t-il.

Il coupa le souffle à Ally en la repoussant contre le mur et en l'immobilisant de son corps puissant et musclé. Il se servit de ses griffes pour lacérer ses vêtements et les lui retirer plus rapidement. Puis il mit la main sur son intimité et l'étreignit sauvagement.

— Tu es déjà mouillée, grogna-t-il. Mais je voudrais que tu le sois plus encore, ajouta-t-il en insérant un doigt en elle, appréciant la chaleur qu'elle dégageait. Enlève ton tee-shirt et ton soutien-gorge, Ally. Génial, continua-t-il, ravi qu'elle ait obtempéré sans hésiter.

Il se pencha et lui effleura le téton de la langue. Ally passa les mains dans les cheveux de Derren et s'arqua contre lui, exigeant davantage de caresses, et il satisfit son désir.

Elle gémit quand elle sentit sa bouche chaude aspirer son téton. Il inséra un deuxième doigt en elle et les fit glisser tout en lui suçant le téton, et recommença, encore et encore. Il accéléra la cadence, une vraie torture. Ally sentit s'éveiller en elle un désir violent, jusque dans son intimité.

— Ôte ton tee-shirt, haleta-t-elle, souhaitant plus que tout le contact de sa peau.

Elle tressaillit quand il lui racla le téton des dents.

— Je suis occupée, chérie.

— Ôte-le ou je le déchire !

Un regard noir croisa le sien, traversé par un éclair de chaleur et de désir accompagné d'un reproche. Derren n'aimait pas recevoir d'ordres de sa compagne.

— J'ai envie de sentir ta peau, poursuivit-elle en lui mordant la lèvre inférieure, refusant d'être intimidée.

Il écarquilla les yeux et elle sut qu'elle avait gagné. Il retira les doigts de son intimité et ôta son tee-shirt mais, avant qu'elle ait le temps de goûter sa victoire, une grande main l'avait attrapée par les cheveux et tirait assez fort pour déclencher des picotements sur son cuir chevelu.

— Tu sais que je n'aime pas que tu me donnes des ordres, grogna-t-il.

Il savait également qu'elle le faisait exprès. Il maintint fermement la tête de sa compagne et lui mordilla la lèvre inférieure avant d'insinuer sa langue dans sa bouche et de caresser la sienne. Il la lécha, la suça et la mordilla. Sa saveur explosa en lui. Elle avait un goût de péché et de sexe. Elle était tout ce qu'il désirait, tout ce dont il avait besoin.

Il grogna quand elle lui suça la langue, déclenchant en lui des images et des fantasmes. Elle savait parfaitement ce qu'elle faisait.

— J'ai besoin de ta bouche, dit-il en défaisant sa braguette.

— Mais tu l'as, rétorqua-t-elle en lui léchant la lèvre inférieure.

— Je veux sentir tes lèvres sur mon sexe, insista-t-il.

Elle ne lui avait pas encore fait cette gâterie. Les femelles dominantes le faisaient quand elles se sentaient prêtes et pas avant. En général, elles aimaient bien prendre leur temps. Elle l'avait parfois léché, l'avait taquiné en lui laissant entrevoir ce qu'elle ferait un jour pour lui. Il savait qu'elle attendait le moment où, fou de désir, il perdrait complètement le contrôle. Exactement ce qui lui arrivait.

— Ah ouais ? réagit-elle, n'aimant pas du tout, comme sa louve d'ailleurs, le voir ainsi s'attendre à ce qu'elle lui obéisse au doigt et à l'œil.

— Oui, je veux sentir tes lèvres sur mon sexe.

Il prononça ces quelques mots assez brusquement, à travers ses dents serrées, et les yeux fascinants de sa compagne s'étrécirent dangereusement.

— Ah ouais ? Mais, moi, je veux baiser.

— Et je satisferai ton besoin… quand j'aurai obtenu ce que je désire. Tu es mienne. Cette bouche magnifique est mienne. Et je la veux sur mon sexe. Maintenant, Ally, insista-t-il en la poussant à s'agenouiller, mais elle résista.

Derren avait l'impression qu'il deviendrait fou si elle n'accédait pas immédiatement à sa demande.

— Et si je refuse ? lança Ally en arquant un sourcil.

— Je ne te baiserai pas. C'est ce que tu voulais, ma chérie, grogna-t-il. Tu attendais que mon désir devienne incontrôlable.

Il avait raison. La lueur dangereuse qu'elle distingua dans ses prunelles lui confirma qu'elle l'avait titillé au-delà du point de non-retour.

— À genoux, ordonna-t-il. Fais-le, insista-t-il quand elle n'obtempéra pas, se contentant de le défier du regard.

Elle finit par s'exécuter avec une évidente mauvaise grâce, les yeux toujours emplis de défi. C'était un million de fois mieux ainsi.

— C'est très bien, ma chérie, dit-il en lui caressant la lèvre inférieure du pouce pour la récompenser. Ouvre la bouche.

Ally écarta les lèvres et étreignit alors la base du sexe massif de son compagnon… mais se contenta d'en lécher brièvement le sommet du bout de la langue. Elle sourit en entendant son grognement de mécontentement. Elle ouvrit la bouche un peu plus grand et lui lécha langoureusement le gland avant d'avaler la petite goutte qui perlait à sa surface. Derren n'en pouvait manifestement plus cependant. Elle le sentit craquer, et toute la tension qui s'était accumulée dans son corps se libéra.

— Arrête de me titiller, râla-t-il en resserrant son étreinte sur ses cheveux et en lui tirant la tête vers l'arrière. Je veux sentir tes lèvres enserrer mon sexe. Alors fais ce que je t'ai dit et ouvre la bouche.

Il s'adressa à elle sur un ton dominant et autoritaire qui aurait dû l'agacer. Elle l'avait poussé au-delà du point de non-retour, elle le savait. Elle s'en réjouissait quelque part au fond d'elle-même. Sa louve était ravie aussi. Elle écarta donc les lèvres et il n'attendit pas une seconde pour s'enfouir dans sa bouche.

Derren poussa un grognement quand enfin il sentit la chaleur brûlante de ses lèvres sur son sexe. C'était tellement bon. De la voir là à genoux, son membre dans sa bouche, les tétons durcis et avec une étincelle de défi dans le regard tandis que le parfum de son désir l'enveloppait. C'était si fort qu'il risquait d'exploser là tout de suite.

— Suce-moi, dit-il.

Derren apprécia de voir la tête d'Ally bouger au rythme des caresses qu'elle lui prodiguait.

— C'est bon, ma chérie, si bon. Prends-moi encore plus profondément dans ta bouche.

Il la guida de sa main restée sur sa tête, accélérant la cadence, l'incitant à faire ce qu'il lui avait demandé.

Il poussa un nouveau gémissement quand il sentit son gland heurter le fond de la gorge de sa compagne. Elle ne paniqua pas comme il s'y attendait. Non, elle détendit ses mâchoires et l'avala.

— C'est super, ma chérie, s'écria-t-il.

Puis les muscles de sa gorge se contractèrent sur son membre et il sentit comme des picotements à la base de son échine et sut qu'il ne pourrait pas se retenir bien longtemps.

Elle le racla ensuite des dents sur toute sa longueur et le caressa en même temps de la langue. Derren sut qu'il allait bientôt exploser. Et, juste à ce moment-là, elle lui étreignit les testicules.

— Putain ! éructa-t-il.

Il explosa dans sa bouche et la regarda avec ravissement tandis qu'elle le suçait et aspirait jusqu'à la dernière goutte de sa semence. C'était encore une autre façon de la marquer et son loup émit un grognement de contentement.

— Merci, ma chérie, dit Derren en aidant Ally à se relever et en repoussant ses cheveux de son visage. Tu mérites une récompense maintenant.

Il l'embrassa alors, avalant ses petits couinements de désir tandis qu'elle se frottait contre lui, presque désespérément, à la recherche de soulagement.

— Tout doux, ma chérie, tout doux. Je vais te donner ce dont tu as besoin.

Puis il l'empoigna par les fesses et la souleva. Elle enroula ses bras et ses jambes autour de lui et il la porta jusqu'à la chambre où il la reposa délicatement sur le lit.

Ally le regarda retirer rapidement ses chaussures et son jean tout en fixant les yeux sur son intimité.

— Je ne veux ni ta langue, ni tes doigts. C'est ton sexe que je veux en moi, affirma-t-elle en secouant la tête quand il lui caressa les cuisses. (Son membre retrouvait rapidement toute sa vigueur, sans doute en réaction à son désir à elle, encore inassouvi.) Tu avais dit que tu me donnerais ce dont j'avais besoin quand tu serais satisfait.

— Je veux ta saveur dans ma bouche.

Espèce d'enfoiré pourri gâté. Ally passa alors un doigt entre les replis de son intimité et le lui tendit. Derren étira les lèvres en un sourire malicieux et le suça.

— Allez, c'est bon maintenant, dit-elle.

Elle tendit une main et lui empoigna le sexe Elle le caressa encore et encore d'une main ferme et possessive, sachant ce qu'il aimait.

Derren avait mal tant il était dur. Il repoussa donc la main d'Ally et la retourna sur le ventre. Puis l'attrapant par les hanches, il la mit sur les genoux.

— Garde la tête baissée, ma chérie.

Ally se sentit propulsée vers l'avant quand il s'enfouit en elle profondément d'une seule grande poussée rapide, juste comme ça sans prévenir, sans aucune délicatesse et sans préambule aucun. C'était exactement ce qu'elle souhaitait. Il maintint un rythme effréné en la prenant profondément, sauvagement, la marquant à chaque coup de reins. Elle ne pensa plus à rien et se sentit assaillie par une grande vague de plaisir.

— Derren…, gémit-elle en sentant son compagnon la caresser entre les fesses.

Puis ce même doigt s'insinua en elle, lui procurant une sensation de brûlure aussi agréable que douloureuse.

— Je vais te prendre là, Ally, affirma-t-il en faisant glisser son doigt.

Ce fut par pur réflexe si Ally et sa louve réagirent par un mouvement de défi à cette affirmation faite sur un ton aussi dominant. Derren dut le sentir car il eut tôt fait de lui encercler la gorge d'une main experte dans un geste de possessivité et d'avertissement.

— Tu es mienne, Ally, éructa-t-il en détachant les syllabes tout en continuant ses mouvements de va-et-vient. Cela signifie que ta bouche, ton intimité et tes fesses m'appartiennent et je peux les baiser comme je veux. Je vais te baiser là aussi, te revendiquer. Je te le promets. Il faut juste que tu te détendes. Fais-le pour moi, d'accord ? Tu en as autant envie que moi.

Elle était si chaude, si mouillée, si serrée qu'il n'avait jamais rien ressenti d'aussi bon.

Elle était d'accord et s'obligea à détendre ses muscles tandis qu'il insérait un deuxième doigt en elle. C'était un peu douloureux au début, mais la sensation de brûlure céda rapidement le pas au plaisir. Elle sentit son intimité se resserrer, un peu comme quand il lui avait donné la fessée. Puis quand un troisième doigt vint rejoindre les deux premiers, le plaisir était devenu si intense qu'elle en oublia la douleur.

Elle gémit quand du pouce il caressa son point sensible. Elle n'allait pas tarder à jouir avec son sexe enfoui en elle, ses doigts dans son anus et son pouce lui massant le clitoris. Elle explosa donc. Elle se sentit envahie par une immense vague de plaisir et sa féminité se resserra sur le sexe de Derren, déclenchant une explosion d'une telle intensité qu'elle en fut presque douloureuse. Il sortit ses doigts à ce moment-là et inséra son gland en elle.

— Détends-toi, ma chérie, dit-il en lui caressant les hanches. Pousse avec moi. Tu es faite pour moi, ne l'oublie pas.

Il s'inséra en elle petit à petit. Il goûta profondément la sensation de son corps qui s'étirait pour le prendre. Il allait jouir, il le sentait.

— Tu es si chaude, si serrée, ma chérie, gémit-il quand enfin il fut entièrement en elle. Ça va, toi ?

— Oui, ça va, répondit-elle. Allez, bouge.

Elle ne mentait pas. Elle ressentait certes une petite douleur mais pas assez pour lui donner envie d'arrêter.

Derren recula lentement puis s'enfouit de nouveau complètement en Ally. Il recommença encore et encore avec une grande délicatesse, déterminé à ne pas faire souffrir sa compagne. Avec leur lien d'union, il sentait que l'aventure plaisait bien à Ally, même si elle éprouvait une certaine gêne. Elle s'arqua à sa rencontre et il accéléra un peu la cadence. Elle commença alors à gémir et à se tortiller et il mit encore plus d'ardeur dans ses coups de reins pour répondre à son désir. Son membre frémissait, il allait bientôt exploser et se laisser aller à éprouver le plaisir qui s'annonçait.

— Je veux te voir jouir, Ally, lui murmura-t-il à l'oreille en s'enroulant autour d'elle. Allez, laisse-moi te sentir.

Puis il lui donna un grand coup de boutoir tout en massant sa zone sensible. Elle gémit et grogna son nom d'une voix rauque.

— Maintenant Ally, vas-y. J'en ai besoin.

Il plongea les dents dans sa nuque et appuya fermement sur son clito et elle explosa une seconde fois pour lui en ouvrant la bouche dans un long cri silencieux. Elle resserra les fesses sur son sexe, tellement qu'il en eut presque mal. Il lui assena un dernier coup de boutoir et grogna en sentant sa semence se répandre dans sa compagne. Il venait de la revendiquer et de la marquer une nouvelle fois.

Quand il redevint cohérent, il se laissa glisser hors d'elle et s'écroula sur le matelas à son côté. Ils gardèrent le silence pendant un long moment, le temps que s'estompent leurs tremblements.

— Ça va ? demanda Derren en embrassant Ally sur l'épaule.

Elle ouvrit un œil et hocha la tête. Derren sourit de la voir si détendue et complètement rassasiée. Son sourire s'élargit encore davantage quand il perçut quelque chose qui l'émerveilla et l'étonna tout à la fois.

— Qu'est-ce que tu sens, ma chérie ?

— Ça sent le sexe, répondit Ally en haussant les épaules, ne comprenant pas trop sa question.

— Tu ne sens pas autre chose ?

Ally s'immobilisa et inspira un grand coup.

— Nos odeurs se sont mélangées ! s'exclama-t-elle en ouvrant les yeux et en lui rendant son sourire.

Contente, sa louve intérieure s'étira longuement.

— Enfin, putain ! s'écria-t-il en l'embrassant encore une fois sur l'épaule, partageant l'intense sentiment de satisfaction de son loup. Dorénavant, tu émettras mon odeur et tout le monde saura que tu m'appartiens.

— Comme si tu laisserais quiconque l'oublier, dit-elle en levant les yeux au ciel.

— Je t'avais prévenue, gloussa-t-il, que ma possessivité ne risquait pas trop de s'estomper.

— Notre lien semble plus fort aussi, plus dynamique.

— Très bien, dit-il. Allez, à la douche, lança-t-il en se levant et en la soulevant dans ses bras.

— Je ne tiendrai pas debout.

— Je m'en rends compte.

Il la garda donc dans ses bras, et fit couler l'eau en entrant dans la cabine.

— Je t'aime, ma chérie, dit-il.

C'était beaucoup plus facile à dire qu'il avait pensé. Elle lui adressa un sourire timide qui l'émut au plus profond du cœur qu'il avait douté d'avoir jusque-là.

— Je t'aime aussi, dit-elle. Je ne croyais pas qu'un jour je prononcerais ces paroles. Ou que j'éprouverais de tels sentiments.

Il avait eu les mêmes doutes qu'elle. Il n'était d'ailleurs toujours pas persuadé d'être capable de la rendre heureuse.

— Je vais t'énerver très souvent, Ally. Je vais faire des erreurs et je ne saurai pas toujours quoi dire. Je serai jaloux et t'irriterai tout le temps à force de te surprotéger et de m'immiscer dans ta vie. Par contre, je ne te tiendrai jamais pour acquise, je ne te ferai jamais volontairement du mal et je ne te trahirai jamais non plus. Ça, je te le jure.

Ally sourit à cette déclaration, sans doute la plus romantique dont était capable Derren.

— Pareil pour moi, répondit-elle. Je te rendrai fou. On se disputera parfois, mais cela ne signifiera pas qu'on s'aime moins.

— Tant mieux, parce que tu es coincée avec moi. Je suis sérieux, Ally, ajouta-t-il en la voyant rire. Tu es entièrement mienne. Je ne t'abandonnerai jamais.

— Si j'avais envie de partir, je le ferais, déclara-t-elle en arquant un sourcil devant son ton de voix dominant.

— Tu vas toujours me défier, n'est-ce pas ?

— Je suis si contente que tu l'aies compris.

Chapitre 17

— Pourquoi est-ce qu'on n'arrive pas à la trouver ? râla Nick en faisant les cent pas devant le canapé.

La frustration de l'Alpha irritait la peau d'Ally. Derren, assis derrière elle dans un des fauteuils du séjour des Alphas, la retenait entre ses jambes et s'était enroulé autour d'elle pour la protéger, comme s'il percevait son malaise grâce à leur lien d'union.

L'impatience de Nick était parfaitement compréhensible. Cela faisait une semaine qu'ils cherchaient Kerrie et ils n'avaient toujours aucune idée d'où elle se planquait. C'était usant pour tout le monde. À l'exception de Zander et de Jesse, partis en patrouille, toute la meute s'était réunie chez les Alphas pour parler de cette affaire et essayer de trouver de nouvelles pistes.

— Tu as offert une prime pour sa capture ou toute information pouvant mener à elle, dit Cain en découpant une pomme avec son canif. Si personne n'a répondu, c'est sans doute parce qu'elle s'est réfugiée dans sa famille ou alors chez une personne qui lui est redevable.

— C'est ce que pense Derren, dit Nick en passant une main sur son visage. Mais sa famille prétend ne pas l'avoir vue. D'après la sœur de Marcus, une camarade de meute de Kerrie, cette prophétesse leur a épargné de nombreux conflits au fil des ans. Beaucoup de gens se considèrent comme ses débiteurs parce qu'elle leur a sauvé la vie, à eux ou à leurs enfants, ou leur âme sœur.

— Il y a une chose que je trouve étrange, lança Bracken en se calant dans son fauteuil et en étirant ses longues jambes, et c'est le fait qu'elle ne s'en soit pas pris à nous personnellement. Elle a envoyé un kamikaze porter une bombe sur le territoire de la meute du Phénix, mais elle ne nous a pas attaqués directement.

— Elle veut peut-être nous faire croire que c'est fini, nous donner l'impression qu'on est en sécurité et revenir nous surprendre plus tard, suggéra Caleb.

— Ou bien elle a décidé de laisser tomber, ajouta Kent, songeur, en inclinant la tête sur le côté. Peut-être que l'échec de sa tentative contre la meute du Phénix l'a fait reculer.

— J'en doute, intervint Stone en grattant Bruce derrière l'oreille. Le fait qu'elle ait mis à prix la tête de tous les membres de la meute du Phénix et de la meute Mercure montre bien l'ampleur de sa colère et son ressentiment. Ce genre d'émotion ne disparaît pas facilement. Son échec a dû exacerber sa rage et la rendre plus déterminée encore à mener son projet à bien.

— Elle n'a pas réussi à empêcher Marcus de reconnaître que Roni était son âme sœur, dit Derren en acquiesçant de la tête et en caressant le bras d'Ally du bout des doigts. Alors elle a cherché par tous les moyens à pousser Roni à le quitter avant leur union, mais en vain.

Elle a tenté ensuite de les supprimer tous les deux, mais cela n'a pas marché non plus. J'ai l'impression qu'une tarée comme Kerrie refuse d'envisager la possibilité d'un nouvel échec.

— Elle est tellement tordue, expliqua Marcus en massant la nuque de Roni, qu'elle croit que nous devons être punis, Roni et moi. Elle nous tient responsables de sa colère.

— J'aurais vraiment dû tuer cette salope quand j'en avais la possibilité, regretta Roni.

— J'adore ton esprit vengeur, déclara Marcus en souriant.

Pour toute réponse, sa compagne se contenta de lever les yeux au ciel.

— On a de la visite, annonça Jesse en entrant par la porte de la cuisine. Miranda se dirige vers nos frontières avec deux de ses lieutenants.

— Génial, soupira Shaya, excédée, en serrant contre elle Willow qui s'était endormie dans ses bras. On va bien se marrer avec cette nana, encore une qui ne supporte pas d'avoir été rejetée.

— Je suis étonné qu'elle revienne, surtout après la manière dont s'est déroulée sa dernière visite, enchaîna Jesse.

— Peux-tu emmener Willow à l'étage, s'il te plaît ? demanda Shaya à Kathy. Je veux l'éloigner le plus possible de cette horrible femme.

— Bien sûr, répondit Kathy, heureuse de veiller sur sa petite-fille.

Elle sortit rapidement de la pièce, ne désirant pas plus que Shaya voir la petite Willow avec Miranda.

— Cette visite devrait t'amuser, dit Ally en se tournant vers Dan et en esquissant un grand sourire. Tu te souviens de Miranda Whitney, non ?

— Miranda Whitney ? répéta-t-il, visiblement perplexe.

— Ouais, la louve qui a propagé des fausses rumeurs sur ton compte parce que tu l'avais rejetée. Elle m'a reconnue comme faisant partie de ta famille et elle a conseillé aux membres de la meute Mercure de m'expulser.

— Ah ! tu veux parler de Miranda Moore. Elle est l'Alpha de sa meute, non ?

— Je pensais qu'elle s'appelait Whitney, lança Ally en tournant la tête vers Derren.

— C'est bien le cas, confirma-t-il.

— Ça, c'était avant, expliqua Dan en levant un doigt. Mais elle a eu un conflit majeur avec ses parents, a quitté leur meute et a changé de nom pour se détacher d'eux.

Elle voulait couper les ponts avec eux, les rejeter avant qu'eux ne le fassent, en déduisit Ally.

— Qu'est-ce qu'il y a ? demanda Roni à Marcus, soudain raide comme un piquet.

— Ce pourrait être une simple coïncidence, dit-il en commençant à se détendre un peu tandis qu'il caressait la nuque de Roni. Mais je ne crois pas trop à ce genre de chose.

— Quoi ? insista Derren.

— Moore est aussi le nom de famille de Kerrie.

Cette révélation de Marcus fut accueillie par un grand silence.

— Tu penses qu'elle a un lien de parenté avec Miranda ? s'enquit Stone, le premier à prendre la parole.

— Derren, appelle Donovan, ordonna Nick. Il le découvrira très vite.

— Je reviens tout de suite, dit le Beta à sa compagne, qui s'était levée pour le laisser passer.

— S'il existe un lien de parenté entre Miranda et Kerrie, il est tout à fait possible que ce soit elle qui protège la prophétesse, supposa Nick en se remettant à faire les cent pas après le départ de Derren.

— Pas nécessairement, avança Shaya. Miranda n'a aucun contact avec ses parents. Il est possible qu'elle ne fréquente pas le reste de sa famille élargie.

— Shaya a raison, confirma Stone à Nick.

Mais l'Alpha ne semblait pas plus convaincu pour autant.

— Alors ? gronda Nick quand Derren revint à peine une minute plus tard.

— Miranda est effectivement la cousine de Kerrie, annonça Derren en serrant les poings.

— Cela ne signifie pas nécessairement qu'elles se fréquentent, maintint Shaya. Je ne dis pas que ce n'est pas le cas, je dis simplement qu'on ne devrait pas agir avant d'en avoir la confirmation.

— Hé ! Teagan, dit Marcus au téléphone après avoir levé un doigt pour réclamer le silence. Est-ce que Kerrie t'a déjà parlé d'une certaine Miranda Moore ? Super, merci. Oui, c'est possible. Je te rappelle plus tard, dit-il en raccrochant et en remettant son portable dans sa poche.

» D'après ma sœur, poursuivit-il, Kerrie a souvent reçu la visite d'une Miranda qui est l'Alpha de sa meute. Elle n'en sait pas plus, mais cela suffit par contre pour confirmer nos soupçons.

Eli lâcha un juron.

— Il y a donc des chances que Miranda cache Kerrie chez elle depuis le début. À notre nez et à notre barbe !

Le lieutenant avait l'air prêt à se lancer dans une folie meurtrière, et Nick et Roni semblaient disposés à le suivre.

— Le soir où Miranda est venue nous parler de la grenade, reprit-il, ce n'était pas parce qu'elle s'inquiétait pour nous ou parce qu'elle voulait nous soutirer des renseignements. Elle voulait vérifier ce que nous savions exactement, si nous étions au courant et si nous soupçonnions Kerrie.

— Et quand elle est venue la dernière fois, elle voulait qu'Ally s'en aille non pas par jalousie par rapport à Derren mais plutôt parce qu'elle se doutait bien que les Holt la vengeraient si Kerrie faisait assassiner notre meute et qu'Ally faisait partie des victimes.

— Ouais, le Mouvement nous aurait aidés à traquer les coupables, ajouta Cain. On aurait tout fait pour retrouver Kerrie et la supprimer avec tous ceux qui l'auraient aidée.

Ses oncles marmonnèrent leur assentiment.

— Il est donc plus que probable que Kerrie se cache chez la voisine depuis le début, marmonna Nick en émettant un grognement rauque.

— C'est rusé de sa part, reconnut Ally à contrecœur. Je n'aurais jamais imaginé qu'elle se cacherait aussi près de nous.

— C'est très audacieux aussi, déclara Derren en reprenant sa place derrière Ally et en lui mordillant le cou.

— Ou bien elle est complètement tarée, dit Bracken en haussant les épaules.

Ally était plutôt d'accord avec lui.

— Miranda a pris d'énormes risques en protégeant sa cousine, lança Eli.

— Putain de salope ! éructa Nick. Ce n'est peut-être pas Miranda qui a mis nos têtes à prix. Mais en donnant refuge à sa cousine elle devient sa complice.

— Peut-on être sûrs cependant que Miranda la cache ? C'est tout à fait vraisemblable, là n'est pas la question, ajouta prestement Caleb avant que Nick ait pu le contredire. Je le reconnais mais on n'a aucune preuve.

— On le saura bien assez tôt, rétorqua Nick avec un sourire à la fois un peu tordu et très maléfique.

— La voici ! intervint Kent, qui surveillait les abords de la maison par la fenêtre.

Il alla vite rejoindre Caleb sur le canapé. Quelques instants plus tard, Jesse et Zander escortaient Miranda et ses deux lieutenants dans le séjour.

Shaya se leva et esquissa un sourire de bienvenue qui ne trahissait rien de son dégoût mais qui irrita les bras d'Ally comme une éponge à récurer.

— Miranda ! Quelle bonne surprise ! s'écria-t-elle.

— Merci, Shaya, répondit Miranda en esquissant un sourire aussi large et forcé que celui de la femelle alpha. Je craignais qu'il ne demeure quelque ressentiment entre nous depuis ma dernière visite, continua-t-elle en regardant tour à tour Shaya et Nick, qui alla rejoindre sa compagne. Je tenais à ce que vous sachiez que je me préoccupe d'abord et avant tout de la sécurité de votre meute.

— On a compris, la rassura Shaya.

Miranda balaya ensuite la pièce d'un œil amical et ses yeux s'étrécirent en se posant sur Ally, blottie contre Derren, qui caressait sa marque de revendication. Sa hargne atteignit la prophétesse en pleine poitrine.

— Je tiens à vous féliciter pour votre union. J'aurais dû vous le dire lors de ma précédente visite.

Ni Ally ni Derren ne la remercièrent pour ses paroles qui manquaient manifestement de sincérité. La louve d'Ally n'appréciait pas non plus la compagnie de cette garce. Elle avait très envie de se ruer sur elle et de lui lacérer le visage à coups de griffe. Et cette idée plaisait beaucoup à Ally. Quand Miranda posa ses yeux à demi fermés sur Dan, elle se raidit et le rouge lui monta aux joues.

— Des retrouvailles familiales entre Holt, comme c'est charmant ! lança-t-elle en se laissant tomber gracieusement dans un fauteuil tandis que ses lieutenants allaient se mettre debout derrière elle. Comme tu peux l'imaginer, dit-elle à Shaya en lui adressant un nouveau sourire forcé, je continue à me faire beaucoup de soucis pour vous. Même si les attaques ont pris fin, je ne peux m'empêcher de m'inquiéter du fait que les responsables n'ont toujours pas été appréhendés.

— C'est très sympa de ta part, mais on a les choses bien en mains.

— Vous avez arrêté les coupables ? s'enquit Miranda en arquant un sourcil.

— Oui, déclara Shaya en se penchant un peu vers l'avant comme si elle allait lui confier quelque chose de capital. Il semble que les métamorphes qui nous ont attaqués n'avaient rien contre nous. En fait, nos têtes avaient été mises à prix. Tu te rends compte ?

— Vraiment ? s'exclama Miranda.

— Mais nos noms viennent d'être retirés de la liste noire, sans doute parce que tous ceux qui ont osé nous attaquer n'ont pas survécu assez longtemps pour se vanter de leurs exploits.

— Avez-vous une idée de qui tire les ficelles ? demanda Miranda, dont la soudaine inquiétude causa des démangeaisons à Ally.

— Oui, répondit Shaya. Les métamorphes que nous avons capturés en savaient assez pour nous mettre sur la piste. Il semble que le commanditaire que nous cherchons soit une femme bafouée.

— Non ? s'écria Miranda, dont l'inquiétude se transforma rapidement en panique, qui se déversa sur Ally comme une tempête tropicale.

— Ce serait une prophétesse, continua Shaya, qui en voudrait à Marcus de s'être uni à Roni. Une histoire de jalousie.

Ally remarqua que les lieutenants de Miranda se raidissaient et avaient l'air subitement très mal à l'aise.

— Je vois, dit Miranda en se léchant les lèvres. Je suppose que vous connaissez son nom ?

— Cela ne saurait tarder, lança Shaya. Ne t'inquiète pas.

— Très bien, déclara alors Miranda en se levant avec un sourire abrupt. Je vais devoir vous quitter.

— Si vite ? s'enquit Shaya en se levant également.

— J'ai beaucoup à faire cet après-midi, expliqua-t-elle en se retournant pour partir, mais Eli lui faisait barrière.

Elle n'avait pas remarqué qu'Eli et les autres lieutenants de la meute Mercure s'étaient déplacés silencieusement pour lui bloquer le passage.

— Vous n'irez nulle part dans l'immédiat, mademoiselle Whitney, ironisa Eli. Ou devrais-je dire mademoiselle Moore ?

— Tu ne serais pas parente avec Kerrie Moore par hasard ? demanda Marcus en inclinant la tête sur le côté.

— Qui ? osa Miranda, l'air faussement perplexe.

— La prophétesse que nous recherchons, expliqua Shaya, qui avait cessé de sourire. Tu l'avais compris, non ? insista-t-elle en regardant Miranda bien en face.

— On a toujours pensé qu'il était probable qu'elle soit hébergée dans sa famille, grogna Nick. En revanche, je n'avais pas imaginé que c'était chez toi.

— Vous vous trompez sur toute la ligne, protesta Miranda. J'aimerais vous aider, mais…

— C'est super ! s'écria Roni. Tu veux vraiment nous aider ? Génial ! Où est-elle ?

— Je ne connais pas de Kerrie M…

— Arrête tes conneries, cracha Eli. On sait que Kerrie est ta cousine et que tu es souvent allée la voir chez elle.

— C'est vrai, reconnut enfin Miranda en poussant un long soupir. Mais j'ignore où elle se trouve.

— Tu serres les lèvres quand tu mens, lui lança Derren, serrant toujours sa compagne dans ses bras.

Un rictus sévère plaqué sur le visage, la garce fusilla Derren du regard.

— Dis-nous où se terre Kerrie ! grogna Nick en s'approchant de Miranda.

L'Alpha de la meute voisine déglutit bruyamment et redressa le menton. Elle avait beau avoir l'air d'un animal pris au piège et être la cible de la colère de toute la meute Mercure, elle maintenait une posture hautaine et agressive.

— Que me proposez-vous en échange ?

Nick s'esclaffa devant tant de culot mais son rire n'avait rien de plaisant.

— Ce n'est pas négociable. Dis-nous où se cache Kerrie, ajouta-t-il, sa voix se faisant encore plus dure. Pendant tout ce temps, tu savais ce qui se passait, que ta cousine avait mis nos têtes à prix, et tu étais au courant de toutes ses attaques contre nous et nos amis. Tu as choisi de ne pas nous prévenir, de ne pas nous aider.

Tu as pris parti pour ta cousine et tu l'as aidée. Tu as choisi ton camp.

Miranda ne dit rien, se contentant de lui rendre son regard assassin.

— Combien d'hommes de ta meute désirent te remplacer comme Alpha, Miranda ? s'enquit Derren en effleurant la clavicule d'Ally du bout des doigts.

— Je soupçonne qu'il y en a beaucoup, intervint Eli. Je suis prêt à parier que même tes lieutenants ici présents seraient prêts à se battre pour prendre ta place. Et puis il faut bien reconnaître que tu n'es pas une très bonne Alpha, n'est-ce pas ?

— Comment peux-tu oser dire cela ! s'exclama Miranda, interloquée et rougissant de colère.

— Tu as expulsé toutes les femmes fortes, de peur qu'elles te menacent dans ton poste, commença Derren. Et pour la même raison tu t'es débarrassée de tous les hommes qui s'unissaient à une dominante. Tous ces gens-là sont partis avec leur famille élargie. Ta meute s'est affaiblie mais ce n'était pas là le seul problème. Les hommes ont été obligés soit de chercher des partenaires ailleurs soit d'accepter l'idée de partager ton lit. Tu considères ta meute comme une écurie d'étalons à ta disposition.

— Combien d'hommes as-tu persuadés, intervint Eli, que tu les prendrais comme mâle alpha avant de les jeter comme tous les autres ? Plusieurs, j'imagine.

— Tu n'as pas vraiment fait un superboulot d'Alpha, dit Nick, alors je doute que ta meute soit très affectée si tu… disparaissais soudainement.

— Comment oses-tu me menacer ? éructa-t-elle, les dents serrées. Ta compagne est une soumise, elle n'est pas de taille à m'affronter.

Pas du tout vexée par ses propos, Shaya se contenta de glousser.

— Tu as raison, rétorqua Nick en souriant. Shay est beaucoup plus forte que toi et une bien meilleure femelle alpha que tu ne le seras jamais.

Les yeux de Miranda lancèrent des éclairs qui brûlèrent la peau d'Ally.

— Ce n'est pas tant Shaya qui devrait t'inquiéter mais moi, affirma Roni.

Personne ne désirait plus qu'elle punir Kerrie et Miranda l'en empêchait.

L'un des lieutenants de cette dernière se racla la gorge pour attirer leur attention et interrogea brièvement son collègue du regard.

— Clark et moi, on est d'accord pour vous mener à Kerrie.

— Comment oses-tu me trahir, Jason ! hurla Miranda en se tournant vers eux.

— Ils ont raison, lui répondit Jason, l'air déconfit. Notre meute était puissante jusqu'à ce que tu en prennes la tête. Plusieurs de nos amis sont partis à cause de toi. Je ne veux pas en voir d'autres s'en aller. Et je ne veux pas être obligé de quitter la meute si je trouve mon âme sœur et qu'elle s'avère être une dominante.

— En plus de tout cela, renchérit Clark en secouant la tête, tu as trahi nos voisins. C'est inacceptable.

— Si vous êtes vraiment sincères, vous allez nous donner les informations dont nous avons besoin, déclara Nick, qui ne semblait guère avoir confiance en leur soudain empressement à collaborer avec eux.

— Kerrie est chez nous, répondit Jason en hochant la tête. (L'air estomaquée, Miranda mit une main devant sa bouche.) Elle est installée dans un de nos pavillons d'invités, expliqua-t-il sans tenir compte de la réaction de son Alpha.

— Elle est obsédée par son désir de vengeance, dit Clark. On avait déjà envisagé de venir vous trouver mais…

— Vous aviez donné votre parole et vous ne vouliez pas y manquer, compléta Shaya pour eux, l'air compréhensive même si une intense colère subsistait sur ses traits.

— On a attrapé les renards qui ont fait exploser la grenade sur votre territoire, ajouta Jason en redressant les épaules et on s'est… débarrassés d'eux.

— On apprécie votre geste, déclara Nick en hochant la tête.

Miranda voulut se ruer sur ses lieutenants mais Jesse la rattrapa et la retint tandis qu'elle les agonissait d'injures, leur reprochant leur trahison. Elle cria si fort que Willow, à l'étage, se réveilla en pleurant, et Shaya eut l'air de vouloir se jeter sur elle.

— Jesse, enferme cette garce dans la cabane à outils, ordonna Nick, et le lieutenant obtempéra avec joie.

Les membres de la meute entendirent longtemps encore les hurlements de Miranda.

— On vous supplie de ne pas punir notre meute en représailles pour les agissements de Miranda, osa Jason.

— Vous allez devoir rentrer chez vous sans votre femelle alpha, déclara Nick après un temps de réflexion. (C'était un défi qu'il leur lançait. S'ils hésitaient à accepter cette condition, cela signifierait qu'ils demeuraient loyaux envers leur Alpha.) Vous devrez également jurer que votre meute ne cherchera pas à la venger.

— Nous le jurons, déclara Jason tandis que Clark hochait la tête.

— Et n'oubliez pas Kerrie, ajouta Roni. On la veut.

— On va vous mener jusqu'à elle, déclara Clark en hochant une nouvelle fois la tête. On n'a jamais été d'accord pour la garder chez nous.

— Tu peux leur faire confiance, affirma Ally en réponse à l'interrogation muette de Nick, qui désirait savoir si les lieutenants de Miranda étaient sincères. Ils ne mentent pas.

— Très bien. Jason, Clark, attendez-moi dehors. Je vais dire un mot aux membres de ma meute et je vous rejoins. Je ne fais pas trop confiance à ces types pour nous remettre Kerrie aussi facilement, dit-il quand ils furent sortis. Non pas que je ne me fie pas à ton jugement, Ally, au contraire. Et Jason et Clark semblent très déterminés à se débarrasser de Miranda. En revanche, on ne sait pas trop ce que pensent les autres membres de la meute. Un d'entre eux pourrait prévenir Kerrie de notre arrivée. Je n'ai pas envie de courir ce risque.

— Je vais les accompagner, proposa Marcus.

— Tu n'iras pas seul, c'est hors de question, affirma Roni en s'approchant de son compagnon. Ne te mets pas en mode protecteur, Nick, lança-t-elle à son frère après avoir remarqué une lueur de contrariété dans ses yeux. J'ai besoin de régler son compte à cette salope.

— D'accord, soupira le mâle alpha, se résignant à l'inévitable. Toi, Derren, Marcus et moi-même allons accompagner Jason et Clark. On va aller chercher Kerrie et la ramener pour régler leur cas aux deux cousines en même temps. On hurlera pour vous prévenir en cas de souci, ajouta-t-il en se tournant vers les autres membres de la meute.

Ally n'était pas très patiente et ce n'était un secret pour personne. Elle s'inquiétait aussi énormément pour la sécurité de Derren et des autres membres de la meute. Très angoissée, elle avait décidé d'aller prendre l'air avec Bruce. Elle alla donc se promener avec le chien de Nick le long de la frontière séparant le territoire de la meute Mercure de celui de Miranda en attendant la petite troupe. Ally espérait apercevoir son compagnon sur le chemin du retour mais aussi que la balade l'aiderait à évacuer un peu son stress.

Sa louve était également sur les nerfs. Elle ne restait pas en place et sortait les griffes. Elle ne supportait pas d'être séparée de son compagnon et encore moins quand il courait un danger. Ally avait proposé de les accompagner mais Nick préférait qu'elle reste avec Shaya et Willow pour veiller sur elles. Derren était entièrement d'accord, bien entendu. Pas tant pour la question de la sécurité de la famille de l'Alpha, mais surtout parce qu'il ne désirait pas voir sa compagne le suivre dans une situation dangereuse. En d'autres termes, il faisait comme d'habitude : il la surprotégeait !

C'était agaçant à la longue, mais réconfortant aussi quelque part d'être la priorité de son compagnon. Ally avait vécu presque comme une nomade pendant de très nombreuses années et n'avait pris racine nulle part. Elle ne s'était jamais sentie « chez elle » avant. Elle était heureuse avec la meute Mercure, ayant enfin l'impression d'être à sa place. Surtout grâce à Derren. Elle avait trouvé un foyer avec lui. Elle se sentait en sécurité et, surtout, il la stabilisait.

Elle fut interrompue dans ses pensés par un bref jappement et s'immobilisa. Elle se rendit compte que Bruce avait disparu juste avant d'entendre un bruit sourd.

— Bruce ? l'appela-t-elle, déchirée entre l'envie d'aller voir de quoi il retournait et celle d'appeler à l'aide quand…

Une vive piqûre au cou la fit tressaillir. *Bordel de merde !* Elle songea un instant à une guêpe ou à une abeille. Puis elle porta la main à son cou et sentit quelque chose d'étrange, une sorte de fléchette métallique ornée de plumes. Elle la retira rapidement, comprit ce qui lui arrivait et poussa un long hurlement pour prévenir les autres.

Ou, du moins, elle essaya.

Rien ne se passa. Elle ne réussit même pas à ouvrir la bouche et encore moins à utiliser ses cordes vocales.

Puis ce fut comme si tous ses muscles se relâchaient d'un coup et elle s'écroula... rattrapée par une paire de bras musclés. Ally perçut une odeur de tigre mâle, un parfait inconnu. Un autre métamorphe qu'elle ne reconnaissait pas non plus apparut alors et la souleva par les jambes.

Ses agresseurs la transportèrent précautionneusement entre les arbres sans piper mot. Sentant la paralysie la gagner, Ally ne put rien faire d'autre que regarder. Elle était éveillée mais incapable de bouger le moindre muscle. *Bordel de merde !*

Sa louve hurla ; elle voulait émerger, prendre le contrôle pour défendre Ally et étriper ces étrangers. Malheureusement, Ally était incapable de se transformer.

Ils parvinrent assez rapidement à un véhicule garé sous le couvert des arbres. Les enfoirés ouvrirent le coffre et l'y installèrent sans ménagement. Oh, que sa vengeance serait terrible dès qu'elle pourrait de nouveau bouger !

— Il y a quelque chose qui cloche, dit Derren en s'immobilisant quelques instants à peine après avoir traversé la frontière du territoire de sa meute.

— Quoi ? lança Nick en se raidissant.

Roni et Marcus, qui portaient Kerrie, inconsciente, se contractèrent également.

— C'est Ally, répondit Derren, sentant l'inquiétude monter en lui tandis que son loup s'excitait. Je sentais par notre lien d'union qu'elle était nerveuse et frustrée de devoir nous attendre, ajouta-t-il en sortant son téléphone. Mais là… elle est vachement en colère et se sent impuissante.

C'était insensé.

Il composa le numéro d'Ally. Son téléphone sonna. Et sonna encore. Mais il n'y eut pas de réponse.

Tous ses instincts en éveil, il se mit sur ses gardes, son inquiétude remplacée par une angoisse terrible.

— Il y a quelque chose qui cloche, répéta-t-il, convaincu qu'il y avait réellement un souci.

— J'appelle Shaya, dit Nick. Toi, essaie Ally encore une fois.

Derren obtempéra, mais sa compagne ne répondait toujours pas.

En revanche, Shaya prit tout de suite l'appel de Nick.

— Rassure-moi, dis-moi que tout va bien ! s'écria-t-elle.

— Tout va bien, on a Kerrie, lui dit Nick, mais sais-tu où est passée Ally ?

— Ally ? Elle est partie se promener avec Bruce. Pourquoi ? demanda-t-elle.

Derren était si près de Nick qu'il avait pu suivre cet échange.

Il se précipita entre les arbres, sentant la peur le gagner. Il cria le nom de sa compagne plusieurs fois en fouillant les alentours de la maison des Alphas, mais pas de réponse et aucun signe d'elle.

— Je ne la vois pas, dit-il en se retournant vers Nick, qui l'avait rejoint. Et toi ?

Deux odeurs caractéristiques leur parvinrent alors en même temps, des odeurs qui n'avaient rien à faire là.

— Des tigres ! s'exclama Derren.

— Putain ! grogna Nick en humant longuement.

Ils suivirent tous deux la piste des intrus à travers bois. Derren sentit son cœur battre à tout rompre et son loup perdre le contrôle. Rien ne devait atteindre Ally, absolument rien.

Le Beta lança un juron en retrouvant le corps inanimé de Bruce allongé au sol. Il se laissa tomber sur les genoux à côté de l'animal et retira la fléchette plantée dans son flanc.

— Il respire, mais il a été drogué.

— Il a les yeux ouverts, le regard vif, dit Nick, perplexe.

— Ils ont dû lui injecter une drogue paralysante. Et ils ont fait la même chose pour Ally. (Cela expliquerait qu'elle se sente impuissante. Elle était pratiquement prisonnière de son propre corps.) Je vais suivre leur trace.

Malheureusement, les pistes s'arrêtèrent brusquement non loin de là. Derren se sentit encore plus frustré en remarquant des traces de pneus. Il lâcha une volée de jurons.

— Elle a été enlevée, dit-il à Nick en se tournant vers lui. C'est un coup de la meute Collingwood.

Il en était intimement convaincu, et il savait au plus profond de lui-même que, si quelqu'un avait osé lever la main sur Ally, il lui ferait connaître une longue et douloureuse agonie avant de le tuer de ses propres mains.

— Il faut que je la retrouve.

— Bien sûr, mais on ne sait pas où elle est, dit Nick en l'attrapant par le bras comme s'il craignait que Derren panique et se mette à tourner en rond. Essaie de l'appeler encore une fois.

Le Beta poussa un juron quand Ally ne répondit pas à son troisième appel. Puis il vit arriver Cain et Dan au pas de course.

— Shaya nous a dit qu'Ally avait disparu, expliqua Cain, ses yeux lançant des étincelles.

— On pense qu'elle a été enlevée par des tigres-garous, dit Nick en acquiesçant d'un signe de tête. Peut-être est-ce un coup manigancé par Rachelle. Elle en veut à mort à Ally.

— Elle va s'en sortir, déclara Dan en esquissant un geste de la main destiné à les rassurer.

— Mais elle a été enlevée ! hurla Derren en clignant des yeux, choqué par son apparente insouciance.

— Ce n'est pas comme si c'était la première fois, réagit Dan en haussant les épaules.

— Peux-tu nous en dire un peu plus ? gronda Nick.

— Quand elle avait neuf ans, répondit Cain à sa place, l'air aussi peu préoccupé que son oncle, elle a été enlevée avec plusieurs autres gamins sur notre territoire par une meute rivale. Ils sont rentrés en moins d'une heure.

— Ally s'est libérée et a détaché les autres, expliqua Dan. Puis ils ont tous sauté du véhicule et sont rentrés à la maison. Elle était furieuse, bien entendu, et nous a obligés à lui acheter un poisson rouge. Ally est une véritable dure à cuire.

— Oui, c'est vrai, convint Derren, en colère contre Cain et ses oncles, qui semblaient sous-estimer le danger que courait sa compagne. La Beta de la meute Collingwood veut sa peau. Elle va essayer de la buter.

— Peut-être. Elle va essayer. Mais ne t'inquiète pas, notre nièce va bien s'en sortir.

— Mais elle a été droguée !

— Oh ! fit Dan, l'air penaud. Cela complique un peu les choses.

— Transmets-lui de ta force par votre lien d'union, conseilla Nick à Derren. Les effets de la drogue s'estomperont plus rapidement.

— Je ne peux pas, répondit-il, malheureux d'avoir à verbaliser quelque chose qui le blessait profondément. Notre lien n'est pas encore complètement en place.

— Pourquoi ? s'enquit Cain en fronçant les sourcils. Tu as des doutes ?

— Absolument pas.

— Alors, qu'est-ce qui vous retient ?

Derren n'en avait pas la moindre idée, putain ! Ally avait changé toute sa vie. Il n'avait jamais imaginé qu'il pourrait être aimé tel qu'il était mais c'était le cas. Elle l'aimait. Les responsabilités lui avaient toujours pesé mais elle lui avait fait comprendre qu'elles n'étaient pas réellement un poids, et que son poste de Beta et ses devoirs envers les autres constituaient plus une force qu'un fardeau.

Ce ne fut qu'à ce moment, tandis que la peur l'étranglait, qu'il avait l'impression de se sentir suffoquer, piégé, qu'il se rendit compte qu'il n'avait pas éprouvé cela depuis très longtemps. Il avait toujours craint de se sentir emprisonné par son éventuelle union mais il s'était trompé. Avec Ally, il se sentait beaucoup plus équilibré. Il comptait pour elle, il le savait. Son union ne l'emprisonnait pas, bien au contraire. Avec Ally, il se sentait libéré et stabilisé. Elle était…

Derren sursauta en ressentant comme une explosion dans son torse et un grand coup à la tête. La douleur disparut aussi vite qu'elle était venue et sa gorge se serra quand il comprit ce qui lui arrivait : son lien d'union avec Ally venait de se mettre complètement en place.

Il sentit les battements de cœur de la jeune femme, son étonnement, sa prise de conscience, et sa joie de constater que leur lien s'était enfin parachevé. Sans hésitation aucune, il lui transmit de la force ; l'obligea à l'assimiler et à l'utiliser.

— Pourquoi cette expression rêveuse sur ton visage ? demanda Dan.

— Je parie que leur lien d'union vient de se concrétiser, lança Nick.

— Ma force l'aide beaucoup plus que je l'imaginais, dit Derren en hochant la tête.

— C'est bien, se réjouit Nick en lui assenant une tape sur le bras pour lui témoigner son soutien. Elle ne sera plus à leur merci comme ça. Il ne nous reste plus qu'à la trouver.

Ally ne savait pas combien de temps s'était écoulé avant que la paralysie commence à s'estomper. Elle savait seulement qu'il lui aurait fallu beaucoup plus de temps pour lutter contre les effets de la drogue si Derren n'avait pas pu lui transmettre un peu de sa force. Elle était très déterminée à fêter l'extraordinaire événement qu'était la mise en place de leur lien d'union. Mais plus tard. Là, elle avait besoin de se concentrer sur sa situation délicate.

Elle devait surtout garder son calme pour parvenir à s'extirper de sa prison étroite, inconfortable et trop chaude. Les tigres-garous lui avaient ligoté les mains avec des liens en nylon et ce ne serait pas facile pour elle de rester calme, mais elle devait le faire pour se libérer.

Pendant le trajet, elle avait suivi les conversations de ses ravisseurs. Elle n'avait pas tout entendu parce que leur musique était réglée au maximum. Elle avait découvert quelques éléments cependant : c'était Rachelle qui les avait embauchés et elle leur avait ordonné de l'amener vivante à un endroit qu'elle leur avait indiqué.

Il n'y avait aucune chance qu'Ally les laisse la conduire au lieu de rendez-vous. Elle risquerait trop de ne pas s'en sortir si elle ne se libérait pas avant.

Elle attendit que les effets de la drogue se soient entièrement estompés puis elle attrapa l'extrémité du lien en nylon entre ses dents et tira le plus possible. Elle roula ensuite sur le dos et leva les mains au-dessus de sa tête avant de les rabattre vers son ventre en un grand coup sec qui fit sauter le mécanisme de verrouillage. Sa louve grogna son approbation.

Il ne lui restait plus qu'à ouvrir ce putain de coffre. Mais avant…

Elle fouilla dans sa poche de jean et sortit son portable. Les salopards n'avaient même pas pensé à le lui prendre pour le cas où elle aurait réussi à se libérer. Elle passa le pouce sur l'écran pour activer son alarme de géolocalisation et donner ainsi son emplacement exact aux autres membres de la meute. Puis elle appela Derren, qui avait essayé de la joindre à plusieurs reprises. Elle avait senti son téléphone vibrer dans sa poche à chacun de ses appels et elle avait bien pensé que ce devait être lui. Elle sentait son angoisse et sa peur par leur lien d'union et avait été très malheureuse de ne pas pouvoir le rassurer.

— Ma chérie, rassure-moi, dis-moi que tu vas bien, dit-il en répondant à la deuxième sonnerie.

— Je vais bien, murmura-t-elle, le son de sa voix la faisant sourire en dépit des circonstances. Je suis en colère, c'est tout. J'ai activé mon alarme pour que tu puisses me trouver. Rappelle-moi quand tu te rapprocheras.

— Ils t'ont abandonnée quelque part ?

— Non, mais je vais sauter du coffre d'ici une trentaine de secondes.

— Quoi ? s'écria-t-il. Tu es folle ou quoi ?

— Peut-être. Il faut que j'y aille.

Elle n'avait pas de temps à perdre.

— Fais très attention, ma chérie, grommela-t-il, laissant passer toute son angoisse et son amour pour elle dans sa voix.

— T'inquiète. Je t'aime, dit-elle avant de caler son téléphone dans son soutien-gorge plutôt que dans sa poche de jean pour éviter qu'il ne se fracasse au moment où elle toucherait le sol, après avoir sauté. Ensuite, elle chercha la manette d'ouverture du coffre près du verrou, mais en vain. Il lui faudrait avoir recours à des méthodes plus traditionnelles.

Elle eut un peu de mal à soulever le tapis mais réussit enfin et trouva le câble d'ouverture. Elle tira très fort à deux reprises et entendit enfin le merveilleux déclic qui signalait l'ouverture de sa geôle improvisée. Elle s'immobilisa un instant et écouta pour essayer de déterminer si les tigres avaient entendu quelque chose. Mais ils ne réagirent pas. Manifestement, le volume sonore de la radio avait suffi pour étouffer ses bruits.

Elle attendit un peu que la voiture ralentisse avant d'ouvrir le coffre complètement. Elle ne se donna pas le temps d'avoir peur de se blesser et sauta, en faisant attention de ne pas atterrir directement sur les mains ou les épaules. Elle fit abstraction de la douleur dans son dos et roula sur le sol jusqu'à ce qu'elle sente de l'herbe sous elle, soulagée de constater qu'elle ne s'était rien cassé.

Elle leva les yeux et vit la voiture de ses ravisseurs se diriger vers un quartier résidentiel. Devinant qu'il ne faudrait pas longtemps à ses ravisseurs pour s'apercevoir de sa disparition, Ally se releva et fit la seule chose qu'il lui restait à faire : elle prit ses jambes à son cou.

Chapitre 18

— Elle est encore loin ? demanda impatiemment Derren à Jesse à l'autre bout du fil.

— Non, répondit-il en suivant le signal GPS du téléphone d'Ally sur l'ordinateur de la maison des Alphas. Tu peux l'appeler.

Le cœur serré par l'émotion, Derren raccrocha et composa aussitôt le numéro de sa compagne.

— J'entends le SUV, dit-elle en décrochant immédiatement. J'arrive.

Elle raccrocha avant qu'il ait eu le temps de dire quoi que ce soit, puis elle émergea d'entre les arbres et courut sur la route en faisant de grands signes avec les bras. Eli l'aperçut et freina dans un grand crissement de pneus.

Puis Derren sauta du véhicule et se jeta littéralement sur Ally.

— Merde ! ma chérie. Dieu merci, tu es saine et sauve ! s'exclama-t-il en l'étreignant.

Il tremblait de peur, de colère et de soulagement tout à la fois. Il passa une main dans ses cheveux et l'embrassa à pleine bouche, mettant dans son baiser toutes les émotions qu'il ne savait pas verbaliser. Son loup huma son odeur et s'apaisa enfin au contact de sa peau sous ses mains. Elle était réellement là avec lui et elle allait bien.

— Je savais que tu viendrais me chercher, dit-elle.

Elle était si heureuse de le voir qu'elle en aurait défailli s'il ne l'avait pas soutenue. Sa louve souhaitait également ardemment se frotter contre lui pour donner et recevoir du réconfort.

— Attends, protesta Derren quand elle voulut reculer.

Il avait besoin de se rassurer qu'elle allait bien, qu'elle était en sécurité, avec lui. Il s'était toujours enorgueilli de n'avoir besoin de personne. Mais sans Ally il avait du mal à vivre, à fonctionner. Elle lui était devenue essentielle et il n'avait pas honte de le reconnaître.

— Derren, allons-y, cria Eli.

Bracken prit la place du mort, se doutant que Derren voudrait s'installer sur la banquette avec Ally. Il avait vu juste. Sans relâcher sa compagne, le Beta la souleva dans ses bras, se glissa sur le siège arrière et la tint sur ses genoux. Il poussa un grognement en apercevant les diverses petites éraflures et blessures qui marquaient sa peau. Elle lui tapota le torse pour l'apaiser.

— Ally, es-tu blessée ? lui demanda Eli en se retournant brièvement après avoir démarré en trombe. Est-ce qu'ils t'ont fait du mal ?

— Non, ça va, répondit-elle en se blottissant contre le torse de Derren, inhalant son odeur, qui les apaisa, elle et sa louve.

— Qu'est-ce qui s'est passé, merde ? s'enquit Cain assis à son côté.

Il tenta de l'attirer pour l'embrasser mais en vain, Derren l'étreignait trop fortement contre lui. Il adressa même un regard assassin à son ami, le défiant d'oser essayer de la lui prendre. Cain montra les dents mais ne bougea pas.

— J'ai été droguée et enfermée dans un coffre de voiture par deux putain de tigres-garous.

— Ils ont signé leur arrêt de mort, déclara Derren d'une voix rauque, létale. Peux-tu me les décrire ? demanda-t-il, déterminé à découvrir leur identité et à les buter. Les avais-tu déjà vus ?

— Non, jamais. Je n'ai pas reconnu leur odeur non plus. Ils sont chinois tous les deux, de taille moyenne et très forts.

— Comme tous les tigres, observa Cain. As-tu entendu leurs noms ?

Ally secoua la tête.

— Attrape ! dit Bracken en se retournant sur son siège et en lui lançant son portable qu'elle récupéra aisément. C'est Shaya. J'avais promis de l'appeler dès qu'on t'aurait retrouvée. Elle est dans tous ses états.

— Ally, entendit-elle Shaya dire en mettant le téléphone contre son oreille. Tu as intérêt à être en vie si tu ne veux pas que je t'étripe !

— Je suis bien vivante, la rassura Ally en riant. Comment va Bruce ?

— Ça va. L'effet des drogues s'est estompé. Dépêche-toi de rentrer. J'ai besoin de te voir de mes propres yeux.

— Tu devras patienter encore un peu. On va faire un petit détour avant de rentrer.

— Tu veux t'expliquer avec Rachelle, devina Shaya.

— Oui. Cet enlèvement était son idée.

— Je vous rejoins !

— Non. On a besoin de toi pour garder un œil sur Miranda et Kerrie. Il faut les surveiller étroitement au cas où la meute de Miranda ou son ancienne meute décide de venir à sa rescousse. Et puis je ne suis pas seule.

— J'espère que tu la feras souffrir un max !

— T'inquiète. Il est grand temps de régler définitivement cette histoire.

La garce aurait pu laisser Ally tranquille mais avait choisi de s'en prendre à elle. Elle devait donc mettre fin à cette embrouille une fois pour toutes. Elle rendit son téléphone à Bracken, qui esquissa un sourire sanguinaire. Il avait hâte d'assister au châtiment de Rachelle. En revanche, Derren n'avait pas l'air très enthousiasmé par cette perspective.

— Ma chérie, je comprends que tu aies besoin de faire ça, dit-il en lui plaquant un baiser sur les cheveux, mais…

— Alors soutiens-moi, veux-tu.

— Mais tu as été droguée. Tu es couverte de coupures et d'éraflures. Quelle drôle d'idée de sauter du coffre d'une voiture en marche !

— Je n'ai rien de grave et puis ces blessures guériront vite.

— Là n'est pas la question.

— Alors dis-moi, quelle est la question ?

— Ma chérie, j'étais terrifié à l'idée qu'il t'arrive quoi que ce soit, tu t'en rends compte ?

Il éprouvait encore quelques relents de peur qui menaçaient de lui faire perdre son sang-froid. S'il n'avait pas été persuadé, grâce à leur lien d'union, qu'elle était encore en vie, il aurait disjoncté bien avant.

— Tu ne pourrais pas donner à mon cœur le temps de se remettre un peu ? reprit-il. Es-tu vraiment obligée d'aller t'exposer tout de suite au danger ?

— Je n'ai pas le choix, répondit-elle en plongeant son regard dans les yeux tourmentés de son compagnon. Les tigres-garous étaient censés me conduire à quelques kilomètres d'ici. Rachelle devait venir me retrouver un peu plus tard dans la journée. Je dois absolument arriver au territoire de la meute Collingwood avant qu'elle s'en aille.

— Elle risque de s'enfuir si les tigres l'informent de ton évasion. Elle craindra sans doute que tu les aies entendus discuter de ses plans.

— Non, fit Ally en secouant la tête. Ils parlaient mandarin et Rachelle ignore que je connais cette langue. Elle est tellement sûre d'elle qu'elle ne doit pas imaginer qu'elle risque de se faire prendre un jour. Il faut battre le fer pendant qu'il est chaud.

Cela faisait trop longtemps que cette garce n'en faisait qu'à sa tête sans jamais avoir à faire face aux conséquences de ses attaques contre Ally.

— Elle a raison, soupira Cain. Malheureusement.

— Eli, on va passer par le territoire de la meute Collingwood, ordonna Ally.

— Tu n'es pas entièrement d'accord avec son idée et ça se voit, dit le premier lieutenant à son Beta, mais elle n'a pas vraiment le choix, n'est-ce pas ?

Derren poussa un long soupir et acquiesça de la tête.

— Avec un peu de chance, Zeke va faire une connerie et j'aurai une bonne excuse pour le buter, dit-il en se réjouissant un peu à cette idée.

Quand ils arrivèrent au territoire de la meute Collingwood, les lieutenants de Matt manifestèrent une certaine nervosité mais les laissèrent passer. L'un d'entre eux prévint Matt par téléphone et ce dernier déboula en compagnie de Zeke dès qu'Eli pénétra dans le parking. Il adressa au petit groupe un sourire franc mais inquiet.

— Il vaudrait mieux que tu restes dans le SUV, Cain. Ils ne te verront pas au travers des vitres teintées. C'est important, insista Ally. Pour nous deux. Personne ne doit découvrir qu'on est proches, toi et moi, insista-t-elle en l'entendant pousser un grognement désapprobateur.

— Bute-la, Ally, gronda-t-il après un bref moment de silence. C'est la seule manière de l'empêcher de s'en prendre à toi. (Il n'avait sans doute pas tort, réfléchit Ally.) Mais prends ton temps, fais-la souffrir. Et, surtout, montre à ses camarades de meute que tu es une combattante aguerrie pour qu'ils comprennent bien qu'ils n'ont pas intérêt à chercher à la venger, d'accord ?

— D'accord, répondit Ally en hochant la tête.

Ally descendit du véhicule après tous les hommes, qui saluèrent gauchement l'Alpha et le Beta de son ancienne meute.

— Putain ! Ally, qu'est-ce qui t'est arrivé ? demanda Zeke en s'approchant d'elle après l'avoir scrutée et remarqué qu'elle était toute sale et recouverte d'écorchures déjà en train de guérir.

— Ne t'approche pas plus, lança lentement Derren sur un ton neutre qui ne trompa personne. Je ne me sens pas exactement tolérant en ce moment.

— Venez, entrez, les invita Matt, on pourra bavarder tranquillement.

— On n'est pas venus pour ça, Matt, affirma Ally. Où est…

Elle s'interrompit en apercevant du coin de l'œil une blonde qui s'approchait au pas de course. Rachelle ! Et elle était manifestement choquée de voir Ally. Génial !

— Qu'est-ce que tu fais ici ? s'enquit la Beta d'une voix hautaine. Vous nous aviez ordonné, toi et tes amis, de garder nos distances et vous voilà pourtant.

— Ouais, tu ne t'attendais surtout pas à me voir ici, je parie, lança-t-elle, ravie de voir Rachelle cligner nerveusement des yeux. Tu n'aurais pas dû me chercher comme ça. C'était vraiment la pire des conneries. Même venant de toi, une nana qui a des bigoudis dans les neurones.

— Si j'ai bien compris, lança la Beta en poussant un soupir accablé plutôt convaincant, tu es venue m'accuser de quelque chose.

— Pensais-tu vraiment pouvoir me tuer sans crainte des conséquences ? ricana Ally. Tu n'aurais jamais eu de répit avec tous les loups qui t'auraient poursuivie sans relâche. Tu aurais dû garder tes distances avec moi.

— C'est ce que j'ai fait. C'est toi qui viens me chercher là, je te signale ! Tu es incapable d'arrêter de m'en vouloir.

— On aurait moins de problèmes si tu ouvrais la bouche autrement que pour proférer des conneries ou tailler des pipes, gronda Ally, sa louve poussant un grognement de satisfaction en voyant Rachelle s'empourprer de colère. Ces tigres ne sont pas très doués, tu sais, poursuivit-elle. Je devrais peut-être avoir pitié de toi puisque tu sembles avoir une telle confiance en tes talents de stratège.

— Des tigres ? Quels tigres ? intervint Zeke. C'est insensé.

— Détrompe-toi, rétorqua Ally en se tournant vers Rachelle. Tu ne t'attendais pas à ce que je remonte jusqu'à toi après cet incident, n'est-ce pas ?

— Quel incident ? voulut savoir Matt.

Leur échange avait attiré une petite foule dont Clint et Greg, qui lançaient des regards assassins à Ally.

— J'ai été droguée et enlevée par des tigres-garous aujourd'hui, expliqua Ally à Matt.

Les membres de la meute Collingwood poussèrent des exclamations de surprise et d'incrédulité.

— Quoi ? s'étonna Matt.

— Tu as bien entendu, grogna Derren.

— Et vous pensez tous que Rachelle est impliquée dans cette histoire ? demanda-t-il après avoir jeté un bref coup d'œil à la femelle beta.

— C'est le cas, on le sait, déclara Derren en serrant les poings, contenant à grand-peine son envie de se ruer sur l'Alpha, qui semblait refuser de se mouiller.

Rachelle croisa les bras et dévisagea Ally avec l'air de la trouver ridicule.

— Ouais, je vois, ironisa-t-elle. Tu as été enlevée et tes ravisseurs t'ont laissée repartir, c'est ça ?

— Non, riposta-t-elle. Je me suis échappée en sautant du coffre de la voiture en marche, et je me suis fait sacrément mal, putain ! ajouta-t-elle en roulant une épaule.

— Tu continues à me considérer comme ton ennemie, déclara Rachelle en se passant la main dans les cheveux. Tu vois des complots partout. Je ne serais pas étonnée que tu aies organisé un faux kidnapping. Ou peut-être était-ce quelqu'un qui voulait s'en prendre à toi en s'attaquant à ta compagne, poursuivit-elle, méprisante, en se tournant vers Derren qui avait poussé un grognement.

— Je parle mandarin, pour ton information, Rachelle. J'ai compris ce que disaient mes ravisseurs, lança-t-elle en esquissant un petit sourire en voyant la Beta s'immobiliser. C'est toi qui les as embauchés. Tu étais censée nous rejoindre à un lieu de rendez-vous que tu leur avais fixé. Pour me tuer, je suppose. Sauf que moi je n'avais pas envie de me laisser faire, conclut-elle en redressant les épaules. Rachelle Levin, je te provoque en duel.

— Ally, ne fais pas cela, la supplia Zeke en s'approchant, l'air désespéré.

— Toi, ne lui parle pas, le rabroua Derren. Tu n'es rien pour elle.

— Ah ouais ? s'exclama Zeke en montrant les dents. Et toi ? Tu n'es rien d'autre qu'un bon coup.

— Si tu étais suffisamment près de nous pour nous sentir, déclara Derren en souriant, tu saurais que tu es bien loin de la vérité.

Zeke bomba le torse et inspira longuement et profondément pour détecter leur odeur. Puis ses yeux s'écarquillèrent et un éclair de tristesse traversa son regard.

— Vous êtes unis, déclara-t-il d'une voix rauque.

— Allez, lança Ally en ne tenant aucun compte de l'intervention de Zeke, entièrement concentrée sur Rachelle, qu'on en finisse une fois pour toutes. Tu as peur de ne pas être à la hauteur, n'est-ce pas ?

Tous les témoins de la scène se turent en entendant le bruit du moteur d'une voiture qui s'approchait. Rachelle esquissa un sourire satisfait, pensant comme Ally qu'il s'agissait de renforts de la troupe Collingwood. Si tel était le cas, les loups de la meute Mercure seraient entièrement cernés.

— Je refuse de me battre en duel contre une nana qui n'en vaut même pas la peine, cracha la femelle beta.

Les mâles de la meute Mercure ricanèrent en l'entendant proférer cette excuse bidon.

Derren se retourna et sourit en voyant arriver dans le parking un Chevrolet Tahoe qu'il connaissait bien et dont émergèrent rapidement six membres de la meute du Phénix : Taryn, Trey, Jaime, Dante, Dominic, et Ryan.

— Shaya m'a appelée, expliqua Taryn à Ally en s'approchant d'elle, les lèvres étirées en un rictus sauvage. Elle m'a raconté ce qui s'était passé. J'ai pensé que la présence de quelques alliés serait utile et dissuaderait la meute Collingwood de voler au secours de leur femelle beta. Ce ne serait pas très juste, n'est-ce pas ? conclut-elle en arquant un sourcil et en se tournant vers Matt.

— Auquel cas la situation risquerait de sérieusement dégénérer, grogna Trey.

— Personne n'interviendra, déclara Matt pour rassurer les Alphas de la meute du Phénix en leur adressant un signe de tête respectueux qu'ils ne lui rendirent pas.

— Tu autorises ce duel ? hurla Rachelle à son Alpha. Tu crois ses accusations ? Et toi, tu es d'accord ? lança-t-elle à son compagnon, Matt ne lui ayant pas répondu.

— Non, répondit Zeke en se passant la main sur le visage, je ne suis pas d'accord. Ally est une excellente combattante, je le sais et je ne veux pas que tu sois blessée, mais je ne peux pas intervenir.

— Tu prends fait et cause pour elle ?

— J'ai reconnu l'odeur des tigres sur toi quand tu es rentrée, Rachelle, dit-il d'une voix faible, découragée. Tu es mon âme sœur, je t'aime mais tu es…

— Complètement barjot ? proposa Ally en l'interrompant.

— Totalement cinglée ? suggéra Taryn.

— Tu te crois forte ? lança alors Rachelle à Ally en lui en adressant un regard assassin. Tu penses avoir gagné ?

— Ce n'est pas un jeu, Rachelle, déclara Ally, qui ne comprendrait jamais cette nana. Il n'y a jamais rien eu à gagner. Jamais.

— Tu dois mourir ! hurla Rachelle, qui semblait avoir enfin abandonné son rôle de victime accusée à tort.

— Pourquoi ? Tu penses vraiment que je suis jalouse de toi ?

— Parce qu'il n'y a pas d'autre moyen pour l'empêcher de penser à toi ! cria Rachelle si fort que la foule en fut abasourdie. Tu penses que je ne le sais pas ? Tu penses que je suis tellement bête que je ne comprends pas pourquoi notre lien d'union ne se met pas en place ? C'est ta faute !

— Arrête ton cinéma ! C'est toi qu'il veut, pas moi.

— C'est vrai, tu as raison. Il ne regrette pas notre union, il ne te désire plus mais cela ne l'empêche pas d'éprouver encore un attachement très profond pour toi.

— Ne rejette pas la faute sur Zeke, ne fais pas semblant de ne pas aimer semer la pagaille. Tu es une excellente affabulatrice, trop pour que je te croie, lança Ally, avec sur le visage une expression qui semblait vouloir dire qu'elle la mettait au défi de nier la vérité. Tu veux me buter pour me faire souffrir.

— Oh oui ! j'ai très envie de te voir souffrir. J'ai tout essayé. J'ai cherché à le retourner contre toi mais ça n'a pas marché. Tout le monde m'a cru, sauf Zeke. Il mettait en doute tout ce que je lui racontais. Il n'a jamais cru que tu voulais me tuer. Ton départ n'y a rien changé. Il ne t'a jamais oubliée. Il t'envoyait des SMS, il t'appelait. Il souhaitait ton retour parmi nous. Il voulait t'avoir près de lui, te voir, même sans pouvoir te toucher. (Elle haussa les épaules.) Je dois reconnaître que j'ai adoré te voir tout perdre, tes amis, ton rang, jusqu'à la confiance de tes camarades de meute.

Matt poussa un grognement sourd et se couvrit le visage des deux mains, visiblement honteux d'avoir été aussi facilement dupé. Zeke eut l'air décontenancé mais pas trop étonné, et Ally se demanda depuis combien de temps il soupçonnait sa compagne d'être une fieffée menteuse en plus d'être complètement timbrée.

— Heureusement, reprit Ally, tes mensonges ont finalement été révélés pour ce qu'ils sont. Ta meute connaît enfin la vérité. Ton règne de la connerie prend fin. Tu as perdu ton rang et la confiance de ta meute.

Le dégoût qu'éprouvaient les membres de la meute Collingwood pour leur femelle beta lui donnait la migraine.

— Assez tergiversé ! cria-t-elle alors. Je t'ai provoquée en duel et personne ne va contester mon droit de le faire.

— Soumets-toi, Rachelle, la supplia Zeke. Si tu le fais, il n'y aura pas de combat. On démissionnera de notre poste de Beta, on intégrera une autre meute et on reprendra tout à zéro.

— Tu proposes de fuir, c'est ça ? cracha Rachelle en le toisant et en découvrant les dents.

— On ne peut pas parler de fuite puisque je te bannis, affirma Matt d'une voix dure, impitoyable.

— Tu me bannis ? s'exclama Rachelle, visiblement abasourdie, ce qui ne fit qu'étayer la théorie d'Ally qu'elle avait complètement perdu la boule.

— Espérais-tu autre chose après tout ce que tu as fait ? s'enquit Matt. J'ai failli bannir une innocente à cause de tes mensonges ! Comment peux-tu t'attendre à ce que je ferme les yeux sur tes méfaits et que je te fasse confiance ? ajouta-t-il en secouant la tête. Tu n'as plus ta place ici.

Bouche bée, Rachelle ne pipa mot, se contentant de dévisager son Alpha. Ally sentait cependant sa colère et sa rancœur croissantes qui lui brûlaient la peau, tellement qu'elle finit par craindre de voir apparaître des cloques.

— Ça craint, non ? lança Ally en inclinant la tête sur le côté. D'être bannie, marginalisée, je veux dire.

— Tu veux te battre ? cria Rachelle agressivement en faisant craquer son cou. Alors très bien, on le fait, ce duel !

— Rachelle…, intervint Zeke en essayant d'éloigner sa compagne mais elle le repoussa.

— Arrête ! Tu t'en fous si je suis blessée, l'accusa Rachelle. Et puis tu survivras peut-être à ma mort puisque notre lien d'union n'est pas complètement formé. Alors tu n'en as rien à cirer si je meurs.

— C'est faux, protesta-t-il. Je veux te protéger.

— Et moi je ne veux pas de ton aide.

— Écarte-toi, Zeke, lui ordonna Matt en l'éloignant. C'est entre Ally et Rachelle.

Les autres membres de la meute Collingwood suivirent l'exemple de leur Alpha et reculèrent pour faire de la place aux combattantes.

— Va, gagne ce duel, ma chérie, déclara Derren en passant une main sur la nuque de sa compagne avant de l'embrasser sur la tempe. Finissons-en et rentrons.

— Avec plaisir, répondit Ally en lui adressant un sourire rassurant, sentant que Derren et son loup étaient tous les deux tendus même s'ils avaient confiance en elle.

— Je t'aime, lui chuchota-t-il à l'oreille pour que personne d'autre ne l'entende.

Puis il recula sans lui laisser le temps de répondre et fit signe à Eli et à Bracken ainsi qu'aux autres loups de la meute du Phénix de le suivre.

— N'hésite pas, lança Taryn à Ally, fais ce que tu dois faire.

Ally comprit ce qu'elle voulait dire : si Rachelle refusait de se soumettre, elle devait la tuer.

— Donne une bonne raclée à cette garce, cria Jaime à Ally en hochant la tête.

Ally retira ses chaussures tout en se concentrant entièrement sur son adversaire, et prit une position de combat solide et stable, les pieds légèrement écartés, les genoux souples et les griffes sorties. Elle garda une expression neutre sur le visage et dévisagea Rachelle avec des lueurs létales dans le regard.

Ally avait l'intention de se battre aussi férocement et sournoisement que possible. Rachelle était aussi dominante qu'elle. Elles étaient donc de force égale. Ally l'avait déjà vue combattre, savait que la garce était douée et n'hésitait pas à tricher. Elle n'allait donc pas lui laisser d'ouverture, d'autant plus que sa folie pourrait lui donner un certain avantage.

Sous le coup d'un stress intense, la louve d'Ally se tenait immobile, prête à charger. Nerveuse, elle était furieuse et réclamait vengeance pour mettre fin à toutes ces bêtises. Les choses étaient très claires pour elle : Rachelle était une menace et donc un danger pour Derren. Ally et sa louve étaient prêtes à tout pour le protéger.

Ally n'avait jamais aimé se battre en duel mais, avec les métamorphes, elle n'avait pas toujours le choix. Elle avait beau détester Rachelle, elle n'avait pas souhaité que les choses se passent ainsi entre elles. Non parce qu'elle éprouvait de la compassion pour elle mais parce qu'elle pensait que Cain avait raison : il lui faudrait l'éliminer.

Ally n'avait jamais encore tué personne. En tant que prophétesse, elle avait plutôt l'habitude d'essayer de protéger sa meute contre le danger, pas de se battre jusqu'à la mort. Or elle était devenue la femelle beta de la meute Mercure et elle devait se montrer forte, capable d'assumer ses responsabilités.

Alors qu'elle attendait le début du combat, toute une gamme d'émotions la traversèrent : l'inquiétude, l'exaspération, le soutien de ses alliés, mais aussi la rage de Rachelle, son amertume et sa nervosité ainsi que des relents de honte, de culpabilité et d'angoisse émanant de Matt et de Zeke en plus des sentiments contradictoires des témoins de la scène.

Les membres de la meute Collingwood gardaient le silence. Leur impatience, leur colère et leur perplexité lui donnaient presque de l'urticaire. Ils ne pouvaient certes pas nier la culpabilité de Rachelle mais ils éprouvaient néanmoins une certaine incertitude. Ils n'avaient toujours pas digéré ce qu'ils avaient entendu et ne voulaient pas reconnaître le fait qu'ils avaient été si facilement bernés, qu'ils avaient accusé Ally à tort et l'avaient marginalisée sans réelle raison.

— C'est ta dernière chance d'abandonner, railla Rachelle en levant les poings.

Abandonner ? Vraiment ?

— Tu es vraiment cinglée ! rétorqua Ally en se ruant sur elle sans prévenir et sans se retenir.

Elle lui assena un grand coup de coude à la gorge en même temps qu'elle lui lacérait la poitrine de ses griffes.

Rachelle recula en titubant et expulsa tout l'air de ses poumons mais ne prit même pas le temps de se rétablir, ce qui était tout à son honneur. Ne quittant pas son adversaire des yeux, elle se redressa, des éclairs de rage dans le regard. Elle donna un coup de griffe et rata de peu le visage de la prophétesse. Elle désirait manifestement sa mort.

Ally avait appris il y a bien longtemps à ne jamais annoncer ses coups. Au contraire de Rachelle. Quand la garce baissa le menton et recula le bras, Ally n'eut aucun mal à esquiver le coup et à se mettre hors de sa portée. Et le refit encore et encore, évitant les coups de poing et de pied de son adversaire tant et si bien que Rachelle commença à se fatiguer et à s'affaiblir, d'autant plus qu'elle perdait pas mal de sang.

Ally choisit donc ce moment pour attaquer de toutes ses forces. Impitoyable, elle sortit ses griffes acérées comme des couteaux et assena coup bas après coup bas, faisant mouche chaque fois. Elle était habitée d'une colère vive mais contrôlée qui lui insufflait toute l'énergie nécessaire au combat.

Elle lui ferait payer tous ses mensonges, toutes ses insultes et le fait d'avoir retourné la meute contre elle, de lui avoir fait perdre son rang et d'avoir comploté pour la tuer. Si elle n'avait pas réussi à fuir les tigres-garous, si elle était morte, Derren n'aurait sans doute pas survécu. Et ça, c'était impardonnable pour elle. Vraiment.

Ally leva le bras, s'apprêtant à gifler son adversaire, mais Rachelle lui donna un coup de griffe. *Putain de merde !* Elle retira prestement sa main ensanglantée et, d'un coup rapide et violent, déchira le tendon de l'avant-bras de la garce, qui hurla de douleur. *Génial !*

Rachelle balança un violent coup de talon dans le genou d'Ally. La salope. Ally vacilla et se pencha. Rachelle en profita pour l'attraper par sa queue-de-cheval et l'attirer à elle. Elle claqua des dents sur la marque de revendication d'Ally, sans doute pour la brouiller, ce qui agaça grandement Derren. Jamais elle n'y parviendrait !

Ally planta les griffes dans le bas du ventre de Rachelle et la garce lui relâcha aussitôt les cheveux et recula très légèrement. Ally sentit très fort la furie de Derren, la goûta même. Ce n'était pas facile pour elle de l'empêcher d'aviver la sienne au risque de lui faire perdre la tête. Elle dut lutter pour garder le contrôle, sachant que la colère pourrait la rendre imprudente et inattentive au combat.

Elle entendit Derren, Taryn et Jaime lui crier des encouragements et lancer des commentaires désobligeants à Rachelle. Une insulte en particulier la fit glousser et ce fut le moment que choisit l'idiote pour lui balancer un coup de griffe à l'aine. *Merde !* Ally para difficilement la manœuvre et riposta d'un coup à la tempe de la Beta, qui recula d'un pas chancelant.

— Rachelle ! Soumets-toi ! hurla Zeke.

Si Ally n'était pas aussi concentrée sur son ennemie, elle aurait pu lui dire que c'était inutile, qu'il était trop tard pour qu'elle se soumette. Si elle le faisait maintenant, en effet, il y avait peu de chances pour que sa démarche soit sincère.

— Rachelle ! cria Zeke en faisant un pas vers les combattantes puis s'arrêtant dès qu'il entendit le grognement de Derren.

— Tu ne dois pas intervenir, l'admonesta celui-ci. Ta compagne mérite ce qui lui arrive. Tu ne peux pas la sauver. Si tu essaies d'intervenir, tu auras affaire à moi. Compris ?

— Mais c'est ma compagne !

— Et Ally est la mienne.

Ally ne pouvait s'empêcher d'éprouver un peu de pitié pour Zeke. Ce devait être très dur pour lui de voir sa compagne perdre le combat mais cela n'empêcherait pas Ally d'aller jusqu'au bout. Elle martela alors son adversaire de toute une série de coups explosifs et particulièrement brutaux qui firent trébucher cette dernière. Mais Rachelle retrouva rapidement l'équilibre et balança un grand coup de pied dans les côtes de la prophétesse. *Putain de merde!* Elle eut tellement mal qu'elle en vomit presque.

Des relents de sang, de transpiration et de colère les enveloppèrent et poussèrent la louve d'Ally à chercher à prendre le contrôle. Jusque-là, elle avait toujours obéi à Ally, n'avait jamais tenté d'émerger contre la volonté de la prophétesse. Ally n'avait pas l'habitude de laisser sa louve en dehors d'un combat et elle le savait. Elle avait donc attendu son heure, prête à intervenir à la première occasion. Ally était prête à la laisser faire.

Elle se transforma à la vitesse de l'éclair, mais juste assez longtemps pour sauter sur Rachelle et la mordre au bras. Puis elle reprit forme humaine tellement vite que ses vêtements en furent à peine affectés. Abasourdie, la foule laissa échapper des exclamations de surprise. Rachelle en fut hébétée. Ally esquissa alors un sourire qui ne pouvait qu'être qualifié de maléfique et Rachelle perdit littéralement la boule. Ally en profita, se transformant ainsi plusieurs fois et attaquant impitoyablement la Beta.

Elle assena un coup de poing particulièrement violent à la gorge de Rachelle et ne put retenir une grimace de douleur tant ses jointures étaient enflées et douloureuses. Elle avait mal aux côtes, et chacune de ses inspirations lui déclenchait des douleurs atroces. Elle saignait de toutes ses blessures, à la paume, à la poitrine, au bras et à la joue. Sa louve avait si souvent mordu la garce qu'elle gardait dans la bouche le goût de son sang. Elle transpirait et commençait à sentir la fatigue mais Derren lui transmettait de l'énergie par leur lien d'union.

Rachelle n'était pas en bien meilleur état. Elle avait la mâchoire et le nez enflés, des hématomes importants au visage et un de ses bras pendait. Elle avait les cheveux tout englués de sang et de sueur, et elle haletait terriblement. Ses vêtements étaient tachés du sang coulant de ses nombreuses blessures, morsures, coupures et griffures.

Elle tressaillit en se faisant mordre de nouveau profondément sur le côté.

— Putain ! grogna-t-elle en déchirant ses vêtements et en se transformant aussitôt en louve.

Ally l'imita, donnant le plein contrôle à la sienne.

Sa louve blanche baissa les oreilles, retroussa la lèvre supérieure et émit un long grognement en direction de son ennemie. Hors d'elle, la louve rousse montra les dents et grogna sourdement. Elles se ruèrent l'une sur l'autre et leur rencontre brutale produisit un grand choc. Les griffes pénétrèrent la fourrure et les chairs tandis qu'elles grognaient et luttaient pour prendre le dessus.

Glapissant de douleur après une morsure particulièrement douloureuse au flanc, la louve rousse recula d'un bond. Haletante, elle poussa un grognement sauvage, incitant la louve blanche à oser l'attaquer de nouveau, mais la louve d'Ally n'avait plus envie de jouer avec sa proie. Elle estimait avoir assez puni Rachelle sous sa forme humaine et elle désirait mettre fin au combat soit en obligeant la Beta à se soumettre, soit en la butant, car, si Rachelle parvenait à l'éliminer, elle entraînerait Derren dans la tombe. Il n'y avait donc pas d'autre issue possible.

La louve blanche ne sauta pas sur la rousse, mais la chargea et la fit tomber sur le côté. Les griffes sorties, la rousse donna un coup de patte brutal à la blanche avant de se redresser. La blanche planta alors les dents violemment dans l'épaule de la rousse, lui arrachant de la fourrure, de la chair et du muscle, touchant même l'os.

La louve rousse se démena tant et si bien qu'elle réussit à se libérer. Elle ne put cependant pas s'éloigner assez. La blanche se jeta sur elle assez fort pour la propulser au sol et sur le dos, et ne perdit pas de temps pour en profiter. Elle plaqua son ennemie au sol et appuya de tout son poids sur les épaules de la rousse avec ses pattes avant pour l'immobiliser au sol. Puis elle referma les mâchoires sur la gorge de son ennemie, qui fut bien obligée de cesser de bouger.

Mais celle-ci refusa encore une fois de se soumettre.

La louve blanche entendit des cris. Elle ne comprit pas les paroles mais elle s'en fichait. Toute son attention était concentrée sur la louve de Rachelle, plaquée au sol, et sur ses tentatives pour se libérer. La louve blanche resserra un peu l'étau de ses mâchoires en guise d'avertissement et quelques gouttes du sang de la louve rousse filtrèrent dans sa gueule.

La louve rousse s'immobilisa un instant mais refusa encore de se soumettre.

La blanche lui donna un autre avertissement et grogna en resserrant son étreinte. La foule poussa de nouveaux cris et la louve d'Ally reconnut l'odeur du compagnon de Rachelle, qui s'était rapproché des combattantes. Sa louve ne paniqua pas. Son propre compagnon empêchait Zeke d'intervenir et de protéger la louve rousse.

Son adversaire se cabra soudainement, faisant claquer ses dents. Jamais elle ne se soumettrait, fut bien obligée de reconnaître la louve blanche. Même si elle savait qu'Ally sous sa forme humaine serait triste de devoir tuer son ennemie, elle n'hésita pas à agir. Elle éventra la louve rousse de la patte arrière en même temps qu'elle l'égorgeait d'un grand coup de mâchoire.

Le combat était terminé.

La louve d'Ally s'éloigna en reculant du cadavre de son ennemie et se retourna vers son compagnon en reconnaissant sa voix. Il s'agenouilla à côté d'elle, passa un bras autour de son cou et lui caressa la tête de l'autre main en lui disant des choses qu'elle ne comprenait pas. Ally lutta pour reprendre le contrôle. Sa louve se frotta une dernière fois contre Derren avant de se retirer et de laisser Ally revenir.

Haletante, la jeune femme se laissa retomber dans les bras de Derren. Un gémissement de douleur lui échappa au contact de la veste de ce dernier sur ses blessures.

— Je te mets du sang partout.

— Je m'en fous, dit-il en l'embrassant sur le front, déçu de ne pas pouvoir poser les lèvres sur sa bouche mais incapable de se résoudre à goûter le sang de Rachelle.

Cela avait été pour lui une très dure épreuve d'assister ainsi au combat entre sa compagne et Rachelle, même si Ally avait toujours été plus forte. Il avait grimacé à chaque éraflure ou morsure et à chaque coup de poing ou de pied. Avec leur lien d'union, il avait ressenti sa fatigue et ses souffrances, et cela avait été terrible pour lui.

— Tiens, prends ça, dit Jaime à Ally en lui tendant une bouteille d'eau.

La main légèrement tremblante, Ally s'en empara et se désaltéra longuement sans reprendre son souffle. Elle laissa Derren l'aider à se relever, étonnée de constater que ses jambes ne flanchaient pas. Il retira son manteau et l'en enveloppa. Il la recouvrait jusqu'à mi-cuisse. Le contact du tissu sur sa peau abîmée lui fut désagréable et elle serra les dents.

Elle entendit Zeke pousser un cri déchirant suivi de gémissements éplorés, et elle se retourna vers lui. Elle le vit poser un bras sur son ventre. Accroupi à côté du cadavre de sa compagne, il avait l'air de souffrir horriblement. Ally ne connaissait pas la douleur liée à la rupture du lien d'union mais elle savait que plus le lien était installé plus sa déchirure était insupportable.

— Je suis désolée que tu aies perdu ta compagne, lui dit-elle. Je lui ai dit de se soumettre. Ma louve lui en a laissé la possibilité.

— Zeke connaît nos règles, dit Matt derrière elle en hochant la tête. En refusant de se soumettre, Rachelle ne t'a pas donné le choix. Tu as été obligée de la tuer. Ally, ajouta-t-il en se frottant la nuque et en poussant un long soupir. Je m'excuse de ne pas t'avoir crue, de t'avoir laissée tomber comme ça.

— Elle vient de buter ma compagne, hurla Zeke en levant les yeux vers son Alpha, et tu lui fais des excuses ?

— Tu n'as pas le droit de rejeter ainsi la faute sur Ally, intervint Derren, qui n'appréciait pas du tout son ton de voix. Tu viens de perdre ta compagne et tu souffres, je le comprends, poursuivit-il, conscient qu'il ne pourrait pas survivre sans Ally.

Toute la tension accumulée en Zeke disparut d'un coup, au grand étonnement d'Ally.

— Je sais. J'ai mis pas mal de temps à comprendre. C'est quand nous sommes allés vous rendre visite que j'ai découvert que je ne connaissais pas ma compagne aussi bien que je le pensais. J'ai bien vu ce jour-là à quel point elle en voulait à Ally. Elle souhaitait la faire souffrir. J'aurais dû la surveiller un peu plus, m'assurer qu'elle ne chercherait pas à s'en prendre à Ally. C'est ma faute.

— Non, c'est la faute de Rachelle, rétorqua Matt fermement, ôtant les mots de la bouche d'Ally.

Zeke secoua la tête pour montrer son désaccord, l'air anéanti, tout en caressant les flancs de sa compagne.

— Rentrons, dit Ally en se retournant vers son compagnon.

Elle ne souhaitait pas s'immiscer dans un moment aussi intime. Elle était épuisée, découragée et elle appréhendait une imminente baisse d'adrénaline.

— Avec plaisir, répondit Derren en l'embrassant de nouveau sur le front, répétant les paroles qu'elle avait prononcées plus tôt.

— Je ne sais pas comment tu peux changer de forme aussi vite, mais j'aimerais beaucoup que tu m'apprennes à le faire, lança Taryn en les rejoignant tandis qu'ils se dirigeaient vers le SUV.

Chapitre 19

À peine étaient-ils descendus du SUV que la porte de la maison des Alphas s'ouvrit devant plusieurs loups de la meute Mercure ainsi que les oncles d'Ally. Celle-ci aurait été incapable de supporter toutes les embrassades auxquelles elle dut se soumettre si Taryn ne l'avait pas guérie dans la voiture sur le chemin du retour.

— Que fais-tu avec ce machin à la main ? demanda la prophétesse en plissant les yeux, étonnée de voir Shaya brandir des ciseaux.

— Rien, répondit la femelle alpha en mettant vivement la main derrière son dos, un sourire innocent sur les lèvres tandis qu'elle échangeait un regard de connivence avec Taryn et Jaime, dont la mine réjouie chatouilla littéralement la peau d'Ally.

Ally n'insista pas et entra dans la maison, suivie des membres de la meute Mercure et de celle du Phénix.

Une fois dans le séjour, Bracken guida Ally vers le canapé et Kathy lui tendit une tasse de tisane à la menthe. Caleb lui apporta une couverture dont il la recouvrit affectueusement et Kent lui offrit un cookie qu'elle accepta.

— Pourquoi sont-ils tous tellement aux petits soins avec moi ? demanda-t-elle à Derren en se blottissant contre lui.

— Ils ont envie de te dorloter un peu.

— Ça ne te plaît pas trop, on dirait.

— C'est mon boulot, regimba-t-il.

Il se doutait bien qu'il devait avoir l'air maussade. Après tout, c'était normal dans une meute de se choyer et de se réconforter les uns les autres. Mais Ally était sienne et il désirait s'en occuper lui-même.

— Allez, bois, dit Kathy à Ally en désignant la tisane. C'est mieux que n'importe quel dentifrice pour ôter le goût du sang.

Ally obtempéra après lui avoir adressé un petit sourire reconnaissant. Puis elle remarqua Dominic, le très séduisant lieutenant de la meute du Phénix, occupé à la dévisager.

— Qu'est-ce qu'il y a ? Pourquoi me dévisages-tu comme ça ?

— Je te regarde et je me dis que je dois être en plein rêve. Alors je vais en profiter pour te mater jusqu'à ce que je me réveille, soupira-t-il langoureusement.

Sa réponse fut accueillie par quelques ricanements et maints soupirs consternés.

Derren grogna et se serait relevé précipitamment et rué sur l'enfoiré si Ally n'avait pas posé la main sur sa cuisse pour le calmer.

— Ta gueule ! éructa Derren. Je t'interdis de faire du plat à Ally.

— Sérieux, mec ! Je déconne, c'est tout, s'esclaffa Dominic en levant les deux mains. Tu dois être épuisée, poursuivit-il en se tournant une nouvelle fois vers la prophétesse, le regard mi-sérieux mi-tendre. Tu m'as couru après toute la nuit. Dans mon rêve, je veux dire.

Derren s'apprêtait à charger le connard mais Ally l'arrêta en augmentant la pression sur sa cuisse. Il était hors de question cependant que le Beta le laisse s'en sortir aussi facilement.

— Zander ! ordonna-t-il.

Debout derrière Dominic, le lieutenant lui assena une claque sur la tête.

— Hé ! protesta le charmeur en grimaçant. Tu vas me décoiffer. Les autres ne me tapent jamais aussi fort.

— Raconte-nous ce qui est arrivé, demanda Nick à Derren après avoir lancé un regard exaspéré au lieutenant de la meute du Phénix. Est-ce que le problème de Rachelle a été définitivement réglé ?

Bracken fit la narration des événements de la journée. Il vanta les grands talents de guerrière d'Ally et ses oncles eurent l'air très fiers.

— Génial, déclara Nick d'un ton satisfait. Une autre menace de réglée.

— Si j'ai bien compris, s'enquit Derren en se tournant vers son Alpha, l'air interrogateur, personne n'a volé au secours de Miranda et de Kerrie ?

— Non, répondit Nick. Mais cela ne m'étonne pas plus que ça. Tu l'as dit, Miranda n'a jamais été une bonne Alpha.

— J'espère qu'elles ne sont pas encore mortes, dit Taryn, les mains jointes comme pour la prière. Je voudrais leur faire mes adieux, poursuivit-elle, la voix pleine de sous-entendus létaux.

— Oui, elles vivent encore, la rassura Nick. Si elles avaient été appréhendées par la meute du Phénix, je vous aurais demandé de m'attendre avant de les égorger ou de les exécuter d'une quelconque autre façon.

— Super, lança Trey en renâclant. Où sont-elles ?

— Dans la cabane à outils. Jesse, Roni et Marcus les surveillent.

— Alors allons-y, dit l'Alpha de la meute du Phénix en hochant brièvement la tête.

Derren embrassa sa compagne sur la joue, n'ayant pas trop envie de la laisser tandis qu'elle se sentait encore ébranlée et se remettait lentement de ses émotions de la journée. En sa qualité de Beta de la meute Mercure, Derren avait des responsabilités dont celle de se débarrasser des traîtres, des intrus et des ennemis. En d'autres termes, il devait s'occuper de toutes les tâches dont personne ne voulait. Sauf dans ce cas, où il sentait bien que Roni adorerait supprimer elle-même Kerrie.

— Reste ici, ma chérie, je vais…

— Je t'accompagne. J'ai envie de voir la fin de l'histoire.

Elle désirait surtout assister au châtiment de ces salopes et demeurer au côté de son compagnon tandis qu'il se déchargeait de ses lourdes responsabilités.

— Tu as eu une journée très éprouvante, ma chérie. Repose-toi pendant qu'on règle ce problème.

— Ce n'est pas mon genre, dit-elle en secouant la tête. N'oublie pas que je suis la femelle beta de cette meute. Ma place est à ton côté.

— Tout le monde voudra assister à leur exécution, déclara Dante. Ces deux garces ont voulu nous faire souffrir et on a tous plus ou moins une dent contre elles. On a besoin de tourner cette page.

— Les prisonnières seront amenées dans le bois derrière la cabane à outils, déclara Nick après réflexion. Tous ceux qui souhaitent assister à leur exécution sont invités à s'y rendre.

Seuls Kathy, Caleb, Kent et Willow restèrent à la maison. Tous les autres suivirent Derren, Nick, Trey et Dante tandis que Jesse et Zander amenaient les prisonnières.

Nick poussa un grognement en voyant les deux garces et se retourna vers sa compagne, qui se tenait près de lui.

— Était-ce réellement nécessaire, Shay ? demanda-t-il.

la jeune femme ne lui répondit pas, se contentant de hausser les épaules et d'esquisser un petit sourire.

— Et toi ? Tu l'as aidée, non ? s'enquit-il auprès de Roni.

C'était plus une accusation qu'une simple question.

— Je pensais que tu avais caché les ciseaux, dit Marcus, qui avait du mal à contenir un sourire.

— Oui, répondit Nick, avec un petit tic nerveux au niveau de la mâchoire.

— Mais pas assez bien, intervint Roni avec un air d'intense satisfaction.

— Quand vous êtes entrées dans la cabane, Shaya et toi, dit Marcus en jouant avec une mèche des cheveux de sa compagne, j'ai entendu les deux prisonnières crier mais je n'ai pas tout de suite deviné ce qui se passait. J'aurais sans doute dû.

— J'aurais bien aimé être là, dit Jaime en faisant la moue. On s'était bien amusées la fois où Roni avait capturé une chacal-garou.

— Les filles aiment bien refaire une beauté à leurs prisonnières, expliqua Eli à Ally en s'approchant d'elle.

La prophétesse se mordit les joues pour s'empêcher de rire devant le spectacle qu'offraient Kerrie et Miranda avec les quelques rares cheveux qu'il leur restait sur le crâne.

— Je vois ça, dit-elle.

Jesse et Zander obligèrent les deux prisonnières à s'agenouiller et restèrent debout derrière elles, sur leurs gardes. Seule Kerrie semblait effrayée. Si Ally n'avait pas ressenti la peur de Miranda comme des morsures d'insectes sur sa peau, elle l'aurait cru indifférente à sa situation.

— Je suis sûre que ça t'amuse, lança Miranda, dont le regard se fit encore plus mauvais en se tournant vers Dan.

— Tu as fait courir de graves dangers à Ally, déclara-t-il en serrant les lèvres. Alors je dois bien reconnaître que, oui, ce spectacle me réjouit.

L'expression effrayée de Kerrie se transforma quand elle aperçut Roni et Marcus. Son regard fut traversé d'éclairs durs, malveillants. Debout côte à côte, les deux lieutenants formaient manifestement un couple uni et protecteur. Leur lien d'union était si solide, si fort, qu'il semblait presque tangible.

— Tout ça parce qu'il t'a rejetée ? lança Roni en scrutant Kerrie, une expression neutre sur ses traits.

— Il ne m'a pas tout à fait rejetée, sourit Kerrie. On s'est bien amusés tous les deux, n'est-ce pas, Marcus ?

— Ouais, genre, reconnut Roni, pendant exactement deux minutes. Vous avez eu une relation courte et superficielle, rien de sérieux.

— Il aurait fini par me revenir, déclara Kerrie en cessant de sourire. Le jour où il aurait été prêt à s'engager, où il aurait compris qu'aucune autre nana ne le connaîtrait jamais aussi bien que moi, ne l'aimerait pas autant. Alors, oui, il serait revenu vers moi.

— Ouais, dans tes rêves.

— Marcus aurait fini par s'unir à moi, déclara Kerrie d'une voix furieuse. J'aurais intégré la meute du Phénix et on aurait été heureux tous les deux. Il était sympa avec moi, ajouta-t-elle d'un air rêveur. Pas comme les autres. Il se fichait que je sois une prophétesse. Il n'avait pas de préjugés. Il n'attachait aucune importance au fait que mon père était un alcoolique notoire et maltraitait sa compagne. Il se moquait de tout cela.

— Et ton âme sœur ? s'enquit Dante. Tu n'avais pas envie de l'attendre ?

— J'avais quatorze ans quand je l'ai perdue. Il en avait sept de plus que moi. Il avait dit qu'il ne me toucherait pas avant mes dix-huit ans. C'était un lieutenant. Comme Marcus.

Ally comprenait mieux. Kerrie rêvait d'avoir la vie qu'elle aurait dû connaître avec son âme sœur. Elle avait choisi Marcus, décidé qu'elle avait besoin de lui et avait énormément apprécié qu'il accepte aussi facilement qu'elle soit une prophétesse. Elle avait des projets d'avenir avec lui, se convainquant que ce n'était qu'une question de temps avant qu'ils se matérialisent.

— Puis tu es arrivée, lança-t-elle à Roni.

— À t'entendre, renâcla Roni, déroutée, on dirait que tu me considères comme une briseuse de couple. Marcus est mon âme sœur, mon compagnon. Il est mien. Il n'a jamais été à toi.

Ally sentait bien cependant que Kerrie considérait Roni comme une intruse, qui avait tout foutu en l'air. C'était la deuxième fois que ses projets d'avenir s'écroulaient, la deuxième fois qu'elle perdait un homme avec lequel elle avait désiré s'unir. L'état émotionnel de Kerrie se dégradait sans doute depuis un moment, probablement depuis la perte de son âme sœur avant qu'ils aient pu se revendiquer. Peu de métamorphes se remettaient d'un tel choc.

— Tu n'es pas assez bien pour lui, cracha Kerrie méchamment.

— Tu peux bien te permettre de me juger, ricana Roni. Toi, une cinglée maléfique, et moi, un garçon manqué asocial.

— Si tu étais si attachée à Marcus, demanda Trey en dévisageant Kerrie, une lueur de curiosité dans le regard, pourquoi désirais-tu sa mort ?

— Il m'a trahie, rétorqua Kerrie, le regard tourné vers Marcus. Il l'a choisie. Je voulais qu'il sache ce que c'était de perdre son âme sœur, de tout perdre.

— Et tu vas mourir aujourd'hui pour cela, grogna Marcus en lui adressant un regard assassin.

Ally fut assaillie par une épouvantable migraine en réaction aux fluctuations de l'état émotionnel de Kerrie, qui passait de l'amertume et de la perplexité à la douleur et à la désorientation. En d'autres termes, elle était irrémédiablement perdue. Ally commença donc à se demander s'ils évaluaient correctement la situation.

— L'idée de nous mettre tous sur liste noire ne venait pas de Kerrie, n'est-ce pas ? demanda-t-elle en se tournant vers la nana avide, impitoyable et rongée par l'ambition agenouillée à côté de Kerrie. Elle voulait la mort de Roni et Marcus, c'est évident. C'était même une obsession pour elle depuis un bon moment. Mais cette nana n'a pas les idées assez claires pour organiser la mise à prix de nos têtes, embaucher des gens pour kidnapper des familles entières et camoufler ses traces. Sans aide ni conseils de personne.

— C'est très juste, déclara Derren en haussant les sourcils.

— Tu es une opportuniste, dit-elle à Miranda, convaincue de ce qu'elle avançait. Tu as perçu la souffrance de ta cousine et son besoin de vengeance, alors tu as trouvé le moyen de t'en servir à tes propres fins. C'est toi qui lui as donné l'idée de mettre nos têtes à prix, je parie. Tu l'as guidée, mais en faisant bien attention à ne pas te salir les mains. Comme ça, si Kerrie échouait, personne ne penserait à t'accuser. Mais si elle réussissait, tu aurais pu élargir ton territoire et t'arroger encore plus de pouvoir.

— Miranda ? dit Kerrie en se tournant vers sa cousine qui ne répondit pas, trop occupée à lancer des regards assassins à Ally.

— En fait, soupira Taryn en regardant Kerrie, tu te croyais la tête pensante de ce complot mais ce n'était pas le cas. Ta cousine a exploité ton état émotionnel qui se dégradait petit à petit pour servir ses ambitions. Tu auras au moins la satisfaction de savoir qu'elle a échoué.

— Tu te trompes, affirma Kerrie en secouant la tête. Miranda n'aurait pas fait ça. Elle me doit trop.

— Comment ça ? s'enquit Nick.

— Sans moi, elle n'aurait jamais obtenu ce poste d'Alpha solitaire. J'avais vu dans une de mes visions que le mâle alpha allait mourir.

— Et tu as fait en sorte d'être là, prête à prendre la relève au moment opportun, n'est-ce pas ? dit Nick en toisant Miranda.

Miranda broncha mais sa peur devenait perceptible, dans son regard, son odeur, son langage corporel.

— Ma meute va venir à ma rescousse, affirma-t-elle.

— Cela n'arrivera pas et tu le sais très bien, déclara Nick en esquissant un sourire cruel. Tu es une salope, une sans-cœur, une traîtresse, une sale égoïste. Ils seront ravis de se débarrasser de toi.

— Ils vont…

— J'en ai assez entendu, affirma Nick. Finissons-en.

— Elle est à moi, insista Roni en s'approchant de son frère. Tu me l'avais promis.

— Tu veux te venger et c'est tout à fait compréhensible, intervint Taryn en les rejoignant et en levant la main. Cette salope a tenté de supprimer ton âme sœur et toute ta meute, et elle me réservait le même sort. Je propose qu'on lui règle son cas ensemble. Je veux la faire souffrir au nom de tous les miens et je te propose qu'on l'exécute ensemble parce que tu risques d'exploser sinon.

Roni réfléchit un moment avant d'acquiescer de la tête.

Une expression de terreur envahit subitement les traits de Kerrie. Ally aurait eu pitié d'elle si cette salope n'avait pas fait courir autant de dangers à la meute Mercure et à celle du Phénix. La grenade des renards et l'attaque des couguars avaient fait beaucoup de blessés, et Derren s'était même pris une balle. Et ça, Ally ne pourrait jamais le leur pardonner.

Nick sortit ses griffes et la femelle devant lui sursauta.

— D'accord, dit-il. Roni et Taryn vont s'occuper de Kerrie et moi de Miranda.

— C'est pas juste, rouspéta Jaime, déçue. Vous vous réservez tout le plaisir.

— C'est le rôle du Beta, dit Derren à son Alpha. Je peux m'en charger.

— Je sais, mais j'ai besoin de le faire moi-même, expliqua Nick, dont la colère contre cette garce était si violente qu'elle en était presque palpable. Ma compagne serait morte depuis longtemps si Ally n'avait pas eu cette vision de la grenade. Je n'aurais pas survécu à sa mort et Willow aurait perdu ses parents.

Shaya lui frotta le dos pour l'apaiser et les épaules de Nick se détendirent visiblement.

— Puisque tu insistes, dit Derren en allant rejoindre sa compagne et en passant le bras autour de ses épaules.

Trey recula pour montrer qu'il n'avait pas l'intention de contester le désir de Nick de s'occuper personnellement de Miranda.

— Fais-la souffrir, exigea-t-il simplement.

— À cause de toi, dit Taryn à Kerrie en s'accroupissant devant elle, une bombe aurait pu emporter ma meute y compris mon compagnon et mon fils, et détruire ma maison. Ma meilleure amie aurait pu être tuée par une grenade. Et je n'oublie pas toutes les autres attaques contre mon territoire et celui-ci. Tu ne mérites donc pas de vivre.

— Je n'aurais pas pu dire mieux, affirma Roni en assenant un violent coup de griffe à la jugulaire de Kerrie.

Une petite seconde plus tard, Taryn sortait les griffes à son tour et éventrait la garce.

Miranda tressaillit d'horreur en voyant sa cousine mourir sous ses yeux dans d'atroces souffrances. Elle voulut parler mais Nick l'en empêcha.

— Si jamais tu voulais implorer notre pitié, oublie ça, déclara-t-il. Ta vie ne compte absolument pas à mes yeux. Ma compagne et ma fille sont tout pour moi. Et ça, c'est pour elles que je le fais, déclara-t-il en plantant les griffes très profondément dans la poitrine de Miranda et en étreignant son cœur qu'ils entendirent tous battre la chamade, puis il tourna vivement la main, referma légèrement le poing et écrasa littéralement le cœur de l'Alpha solitaire.

Le corps de Miranda fut parcouru de soubresauts encore longtemps, même si la mort était survenue rapidement. Ally n'avait pas apprécié le spectacle mais ces exécutions étaient nécessaires. Kerrie et Miranda sa complice auraient été responsables de nombreuses morts si leurs plans avaient abouti. Elles savaient ce qu'elles risquaient. Elles connaissaient les règles du monde des métamorphes.

— J'ai besoin d'une douche, dit Ally à Derren, estimant avoir vu suffisamment de morts pour une journée. Et de m'habiller, ajouta-t-elle, toujours uniquement revêtue du manteau de son compagnon.

— C'est vrai, répondit-il en l'embrassant sur le nez. Allons-y.

— Ils ont peut-être besoin d'un coup de main, dit-elle en désignant d'un geste du menton les lieutenants, qui s'apprêtaient à déplacer les cadavres.

— Peut-être, mais tu as aussi besoin de moi.

Ally s'apprêta à le nier. Les dominantes aimaient bien régler elles-mêmes leurs problèmes, ce qu'elle avait d'ailleurs toujours fait. Mais elle n'était plus seule.

— Ouais, tu as raison, avoua-t-elle enfin, faisant briller une lueur d'approbation dans le regard de Derren.

— Ça va ? lui demanda-t-il tendrement en l'étreignant sous la douche chaude une fois qu'ils furent rentrés dans leur pavillon.

— Rachelle méritait son sort, j'en suis convaincue, mais j'aurais pourtant préféré que cela se termine autrement.

Derren était le seul à qui Ally était disposée à montrer toute la douceur enfouie profondément en elle, le seul en qui elle avait assez confiance pour lui révéler tous ses secrets et lui montrer sa vulnérabilité.

— Tu n'avais pas le choix.

— J'ai plus l'habitude de sauver les gens. Je n'ai jamais rien fait d'autre. C'était la première fois que je donnais la mort.

— Ce ne sera sans doute pas la dernière fois non plus, répondit-il en lui massant doucement les cheveux après y avoir versé du shampoing. En tant que femelle beta, tu devras participer à tous les combats.

— Je ne vais pas te demander de démissionner, t'inquiète, le rassura-t-elle, consciente de sa crainte que les événements de la journée lui fassent changer d'avis. Tu adores ton poste de Beta, sourit-elle en lui tapotant le torse d'un doigt.

— Non, c'est faux, protesta-t-il.

— Mais si, insista-t-elle, son irascibilité la faisant sourire davantage. Avoue, tu es très attaché à ton boulot. Et puis tu ne serais pas capable d'accepter de vivre sous l'autorité d'un autre Beta. Tu n'obéis même pas toujours à Nick.

— Il n'a jamais exigé mon obéissance aveugle.

— Avoue, insista-t-elle.

— Bon, d'accord, soupira-t-il. J'aime bien être beta. Je suis fier de toi, ajouta-t-il en lui renversant la tête sous l'eau pour lui rincer la chevelure.

— Pourquoi ? demanda-t-elle en penchant la tête pour mieux le regarder.

— Parce que tu as fait ton devoir. Cela peut paraître évident, mais tout le monde n'y arrive pas. Ce n'est pas agréable d'exécuter quelqu'un et c'est bien qu'il en soit ainsi.

C'était plus facile pour certains, dont lui-même, que pour d'autres. Derren ne regrettait pas qu'Ally ait tué Rachelle. Elle ne méritait pas leur clémence. Il se serait volontiers chargé de son exécution lui-même s'il avait pu le faire, pour assouvir sa vengeance et éviter cette difficile corvée à Ally.

Il était ravi qu'Ally éprouve des regrets, appréciait cette douceur en elle que peu de gens connaissaient.

— Es-tu soulagée que la vérité soit enfin connue ? Les membres de la meute Collingwood savent ce qui s'est passé à présent, et qui leur mentait. Et, surtout, le tort qu'ils t'ont fait.

— Oui. Je me sens plus… légère, du coup. Toutes ces conneries qu'ils ont crues sur moi n'auraient pas dû m'inquiéter. Je ne fais plus partie de cette meute et je m'en réjouis. Cela dit, je tenais beaucoup à être innocentée.

— Je comprends.

— Je voudrais que tu sois disculpé toi aussi, ajouta-t-elle, malheureuse qu'il ait été accusé à tort.

— Cela se fera peut-être un jour, mais j'en doute. Ça me suffit que tu me croies innocent des accusations qui pèsent sur moi, que tu n'en aies jamais douté, même pas une seule fois, dit-il en l'embrassant doucement mais avidement.

Elle agrippa son membre. Il était raide. Normal, elle était nue. Derren referma la main sur le poing de sa compagne.

— Après, dit-il. Dès que nous aurons terminé ici, je vais te sortir de la douche, te sécher, te mettre un jogging et un sweat, te brosser les cheveux et m'allonger près de toi.

— Euh… pourquoi ? s'enquit-elle.

Sa proposition ne lui plaisait pas autant que ce qu'elle avait imaginé.

— Parce que tu es mienne et que c'est mon rôle de veiller sur toi.

Ally plongea son regard dans celui de Derren et comprit qu'il ne changerait pas d'avis. Elle était déçue de devoir se passer de sexe mais ce qu'il lui proposait lui donnait très fort l'impression d'être aimée.

— D'accord. Mais tu dois me promettre de me donner des orgasmes multiples plus tard.

— J'adore une femme qui sait ce qu'elle veut, sourit-il.

Chapitre 20

C'était assez rare de voir un Alpha défier un gamin du regard. Mais Ally percevait une telle concentration assortie de détermination dans les yeux de Nick qu'elle le soupçonnait prêt à tout pour remporter ce match. Les guirlandes lumineuses qui se réfléchissaient dans les pupilles de Nick et de Kye créaient une ambiance un brin magique. L'assistance composée de Roni, Marcus, Bracken et Zander déployait d'immenses efforts pour retenir un sourire amusé.

— Pourquoi dévisages-tu Kye ? lui demanda Ally en souriant tandis qu'elle s'arrêtait à leur table.

Le petit garçon, le portrait craché de Trey, son père, était assis sur les genoux de Roni.

— Je refuse de le laisser gagner, répondit Nick sans se tourner vers elle.

— C'est un bébé alpha, intervint Bracken en buvant une gorgée de bière. Tous ses instincts lui signalent la présence en face de lui d'un dangereux prédateur qu'il doit combattre et dominer.

— Où est ton compagnon ? demanda Jesse à Ally après avoir balayé les environs du regard.

— Je l'ai laissé avec Shaya le temps de venir me resservir du gâteau, répondit Ally en montrant l'assiette entre ses mains.

Elle parlait de l'énorme gâteau fait spécialement pour sa cérémonie d'union. Les invités faisaient la fête, riaient, dansaient, mangeaient et buvaient à la santé du jeune couple. Ils semblaient surtout heureux de pouvoir circuler librement hors de leur territoire sans crainte.

— Il est magnifique ce gâteau, non ? dit Roni. J'en ai tellement mangé que je m'étonne qu'il en reste.

— Sans parler de ma part que tu as engloutie ! intervint Marcus avec un rictus sévère.

— Et de la mienne, ajouta Zander.

Roni se contenta de sourire.

Entendant une volée de jurons, Ally se retourna et aperçut Bruce qui chipait de la nourriture sur la table du buffet. Kathy et Grace (la compagne de Rhett, également membre de la meute du Phénix) avaient tout fait elles-mêmes, essayant de se surpasser l'une l'autre. Elles tentèrent par tous les moyens de chasser le chien.

— Mais fais quelque chose, Roni ! cria Kathy à sa fille.

— Comment peux-tu me tenir responsable ? lança Roni en clignant les yeux d'étonnement. Un peu plus et tu me tiendrais aussi responsable d'Ève et de la chute de l'homme.

Ally pressentait que Kathy traitait sa fille en bouc émissaire uniquement pour s'assurer qu'elle reste sur ses gardes.

— Putain ! j'y crois pas ! hurla Eli en se précipitant au côté de Roni et en désignant son portable du doigt.

Ally laissa le frère et la sœur démêler seuls leur dernière embrouille et s'approcha de son compagnon, le trouvant super canon avec sa chemise grise et son pantalon foncé. Elle ne put contenir un sourire en voyant Willow dans ses bras. La petite fille lui tirait les cheveux et riait aux éclats.

— Tout va bien ici ?

Derren chatouilla la gamine sous le bras pour lui faire relâcher son étreinte. Elle s'esclaffa de nouveau.

— Elle aime me faire souffrir. C'est une vraie sadique.

— Mais non, c'est faux, affirma Shaya en poussant un grand soupir théâtral.

— Elle a enfoncé un gressin dans le nez de Greta.

— Ça, c'est parce qu'elle sait détecter le mal là où il se trouve.

— Je ne peux pas dire le contraire.

Shaya haussa les épaules et partit rejoindre Stone, Brad et Wyatt. Content d'être un peu seul avec sa compagne, Derren l'attira à lui et prit le temps de lui goûter et mordiller les lèvres.

— Tu m'as manqué.

— Je t'ai laissé seul à peine cinq minutes.

— Ouais, mais, pendant ce temps, j'ai été agressé sans relâche par une gamine et tu n'étais même pas là pour me protéger.

Il dévora sa compagne des yeux tandis qu'elle enfournait d'énormes bouchées de gâteau au chocolat. Revêtue d'une jolie petite robe de soie corail qui s'arrêtait à mi-cuisse, elle était superbe avec ses cheveux légèrement ondulés, libres sur ses épaules. Il avait envie de la lécher partout et son loup de la mordre.

— Au moins, je ne t'ai pas laissé seul avec mon oncle Chase.

Cain et les oncles adoptifs d'Ally étaient rentrés chez eux le lendemain de l'exécution de Kerrie et de Miranda mais ils étaient revenus ou, plutôt, s'étaient infiltrés subrepticement sur le territoire de la meute Mercure la veille, accompagnés de deux autres membres de leur famille : Sam, qui semblait apprécier Derren, et Chase, qui ne fit que grogner et lui lancer des œillades assassines. Uniquement pour le faire bisquer, semblait-il.

— Je ne pourrai jamais détester tes oncles, affirma Derren.

Ils lui avaient apporté une nouvelle qui l'avait fait tomber à la renverse. À la demande d'Ally, ils avaient effectué leur propre enquête et avaient obtenu, après une discrète intervention, ce que Derren n'aurait jamais cru possible : sa réhabilitation.

D'après Cain, « il suffisait de savoir sur qui faire pression ». Le sociopathe bénéficiait en outre du soutien du Mouvement et Derren avait été très rapidement innocenté. Même si aucune charge ne pesait plus sur lui, le Beta n'avait malheureusement pas reçu beaucoup d'excuses de son ancienne meute. Sa sœur l'avait tout de même contacté malgré le scepticisme de son compagnon. Heureux d'être soulagé de ce fardeau, un crime qu'il n'avait pas commis, Derren n'en demandait pas plus.

— Fais gaffe, voilà Tatie Danielle !

Ally sourit en voyant approcher Jaime, Dante, Dominic, Patrick, Ryan, Tao et la célèbre Greta. Ils félicitèrent tous Ally et Derren pour leur union, à part Greta, bien entendu. Ils semblaient très impressionnés par la fête. Ryan se contenta de pousser quelques grognements pour manifester son accord avec les propos de ses camarades.

— Tu le sais, non, que tes regards assassins ne me font pas mal ? lança Ally à la grand-mère de Trey en arquant un sourcil quand elle la vit la dévisager avec mépris.

— Tu as beau avoir guéri ma chère Roni après qu'on lui a tiré dessus, je ne te fais toujours pas confiance. Et puis je n'ai jamais aimé les prophétesses.

Tao et Patrick levèrent les yeux au ciel.

— Le diable prend les apparences les plus inattendues, on dirait, lança Ally en penchant la tête pour mieux regarder la vieille dame.

— Elle te fait rire ? rouspéta celle-ci en voyant s'esclaffer la femelle beta de la meute du Phénix.

— Allez, allez, ce n'est pas parce que tu es tellement vieille que les Rois mages t'ont aidée à faire tes devoirs que tu peux t'en prendre à moi, déclara Jaime en levant un doigt et en se blottissant contre son compagnon, qui l'entoura de ses bras.

— Eh bien moi, si je devais faire de toi un devoir, je t'allongerais tout de suite sur la table, crois-moi, intervint Dominic en souriant à Ally.

Patrick le saisit par le col de sa chemise et l'éloigna rapidement avant que Derren puisse lui assener un coup de poing dans le nez.

— Putain ! tu es suicidaire, mec ! dit Tao au lieutenant de la meute du Phénix.

— Derren va lui briser le nez encore une fois si vous ne l'éloignez pas rapidement, lança Patrick.

Ryan poussa un grognement, sa façon à lui de communiquer, attrapa Dominic, hilare, par la peau du cou, et Patrick et Tao leur emboîtèrent le pas.

Derren s'apprêtait à proposer à Ally de suivre leur exemple quand il vit s'approcher Taryn, Trey, Marcus et Roni, avec Kye enroulé autour d'elle tel un boa constrictor.

— Bonjour, ma chère, dit Greta en regardant tendrement Roni et en l'embrassant sur la joue.

— À moi ! affirma Kye, en resserrant son étreinte sur le cou de Roni et en adressant un regard mauvais à sa grand-mère.

Le gamin adorait Roni.

— Mais oui, mais oui, le rassura gentiment Greta. Roni est vraiment en beauté ce soir, n'est-ce pas, Marcus ?

— Roni, me révéleras-tu un jour ton secret ? lui chuchota Taryn en se rapprochant d'elle de l'autre côté. Comment as-tu fait ? Pour te faire apprécier d'elle, je veux dire ?

— Encore une messe basse ? marmonna Greta en mettant la main sur la hanche et en regardant Taryn de travers. Décidément, tu ne vaux pas beaucoup mieux que l'horrible compagne de Dante.

Jaime sourit en l'entendant tandis que Dante poussait un grognement dans le cou de sa compagne.

Taryn regarda la vieille sorcière en renâclant.

— Allez, Tatie Danielle. Tu es juste énervée parce que tu as reçu une double dose de rides.

Taryn et Greta se mirent alors à s'engueuler de plus belle et Trey poussa un long soupir de fatigue.

— Vous ne me croirez sans doute pas, dit-il à Derren et à Ally, mais ma compagne et Greta s'aiment bien malgré tout.

— Ouais, tu as raison, je ne te crois pas, déclara Derren en penchant la tête sur le côté. Allons-nous-en, chuchota-t-il à l'oreille de sa compagne tant il en avait marre de tous ces gens. Je voudrais être seul avec toi.

— On ne peut pas partir, murmura-t-elle. Cette fête a été organisée pour célébrer notre union. Bon, d'accord, dit-elle en souriant, on y va.

Ils rentrèrent chez eux en s'embrassant, en riant et en se câlinant.

— Enfin seuls ! s'exclama Derren en refermant la porte derrière eux et en se penchant pour racler des dents sa marque de revendication dans le cou d'Ally.

Il doutait fort d'être un jour capable de la partager même s'il savait que c'était puéril et égoïste de sa part mais bon, il avait bien le droit après tout de vouloir la garder pour lui.

— Ce soir, j'ai envie de te prendre dans notre lit, pour changer.

Très impatients tous les deux, il leur arrivait en effet souvent de ne pas pouvoir atteindre ce dernier.

— Il faudra que tu me libères.

— Je n'en ai pas envie, dit-il en lui empoignant les fesses avant de la relâcher. Allez, monte.

La coquine retira ses vêtements un à un dans l'escalier et ne portait plus que son string de dentelle noire en arrivant dans la chambre. Elle poussa le vice jusqu'à se cambrer en s'étirant devant lui comme un chat et le loup de Derren ne put retenir un grognement.

Le Beta retira sa chemise, s'approcha d'Ally par-derrière et posa la main sur son ventre.

— Quand je t'ai vue venir vers moi au début de la cérémonie d'union, lui murmura-t-il à l'oreille en détachant bien tous les mots, je n'avais qu'une idée en tête : relever ta petite robe et te baiser là, devant tout le monde. Or nous savons tous les deux, poursuivit-il en posant la main sur sa gorge, que je suis beaucoup trop possessif pour laisser qui que ce soit te voir jouir. Tu es mienne, tu n'appartiens qu'à moi, ajouta-t-il en grognant. Et tu le sais, non ?

Ally frissonna en sentant sa main se resserrer sur sa gorge, sa manière bien à lui de lui faire comprendre qu'elle ne devait pas se rebiffer. Il parlait d'une voix calme, régulière, confiante et déterminée. Il avait besoin de la dominer, manifestement. Mais bon, Ally était d'humeur à ne pas se laisser faire, à lutter un peu.

— Je ne vais pas nier que je suis ta compagne, ton âme sœur. Je suis même prête à t'accorder que…

— Rien du tout, ma chérie. La situation est ce qu'elle est. Tu es mienne. Retourne-toi, lui chuchota-t-il à l'oreille en lui relâchant le cou.

Ally s'exécuta très, très lentement, sa manière bien à elle de se rebeller et qui fit sourire Derren.

— Tu me défies tout le temps, sourit-il en passant une main sur sa nuque, l'attrapant par les cheveux et lui faisant pencher la tête en arrière. C'est comme cela que je t'aime, ajouta-t-il en grognant quand il sentit l'odeur de son désir lui envahir les sens. Ce ne sera pas doux ni lent ce soir, ma chérie, mais rapide et brutal, la prévint-il.

Il avait trop besoin d'elle pour prendre son temps.

— Sens-toi libre de commencer quand tu voudras.

— Attends encore un peu.

Puis, resserrant son étreinte sur ses cheveux, il l'attira à lui et l'embrassa. Son baiser était dominant, dévorant et exigeant. Il avait besoin de goûter sa compagne, de se repaître d'elle, mais il désirait une autre saveur également sur sa langue. Alors il l'allongea sur le lit, glissa un doigt sous son string et l'inséra en elle.

— Tu es si mouillée, constata-t-il, ravi de la trouver ainsi.

Puis il se pencha sur son corps affriolant et, des dents, racla un de ses tétons.

— Je n'ai jamais rien vu de plus beau que toi.

Il la lécha sur tout le corps, s'arrêtant ici et là pour la sucer ou la mordiller et renouveler les marques qui commençaient à s'estomper. En même temps, du bout des doigts, il effleurait tendrement sa peau si soyeuse. Elle se cambra pour réclamer encore plus de caresses mais il l'arrêta d'une main sur ses hanches.

— Je sais ce que tu veux, mais je n'ai pas encore terminé. Arrête de bouger et laisse-moi te faire jouir.

Ally se sentit envahie d'une sensation de chaleur et de désir exacerbé tandis que de sa bouche talentueuse il suçait, mordillait et léchait son intimité. Il semblait prendre tout son temps comme s'il faisait cela non pas pour la séduire mais pour se faire plaisir, comme s'il voulait la savourer, la sentir exploser sur sa langue. Ally commença à réagir dans son intimité. Elle se sentait encore plus vide qu'avant, comme si son corps lui rappelait qu'il n'avait pas ce qu'il réclamait.

— Derren, lança-t-elle d'un ton de voix à mi-chemin entre un gémissement et une requête.

Son compagnon ne tint aucun compte de ses désirs, ne réagit même pas. Il continua à la goûter et à se délecter de sa saveur. Son corps tourmenté fut pris d'une douleur violente, soutenue. Elle avait besoin de sentir Derren en elle. Elle se consumait de désir pour lui.

— Arrête, Derren, le supplia-t-elle.

À sa grande surprise, il réagit, mais pas comme elle l'aurait voulu. En effet, il inséra deux doigts en elle et suça sa zone sensible, lui déclenchant une explosion si violente qu'elle en eut le souffle coupé.

Derren se déshabilla entièrement et s'allongea sur le corps de sa compagne encore secoué de tremblements. Putain ! sa saveur le rendait aussi fou que son odeur et sa peau soyeuse. Son sexe était si dur qu'il en était douloureux. Il avait besoin du soulagement qu'elle seule pourrait lui procurer.

— Prête, ma chérie ? demanda-t-il.

Trop pressé, il ne lui donna pas le temps de répondre. Il l'attrapa par les hanches et s'enfouit sauvagement en elle. Son intimité était encore toute gonflée mais il la pénétra entièrement, profondément, dans un grand coup de boutoir. Mouillée, brûlante, sa féminité se referma sur son membre d'une manière presque possessive. Il se retourna alors, s'allongeant sur le dos, Ally sur lui.

— Baise-moi, lui dit-il.

Un autre jour, Ally l'aurait sans doute taquiné en adoptant un rythme lent et doux, mais là elle avait l'impression qu'elle en perdrait la boule si elle ne jouissait pas tout de suite. Elle planta les griffes dans ses abdominaux et s'empala littéralement sur son sexe. Et recommença. Encore et encore. Elle adopta une cadence rapide et continue, son corps pris d'un désir brûlant qui avait besoin d'être soulagé.

— Vas-y, Ally, c'est ça, prends ton pied.

Il enroula une mèche de ses cheveux autour de sa main et l'attira à lui pour lui mordre et lui sucer le cou. Elle accéléra encore davantage le rythme et ses petits couinements se transformèrent en gémissements désespérés. Derren sentait la violence de son besoin de soulagement, sa frustration de ne pas y parvenir. Il la retourna sur le matelas et lui assena de grands coups de reins. Son sexe s'enfouissait en elle profondément tandis qu'il la baisait, la prenait, la possédait littéralement.

Ally arqua le dos et explosa une seconde fois mais Derren ne s'arrêta pas pour autant, ne ralentissant même pas la cadence. Ses yeux sombres étaient traversés d'éclairs de désir. Il la regardait comme s'il avait le droit de la toucher et de la prendre quand bon lui semblait. Une réelle adoration se lisait également dans ses prunelles, un amour qu'Ally sentait passer par leur lien d'union.

— Prépare-toi à jouir de nouveau, lui grogna-t-il à l'oreille.

Il se retira alors, s'agenouilla et l'attira à lui en s'enfouissant de nouveau en elle le plus profondément possible. À chaque coup de reins, il l'attirait à lui et touchait son point sensible. Il ne se repaîtrait jamais d'elle et il le savait. Rien ne compterait jamais plus pour lui qu'Ally. Il aurait toujours besoin d'elle, la désirerait toujours, il en était persuadé. Ce n'était pas uniquement son corps qui l'attirait mais aussi son sourire, ses yeux, son rire, sa nature rébarbative. Elle s'était insinuée très profondément en lui et elle y était à sa place.

— Vas-y, jouis, maintenant.

Puis elle prononça les trois petits mots magiques et il perdit entièrement le contrôle.

— Merde ! s'exclama-t-il en lui donnant de tels coups de boutoir qu'il devait lui faire mal, mais il était incapable de s'arrêter.

Elle se cambra et poussa un long cri tandis que son intimité se resserrait sur lui, se refermait pour l'emprisonner, le faisant exploser violemment, et il répandit toute sa semence en elle.

Comblé, satisfait, vidé, il se laissa retomber sur sa compagne. Les yeux fermés, elle s'était immobilisée, le corps encore parcouru de tremblements. Il l'embrassa sur le front avant de se rouler sur le côté et de l'étreindre étroitement. Elle semblait faite pour lui.

— Je t'aime, ma chérie, dit-il. Ça va ? insista-t-il quand il n'obtient qu'un sourire pour toute réponse.

— C'est le plus beau jour de ma vie, répondit-elle sans même ouvrir les yeux.

Derren rit. Il était assez d'accord. Ils avaient eu une belle cérémonie d'union puis ils avaient baisé comme des bêtes. Il prit une longue inspiration, s'emplissant les poumons de son odeur, où il perçut des relents de sexe et d'épices.

— J'adore ton odeur après l'amour.

Il éprouvait chaque fois l'envie de recommencer tout de suite.

Ally poussa un long soupir de contentement tandis qu'il lui léchait le cou. Sa louve adorait toutes ses petites attentions et la façon dont il la vénérait presque.

— C'est ton téléphone que j'entends ?

C'était effectivement le cas. Derren tendit la main, prit son portable dans la poche de son jean et ne put retenir un grognement.

— Qu'est-ce qu'il y a ? s'informa Ally.

— C'est Dominic, cracha Derren en étreignant de nouveau sa compagne. Cet enfoiré m'envoie des tuyaux pour te donner des orgasmes multiples.

— Rien de grave, donc.

Cela aurait en effet pu être bien pire, venant du beau lieutenant.

— Il me demande si je veux qu'il se joigne à nous.

Ally s'esclaffa et Derren poussa un nouveau grognement. Elle lui donna une petite tape sur l'épaule.

— Allez, il faut relativiser avec lui. Rigole un peu. Il n'est pas sérieux. Il veut juste t'asticoter. Il arrêterait si tu ne réagissais pas autant.

Ouais mais bon…

— Je ne peux pas m'en empêcher, reconnut-il.

Il avait bien envie de se ruer de nouveau sur l'enfoiré mais qu'Ally refuse de le guérir cette fois.

— Tu pourrais commencer par regretter de lui avoir brisé le nez deux fois.

— Tu peux relativiser aussi.

— Derren !

— D'accord, je suis désolé, soupira-t-il.

— Je ne te crois pas, renâcla-t-elle.

— Je ne lui prêterai pas attention la prochaine fois.

— Tu n'y arriveras pas.

— Ce n'est donc même pas la peine d'en parler. On devrait plutôt parler de ton amour pour moi, dit-il en la câlinant et en lui caressant le dos et les hanches.

— Tu crois ? dit-elle en souriant pour le taquiner. Il vaudrait peut-être mieux ne pas parler de cela. Ces trois petits mots me perturbent vraiment beaucoup, tu sais, et j'ai besoin de temps pour me remettre.

— Allez, dis-le, insista-t-il en lui mordant le cou.

— D'accord. Je t'aime même si tu es parfois un enfoiré un peu trop autoritaire et que tu te mêles de mes affaires.

— Et moi, je t'aime même si tu te rases tout le temps les jambes avec mon rasoir.

— Une fois. C'est arrivé une seule fois !

— Tu es tellement susceptible ! s'exclama-t-il en riant. Je me demande encore pourquoi cela me plaît, ajouta-t-il en la retournant sur le dos et en s'enfouissant en elle.

— On ne peut que se réjouir que ce soit le cas ! dit-elle en souriant et en s'enroulant autour de lui.

Remerciements

Comme toujours, je tiens à commencer par remercier ma famille, la plus extraordinaire de toutes, pour son immense patience et l'indulgence dont elle fait preuve envers une personne aussi mal à l'aise en société que moi. Pardonnez-moi pour toutes les fois où je fais semblant de suivre une conversation tandis que je réfléchis à un problème dans la structure du roman en cours.

Un immense merci aussi à ma maison d'édition, à JoVon Sotak et à l'équipe de Montlake Romance, notamment Jessica Poore, toujours prête à donner un coup de main, et Melody Guy pour ses bonnes idées et ses conseils utiles. Vous êtes tous fabuleux.

Je tiens également à exprimer ma gratitude envers tous mes lecteurs. J'espère que mon livre vous a plu.

Si vous souhaitez me contacter, n'hésitez pas à m'écrire (en anglais) à : suzanne_e_wright@liv.co.uk. Vous pouvez également me trouver sur Facebook, Twitter et mon blog.

À bientôt !

Milady C'EST AUSSI...

... LES RÉSEAUX SOCIAUX

Toute notre actualité en temps réel :
annonces exclusives, dédicaces des auteurs, bons plans...

facebook.com/MiladyFR

Pour suivre le quotidien de la maison d'édition
et trouver des réponses à vos questions !

twitter.com/MiladyFR

Les bandes-annonces et interviews vidéo sont ici !

youtube.com/MiladyFR

... LA NEWSLETTER

Pour être averti tous les mois par e-mail de la sortie de nos romans.

www.bragelonne.fr/abonnements

... ET LE MAGAZINE NEVERLAND

Chaque trimestre, une revue de 48 pages sur nos livres
et nos auteurs vous est envoyée gratuitement !

Pour vous abonner au magazine, rendez-vous sur :

www.neverland.fr

Milady est un label des éditions Bragelonne.

Achevé d'imprimer en septembre 2017
Par CPI France
N° d'impression : 3024393
Dépôt légal : octobre 2017
Imprimé en France
81122917-7